纤纤剑

王度庐作品大系　武侠卷　柒

王度庐·著／王芹·点校

山西出版传媒集团

北岳文艺出版社

王度庐著

图书在版编目（CIP）数据

纤纤剑 / 王度庐著 . — 太原：北岳文艺出版社 , 2016.6
（王度庐作品大系）
ISBN 978-7-5378-4770-4

Ⅰ . ①纤… Ⅱ . ①王… Ⅲ . ①侠义小说－中国－当代 Ⅳ . ① I247.5

中国版本图书馆 CIP 数据核字 (2016) 第 111510 号

书名：**纤纤剑**	点校：王 芹	责任编辑：刘文飞
著者：王度庐	策划：续小强 刘文飞	书籍设计：张永文
		印装监制：巩 璠

出版发行：山西出版传媒集团·北岳文艺出版社
地址：山西省太原市并州南路 57 号
邮编：030012
电话：0351-5628696（发行部） 0351-5628688（总编办）
传真：0351-5628680
网址：http://www.bywy.com E-mail：bywycbs@163.com
经销商：新华书店 印刷装订：山西人民印刷有限责任公司

开本：890mm×1240mm 1/32 字数：248 千字 印数：1-5000
印张：8.75 版次：2016 年 6 月第 1 版 印次：2016 年 6 月山西第 1 次印刷
书号：ISBN 978-7-5378-4770-4
定价：35.00 元

出版前言

　　王度庐(1909—1977)，原名葆祥(后改葆翔)，字霄羽，出生于北京下层旗人家庭。"度庐"是1938年启用的笔名。他是中国现代文学史上著名的武侠言情小说家，独创"悲剧侠情"一派，成为民国北方武侠巨擘之一，与还珠楼主、白羽(宫竹心)、郑证因、朱贞木并称为"北派五大家"。

　　20世纪20年代，王度庐开始在北京小报上发表连载小说，包括侦探、实事、惨情、社会、武侠等各种类型，并发表杂文多篇。20世纪30年代后期，因在青岛报纸上连载长篇武侠小说《宝剑金钗》《剑气珠光》《鹤惊昆仑》《卧虎藏龙》《铁骑银瓶》(合称"鹤－铁五部")而蜚声全国；至1948年，他还创作了《风雨双龙剑》《洛阳豪客》《绣带银镖》《雍正与年羹尧》等十几部中篇武侠小说和《落絮飘香》《古城新月》《虞美人》等社会言情小说。

　　王度庐熟悉新文学和西方现代文化思潮，他的侠情小说多以性格、心理为重心，并在叙述时投入主观情绪，着重于"情""义""理"的演绎。"鹤－铁五部"既互有联系又相对独立，达到了通俗武侠文学抒写悲情的现代水平和相当的人性深度，具有"社会悲剧、命运悲剧、性格心理悲剧的综合美感"。他的社会言情小说的艺术感染力也很强，注重营造诗意的氛围，写婚姻恋爱问题，将金钱、地位与爱情构成冲突模式，表现普通人对个性解放、爱情自由和婚姻平等的追求与呼唤。这些作品注重写人，写人性，与"五四"以来"人的文学"思潮是互相呼应的。因此，王度庐也成为通俗文学史乃至整个中国现代文学史研究中绕不过去的作家，被写入不同类型的文学史。许多学者和专家将他及其作品列为重点研究对象。

王度庐所创造的"悲剧侠情"美学风格影响了港台"新派"武侠小说的创作，台湾著名学者叶洪生批校出版的《近代中国武侠小说名著大系》即收录了王度庐的七部作品，并称"他打破了既往'江湖传奇'（如不肖生）、'奇幻仙侠'（如还珠楼主）乃至'武打综艺'（如白羽）各派武侠外在茧衣，而潜入英雄儿女的灵魂深处活动；以近乎白描的'新文艺'笔法来描写侠骨、柔肠、英雄泪，乃自成'悲剧侠情'一大家数。爱恨交织，扣人心弦！"台湾著名武侠小说作家古龙曾说，"到了我生命中某一个阶段中，我忽然发现我最喜爱的武侠小说作家竟然是王度庐"。大陆学者张赣生、徐斯年对王度庐的作品进行了大量的整理、发掘和研究工作，并给予了很高的评价。徐斯年称其为"言情圣手，武侠大家"，张赣生则在《王度庐武侠言情小说集》的序言中说："从中国文学史的全局来看，他的武侠言情小说大大超过了前人所达到的水平"，"他创造了武侠言情小说的完善形态，在这方面，他是开山立派的一代宗师。"

此次出版的《王度庐作品大系》收录了王度庐在不同时期的代表作和有影响力的作品，还收录了至今尚未出版过的新发掘出的作品，包括他早期创作的杂文和小说。此外，为了满足不同领域的读者的需求，此版还附有张赣生先生的序言、已知王度庐小说目录和王度庐年表，以供研究者参考。这次出版得到了王度庐子女的大力支持和密切配合，王度庐之女王芹女士亲自对作品进行了点校。可以说，他们的支持使得《王度庐作品大系》成为王度庐作品最完善、最全面的一次呈现。在此，我们表达最诚挚的谢意。

在编辑过程中，我们依据上海励力出版社，参考报纸连载文本及其他出版社的原始版本，对作品中出现的语病和标点进行了订正；遵循《第一批异形词整理表》（GF1001—2001），对文中的字、词进行了统一校对；并参照《现代汉语大词典》《汉语方言大词典》《北京方言词典》《北京土语辞典》等工具书小心求证，力求保持作品语言的原汁原味。由于编辑水平和时间有限，难免有疏漏之处，敬请广大读者批评指正！

北岳文艺出版社

二〇一五年六月三十日

总　序

　　王度庐是位曾被遗忘的作家。许多人重新想起他或刚知道他的名字，都可归因于影片《卧虎藏龙》荣获奥斯卡奖的影响。但是，观赏影片替代不了阅读原著，不读小说《卧虎藏龙》（而且必须先看《宝剑金钗》），你就不会知道王度庐与李安的差别。而你若想了解王度庐的"全人"，那又必须尽可能多地阅读他的其他著作。北岳文艺出版社继《宫白羽武侠小说全集》《还珠楼主小说全集》之后推出这套《王度庐作品大系》（以下简称《大系》），对于通俗文学史的研究，可谓功德无量！

　　王度庐，原名王葆祥，字霄羽，1909年生于北京一个下层旗人家庭。幼年丧父，旧制高小毕业即步入社会，一边谋生，一边自学。十七岁始向《小小日报》投寄侦探小说，随即扩及社会小说、武侠小说。1930年在该报开辟个人专栏《谈天》，日发散文一篇；次年就任该报编辑。八年间，已知发表小说近三十部（篇）。1934年往西安与李丹荃结婚，曾任陕西省教育厅编审室办事员和西安《民意报》编辑。1936年返回北平，继续以卖稿为生，次年赴青岛。青岛沦陷后始用笔名"度庐"，在《青岛新民报》及南京《京报》发表武侠言情小说（同时继续撰写社会小说，署名则用"霄羽"）。十余年间，发表的武侠小说、社会小说达三十余部。1949年赴大连，任大连师范专科学校教员。1953年调到沈阳，任东北实验中学语文教员。"文革"时期，以退休人员身份随夫人"下放"昌图县农村。1977年卒于辽宁铁岭。

早在青年时代，王度庐就接受并阐释过"平民文学"的主张。他的文学思想虽与周作人不尽相同，但在"为人生"这一要点上，二者的观念是基本一致的。

从撰写《红绫枕》（1926年）开始，王度庐的社会小说（当时或又标为"惨情小说""社会言情小说"）就把笔力集中于揭示社会的不公、人生的惨淡，以及受侮辱、受损害者命运的悲苦。

恋爱和婚姻是"五四"新文学的一大主题。那时新小说里追求婚恋自由的男女主人公面对的阻力主要来自封建家庭和封建礼教，作品多反映"父与子"的冲突——包括对男权的反抗，所以，易卜生笔下的娜拉尤被觉醒的女青年们视为楷模。到了王度庐的笔下，上述冲突转化成了"金钱与爱情"的矛盾。

正如鲁迅所说：娜拉冲出家庭之后，倘若不能自立，摆在面前的出路只有两条——或者堕落，或者"回家"。王度庐则在《虞美人》中写道："人生""青春"和"金钱"，"三者之间是相互联系着的"，而在当时的中国社会里，金钱又对一切起着主导性的作用。他所撰写的社会言情小说，深刻淋漓地描绘了"金钱"如何成为社会流行的最高价值观念和唯一价值标准，如何与传统的父权、男权结合而使它们更加无耻，如何导致社会的险恶和人性的异化。

王度庐特别关注女性的命运。他笔下的女主人公多曾追求自立，但是这条道路充满凶险。范菊英（《落絮飘香》）和田二玉（《晚香玉》）付出了生命的代价；虞婉兰（《虞美人》）终于发疯，生不如死。唯有白月梅（《古城新月》）初步实现了自立，但她的前途仍难预料；至于最具"娜拉性格"，而且也更加具备自立条件的祁丽雪，最终选择的出路却是"回家"。

这些故事，可用王度庐自己的两句话加以概括："财色相欺，优柔自误"（《〈宝剑金钗〉序》）。金钱腐蚀、摧毁了爱情，也使人性发生扭曲。人是"社会关系的总和"，他的社会小说正是通过写人，而使社会的弊端暴露无遗。

在社会小说里，王度庐经常写及具有侠义精神的人物，他们扶弱抗强，甚至不惜舍生以取义。这些人物有的写得很好，如《风尘四杰》里的天桥四杰和《粉墨婵娟》里的方梦渔；有些粗豪角色则写得并不成功，流于概念化，如《红绫枕》里的熊屠户和《虞美人》里的秃头小三。

上述侠义角色与爱情故事里的男女主人公一样，也是现代社会中的弱者。作者不止一次地提示读者，这些侠义人物"应该"生活于古代。这种提示背后隐含着一个问题：现代爱情悲剧里的那些痴男怨女，如果变成身负绝顶武功的侠士和侠女，生活在快意恩仇的古代江湖，他们的故事和命运将会怎样？这个问题化为创作动机，便催生出了王度庐的侠情小说，这里也昭示着它们与作者所撰社会小说的内在联系。

《宝剑金钗》标志着王度庐开始自觉地把撰写社会言情小说的经验融入侠情小说的写作之中，也标志着他自觉创造"现代武侠悲情小说"这一全新样式的开端。此书属于厚积薄发的精品，所以一鸣惊人，奠定了作者成为中国现代武侠悲情小说开山宗师的地位。继而推出的《剑气珠光》《鹤惊昆仑》《卧虎藏龙》《铁骑银瓶》①（与《宝剑金钗》合称"鹤－铁五部"）以及《风雨双龙剑》《彩凤银蛇传》《洛阳豪客》《燕市侠伶》等，都可视为王氏现代武侠悲情小说的代表作或佳作。

作为这些爱情故事主人公的侠士、侠女，他们虽然武艺超群，却都是"人"，而不是"超人"。作者没有赋予他们保国救民那样的大任，只让他们为捍卫"爱的权利"而战；但是，"爱的责任"又令他们惶恐、纠结。他们驰骋江湖，所向无敌，必要时也敢以武犯禁，但是面对"庙堂"法制，他们又不得不有所顾忌；他们最终发现，最难战胜的"敌人"竟是"自己"。如果说王度庐的社会小说属于弱者的社会悲剧，那么他的武侠悲情小说则是强者的心灵悲剧。

王度庐是位悲剧意识极为强烈的作家。他说："美与缺陷原是一个东西。""向来'大团圆'的玩意儿总没有'缺陷美'令人留恋，而且人生本来是一杯苦酒，哪里来的那么些'完美'的事情？"（《关于鲁海娥之

①这里叙述的是发表次序。按故事时序，则《鹤惊昆仑》为第一部，以下依次为《宝剑金钗》《剑气珠光》《卧虎藏龙》《铁骑银瓶》。

死》)《鹤惊昆仑》和《彩凤银蛇传》里的"缺陷"是女主人公的死亡和男主人公的悲凉;《宝剑金钗》《卧虎藏龙》《铁骑银瓶》里的"缺陷"都不是男女主角的死亡,而是他们内心深处永难平复的创伤;《风雨双龙剑》和《洛阳豪客》则用一抹喜剧性的亮色,来反衬这种悲怆和内心伤痕。

王度庐把侠情小说提升到心理悲剧的境界,为中国武侠小说史做出了一大贡献。正如弗洛伊德所说:"这里,造成痛苦的斗争是在主角的心灵中进行着,这是一个不同冲动之间的斗争,这个斗争的结束绝不是主角的消逝,而是他的一个冲动的消逝。"[1]这个"冲动"虽因主角的"自我克制"而消逝了,但他(她)内心深处的波涛却在继续涌动,以致成为终身遗恨。

李慕白,是王度庐写得最为成功的一个男人。

有人说,李慕白是位集儒、释、道三家人格于一身的大侠;这是该评论者观赏电影《卧虎藏龙》的个人感受。至于小说《宝剑金钗》里的李慕白,他的头上绝无如此"高大上"的绚丽光环——古龙说得好:王度庐笔下的李慕白,无非是个"失意的男人"。

在《宝剑金钗》里,李慕白始终纠结于"情"和"义"的矛盾冲突之中,他最终选择了舍情取义,但所选的"义"中却又渗透着难以言说的"情"。手刃巨奸如囊中取物,李慕白做得非常轻易;但是他却主动伏法,付出的代价极其沉重。他做这些都是自愿的,又都是不自愿的。出发除奸之前,作者让他在安定门城墙下的草地上做了一番内心自剖,这段自剖深刻地展示着他的"失意",这种心态可以概括为三个字——"不甘心"。

在本《大系》所收"早期小说与杂文"卷中,读者可以见到王度庐用笔名"柳今"所写的一篇杂文《憔悴》,其中有段文字,所写心态与上述李慕白的自剖如出一辙。读者还可见到,《红绫枕》里男主角戚雪桥为爱

---

①弗洛伊德:《戏剧中的精神变态人物》,张唤民译,载《二十世纪西方美学名著选》(上),复旦大学出版社,1987,第410页。

人营墓、祭扫时的一段内心独白，其心态又与柳今极其相似。于是，我们看到了王度庐、柳今、戚雪桥（还有一些其他角色，因相关作品残缺而未收入《大系》）与李慕白之间的联系——李慕白的故事，是戚雪桥们的白日梦；戚雪桥、李慕白们的故事，则是柳今、王度庐的白日梦。

不把李慕白这个大侠写成一位"高大上"的"完人"，而把他写成一个"失意的男人"，这是王度庐颠覆传统"侠义叙事"，为中国武侠小说史做出的又一贡献。

玉娇龙，是王度庐写得最为成功的一个女人。

玉娇龙的性格与《古城新月》里的祁丽雪有相似之处，但是她的叛逆精神更加决绝、更加彻底。为了自由的爱情，她舍弃了骨肉的亲情。同时，她也舍弃了贵胄生活，选择了荆棘江湖；舍弃了城市文明，选择了草莽蛮荒。

对玉娇龙来说，最难割舍的是亲情；最难获得的，是理想的婚姻。她发现自己选择罗小虎未免有点莽撞，所以又离开了他。她获得了自由的爱情，却在事实上拒绝了自由的婚姻。这与其说反映着"礼教观念残余""贵族阶级局限"，不如说是对文化差异的正视。尽管如此，这位"古代娜拉"并未"回家"，而是毅然决然地踏上一条不归路。这条路是悲凉的，同时又是壮美的。

玉娇龙和李慕白都是"跨卷人物"。《剑气珠光》里的李慕白写得不好，因为背离了《宝剑金钗》中业已形成的性格逻辑。《铁骑银瓶》里的玉娇龙则写得很好，她青年时代的浪漫爱情，此时已经升华为伟大的、无私的母爱。她青年时代的梦想，终于在爱子和养女的身上得以成真，但是他们携手归隐时的心态，也与母亲一样充满遗憾。

王度庐的上述成就，都是源于对传统武侠叙事的扬弃，这也使他的武侠悲情小说拥有了现代精神。

王度庐又是一位京旗作家。

清朝定都北京之后，即将内城所居汉人一律迁出，由八旗分驻内城八区。王度庐家住地安门内的"后门里"，属于镶黄旗驻区，其父供职于内务府的上驷院。内务府是一个由满洲上三旗（镶黄、正黄、正白旗）内"从龙包衣"①组成的机构，专门管理皇家事务。由此可知，王氏当属编入满洲镶黄旗的"汉姓人"，这一族群不同于"汉人""汉军"，满人把他们视为同族②。

满人崛起于白山黑水之间，性格刚毅尚武，自立自强，粗犷豪放。入关定鼎之后，宴安日久，八旗制度的内在弊端开始呈现，"八旗生计"问题日益突出，以致最终导致严重的存亡危机。王度庐出生时，恰逢取消"铁杆庄稼"（即旗人原本享受的"俸禄"），父亲又早逝，全家陷于接近赤贫的境地。他的早期杂文经常写到"经济的压迫"，"身世的漂泊，学业的荒芜"，疾病的"缠身"，始终无法摆脱"整天奔窝头"的境况。他的许多社会小说及其主人公的经历、心境，也都寄托着同样的身世之感和颓丧情绪。这种刻骨铭心的痛楚，蕴含着当时旗人不可避免的噩运，汉族读者是难以体会这种特殊的苦痛的。

同时，王度庐又十分景仰旗族优秀的民族精神。他的作品，明确书写旗人生活的有十多部；他所塑造的许多旗籍人物身上，都寄托着他对民族精神的追忆和期许。

从这个角度考察玉娇龙，首先令人想到满族的"尊女"传统。满族文史专家关纪新认为，这一传统的形成，至少有四点原因：一、对母系氏族社会的清晰记忆；二、以采集、渔猎为主的传统经济，决定了男女社会分工趋于平等；三、入关之前未经历很多封建化过程；四、旗族少女在理论上都有"选秀入宫"机会，所以家族内部皆以"小姑为大"。③玉娇龙那昂扬的生命力，正是满族少女普遍性格的文学升华。《宝刀飞》可能是第一部把入宫前的慈禧，作为一位纯真、浪漫而又不无"野心"的旗族姑娘加以描绘的小说。作者以"正笔"书写入宫前的她，用"侧笔"续写成为"西宫娘娘"之后的她，沉重的历史

---

① "包衣"，满语，意为"家里人"，在一定语境下也指"世仆""仆役"；"从龙"，指从其祖先开始就归皇帝亲领。王度庐在一份手写的简历里说：父亲在清宫一个"管理车马的机构"任小职员，这个机构当即内务府所属之上驷院。

② 按："满人"专指满族；"旗人"这一概念则涵括满洲、蒙古、汉军三个八旗的所有成员，其内涵大于"满人"。

③ 参阅关纪新：《多元背景下的一种阅读——满族文学与文化论稿》，辽宁民族出版社，2013，第219页。

感里蕴含几分惋惜，情感上极具"旗族特色"。

在《宝剑金钗》和《卧虎藏龙》里，德啸峰虽非主人公，却可视为旗籍"贵胄之侠"的典型。他沉稳、老练，善于谋划，善于掌控全局，比李慕白更加"拿得起、放得下"。他的身上比较完整地体现着金启孮所说京城旗人游侠的三个特征：一、凌强而不欺下，一般人对他们没有什么恶感。二、多在八旗人居住的内城活动，没什么民族矛盾的辫子可抓。三、偶或触犯权势，但不具备"大逆不道"的证据，故多默默无闻。[1]铁贝勒、邱广超和《彩凤银蛇传》里的谢慰臣都属此类人物。

进入民国之后，由于政治、经济原因，京中旗人的精神状态呈现更趋萎靡甚至堕落之势（《晚香玉》里的田迂子即为典型），但是王度庐从闾巷之中找到了民族精神的正面传承。《风尘四杰》实际写了五个"闾巷之侠"——那位"有学有品而穷光蛋"[2]的"我"，也算一个"不武之侠"。作者清楚地认识到：虽然早非"侠的时代"，但是天桥"四杰"[3]身上那种捍卫正义，向善疾恶，刚健、豁达、坚韧、仗义、乐观的民族精神，却是值得弘扬光大的。这已不仅仅是对旗族的期许，更是对重振中华民族传统美德的期许。

凡是旗人，都无法回避对于清王朝的评价。王度庐在杂文里认为，"大清国歇业，溥掌柜回老家"[4]乃是历史的必然，人民期盼的是真正实现"五族共和"。他更在两部算不上杰作的小说中，以传奇笔法描绘了两位清朝"盛世圣君"的形象。《雍正与年羹尧》里的胤禛既胸怀雄才大略，又善施阴谋诡计。他利用"江南八侠"的"复明"活动实现自己夺嫡、登基的计划，又在目的达到之后断然剪除"八侠"势力。但是，他对汉族的"复明"意志及其能量日夜心怀惕惧，以至"留下密旨，劝他的儿子登基以后，要相机行事，而使全国

---

① 参阅关纪新：《老舍与满族文化》，辽宁民族出版社，2008，第80页。

② 语见王度庐早期杂文《中等人》，原载于北平《小小日报》1930年4月5日"谈天"栏，署名"柳今"。

③ 民国初年，"天坛附近的天桥大多数的女艺人、说书人、算命打卦者都是满人"。转引自关纪新：《老舍与满族文化》，辽宁民族出版社，2008，第122页。

④ 语见王度庐早期杂文《小算盘》，原载于《小小日报》1930年5月20日"谈天"栏，署名"柳今"。

恢复汉家的衣冠"。书中还有一位不起眼的小角色——跟着胤祯闯荡江湖的"小常随"，他与八侠相交甚密，又很忠于胤祯。"两边都要报恩"的尖锐矛盾，导致他最终撞墙而殉。作者展示的绝不限于"义气"，这里更加突出表现的是对汉族的负疚感和对民族杀伐史的深沉痛楚。王度庐对历史的反思已经出离于本民族的"兴亡得失"，上升为一种"超民族"的普世人文关怀。《金刚玉宝剑》中的乾隆，则被写成一个孤独落寞的衰朽老人，这一形象同样透露着作者的上述历史观。

满族入关后吸收汉族文化，"尚武"精神转向"重文"，涌现出了纳兰性德、曹雪芹、文康等杰出满族作家，其中对王度庐影响最大的是纳兰性德。"摇落后，清吹那堪听。淅沥暗飘金井叶，乍闻风定又钟声。"[①]纳兰词的凄美色调，融入北京城的扑面柳絮和戈壁滩的漫天风沙，形成了王度庐小说特有的悲怆风格。

旗人的生活文化是"雅""俗"相融的，王度庐继承着旗族的两大爱好：鼓词（又称"子弟书""落子"）和京剧。他十七岁时写的小说《红绫枕》，叙述的就是鼓姬命运，其中还插有自创的几首凄美鼓词。至于京剧，据不完全统计，仅在《落絮飘香》《古城新月》《晚香玉》《虞美人》《粉墨婵娟》《风尘四杰》《寒梅曲》七部小说中，写及的剧目已达九十六折[②]之多！作为小说叙事的有机内涵，王度庐写及昆曲、秦腔、梆子与京剧的关系，"京朝派"（即京派）与"外江派"（即海派）的异同，"京、海之争"和"京、海互补"，票社活动及其排场，非科班出身的伶人、票友如何学戏，戏班师傅和剧评家如何为新演员策划"打炮戏"，各色人等观剧时的移情心理和审美思维……他笔下的伶人、票友对京剧的热爱是超功利的，而她（他）们的社会角色和物质生活则是极功利的——唯美的精神追求与惨淡的现实生活构成鲜明反差，映射着

①纳兰性德：《忆江南》——当年王度庐与李丹荃相爱，曾赠以《纳兰词》一册，李丹荃女士七十余岁时犹能背诵这首词。

②由于现存《虞美人》和《寒梅曲》文本均不完整，所以这一数字是不完整的。而未列入统计对象的《宝剑金钗》《燕市侠伶》等作品中，也常含有京剧演出、观赏等情节，涉及剧目亦复不少。

人性的本真、复杂和异化。他又善于利用剧情渲染故事情节和人物情感，例如《粉墨婵娟》中，凭借《薛礼叹月》和《太真外传》两段唱词，抒发女主人公不同情境下的不同心绪，展示着"戏如人生、人生如戏"的微妙契合，极大地增强了小说的诗意。

入关以后，旗人皆认"京师"为故乡，京旗文学自以"京味儿"为特色。王度庐的小说描绘北京地理风貌极其准确，所述地名——包括城门、街衢、胡同、集市、苑囿、交通路线等等，几乎均可在相应时期的地图上得到印证。《宝剑金钗》《卧虎藏龙》主人公的活动空间广阔，书中展示清代中期北京的地理风貌相当宏观，又非常精细。玉娇龙之父为九门提督，府邸位置有据可查，作者由此设计出铁贝勒、德啸峰、邱广超府第位置，决定了以内城正黄旗、镶黄旗（兼及正红旗、正白旗）驻区为"贵胄之侠"的主要活动区域。李慕白等为江湖人，则决定了以"外城"即南城为其主要活动区域。两类侠者的行动则把上述区域连接起来，并且扩及全城和郊县。《落絮飘香》《古城新月》《晚香玉》《虞美人》等社会小说中，主人公的活动空间相对狭小，所以每部作品侧重展示的是民国时期北平城的某一局部区域：或以海淀——东单——宣内为主，或以西城丰盛地区——东单王府井地区为主，等等。拼合起来，也是一幅接近完整的"北平地图"。上述小说之间所写地域又常出现重合，而以鼓楼大街、地安门一带的重合率为最高。作者故居所在地"后门里"恰在这一区域，在不同的作品里，它被分别设置为丐头、暗娼等的住地。这里反映着作者内心深处存在一个"后门里情结"，他把此地写成天子脚下、富贵乡边的一个小小"贫困点"，既体现着平民主义的观念，又是一种带有幽默意味的自嘲。

王度庐小说里的"北京文化地图"，是"地景"与"时景"的融合，所以是立体的、动态的。这里的"时景"，指一定地域中人们的生活形态，包括节俗、风习。无论是妙峰山的香市、白云观的庙会、旗族的婚礼仪仗、富贵人家的大出丧、"残灯末庙"时的祭祖和年夜饭、北海中元节的"烧法船"，乃至京旗人家的衣食住行，王度庐都描写得有声有色，细致生动。这些"时景"与故事情节融为一体，成为展示人物性格、心理的重要手段；同时也颇具独立的民俗学价值。王度庐在小说里常将富贵繁华区的灯红酒绿与平民集市里的杂乱喧闹加以对比，而对后者的描绘和评论尤具特色。例如，《风尘四杰》里是这样介绍天桥的："天桥，的确景物很多，让你百看不厌。人乱而事杂，技艺丛集，藏龙卧虎，新旧并列。是时代的渣滓与生计的艰辛交织成了这个地方，在无情的大风里，秽土的弥漫中，令你啼笑皆非。"他笔下的天桥图景，喷发着故都世俗社会沸沸扬扬的活力和生机，嘈杂喧嚣而又暗藏同一的内在律动；它与内城里的"皇气""官气"保持着疏离，却又沾染着前者的几分闲散和慵懒。这又是一种十分浓厚、相当典型的"京味儿"！

"京味儿"当然离不开"京腔"。王度庐的语言大致是由两部分组成的：叙事以及文化程度较高角色的口语，用的是"标准变体"，即经过"标准化处理"的北京话，近似如今的"普通话"；底层人物的语言，则多用地道的北京土语，词汇、语法都有浓厚的地域特色，比一般的"京片儿"还要"土"。故在"拙""朴"方面，他比一些京派作家显得更加突出。

由于众所周知的原因，王度庐的作品散佚严重，这部《大系》编入了至今保存完整或相对完整的小说二十余种，另有一卷专收早期小说和杂文。

笔者认为，1949年前促使王度庐奋力写作的动力当有三种：一曰"舒愤懑"；二曰"为人生"；三曰"奔窝头"。三者结合得好，或前二者起主要作用时，写出来的作品质量都高或较高；而当"第三动力"起主要作用时，写出来的作品往往难免粗糙、随意。当然，写熟悉的题材时，质量一般也高或较高，否则，虽欲"舒愤懑""为人生"，也难以得到理想的效果。是否如此，还请读者评判、指正。

徐斯年

二〇一四年十一月于姑苏香滨水岸

凡　例

1. 《风雨双龙剑》

本书初稿共十七回，连载于 1940 年 8 月 16 日至 1941 年 5 月 9 日南京《京报》。载毕即由报社刊行单行本，列为"京报丛书"之一。1948 年又由上海育才书局印行单行本，改为十八回；回目与《京报》本略有差异，内文稍有删改。本版采用十八回，内文据连载本印行。

2. 《彩凤银蛇传》

本书最初连载于 1941 年 5 月 10 日至 1942 年 3 月 1 日南京《京报》。未见单行本。本版即据连载本印行。

3. 《纤纤剑》

本书初载于 1942 年 3 月 1 日至 10 月 31 日南京《京报》。未见单行本。本版即据连载本印行。

4. 《洛阳豪客》

本书初稿连载于 1943 年 1 月 23 日至 1944 年 1 月 8 日南京《京报》，原题《舞剑飞花录》。1949 年 2 月上海励力出版社印行单行本，改题《洛阳豪客》，章次、章题均与连载本不同，内文差异亦大。

本版以连载本为底本,书名仍用励力版名,附励力版目录如下:

5.《大漠双鸳谱》

本书最初连载于 1943 年 1 月 23 日至 1944 年 7 月 3 日南京《京
报》(1944 年 2 月 1 日改名《京报晚刊》)。未见单行本。本版即据连载
本印行。

6.《紫电青霜》

本书初稿 1944 年至 1945 年连载于《青岛大新民报》,原题《紫电
青霜录》。1948 年 7 月由上海励力出版社印行单行本,改题《紫电青

霜》。本版以励力版为底本。

7.《紫凤镖》

本书初稿连载于 1946 年 12 月至 1947 年 7 月《青岛时报》，署名鲁云。1949 年由重庆千秋书局印行单行本。本版以千秋书局版为底本。

8.《绣带银镖》

本书初稿连载于 1947 年 5 月至 1948 年 9 月青岛《大中报》，原题《清末侠客传》，署名鲁云。1948 年上海励力出版社印行单行本时分为二册，书名分别改题《绣带银镖》《冷剑凄芳》。本版以励力版为底本，合为一册印行。

9.《雍正与年羹尧》

本书初稿连载于 1947 年 7 月至 1948 年 4 月《青岛时报》，署名鲁云。1949 年上海励力出版社印行单行本，更名《新血滴子》。本版以励力版为底本，书名恢复原名。

10.《宝刀飞》

本书初稿连载于 1948 年 4 月至 1948 年 9 月《青岛时报》，署名鲁云。同年 11 月由上海励力出版社印行单行本。本版以励力版为底本。

11.《金刚玉宝剑》

本书初稿始载于 1948 年 9 月《青岛公报》，1949 年 2 月改载《联青晚报》。1949 年由上海励力出版社印行单行本。本版以励力版为底本。

按"金刚玉"当作"金刚王"。参见丁福保主编之《佛学大辞典》：

【金刚王宝剑】(譬喻)临济四喝之一，谓临济有时一喝，为切断一切情解葛藤之利剑也。《临济录》曰："师问僧：有时一喝如金刚王宝剑，有时一喝如踞地金毛狮子，有时一喝如探竿影草，有时一喝不作一喝用，汝作么生会？僧拟议，师便喝。"《人天眼目》曰："金刚王宝剑者,一刀挥断一切情解。"

又:【金刚】(术语) Vajra 梵语曰缚罗。……译言金刚,金中之精者,世所言之金刚石是也。……又(天名)持金刚杵之力士,谓之金刚。……

【金刚王】(杂语) 金刚中之最胜者,犹言牛中之最胜者为牛王也。……

目录

第一回　走江湖群惊蝴蝶镖
　　　　窥闺阁初逢梅花剑

　　河北省邢台县是一个很大地方，在前清时代是顺德府的首县，那里商贾云集，买卖繁盛。而往西过太行山，往北出紫荆关五回岭，往南到中州平原，又都是些豪侠丛起、盗贼出没的地方；所以贩货的人，只要有大宗的货物，或重资的货款，若不请上几个保镖的老师随行保护，便往往要出舛错。因此邢台县由南门到北门的一条大街，只镖店一项就有十一家，也可见彼时顺德府商业繁盛，而那时的运货不便与行旅之艰难了。

　　顺德府十一家镖店，每家都有一位名声赫赫的掌柜的，必须是在江湖上交游广阔，无论水旱路，同行的或是吃黑饭的，都得晓得此人的名头；一看见镖车上插的旗子，就得拱手让路，或是急忙退避三舍，这才行，才够做掌柜子的资格。当然武艺是不能弱了的，长拳短打，刀枪棍棒，说来就来、说干就得干才行；而胆气更须充实，交友更须敦厚。每家镖店至少要有十多名镖头，并且非得是师徒、师兄弟或是生死兄弟才靠得住，生意才能够发达。否则要是掌柜的与镖头不睦，镖头生了异心，在路上勾结了强盗，趁着大风雨、黑夜或是僻路，把镖车打劫了；那么镖店不但要赔出钱来，还得从此字号坏了，主事的人一辈子也休想再吃这碗饭。所以那时候有名的大镖店，就如同是后来的专保水火险的公司，信用要靠得住，经理人都要具有干才，而资本还得雄厚，这才能立得住。否则一两个略能武艺的人就也出旗保镖，镖车出了事他们一逃了事，那只能在小村镇里去开，不会有好买卖去找他们。顺德府这十一家镖店没有像那样的，这里个个是头等的名镖师开的大镖店。

十一家镖店的历史，在此要先说明白，应当列一个表格，大家才会看得清楚；但我们先就大略地说一说吧，因为其中有几家不很要紧。就是为了营业上的竞争，名头上的夺取、排挤，强者存，弱者死，顺德府的镖行经过了几番仇杀、纷争，实际上也只有三家最出名。哪三家呢？第一当然要数"福德泰镖店"，东家是本地著名的大财主韩万顷，所用的掌柜的名叫黑袍狼秦成。这个人是从别处来的，他的来历没人晓得，只知他早先是在韩家护院，后来韩家的两位少爷拜他为师，买了城中的一所大房，开了这座大镖店。

那时城中就已有七八家了，他全不联络，并且寻殴挑衅，无理地抢夺人家的买卖；那几家镖店当然都不答应他，他就设了场子比武。他手使一根狼牙棒，这家伙是个长长的杆儿，顶尖的一个铁棒，上面露出无数的铁针，如狼牙一般。那几家镖店的掌柜虽也都武艺高强，然而一看见他这件兵刃便都有些胆寒，多半甘愿忍气吞声，不敢同他较量；只有老镖师高禄、年轻的邓如牛、惯会飞镖的崇元保这三位掌柜子大不服气，同他来较量，但都被他一一打伤，一一打败，从此就无人再敢惹他了。后来虽然又开了几家，如太平镖店的偃月刀胡龙、三友镖店的双钩陈远、冷家镖店的丈八矛冷大山，全都是想以兵刃比上他，镇住他，但实在是不敢正面看看，处处躲让，而且还都极力地向他巴结讨好；"福德泰"里不愿做的买卖才能轮到他们做，他们实际上不过是黑袍狼秦成的部下、羽翼。

只有一个小镖店却例外，这家镖店规模虽小，镖头虽少，掌柜的虽是本地的人，但是向来无甚名头，可是他的买卖却极佳，有时"福德泰"不敢保的镖，他全都敢保；而有时黑袍狼已经讲好了的生意，他竟敢夺了去，这实在是一件怪事。

这家镖店在本城中独无字号，只以掌柜的徐三爷之名，而称为"徐三爷镖店"或"徐家镖店"。徐三爷是顺德府城中生人，早先家里开绣花作。徐三爷那时不过叫"徐小三"，念过两年蒙塾，便在家中学绣活。绣活本来是个女人的事，徐小三一个八九岁的浑拙莽伉又活泼泼又不爱干净的孩子，当然受不了，就时常受他的爸爸和他的后娘打骂。不知哪一天，他就跑了，他父母也没工夫找他，从此城中就缺少了一个讨厌的孩子。这些话都是本地七十岁以上的老人们说的。

三十年后，中州出了一位大侠"赤须龙"。这位侠客的行为真是激昂慷慨、动地惊天，而且神出鬼没，从无人知晓他的准住处、真来历及确实的学名。他的行踪忽儿在河南一带，忽儿又出现于江北，在江湖约二十年，威名无人不知，所做的事无人不敬。后来，忽然有人传说赤须龙侠客往北来了，因为他在大名府救了一个难妇，杀了一个恶绅，可是后来就又听不见此人的下落。

不过顺德府中却来了个五十来岁的半老头，携带个老婆儿和十六七岁的一个女儿，进了城就来找开绣活作的七十岁的于老头儿，开口就叫于大哥。于老头儿的老眼昏花，本来都已不认识他了，经他细细说明，于老头儿才蓦然想起来，原来对面的这位就是五十年前逃走的那个徐小三：身材不甚高，瘦瘦的脸儿上满生着皱纹；胡髯不太长，有些发红、发白；衣服虽整齐，可是也并不阔绰。于老头儿本是当年徐家绣花作的一个伙计，徐老夫妇死后无人经营，这铺子就由他接办了。他已有了两个儿子、两房儿媳，三个孙子、两房孙媳，孙女都已出了阁有了娃子了，如今忽然旧时的少掌柜子归来，他当然是欢喜不止。

说起来这绣花作铺底本是徐家的，连房屋都是徐小三的旧产，如今他回来了，应当完全由着他接收，可是他一见了于老头儿就把话全都言明了：他来此是借住，买卖，照旧由于家开，房子，这几十年来由于家修盖了已不知有多少次，他绝不再以房主自居。并且爽快地说道，一切的东西他全已正式让给于家了。他说他这几十年漂泊在外，学会了几手儿武艺，保了半辈子的镖，稍微积蓄了一些钱，娶了个妻子，生了个女儿，如今因为年岁老了，未免怀恋故乡，所以才回来。

他在绣花作的后院住了一个多月，就在大街上买了一所房屋。这所房早先是一家小客店，里面的院子还宽广，并有马棚。他买了，略加修饰,就携带妻女搬了过去,挂上了镖旗,当中写一个"徐"字;买了两匹马,雇了三个镖头,一个叫鲁七,一个叫侯二,一个叫高文豹。

他这座镖店一开张,就先抢了福德泰镖店的一家买卖。因为有了一家棉花商要请福德泰护送出娘子关,往太原府去,福德泰索银二百两,允派四个人跟了去,棉花商嫌太多了。徐三闻知,便亲去接洽,说是只要棉花商能拿出六十两银子来,他就肯保。棉花商本来不大信任他,可是又知镖店的房子是他自己的,想他的买卖也不至于太靠不住;而且因怵福德泰扛价钱不肯保,别家也都不敢应,只好叫他做了。

徐三并不亲自随镖,只派了伙计高文豹一人前往。临行时,徐三姑娘亲自用红绸在镖旗上系了个蝴蝶结子,就说:"走吧!这蝴蝶结子不准在路上解,你放心吧!一路绝无舛错!"高文豹半信半疑地随镖前往。由邢台县往山西去,须穿过险恶的娘子关,这一条路在那时又颇为不靖,须经过几座上有著名盗匪的山岭;然而,因为旗子上有这么一个蝴蝶结子,沿途竟安然无事。

直到镖车平安地卸回来,姑娘亲自由旗子上解下了扣儿,收起了绸子;高文豹发着怔,弄了个莫名其妙,鲁七、侯二等人向他悄悄地询问沿途情形,高文豹说:"并不是没遇见强人,走在对牛岭,就有十几个强盗由山上冲下来,可是他们一瞧见旗子上的蝴蝶扣儿,就一齐惊得变色,抹头就跑。镖车经过一个村子的时候,还有个老婆婆冲着这蝴蝶扣儿跪下叩头。"鲁七、侯二都说:"怪啊!"

同时,本城的魔君黑袍狼秦成闻说徐三爷抢了他的买卖,他立时就叫两个人扛着他的狼牙棒,气势汹汹地找来了,进了门来就发威。可是那瘦弱的徐三叼着个没有烟嘴的烟袋,慢慢地由屋中走出,黑袍狼一看,就吓丢了他的狼胆,赶紧唯慌唯恐地打躬,说:"不知三爷在此!"徐三没理他,他赶紧跑回来了,回到家中好像得了一场大病,两三天没出门。

过后,见徐三并不找寻他,他又放了些心,背地里又不得不向人圆圆场,吹一吹。他撇着嘴,说:"徐三!我是不理他就是啦!因为我看在他女儿的面子上,将来我还要娶他的女儿做小老婆呢!"但是说出了这话之后，却又变了色地请别人莫把这话传到徐三的耳朵里，他说："那可就糟啦！显得我贪花好色，不是英雄！"

但是他是英雄不是英雄，他敢娶！可以说他配娶人家的姑娘不配，大家谁不明白？从此黑袍狼秦成的名头就一落千丈，大家都知道唯有徐三才是真正的英雄、头等的镖师，所有一切的买卖全都争着送到徐三爷的门上。但徐三爷他也绝不独占，他柜上的镖头只用三个，绝不多添；每月只应上四五号买卖，便关上账本了，其余的买卖便全都分配给别家。他每天只是抽旱烟，玩八哥，老夫妻带着个女儿备享天伦之乐。

徐三爷镖店里最得力的镖头就是那高文豹，此人外号叫"飞锤太保"，是顺德府本地人，他爹爹就是当年与黑袍狼秦成比武而受伤惨死的老镖师高禄，所以他对于黑袍狼衔着深仇；他家开了三代的利兴镖店，也让别人开了。他家有老母，但未娶妻，在徐三爷的手下保了两三年的镖，从未出过一点舛错；也可以说没费了他一点事，这样的镖，只要有那个蝴蝶结子，就是瞎子、跛子也可以保得。事情虽然安心，徐三爷待他也非常之好，而且妻女不避，如同一家人一般。

可是他通身武艺，两臂力气，却无处去使，未免使他怅怅。同时，他原是想求徐三爷帮助他铲除那黑袍狼，为他父亲报仇；谁想到自徐三爷来到顺德府之后，黑袍狼的行为颇为谨慎，竟有许多人说他是改过向善了。而徐三爷也涵养最深，从不显露武技，更没与人红过一次脸，且常向伙计们说："你们虽是因为会武艺，才做镖头，但务要安分，不可在外招惹是非，应当做个平平常常的买卖人。而且对人接物，比别的人更要和气才是，受了大气可以请人秉公处理；吃了小亏，就应当闭闭眼，低低头。"因为徐三爷常说这话，高文豹胸中堆积着许多仇恨和怨气，也就不敢说出。

他总时时纳闷，不知徐三爷过去到底是个干什么的，尤其是徐姑娘结的那个蝴蝶扣。每次出镖时都得由她亲手结系，结得非常的快、巧妙，真真像只蝴蝶儿，别人谁也不能结；而且怕结得不好，落一个冒充的嫌疑，走到外边不但无用，还许惹出祸来。这个蝴蝶扣儿是他们镖车的招牌，鲁七、侯二都自夸为"蝴蝶镖"。有时他们根本不保着镖，找个地方一玩，叫镖车自己走，因为他们信赖那蝴蝶扣，认为那是个神秘的东西，是饭碗，是财神爷，有了那东西他们全可不管，但高文豹他总是生疑。

高文豹认为镖旗上的蝴蝶扣，绝不是个平凡的东西，三年来他曾留心去打听，但无人能够说得出缘故；他想只有各路的盗贼才能知道，但他又不认识一个盗贼，而且各路的盗贼一见此扣，就早已躲藏逃遁了，哪里还能抓住他们，问他们为什么躲呢？高文豹认为这蝴蝶扣大概与徐三爷并无关系，多半是在姑娘的身上，所以他就对姑娘留上了心，只要见了姑娘，他就用眼直直地盯。鲁七、侯二虽也觉出高文豹看上了姑娘，可是高文豹已有三十岁了，生得虽然雄伟，但那张又黑又紫的大长脸，实在难看；凭他怎样跟姑娘献殷勤，姑娘这辈子也不会看上他，所以鲁七、侯二两人常在背地里笑。

这一天，高文豹由西路缴解了镖车回来。他骑着黑马，腰挂着宝剑，手中拿着自车上摘下带回来的五只镖旗，都是白缎子地儿，红绸边，其中有一杆系着个很大的红绸蝴蝶扣。高文豹把那四根旗子全都扔在柜房里，只拿着这根有蝴蝶扣的镖旗往里走；因为这是他们的镖车的灵魂，每次回来必须亲缴到徐三爷跟姑娘之手才行，恐怕落到别人的手中滋事而坏了名声。

当下高文豹拿着镖旗至里院，在北屋门前站住，向屋里叫道："三叔！"叫了一声屋中就有人轻声儿答应，却是姑娘的声音，高文豹立时觉得精神兴奋了一点，挺直了腰躯站立；就见屋门一开，露出来姑娘的倩影。姑娘是像才梳妆完毕，所以那颊间染的胭脂是特别的嫣红，大辫子上着油是又黑又亮；穿的是青绸子肥腿的夹裤，上身的小夹袄罩着毛蓝布褂，带着笑说："哎！高大哥回来啦？请屋里坐吧？"

高文豹却不由得就发出拘窘的神态，话不知怎样说才好，先说了两声："不！不！"然后才又问道："三叔在屋里了吗？"

姑娘摇头说："没有，他上茶馆去还没有回来，听说是给谁说合一件事情，大概也快回来啦。高大哥，这次往西路上去，沿途没遇见什么事儿吗？"

高文豹双手捧着那面蝴蝶镖旗，隔着门槛交到姑娘的纤纤的手里，笑着说："咱们有这个铁招牌，哪里会能出一点事？就是别人在前边有事，咱的镖从后边来，也不会出事。所以这几次我出去走镖，都有别家车在咱的屁股后头跟着；全都是同行，提起三爷来他们都称呼为老前辈，我也不好意思不叫他们跟着。"

姑娘笑了笑，一手拿着蝴蝶镖旗，一手扶着门。就见她的细长柔润的手指上戴着两个镶宝石的金戒指，可是她的指甲剪得很短，这是在家操作一切杂事的证明。她闭着嘴儿想了一想，又一笑，说："其实都是同行的朋友，借着咱们的旗子走路，也没有什么的，不过要是成群结队的都跟着咱们，那可就不好了；因为各山上的绿林人，躲避咱们的镖旗，也不一定全是怕咱们，还是因为面子的缘故。要是咱们不但保自己的镖，还替别人保镖，那他们一点买卖也不能做了，可就要急啦；到时他们要是一翻脸，咱们究竟要费些麻烦！"

高文豹一听，不由得发了一会儿呆，点点头就说："那一定，以后我再遇见别家的镖车跟着咱们，我一定得跟他们说说。这样长了，也确实不像话，以后不会武艺的人也可以开镖局店了，只要跟着咱们屁股后头就行，那人家商人何必还专请咱们来保？并且……"说到这里，他抬眼望着姑娘的脸色，就说："有几句话我还想问问三叔，因为无论是主顾、客人、各地的朋友，都向我打听，咱们镖旗上系着的这个蝴蝶，到底是怎么回事？我虽保了三年镖，可是我说不出来。人家都笑话我，说我不过是车后的草料口袋，这样的铁招牌的镖，有我没我，是一点也不要紧！"听了这话，姑娘立时把一双俊目睁大了一些，爽利而又带点严肃的态度，问说："这是谁说的？"

高文豹嗫嚅然的，不能即时答复，待了会儿才笑着说："说这样话的人可多啦！从前两年就常有人问我。本来么，咱们的镖车挂个'铁招牌'，有人跟着没人跟着一点也不要紧，人家说：这种镖谁也能保，不必要我这么个大个子。"

姑娘说："这可也是实情，依着我，这蝴蝶扣早就不必拿出去啦！这都是我爸爸的主意。其实这样倒是不至于出事，可是人家跟车的镖头一定不愿意,把人家的能耐、名声、武艺都压住,一点也显不出来了。高大哥,以后您再出镖,不用再拿这杆旗子啦;您正年轻,正是在江湖上自创自立的时候,这样长了,也太不对!"说着,就把那红绸子系成的蝴蝶翅子一揪,立时又变成了一块手绢。

高文豹一看,自己把话说错了,姑娘把意思也误会了,就有点着急,脸发紫,连说:"其实这倒不要紧,谁不晓得我是徐三爷提拔起来的?只是,您把这蝴蝶扣的来历为什么江湖上都晓得,告诉我就是啦;以后要有人再问我,我也好有话可答,不然,我成了个傻子啦!"

姑娘又笑了,说:"高大哥别把这件事放在心上啦!外面的人问,您就随他们问,不必理他们。高大哥,您跑了这几年西路,朋友也认识不少了吧?"高文豹说:"沿路倒都是熟人了,在太原府,许多买卖家都跟我成了一家人了。"姑娘又笑着说:"太原府的姑娘长得比别的地方都好,听说还都有本事,都会持家过日子,高大哥怎么不在那儿说一房嫂子呀?"说时,更笑着,一点也没有羞涩之态。

高文豹的大长脸却不由越发变得紫红,连连不好意思地笑着说:"没有!没有!我只挣这么一点钱,将将够我跟我老娘吃饭的,哪里还养活得起家小呀?"姑娘抿着嘴笑了半天,忽然又放下脸儿来,点点头说:"高大哥请歇着去吧!回见!"随手把门关上了。

隔着一道屋门,高文豹还有点神驰。转过身来慢慢地回到柜房中,脸上还觉着有点发热。侯二、鲁七,还有个新请来的管账的杨先生,都正在喝酒谈天。高文豹从桌上拿起酒杯来喝了半口,侯二却拍着他的肩膀,笑着说:"老高你何必还喝酒呢?你的脸儿还不够红的吗?"鲁七也说:"我会相面,我看你不出一个月,必有大喜之事!"他们这样一说,高文豹更觉得难为情了,做出烦恼的样子,说:"你们别开玩笑!"

鲁七、侯二连那杨先生全都一笑,倒是不再打趣他了,依然接着他们刚才说的那话去说。他们说的正是黑袍狼秦成的事,说黑袍狼近来办了个小老婆,才十来岁;他们知道得很详细,言下还有羡慕之意。高文豹却又喝了一盅酒,他脑子里还浮现着刚才的事,还不禁有些发呆。

这柜房的窗户外就是后院,窗户上镶着一小块玻璃,擦得很亮,那院中的一切情景，在这里全能够看得很真切。高文豹的眼睛就直直地盯着这块玻璃，就见北房的门又开了，姑娘姗姗地走出来，往西屋厨房里去了；姑娘的背影儿更是曼美，高文豹越发出神。

站了一会儿，他就转身，在屋中转了两转，遂就走出柜房。出了镖店，他打算回家里去，一边去走一边还在想，旁边有人招呼他，他全不大觉得。他的心里，对姑娘的容貌，刚才她说的那些话是有情还是无意，那倒不大关心，只是奇怪那蝴蝶扣，真奇怪！为什么她不肯说？

他越想越纳闷，越心急，信步走着，不想对面就来了一个人，他没看见，竟走过去了。可是这人在背后叫他，说是："文豹！文豹！你才回来吗？"高文豹这才被打断了脑中的思绪，回头一看，原来是徐三爷。

徐三爷一手托着他的八哥笼子，一手提着旱烟袋和烟袋荷包，很悠闲自在的样子，向高文豹问话。高文豹是只要一见了徐三爷，就不由得自心中生出一种恭敬；他转过身来，走向前两步，就陈述了这次外出保镖缴镖的经过，并说："刚才我回去，您老人家没在家，我就把镖旗交给姑娘了。"徐三爷点了点头，和蔼地说："好！好！你回家去歇息吧，待会上柜上拿二两银子，你拿它喝酒好了。"高文豹答应着，并且道谢，他就恭恭敬敬地站着，看徐三爷转身走去，他这才走。

回到他的家里，拜见了他的老娘。高老婆婆的年纪也有六十多了，自从丈夫被黑袍狼打死，她终日悲哀，身体日渐衰弱，可是家中的事还须她自己操作；因为家道既贫寒，儿子的相貌又丑，总没说成媳妇。如今高文豹一回来，她才可以稍得休息。高文豹去提水、烧火、做饭他样样都做得来。在江湖上，他是保着蝴蝶镖的镖头，是颇有名声的"飞锤太保"；但在家里，他却像个粗笨的媳妇，什么事都做。不过今天他却脑子很乱，眼前总现着徐姑娘的笑容，耳旁总留着刚才姑娘所说的那几句近于开玩笑的话，心里却忘不了蝴蝶扣那个大疑团，所以他有点心不在焉，一慌张，吧嚓一声，摔了个大粗碗。饭好了，他服侍老娘先吃，然后他自己盛了满满的一大碗面，坐在个破凳儿上，大口地吞着，然而却吃不出一点滋味。

正在这时，就听窗外有人叫道："高大哥在屋里吗？"这声音很娇细。高文豹不由得吃了一惊,赶紧把面碗放下;出了屋一看,见原来是徐姑娘,他立时感觉得拘窘。徐姑娘手里拿着一锭银子,就笑着放在他的手里,说:"这是我爸爸给大哥的酒钱,本想叫大哥到柜上去拿,可又怕别人知道了眼红,就……"又嫣然一笑说:"叫我给你送来啦!"

高文豹连忙说谢谢三叔的美意。因为屋里太乱,太破旧,他也不敢往屋里让姑娘,但姑娘还故意往屋里看了看。见床前就是水桶,水桶旁边就是灶台,灶上又乱扔着碗筷跟铁勺、木瓢,四壁都叫烟熏得很黑;炕上扔着破旧的被褥,头发都已斑白的老婆婆坐在被褥上,手里还托着个饭碗呢。姑娘向高老婆婆问声好,高老婆婆就说:"姑娘可别笑话我们!我家里没人照管,文豹才回来,就得帮我提水做饭,没工夫收拾屋子。咳!我们也不敢让姑娘进来,没地方坐!"她就要下炕来。姑娘却说:"老大妈您别客气,我也要走啦!我回去也得做饭去!"说着转身就跑。她的青绸裤腿随着风飘起,大辫子在身后乱摆着,就跑出门去了。

高文豹在院中呆呆地站了一会儿,掂了掂手中的银子,约有五两重,心中非常感激徐三爷待遇之厚。但是又想自己徒自寄人篱下,却不能替父亲报仇,也不能使家道稍裕,使母亲享受几日晚年之福,不由得惭愧。

当日他在家里歇了半天,晚间又出来,想到柜上去看看有什么事。才一走到大街上,却正遇见黑袍狼秦成,穿着一身青缎子的发着亮光的衣服,同着几个人全都衣履阔绰,其中有韩家的两位少爷,还有府衙中的文案先生。

高文豹一看他们,便不由得怒火勃发。止住了步,瞪眼看着秦成,只见秦成随着那几个人,高视阔步地走进了一家酒楼。那酒楼上灯光闪烁,外边也已黄昏了,高文豹压下了胸中的怒气,拖着沉重的脚步去走。又经过福德泰门首,看见大门不断地出入着人,里边各屋中都有明亮的灯,迎门的刀枪架子也借着灯光发亮。高文豹心中更为愤恨,真有挟锤持刀闯进门去,等待秦成回来时将他杀死,以报父仇之心,却又感叹自己是孤掌难鸣。

他抑郁地走到徐三爷的镖店中，却见侯二、鲁七、杨司帐和另外的一个人又在谈天；但他们这回谈天，眼前却没有酒，而且谈话时的声音全很低，脸上都布着一层惊慌忧虑之色。一见高文豹进来，他们就把话全止住了，外来的这人就向高文豹拱手，说："大哥你是今天才回来的吗？这趟往太原府去，玩得不错吧？"

高文豹也笑了笑拱手，认得这是太平镖店的小伙计耗子吴四，早先是他父亲高禄手下的；高禄死后，他就投到双钩陈远那里，很不得志。这家伙不常到这儿来，如今前来，必定有事。高文豹刚要打听，侯二就说："喂！老高，你来的时候没从福德泰门口儿过吗？没瞧见里边有什么动静儿吗？"

高文豹听了这话，不由得发怔，就说："我遇见秦成了，同着许多人，有韩家的，还有衙门里的……"侯二跟鲁七听了这话，却不由得都神色一变，越发显出惊惧的样子。鲁七就悄声说："吴老四他偷偷来到我们这儿，就为是告诉我们这件事。现在黑袍狼由山东约来了病金刚苗方……"高文豹一听，越发不住地发怔，因为他久闻病金刚之名，是山东最出名的好汉、镖行中的首领，他的双戟世无对手。

当下又听鲁七说："听说这次苗方前来，就是专为跟咱们的掌柜的作对，扬言要扯碎了咱们的蝴蝶镖；现在他就住在福德泰里边，黑袍狼敬奉他极了。刚才你看见的那些人里就一定有病金刚，又有府衙的人跟他们在一块，不用说，他们必是正在安排毒计；要一下就叫咱们掌柜的栽跟头，叫咱们的镖店关板……"

高文豹听到这里，不由得生起气来。侯二又说："现在咱们就是得商量商量，这件事到底告诉掌柜的不告诉呢？"高文豹说："怎能不告诉呢？"侯二说："可是也得细商量商量，若告诉了他，也有许多不便之处。"

高文豹说："这样要紧的事情，怎能不告诉他老人家？告诉了，听他老人家的主意；要是跟黑袍狼、病金刚斗一斗，那咱们就帮助三爷去上手！"

侯二、鲁七两人同时把他拦住，都说："你别嚷嚷！我们也晓得，这件事应当告诉掌柜的,可是咱们先得想想结果会怎样?三爷偌大的年岁了,成天玩八哥,上茶馆,就是早先会几手武艺,这时也都搁下啦;又没个得力的儿子,只有个姑娘,姑娘也是一手儿武艺也不会。"

高文豹却冷笑了一声,吴四在旁说:"据我看着,这里的三爷可必不是病金刚的手!鲁七又说:"所以呀!要是打败了怎么办?要是三爷自知不敌,情愿认输,收镖关板,那咱们可又怎么办?在这儿做过镖头,别的家谁还能请咱们?"

高文豹又问说:"依着你们,打算怎么办?"

鲁七说:"依着我们,这件事先别告诉三爷。"侯二说:"他一定知道了,要不然今天为什么吃完了晚饭又出门去?到这时候还没有回来,大概他老人家也是想躲一躲。"侯二说:"他既是怕,那咱们更得给他出点力了!好在这镖店就是咱们三个镖头,咱们就一齐去见见病金刚,请他给点面子;别为徐三爷一人,就踢了咱们三个人的饭碗,再求黑袍狼给咱们说两句好话,"

高文豹听到这里却握着拳头,大喝说:"不行!由我这儿起,就不行!黑袍狼是我的仇人,就是徐三爷不跟他斗,我也要跟他斗,病金刚又是个什么东西?"他说到这里,又被旁边的人拦住,都劝他压点声。高文豹又愤愤地说:"你们不要小看了徐三爷,以为他年老了,不行了,但你们不想想,两三年来蝴蝶镖行走南北,毫无阻碍,是为什么?"

鲁七也冷笑着说:"这话我当着徐三爷也敢说,那不过是个虚幌子!江湖人都莫名其妙,只好不招惹。其实我想,只有徐三爷自己明白,大概是个蒙事行!"

高文豹听了这话,气极了,真要抢拳打他。但又想徐三爷又没在家,若是吵闹起来,一定要惊动了姑娘,于是他又忍下了一口气,就又冷笑说:"你们哪里知道?蒙事行,能蒙得这样长久?江湖人又不都是瞎眼的!你们对这事最好不要管,黑袍狼跟病金刚要是来寻衅,由我一人承当,连徐三爷出头都不必;你们若是怕事,可以躲几天。"

管账的杨先生连说:"这事与我不相干,我还照旧在这儿住着;我又不是镖头,病金刚就是打,我想他也不能打我!"

高文豹说："你要怕，你也走！"

鲁七、侯二听了这话，都越发地不住冷笑。侯二说："好，老高，你一说这话，我们就都明白了！本来这柜上的人唯有你跟三爷最近，你也应当替三爷出点力；我们可不行，我们都没受过三爷什么特别的好处，姑娘也没拿我们当过……当过老大哥。有朝一日，徐三爷或姑娘看着我们不顺眼，立时就许下我们的工，所以我们也不能专扒着这一头儿，得罪那边的黑袍狼秦掌柜子。"

高文豹握着拳说："可是也不准你们到那边去给徐三爷败坏名声，丢尽了镖行人的脸面！"

侯二说："有你老大哥出头挡横儿，我们谁愿意去为人家的事，丢自己的脸？只要你老哥能跟三爷想出点办法来就得啦，我们愿意去躲几天。"鲁七跟吴四都怕他们打起来，就都在中间解劝，并且趁势拉着侯二走了，他们也随之走了。

这里高文豹愤愤不息，先托写账的杨先生到他家给送个信，告诉他老娘，今晚镖店里有事，他不回家了。他就取出来宝剑和链子飞锤，都预备在手下，然后向玻璃外一看，只见院中漆黑，但那北屋的窗上却灯光隐隐，他想着：此时只有姑娘一人在家。

待了一会儿，那管账的杨先生回来了，可是徐三爷仍不见归来。那杨先生少时即睡了，他倒是很安心的样子；他明白，事情无论闹得多么大，也绝不会打到他的头上。可是高文豹仍是坐立不安，他时时隔着那块小玻璃往外去望；外面街上交过了三更，那姑娘的屋里灯光仍然不灭，想见必是在那里等着她的父亲了。可是徐三爷今天为什么一去不归？莫非他真是听说了黑豹狼病金刚要寻他作对？他怕了？跑了？不能！徐三爷的蝴蝶镖绝不能是个虚招牌。

于是高文豹就又走出了柜房，想要隔窗去问姑娘几句话，但是他又想要偷看姑娘到底是在屋里做着什么事，在灯旁做着针黹呢？还是在发呆心急地等着她的父亲呢？抑或是，她在思想什么心事？一想到了这里，心中发生了些异样的感觉，脚步就落得极轻，仿佛当贼，仿佛偷香似的；怀着那么惴惴不安的心理，就来到了窗下。他抬起头来一看，窗纸发着姑娘脸颊那般的颜色,可惜窗上没有一块小玻璃;他侧耳向屋里去听,只听锵锵的一种轻微的金铁相碰的声音,他不由得诧异,心说:奇怪!莫非姑娘在屋里磨针呢?或是弹琴呢?

他不由得将手指蘸了一点唾沫,在那窗纸上轻轻划了一下,就划破了一个极小的洞;探着头把眼睛对准了那个小洞,往里一望,见这间屋正是姑娘的卧房,有收拾得很干净的床,有发亮的红漆的桌凳。姑娘就坐在桌旁的凳儿上,傍着光焰黯淡的一盏锡灯台,灯旁有支起来的镜奁,那镜里映着她的半脸;她仍穿的是白天的那身衣裳,只是在上身加穿了一件半长的玫瑰紫色的背心,显得更为娇艳。她的双手是在不停地动着,拿着一块青绒正在擦左手中的东西,那东西被拭过之后就闪烁光芒,而一掷在桌上就锵然作响;桌上还放着同样的几把,她拭完了这把再拭那把。高文豹不禁打了个寒噤,他看出来姑娘手中所擦拭的,原来都是那种杀人的利器——匕首。

高文豹吓得不敢看了,退后了一步,没留神脚步儿重了一点,自己却又把自己吓了一大跳。心里说:这么看起来,徐三爷一定已然知道了黑袍狼跟病金刚与他作对的事了,所以他才叫女儿为他擦了那几口匕首,预备到时好用,他是预备叫这几口匕首沾沾人的鲜血了!徐三爷的武艺一定是很了不得,而心也够毒辣的!

他心中不禁欢喜、兴奋,但这时忽然见窗上的人影一闪,是姑娘立起身来了;又听得当啷一声,似是把匕首摔在了桌上。高文豹又吓了一大跳,刚要转身走,却听屋中的姑娘就问说:"院子里是谁?"声音清脆含着严厉的意味,高文豹倒怔住了。窗里又问说:"是谁?快说!"高文豹吓得不敢不说,只好答应了一声:"是我。"窗里又问:"你是谁?"这个"谁"字问得更是严厉。高文豹不禁脸上发起了热,又说:"是我,我……我是文豹!"窗里便没有了声音,停了半响,才说:"是高大哥吗?"这声音缓和得多了。高文豹又嚅嚅答应了一声,里边就又问:"高大哥怎么还没回去啊?"声音不但和缓,简直柔媚得跟小铃铛似的,又像有一条丝把高文豹的心给绕住了。

高文豹就噗哧一笑,又走进窗前,向里面说:"因为我听说外头有点事，三叔又没在家，我不放心，所以我没有走。"说完了，自谅一定能够邀得姑娘的好感，但听屋里冷冷淡淡地说："有什么事呀？我可没听说。我父亲是上绣花作去啦！不是于家嫂子坐月子，我妈去帮忙有二十多天了吗？我爸爸大概想我妈了，他看去啦；这时候还没回来，一定是于家拉着他推牌九，可是，也快回来啦。大哥你先回去吧！刚由外边回来的第一天，也该在家里多歇歇，再说，您这时候还不回去，老太太也不能放心呀！"

高文豹说："那倒不要紧，刚才我托杨先生上我家里送了信，我老娘已然知道我今晚不回去了。我要等着三叔回来我跟他说说，现在黑袍狼秦成已由山东勾来了病金刚苗方，专为要跟我三叔作对，要砸坏了咱们的蝴蝶镖！"他说到了这里，却听姑娘在屋里哼的一声发出来冷笑，毫不介意地说："我父亲从前两天就知道这件事啦，他连理也没理。这件事不算什么，高大哥你告诉侯二、鲁七，也叫他们都别惊慌，病金刚他绝闹不到哪儿去。"

高文豹又说："我也知道三叔绝不能怕他们，连我都不害怕。只是，我想他们一半日就许到咱们这儿来找麻烦，我要问问三叔到时打算怎么个办法。因为若没有三叔之命，我也不敢硬干胡来！"

姑娘的俏影在窗上更为真切了一点，可见她也是往近了走了走，二人就隔着一层薄薄的窗纸，姑娘又说："高大哥你放心，病金刚跟黑袍狼就是找到门上来，我父亲也绝不理他们。"

高文豹听了，不禁一怔，姑娘又在窗里说："今天晚上我父亲也许不回来了，大哥你还是回家去吧，家里又没有嫂子，怎好叫老太太一个人睡觉？"说着发出来一点笑声，转身又走开了，窗上立时失去了她的影子，又听见拉抽斗声，扫床声。

高文豹直直地立在院中发怔，他细想着姑娘的话，可见徐三爷对病金刚还是怕，简直不愿惹事；虽然姑娘又跟他说了一句玩笑的话，可是他不住地愤愤就带着气说："我就是想见着三叔问一句话，问他老人家跟病金刚斗不斗？他老人家要是不斗，那我去跟他们斗；我父亲就是死在黑袍狼手里的，我得替我父亲报仇！"

里边的姑娘说:"高大哥自己办理吧!我父亲本来开这镖店不开这镖店都不要紧,他已老了,常跟我说,这个店就交给你高大哥了。我想大哥你斟酌着办吧,不用问他要主意,他也没有主意;说实话,他明知道病金刚的本领有限,一打就走,可是他不愿惹气!"

高文豹不禁冷笑了一声,嘴里嘟囔着说:"他老人家虽不愿惹气,可是人家偏来找气,难道到时就甘栽跟头?"

此时屋中的灯忽然灭了,姑娘在屋里娇声打着呵欠,说:"高大哥你走了没有?你走吧,我可要睡啦!"

高文豹心中很是诧异,就想:一个姑娘人家,屋门也没关严怎么就吹灯睡了?不由得愈是发呆。高文豹觉出来这是一种诱惑,他心里喜欢,可又有点厌恶;但是这时要叫他走开,他的两条腿却不肯听话了。他陡然产生了一个大胆的想头,想要闯进屋内,第一,问她那蝴蝶扣的原原本本;第二,问她那几口匕首擦亮了到底想做什么之用;第三,问她是不是对自己有情,愿否做自己的妻子。他的大脚已登上了台阶,将要伸手推屋门,却又自己拦住,心说:这举动太不光明,不是好汉子干的,而且徐三爷待我不错,这样是对不起徐三爷。他就一阵惭愧,赶紧退身。屋里的姑娘却又发出来咳嗽,高文豹的心里又一动。

忽然觉得背后有声音,他一回头,见身后原来站着一个人,他不由吓了一大跳;见这个人嘴里叼着旱烟袋,借着那一点忽明忽灭的火光,他看了出来,原来正是徐三爷,不知他是什么时候进来的。他又惊讶又惭愧,怔住了,说不出一句话。

这时屋里的姑娘又用柔媚的声音说:"高大哥!你还没走吗?我告诉你一件事。我父亲要给你做媒,只不知你喜欢什么样儿的姑娘?高大哥你今年二十几啦?"

高文豹的大长脸更是烧得火热,怕姑娘再说出什么话来,他就赶紧叫了声:"三叔你回来了?"徐三爷却连头也没点。高文豹又搭讪着说:"我在等着三叔回来商量,现在黑袍狼请来了病金刚,你老人家打算怎么办?"徐三爷却愤愤地说:"你不必管我打算怎么办,你就快走吧!黑乎乎地站在这里是想做什么?"高文豹垂下了头去,一声也不敢言语，就迈着步走开，却见徐三爷生着气推开了门，进屋去了。

这里高文豹走了几步却又顿住了脚，他回头去看，心里咚咚乱跳，想着徐三爷一定要打骂他的女儿；如今又正在气头上，他发了老脾气，就许要逼着姑娘去寻死。那时他想：我可要不顾一切了，闯进屋去我得解释解释，我跟姑娘一点也没什么。他着急地向屋里去看去听，屋中灯光突然亮了，可是高文豹心中所预料的事情却没有发生。

徐三爷跟女儿在屋里说话，说的是什么，高文豹可是没听明白；但也听得出来，屋中的父女谈笑声音是平和，而且姑娘还咯咯地笑着。高文豹越发觉得惭愧，知道徐三爷今天虽然撞着了自己跟他的女儿的事，咳！以刚才的情景来说，就不是调情也算调情；但他并不立时发作，他还给我留脸。他真是心肠宽大，待我至厚，但我有什么脸再见他呢！以后还有脸在这儿保镖吗？

他悔恨交集，惭愧不胜，就低着头回到了柜房，坐着发怔了半天，又暗暗地叹气，旁边铺板上的杨先生却呼噜呼噜地大睡。高文豹想睡也睡不着，熬了半夜，在天光才亮的时候，他就提着宝剑，拿上他的链子锤，走出了门。

他一面走，一面懊烦地想着：徐三爷越是不跟我说什么，我的心里越是难过，我也没法子解释。早先徐三爷看我是个老实人，把一切要紧的事全都放心地托付我；如今他对我有了怀疑了，我再给他保镖，也没有意思了，不如我爽性不干了吧！在德顺府我虽然再也保不了镖，可是干个小买卖也能养活我老娘。他不由得叹了口气。

但是忽然抬起头来，看见天上晨光熹微，两旁的铺户大半还没有摘下门板；街上的人很少，卖豆腐浆的担子才挑出来，他不觉得竟走在福得泰镖店的门首了。突然见这里的大门已开，由里面跑出来两匹马，险些将他撞着。高文豹不由住了脚步，瞪着两只发怒的大眼睛去看马上的二人，见全是黑袍狼手下的镖头，一个叫"毛栗子"，一个叫"烂酸梨"。平日这些人就跟高文豹不对，虽然都住在一个城里，虽然都是同行，虽然他们畏惧徐三爷也不敢对高文豹怎么样，可是向来彼此是不说话的；如今这两个骑马的人拨过马去，且都向高文豹发出一声恶笑。

高文豹提刀怒骂道："忘八蛋！"两个人仍然笑着，毛栗子并且说："不惹气！姓高的你等着！咱们爷儿们一半天再说！"

高文豹又大骂着："忘八蛋！连黑袍狼带病金刚，都是忘八蛋！"那毛栗子把眼睛瞪了瞪，要拨马回来打架，并问："你骂谁啦？"那烂酸梨却挥手说："何必？犯不上理他，他们还能活到明天吗？妈的龟孙子！"高文豹大怒，抢着链子锤跟宝剑扑上前去，那两个人却都一齐挥鞭催马跑去。高文豹当然追不上，他横着剑，望着马不住地大骂，那两个人的马已然跑远了，他们连头也不回。

高文豹怒气冲冲，回转头来，真要闯进福得泰镖店去斗一场，谁管他敌得过敌不过，立时就跟黑袍狼等人分出个高低，决定个生死；但是他在这门口也算骂了半天，可是里面竟无一个人出来。他又觉得自己若闯进去大闹，那总算是自己不讲理，无论如何也得先把理占住，就是将来动起官司来，那也好打；于是捺下了一口气，就依然愁眉不展地回到了家中。

这时他的老娘还没起来，他看见老娘那憔悴老迈的样子，又觉得自己做事不可草率；倘若万一斗不过黑袍狼跟病金刚，那自己的老娘将归谁养活？一想到这儿，他的心都冷了。但是又想起刚才那两个小子说的话，可见黑袍狼跟病金刚是正在预备，大概一半天他们就要找到徐家镖店去行凶。他们不但是恨徐三爷，还恨着我，我就是想要躲避也是不行；除非我跑了，但那有多么泄气？

又想：昨夜在徐家干的那事，实再见不起人！自然因为徐三爷养的女儿太疯，但是我也实在不好，真真难见徐三爷，但是我也得想法解释解释。现在他老了，有人前来跟他作对，他一定很是恐慌，我不如出头给他挡一阵。若挡住了，我是叫他看一看，我这个人不是平时净吃闲饭，还存心调戏他的女儿；到了这要紧的时候，我也能够为他舍命！即或我死了，想他也必能照顾我的老娘。想到这里，他心中不禁涌上一阵悲感，振起了一种舍身酬答知己的勇气，便又提剑抢锤走出门去。

高文豹又气愤昂然地走到了大街上，这时候街上的商店都开了，人也往来得多。正走着，忽然见对面远远地走来了徐三爷。他手提着八哥笼子，还是像往日那么逍遥自在，大概是又要上茶馆。高文豹却赶紧躲避，进了一条小巷里，心中又发出一阵羞愧，觉得无地自容。

在小巷里待了半天，忽然听得背后哗的一声，他回头一看，原来是一个小门里出来一个中年的妇人，正在倒尿盆。这妇人立时把瓦盆放在地下，笑着叫说："高大兄弟，你干吗来啦？要找你大哥吗？你大哥也是才起来。"高文豹这才明白，这条胡同名叫马槽巷，这个门儿住的是开酒馆的朱大，跟他算起来还是亲戚，他就作揖叫声："嫂子！"

既然来到这儿，他就不能不进去看看表兄。何况他知道，朱大在北门里开的那个酒铺，生意很好，他现在成了东家啦，用不着他再像早先那样亲自在柜台里给人热酒了。在他那里整天有不少的镖行人喝酒，想他也许知道些关于病金刚的事，于是他就向这妇人说："我正是来看看我大哥。"妇人说："你快进去吧！你大哥这两天也很着急，想要找你，可是又听说你出外去了，他没处找你去。"高文豹又一阵诧异。

他走进去，直拉北房的门进屋，见朱大正站在外屋洗脸，便叫了声："大哥！"朱大回身，一边擦着脸，一边说："喂！兄弟！我这几天正要找你去呢！"高文豹问说："什么事？"朱大又拿手巾擦耳朵，说："也没有什么要紧的事，就是，顶好你还是借着个词儿上别处玩玩去，你这几天就在家里少出门儿，别到徐家镖店啦！"

高文豹故意问说："为什么？"

朱大说："咳！难道你没听说吗？黑袍狼勾来了山东的英雄病金刚……"高文豹听到这里，就气得一撇嘴，说："病金刚又算个什么东西？"朱大一怔，说："兄弟！你的脾气要是这样暴，那我就不必跟你说了；我都是为你好，因为我看着徐三爷要不得了。"

高文豹冷笑说："但人家徐三爷今天照样提着八哥笼子在街上走去！"

朱大说："你别忙！徐三爷快塌台啦！他本来是顺德府的一个野孩子、小混混，出外了几十年，娶了老婆生了个女儿；也不知他在外保过镖没有，练过拳没有，回来就怔开镖店，弄个蝴蝶吓唬人……"

高文豹听见人轻蔑蝴蝶镖，他就生气，忙拦住朱大的话，说："不！

徐三爷确实有本事！"

朱大努着嘴一笑，说："我虽没保过镖，也没练过武，可是我在酒馆里见的镖头也多啦！像徐三爷那样貌不惊人的样子，我看他实在不配。其实我跟徐三爷也没有仇，并不因为他不喝酒，不照顾我的酒馆，我就恨他，他实在是不行；连黑豹狼、偃月刀胡龙、双钩陈远，我也看他们不起，只是前天来的那病金刚苗二爷，人物真是了得！其实他的相貌也不过跟咱们一样，不！比你还瘦，但确实有真功夫！昨天午间他在我的柜上喝酒，跟人随便玩，由街上捡来两块石头，他放在地下，用手一拍就粉碎。"

高文豹说："那是小玩意儿，江湖人都会练那套。"

朱大直着眼说："都会练？你当时练练叫我看看？兄弟，咱们两人是亲戚，别人我还管不着呢！你趁早躲一躲，别往病金刚的头上去碰，咱们保镖不过为混饭，争强、打架那事咱们犯不上。老表叔又如何？负了一辈子的气，到老时还性情傲，可是死在黑袍狼的手里了！"高文豹听人提说到他父亲之死，他益发地悲愤，脸变得紫中透黑，又听朱大往下说："昨天有几个镖头在酒馆里说，一半天他们就要下手了！"

高文豹问道："他们为什么当时不下手？"

朱大说："听说有个人还没有来！那人的名字更厉害，名叫毒剑客，现在已由河南到了大名府，今天他们就派人迎接去。只要一接来，他们就要下手拆徐家镖店，扯烂了你们那个蝴蝶镖，然后黑豹狼、病金刚、毒剑客，还有偃月刀胡龙，四个人就拜把兄弟，以后各路的镖就都得用他们走！"

高文豹骂声："他妈的！"一抖链子锤几乎打着了朱大嫂，朱大嫂哎哟了一声，赶忙跑进里屋去了。但朱大又把他太太叫出来，让给他编辫子；高文豹也自悔鲁莽，然而胸中的气真抑制不住。

朱大又说："兄弟！你真别让我着急，你虽然也是条汉子，可是那些个人你如何斗得了？倘若你帮着徐三爷跟他们斗气，别说死，就是受几处伤，也冤呀！我劝你趁早把宝剑跟你的锤放在我这儿，你回家去，少出门，这两天的柴米，我可以派人给你送去。"

高文豹却摆手说："大哥你不用管我，我在徐三爷手下三年，他待我真不错；如今有人要欺负他，不能等着他们上手，我得先出头。"说着转身往外就走，身后的朱大还大声叫着："兄弟！兄弟！"高文豹却连头也不回，出了门，又一直出了小巷。一到了大街上，他就挺剑抢锤，直奔福得泰镖店，街上有许多人都注意看他，可是没有人敢拦。

他一来到了黑袍狼的镖店门首，就抢起锤来，咚的一声向门上打了一锤，门就碎了一大块。他站立着向里大喊："黑袍狼！病金刚！你们滚出来！不用去找徐三爷，先来斗斗我飞锤太保！"

他这样一喊，立时镖店出来了许多人，一看见高文豹既拿着剑，又拿着锤，他们也都一齐抄起了兵器，刀枪剑棒涌了出来，都怒喊："你这小子，为什么来此吵闹！"高文豹却抢着锤说："你们都别来！都别来！我要见的是黑袍狼跟病金刚两个小子！"这些人哪里肯听他的话，一齐舞动兵刃，拿住架势，将他围住；高文豹也哗楞楞地抖起了链子锤，以锤护剑，就要拼斗。这时忽听店里有人发出了一声大喊，说："都住手！让我来问问他！"

高文豹扬目一看，见从里面走出来两个人。头一个身穿青绸袍子，不但身高体大，面圆口方，而且头发特别多，辫子特别粗而长，盘在头顶上，如同戴着一顶大帽子，这正是秦成；他身后却随着个面黄的大汉，气度更是轩昂，衣服也极阔绰，这自然是病金刚无疑。

高文豹已然被许多拿着刀枪剑棒的人围住，已然不能环顾，如今见黑袍狼和病金刚出来，身后且又有两个人给黑袍狼抬来了那杆狼牙棒，他就越发地吃惊。脸上，他不知此时已变成什么颜色了，只觉得精神紧张得很；但既然是来拼命，他就索性横了心，将剑一抬，锤一抖，喝道："出来吧！随你们多少人一齐上手，我不怕！"

黑袍狼冷笑说："岂有此理！对你一个小辈，我们用得着以多为胜？"随向旁边的人喝声："都闪开！"然后又点手说："你进来！外面的街道窄，我们的院子倒是宽，要想比武就得找个宽敞的地方！"高文豹一鼓勇气闯进了大门，那些拿兵刃的人也都随在他的身后一齐拥入。

黑袍狼就吩咐将大门关上，当时咣当的一声震心地响，两扇大门就关上了。高文豹全身的血都冲了上来，黑袍狼却微微一笑，先说："我佩服你！想不到高禄那老废物竟有你这样硬性的儿子，好！我倒得另眼看你了！本来我们要找寻的并不是你，只是要拆徐家镖店，打徐三，撕蝴蝶镖；像你这样的人，别说苗二爷，就是我也懒得跟你动手。但是你既然来了，我们不能叫你空手而回，得给你点赏钱才行！"说时把眼睛一瞪，解开腰间系的绸带，甩去了青绿长夹袄，伸手抄起了狼牙棒，向着高文豹逼来。

高文豹却一纵身迎上去，抢锤向着黑袍狼就打，黑袍狼冷笑说："你这个家伙儿只能算小孩子的玩意儿！"一棒将锤掠开，不料高文豹右手的剑蓦地又刺来。黑袍狼一闪身将剑躲开，铁棒重如泰山，当头砸下；高文豹却疾斜身避棒，同时剑进锤来，那边的病金刚就喊了声："要留神！"黑袍狼也连退了几步，他真没想到高文豹的武艺竟是如此的精熟，若在病金刚的面前丢了人，败在这无名小辈手里，那还有什么脸？于是他振起了精神，对高文豹毫不轻视，铁棒翻起新着数，想要两三棒就将高文豹的背打断，腿打折；然而高文豹却剑舞锤飞，也真一步也不肯让。

相斗二十余合不分胜败，连高文豹自己都没想到，黑袍狼的武艺原是这么平常，因此他的胆气愈壮，剑跟锤舞得更熟。那黑袍狼战得反倒觉得吃力，在病金刚的面前，他若连徐三爷手下的这么一个镖头都敌不过，那他未免太是丢人了；所以他就将棒胡抢乱打，但是因此他反倒把自己弄得着数紊乱，手脚失措。他这些兵器既沉又笨，在步下使用，本来不大上算；高文豹的短剑链锤又极合手，并且因为他拼出命去了，所以处处占先，招招不弱。旁边看着的病金刚就又急躁地喊了一声："要留神！不如换个兵器使用！"但是黑袍狼想换手已然来不及了，就听咚的一声，一锤正擂在他的胸口上，黑袍狼扔了棒躺在地上。高文豹恶狠狠地拧剑又向他的腹部扎来，但旁边的众人已一齐怒喊，刀剑齐上，高文豹疾抢宝剑，乱抖链子锤护住了他自己的身，立时一阵纷乱。

这时那病金刚苗方已然疾掖了他的长衣，由一个人的手中抄了一把大棒，飞跃过去，先掠开几个人的刀枪，喝声："都住手！"他虽然只是个外来的客，但他的威严极大，只这一声喊，四下的人齐都敛手后退，高文豹也不由得发了一下怔。

病金刚却晃动了一根檀木棍，向高文豹说："你也不要逞强！我看出来你的武艺也是受过名师的传授，下了苦功练过，但是你保着蝴蝶镖还可以，在我的面前逞强可还不能。我就凭这根棍，随你是宝剑飞锤，三棍之下我若不将你打倒在地，连徐三我也不会了；我是转身就走，永远不到顺德府，看棍！"说时一棍盖顶打下。高文豹疾忙用剑横迎，铛的一声将棍磕开，然而病金刚的棍却顺势疾撩，身随棍转，其势极快；高文豹未能防御，吧的一声，这一棍正打在他的背上。虽然是一棍，但因用力极大，高文豹也是吃不住，偌大的汉子就当时趴在地下。他还要翻身，挣扎着再拼，但病金刚的第三棍又打来，正击在他的头上，他立时昏晕了过去。

高文豹被打昏在地下之后，那边躺着的黑袍狼已然被人搀扶起来。他吐了一口鲜血，面色惨白，喝道："将那小子的头给我割下来！拿我个名帖去到衙内打官司！"真有人要持刀去割高文豹的头，却被病金刚一脚将那人踢得人翻刀落，病金刚又改为和缓的态度，摆手说："我们在顺德府这样大城市里，光天化日之下岂能任意杀人？把他扔出去就得啦，死活由他！"他分派下来了，黑袍狼也无话说，当时就有人敞开了大门，又有四个人抬起了高文豹，就向外一扔。

门口本来就有好多的人在那里隔着门听里面的热闹，忽然见扔出来高文豹，他们都吓得往旁闪躲，大门却咣当的一声又关闭上了。高文豹却苏醒了过来，他在地下一滚身，爬了起来；他的脑袋本已被棍打破了，他一站起身，血水汪洋就都流在脸上。他要在地下去抓宝剑流星锤，但已然没有了，他就扑到门上用拳乱捶，用脚乱踢，并大骂："滚出来！病金刚，忘八蛋！"里边却不开门也不作声。他要跳墙进去，刚一纵身，不料病金刚已从里面上了墙头，蓦然又向他的头上擂了一棍；他又翻身倒地，墙上站的病金刚向着外面一声冷笑，又回到院里去了。

这时四围看的人见高文豹头上的血较前流得更多，就不由一齐咋舌，说："这回可是死啦！"但不料高文豹忽然又爬将起来，直如一个凶鬼似的就又要上墙。这时，身后就有人拉了他一把，他几乎又倒下，疾忙回过来血淋淋的头脸一看，原来是徐三爷，提着那只八哥笼子，态度还是那么悠闲自在的。高文豹就大声嚷嚷说："三叔，你不知道吗？黑袍狼勾来了病金刚与你作对！我不愿叫你老人家为这小事出头，我先跟他们拼一拼；黑袍狼已叫我打伤了，但病金刚，我还得跟他斗斗！我不能就服他！"说着拿袖头擦了擦脸上的鲜血，仍然要往墙上去蹿。

徐三爷将他拦住，说："老侄，你这是何苦？病金刚又没敢找到我的门上，咱们何苦要跟他们怄这闲气？"这位老人家说话时是一点不动气，也并不着急。

旁边的人有的见徐三爷来了，待一会儿大门一开，就许有一场更热闹的武戏，徐三爷可未必吃得住病金刚的擂头棍，所以多半都替他捏着一把汗，躲得更远了。有几个好心的人却又都过来劝解，帮助徐三爷劝高文豹说："算了吧，算了吧！高爷你也息一息气吧！先回去歇一歇，然后有朋友出头给了事；彼此都是一家人，伤了和气总是不好，弄出事来也都不便。徐三爷说得对，不必怄气啦！"随说着随帮助徐三爷将高文豹拉走。

高文豹这时头昏背痛，也真是筋疲力尽了，但他还不服气，扭着头还向着福德泰镖店大骂，说："小子们！把大门开开呀！出来拼个死活！关上门躲在门里，就算是好汉子了吗？真给江湖人丢脸！"那些好看热闹的人也都觉得扫兴，觉得飞锤太保纵然被人给打了，可是还英雄，但福德泰今天实在是泄了气。

他们正在这样想着，有的人要走还没有走，那边的徐三爷拉着高文豹也还没走了几步，不料在这时福德泰的墙里头忽然有人一跃而出，正是那病金刚；他的长衣裳已然脱去，只穿着一身短裤褂，手中仍提着那杆檀木棍子，飞似的追了上去，喝道："你们别走！以为福得泰镖店的人真怕你们吗？"

那边高文豹立时回身扑迎过来要夺棍，可是徐三爷一手将八哥笼子高高地举起，一手摇摆着说："别打！别打！来的这位就是什么病金刚吗？"

病金刚追到临近忽然将步止住，用棍尖点地，一手护住了前胸，扬目问说："你就是蝴蝶镖的主人徐三吗？"

徐三爷说："原来你还不认识我？我却倒听人谈说过你，听说你在山东的名声还不错，如今来到这里找我作对是为什么缘故？我劝你可千万别上了黑袍狼的当！你未曾见他的面，未曾答应帮他的忙的时候，就应当先向他问明白了，他不见得不认得我是谁！"

病金刚听了忽然一阵诧异，但又冷冷地一笑，说："不用多废话了，我也用不着细打听你的来历，现在只是劝你，摘下镖旗上的那个蝴蝶！"

徐三爷益发地笑了，说："岂有此理！我镖旗上的那个蝴蝶扣，就跟我笼里养的这八哥一样，是我喜好的玩意儿，干你山东病金刚什么事？"病金刚说："因为你弄那假招牌欺蒙江湖，我听说了，不能服气，所以我要跟你比试比试！"徐三爷点头说："可以！但你须得等我把八哥送回家去，咱们还得约定一个地点才成，你要叫我跟你像小孩子似的，在街上打架，在车辙里打滚，我可不干，那样，我就是胜了，也算丢人！"

此时，徐三爷说话，虽然仍是笑着，但这种笑是假的，他的面色是极为森厉可畏。旁边气昂昂站立着的高文豹，连衣领、大襟全都满沾着鲜血，他徒着手又挤过来，说："你快说吧！说出个地点来，还是我跟你较量，你不配跟我三叔斗！"病金刚闪开一步，冷笑着说："你也不配跟我斗！"遂向徐三爷一挑手，说："徐三爷，我也知道你是一位老江湖，如今咱们还是应当讲讲江湖面子，你也这大年岁了，我要是说的地方太远了，你也走不动。地方可以由你说吧，时间也由你定，我是无不奉陪！"

徐三爷的面色也渐渐温和了一点，就说："你既然肯讲面子，那就好办。我老了，腰腿儿虽然还能够动弹，打一趟拳，走一趟刀，虽然自信还不弱于你们年轻的人，但究竟我是不愿多费力气。今天，吃完了午饭你可以到我的镖店去，我们玩一两套小把戏、细功夫。听说你惯会用手掌击石头，我想你对这些功夫也一定喜欢，那么咱们就凭那定出输赢，既公道，且不必打得个头破血出，弄得不好看！你以为如何？"

病金刚点头说："好！就这样办吧！待会儿见！"

徐三爷也点头说："好！好！"又说："你去找我的时候，顶好多邀上几个人，以便给咱们做个见证，叫他们带上兵刃去也不妨，虽说是到时比较功夫，可是你们若仍欲拼命，我也不惧。反正，只要我输了或败了，蝴蝶扣我就当着你们的面扯碎，镖店也一任你们砸毁！"说着，这位老镖头又勾起来一些气，他的八哥却在笼子里说："回去啦！回去啦！"

病金刚又一抱拳，转身提着棍子走了。徐三爷向那一群看热闹的人笑了笑，又向高文豹说："你跟我回柜上去吧？把脸上的血洗洗，歇一歇。我给你沽点酒，叫我姑娘给咱们炒两样菜，吃吃谈谈；等着他们找我去的时候，你看看我的手段！"

高文豹却又羞得满面发烧，幸因有血迹遮着，没显出怎样脸红。他摇了摇头，说："等我吃完午饭我再去吧！现在我先回家。我今天受的这点伤，不算什么，等三叔和病金刚斗完了，我还要跟他斗斗！"徐三爷也没再拉他，就一任他走了。

徐三爷依然提着八哥笼子，逍遥自在地走回家去了。高文豹今天受的这几处棍伤，若是换个别人早就爬不起来了；但他虽然满身是血，却强忍着伤痛，瞪着大眼，反倒昂然迈着大步前走。走到了福德泰镖店门首之时，他仍然大骂着，并想要进内索回他的宝剑和链子锤，但是那两扇大门却仍紧紧地关着，一点不威风，反显得胆怯。

他也没有气力了，回到家中洗了洗脸上的血，换了身干净的裤褂，并用手巾将头包住，就侧卧在炕上，头和背上现在全都非常疼痛难忍。幸亏此时他的老娘并没在屋里，大概是上茅房去了。待了一会儿，他老娘回来了，他却已将洗了血的水泼了，将染着血的衣服已然藏起。他的老娘见他躺卧着，还以为他昨夜没睡好觉，因此又疑惑儿子昨夜不定睡在哪里了。儿子已然这么大了，还不给他娶亲，也难怪他在外面做荒唐的事，老人家想到这里，心里又很难过。

高文豹此时虽然是咬牙忍住了疼痛，但心中却乱得很。今天锤打了黑袍狼，虽然他没死，可以算为父亲出了气，而且可见自己的武艺确实是比黑袍狼高，要知如此，早就把他打了。又想病金刚的棍法实在厉害,只怕今天徐三爷也未必是他的对手,而自己已无颜再回镖店,也不能为他助拳!

当日城中的人差不多全都知道了,午后徐家镖店里要有一场大比武,是徐三爷跟病金刚。大家都猜测着是徐三爷准败,碰巧还许老命呜呼。因为病金刚的武艺确实难惹,他的那根木棍真比黑袍狼的狼牙棒凶得多,能够把飞锤太保打昏晕过去两次。可是黑袍狼,大概是因为他娶了小老婆之故,武艺退步多了,今天竟会吃了高文豹的一个大亏。

福得泰镖店为什么关门呢?原来那是病金刚的主意,他不许本镖店的人出门,以免将店主黑袍狼吃了亏的事宣扬到外面去;可是后来病金刚一看,也用不着宣扬,黑袍狼挨了锤吐了血之事,就连街头的小孩子也都知道了。病金刚又急又怒,就索性令人敞开了大门,并派人去请城中的那几家镖头,来此共同商量应付徐三爷的办法;并请他们在这里用过午饭之后,一同去到徐家镖店,以看他与徐三爷比武。

可是那些家镖店的掌柜的,如偃月刀胡龙、双钩陈远、丈八矛冷大山等人,昨日还都驾着黑袍狼与病金刚之势,声言帮助他们撕蝴蝶镖,打徐家镖店,今天因为黑袍狼叫一个没有多大名气的镖头给打了,他们就有点畏惧;所以只有丈八矛冷大山一人来到,胡龙、陈远等都是派了手下的镖头来的。病金刚一一接见,谈说了今天的事,然后又带着他们去看黑袍狼的伤势。

黑袍狼在他那陈设得很华丽的屋中躺着,正由他的侍妾伺候,一见有人来了,他就令侍妾回避了。他卧在床上爬不起来,见了来人,他是十分的惭愧,但还向人说着大话。他说:"咱们走江湖的人,有的时候占便宜,有的时候就许吃点亏,这不算什么的;过一半天,我的伤好了,我再找他们去算账。早先我是可怜徐三的年老,高文豹的爸爸又是因比武被我打死的,我也处处容忍他,现在徐三竟敢使出来高文豹打我,这以后就说不得啦!我非得将他们斩尽杀绝不可,有我姓秦的,没有他徐三镖店!"

第二回　病金刚惨遭劈山掌
毒剑客智胜追风刀

　　此时冷大山和太平、三友两家的镖头，只有劝黑袍狼应当安心养伤，并说："高文豹拿链子锤打人，就跟使用暗器一样，虽然胜了，也算不得英雄；何况他也叫苗二爷拿棍连打昏了两次，细说起来，今天上午的事，还算是他们输了，咱们赢了。待会儿的事情那更不用说了，一定是苗二爷稳占上风；明天后天独剑客唐五爷再一来，徐老三就非得滚蛋不可。高文豹失了靠山，那将来还不是由着咱们收拾吗？秦掌柜你这口气何愁不出？"黑袍狼秦成龇牙咧嘴地忍下了一阵胸痛，就又向病金刚说："二哥！待会儿你见了徐三，可是也不要轻看了他，须谨防他的毒手。他还有一个女儿……"病金刚因又问："刚才我可是听徐三亲口说的，他想你一定知晓他是怎样的一个人，似乎他觉得你很晓得他的来历。"黑袍狼微微摇头说："我哪里晓得？我只听人说他姓徐行三，他有名字没有我都不知道！"

　　病金刚仍然有些不相信，就又说："我此次来到顺德府，固然是因为看着他们那蝴蝶镖生气，可是也实为帮助我兄剪除一个对头，使我兄在此地做一个镖行的领袖，以后我们交情日厚，好彼此往来，使山东、直隶两省的镖行朋友都成为一家人。但是你应当对我说实话，叫我知晓那徐三究竟是何许人也，待会儿我跟他比武的时候，也好先有个斟酌。"

黑袍狼听到这里,脸色就渐渐地改变了,发了半天呆,才说:"老徐三之来历我实在不大晓得,只是在五年之前我在河南的时候,却曾会过他一回……"说到这里,他的面上发出一阵惨白,就叹了口气,说:"提起来话长,这时我也没有力气细说。苗二哥,我实在告诉你吧!早先我就在他的手下吃过亏,所以我才怕他,才请了二哥你来。徐三,他的真姓名,我虽不晓,但我疑惑他就……"

病金刚苗方突然一惊,赶紧瞪着眼往下去听,可是黑袍狼仍是没有说出来;他只是一手捂着胸,一手摇摆着说:"二哥你不要问了,只盼你回头见了老徐三,不要轻看他就是了!如果你也觉得不行,那就只好罢休。这回就算是我栽了跟头,我现在伤得这样了,谅他们也未必肯来忍心杀我!"病金刚发了一会儿呆,黑袍狼却渐渐忍不住伤痛,呻吟了起来;病金刚也不便再追问他,就同着冷大山等人出了这屋,到前厅去用饭。冷大山这几个人一点精神都没有,连酒也喝不下去。

少时饭毕,病金刚伸了伸手脚,就将里衣束扎利便了,带上一口短刀,随后在外面披上了长衣;又选了两个镖头,一持木棍,一携双刀,作为随从。冷大山几个人却都连一件兵刃也不带,出了门,一路走着,虽然还都跟病金刚谈谈笑笑,可是掩不住他们的畏缩神态。越走离着徐家镖店愈近,病金刚的脸色也愈白。

少时来到了徐家的门首,就见双门大敞着,里边一个人也没有,冷大山等人倒很为惊异。病金刚在前,进了门一看,柜房也锁着,里边并无一人。向里院去看,见阳光之下,有一个十七八岁的大姑娘按着一只大黄猫,拿着个篦子,正给猫梳拢毛儿,背影儿向外。病金刚就止住了脚步,而那冷大山等人的眼睛却有点发直,病金刚就站在这里向里叫了一声:"徐三爷在家中吗?"那女子一听,便把头一回。病金刚看出来这女子生得实在是貌美,冷大山就在他耳边悄声说:"这就是老徐三的女儿!"

此时院中的姑娘回头看了看,并没说话,站起身来抱着猫,就一颠一跑进到屋里去了。她那油亮的大辫子在背后的白小褂上一摆一摆的,使冷大山这几个人都有点销魂。病金刚越发不能往里怔走了,他就又叫了声："徐三爷！"

这时就见徐三爷由此屋里出来，他此时是身穿一身蓝粗布的短裤褂，十分利落，口衔着旱烟袋，出来就拱手，笑着说："我正在等候诸位，请到这屋来坐吧！"他态度之从容镇定，简直跟没事人儿一般。

徐三爷手里原拿着钥匙，走过去把柜房的锁头开了，拉开了门，就请这几个人进屋。冷大山这几个人都有点毛咕，好像怕屋子里有什么埋伏，先看着病金刚昂然走入，他们才跟随进去。屋里没有一个人，床铺桌椅都已然挪开了，当中地下放着一块大磨盘，还有许多块大大小小的石头。

徐三爷先把烟袋锅儿向石磨上磕了一磕，然后就放在窗台上，笑了笑，又向病金刚一抱拳，说："听说苗兄是会拿手拍石头的，这个小玩意儿早先我也玩过。现在你老兄来找我，咱们与其拿刀动杖，彼此受伤，不如玩玩这小玩意儿就算罢了。"遂指着石头说："这些石头大小不齐，都是我叫人由城外拾来的。"说到这儿又笑了笑，接着说："咱们先练掌力，后练臂力，谁要是能用掌将那块大的石头击碎，谁就是好汉；你们谁要是能举起这块石磨来，我就撕碎了蝴蝶扣！"

说到这里，他的声音震耳，冷大山等人全都有些害怕了。病金刚却微微一笑，说："要说举这石磨，我可举不起来，我没进过武场，再说要是光有两膀子蛮力气，也未必就算英雄；至于击碎石子的事，那我倒可以奉陪。"说时弯腰挑选了一块虽然不是太大，可也不小，约有甜瓜大的一块青石，放在石磨上，挽袖蹲身，高高举起手来，向下砍去。只听吧的一声，石头立时碎为四五块，冷大山等人一齐说声："好！"

徐三爷却另外拾起来一块比那个小，却是个浑圆的石卵交给病金刚，说："请再试一试这个。"病金刚接回来，拿手握着，却现出一点犹豫的样子，因为这种圆石子比大块的石头还难拍。他颠了一颠，就忽然一阵冷笑，把石卵扔在石磨上，举手又去砍，并喊了声："开！"头一下石卵蹦跑了，被他带来的镖头拾回来，放在石磨上；他再拍，第二下又没有拍碎；他又连着拍第三下，仍然不成。旁边老徐三爷却不住地微笑，病金刚却大怒，说："你来拍！我也犯不上为这事耗去了我的腕力！"他瞪着大眼，神情非常的急躁。

徐三爷弯身拿起来那颗石子，不住地微笑，向病金刚说："这还用拍吗？我只用手指一戳，它要不碎，我就扯烂了蝴蝶扣！"病金刚说："好！你来！"

徐三此时面上也现出怒色，傲然说："我要拿大块的石头拍碎，你们也许以为我是先把石头用醋泡过了，你们一定不服气；现在，这是你惯会拍石头的病金刚，连拍过几下拍不碎的石头，这绝不是假的。可是，我们得先讲好了，我老头子了，不愿意惹气，更不愿叫后起的朋友丧尽了名头，一辈子不能翻身，因此我才不愿意在街上比武，只在这儿弄弄这小玩意。我若是说出来办不到，那就算我败了，我携妻带女当时离开这顺德府，以后你们若在江湖上再看见我，我由着你们骂。可是譬如我真把石头戳碎了，那也不能算是你们败，只能算你们低我一头罢了；可是也得请你们走开，今后再休来跟我较量！"

病金刚说："好！你先不要说大话，你先戳碎了石头，咱们再说话，我不信我拍不碎的东西你能把它拍碎！旁的不要说，唯独拍石头、铁砂掌，我不信能有人压得过我！"

徐三爷把他拦住，说："说够了！多说了，你一定后悔。话越说得大，你的名头就丢得更大，你在山东闯的名也不容易，何苦一朝丧尽？来看吧！"他大喝一声，将石卵放在石磨上，就拿左手的食指向上一戳，立时把一个圆溜溜的石卵，戳成两半，并且将石磨也给戳了个坑，冷大山等人一齐惊得变了色。

病金刚都看出来这个老家伙的武艺真是了不得，别人他肯让，但这样厉害的老头子他绝不能让；别人他要对之讲义气，但对这超过自己十倍的人，他却顾不得什么义气、名声、道理了。他就乘着徐三爷的头还没抬，腰还没直起之时，突发毒手，一拳向头上打来。不料徐三爷手疾眼快，头一缩，步一退，就躲开了拳；同时直起腰来，面现一种暴怒，煞气逼人。他就点头说："好！我还以为你是个忠厚人，不过年轻性急罢了，谁想到你原是个心坏手毒的小辈！好，这可不能怨我了，你就着掌！"立时一掌劈去，只听惨叫一声，病金刚被这一掌击得当时晕倒，就像早晨高文豹那样死了一般，直挺挺地躺卧在地下。

他的身后，冷大山等人都吓得跑出屋去了。有一个随他来的镖头刚要抢刀，徐三爷就一个箭步跳将前去，把手腕向他的胳膊一挨，他当时就一咧嘴，钢刀当啷一声坠地。徐三爷就如提小孩子一般，把他提出了屋去，笑着拍了拍他的肩膀，这人却不住地哎哟哎哟直叫唤。

徐三爷又把脸一沉，向这几个人说："看见了没有？我刚才用的那一着数，名叫'劈山掌'，病金刚他要是不那样无理，我还不忍得打他。回去告诉黑袍狼，无论他是再请什么人来，可先得问问，能够敌得过我这个劈山掌不能，不然休叫他们来找打。"说到这儿，又哈哈一笑，就很平和地向冷大山说："进屋来吧！把他抬回去吧！我保他绝不能死，他若没钱治伤，我这里有钱；没地方住，我这儿也有地方住。"

冷大山就连连作揖，说："三爷，您都看见了，我今天虽是跟他来的，可是我在旁边没多一句嘴，没给他们助一点威。我早就知道他来到这儿一定是找打，并且我想着，您还不能把他打得这么轻，可是我又不敢不跟着他来搅您，这您圣明！您能够打他，可是我要是今天不跟他来，他可能够打我！"徐三爷点头笑着说："我知道，你们都是聪明有本事的人，第一嘴头子会说，会软也会硬。快些把他抬走吧！"冷大山答应了一声，立时就指挥起人来了，大家就进屋把病金刚抬了出来。

此时病金刚的脸都肿了，鼻子已被击破，流了一脸一衣裳的血。他苏醒了过来，身子虽不能动，但还狠狠地看了徐三爷一下，吐沫星子带着血喷出来，说声："再会吧！"

冷大山叫人连抬带架地把他运出门去了，回首一看，却见徐三爷呆呆地站着发呆，脸上并无怒容，只是带着一些不忍的神色。冷大山又过来作了一个揖，说："徐三爷，我要把他送回去，可是，可是……"他嘴里含着话，可又仿佛说不出来。

徐三爷的颜色微转了转，就问说："还有什么话，你自管说！"冷大山悄声说："我不敢不告诉您，病金刚这次虽然被您打伤了，可是还有后患。"徐三爷冷笑说："我知道，他们现在与官府勾通，昨天他们请衙门里的人在饭庄吃的酒。可是，如今我把病金刚打伤了，难道衙门里的人还能借此就来抓我吗？"

冷大山摇头说："不是不是，您忘了，您没开这镖店的时候，黑袍狼哪天不打伤几个人，也没听说衙门里的人管过一回。再说衙门里的人虽跟您平日没甚来往，可是您的大名谁不知道？谁不景仰您？这件事您倒别在意。就是，就是病金刚他还有一个朋友，这回本来是由山东同他一块来，可是这个人半路又往河南去了，昨天大概已到了大名府，黑袍狼今早已派了人迎接他去了。"

徐三爷点头，一点也不在意地说："我知道，听说他们又去请一个什么姓唐的去了。"

冷大山说："就是此人，此人姓唐名松，行五，外号人称毒剑客。"徐三爷笑了笑，表示出这个人不过是个无名小辈。冷大山又说："此人是个年轻的人，近二年在南阳府一带颇有名声，听人说他的武艺比以前的河南大侠赤须龙还高得多！"徐三爷听了，脸上微微地变了点色。冷大山又说："这人的武艺是从南方学来的，他的师傅叫洞庭老侠。"

徐三爷听了这句话，忽然又发起了怔来。

冷大山说："听病金刚自己对人说，这毒剑客的武艺可比他强，自然比三爷一定差得远。我是不敢不把这件事告诉您，因为他一二日内就要来到，他来了，要是叫我给他助一回威，我可还是不敢来；反正只要三爷圣明，不恼我就得啦。我在这儿开那镖店，不过是跟三五个朋友凑在一块混饭，谁我也不敢得罪，可是谁我也……"

徐三爷摆手说："好了好了，我知道，你就是拿着你的那杆丈八矛帮助他们来打我，我也不恼你。"冷大山笑着说："咳！我那杆丈八矛，还不是个样子货吗？其实我哪会使呢？"徐三爷不耐烦地说："得了得了！快走！"冷大山又给徐三爷作了一个揖，鼠窜而去。这里，徐三爷却望着门口，呆呆地站了半天。

本来刚才他打病金刚的时候，病金刚发出的那声惨叫，就被里院屋里的姑娘听见了，徐姑娘早就跑到了院里；可是她又晓得她父亲的脾气，连过来看看都不敢。听到冷大山叫人往外抬病金刚，她就放了心，知道是她的父亲获了胜，就赶紧又走回屋里，去弄自己的针线。如今待了多半天，却不见她的父亲回到院里来，她就又放下了针线，疾忙走了出来。

起先见她父亲在那儿站着，她还不敢过去，如今站了这么半天，她就不由得有点纳闷，就轻轻地走过去，又轻轻地问说："爸爸！他们走了，您可还在这儿站着干什么呢？您进来歇一会儿吧！"她的父亲徐三爷一声也不言语，却转过来脸儿。她突吃了一惊，因为她还向来没有见过她父亲的脸色像这样的愁黯，她也随之一阵发怔。徐三爷却转过了身，有声无力地说："把大门掩上吧！"她惊疑地望着她的父亲，赶紧过去将门掩好，插上插关；再回头看她的父亲，却见那位老人家已往屋中去走，可是低着头，显出十分颓靡的样子。姑娘见她的父亲都是这样发愁，她就更不知道是怎么一回事，也不免有点心里发跳。

门旁边本来有两块很沉的顶门石，她就弯腰抱了起来向门上去顶。咕咚的一声，刚顶上了一块石头，却听外面吧吧地打门，并有粗哑的声音喊道："别关！别关！"姑娘又吓了一跳，因为听出来门外是高文豹的声音。

她正在不晓得是开了门好还是不开门好。这时她的父亲才走到屋里，听了叫门的声音就蓦然一转身，瞪起了眼睛，脸上的愁容加上了杀气，大声说："问问叫门的是谁？"

此时外面高文豹又急急地说："快开门！妈的病金刚，我再来斗斗他！用不着三叔上手！"说的话虽然急躁，然而声音却显出来很短促，可见他是负着伤来助拳。姑娘就不由皱了皱眉，向外面说："病金刚已叫我爸爸给打走啦！高大哥你还有别的事吗？"

那边的徐三爷却厉声说："快叫他回去养伤！我的事不要他管！告诉他我的镖店不开了，从今天起歇业，叫他不必再来了，伤养好了我给他再找别的事；账，等我过两天算清了给他送到家去。叫他赶快回去，不要出门，我姓徐的就是被人趴下，也用不到他帮忙！"

姑娘隔着门缝向外说："高大哥你先回去吧，我爸爸现在正生着气啦！他不叫别人帮他的忙，也不叫我开门！"外面的高文豹说："我是带着家伙来的！有我，用不着三叔那么大年岁的人亲自动手，我打死他病金刚、毒剑客、黑袍狼几个忘八蛋！"姑娘还不知道从哪儿又出来了一个毒剑客，她就把声音压低一点，说："刚才我爸爸已把病金刚打伤得很重，事情就算是完了，高大哥你不必担心了！你快回去养给养给去吧，我爸爸他不让开门。"

外面的高文豹听了，立时就不言语了，可是喘气的声音很大，足见他没有走开，也许他又站在那儿发怔呢。姑娘又说了一声："高大哥你回去吧！"外面这才"嗯"了一声，又说："待会儿我再来！叫三叔别着急！"姑娘听了，心里不由得一阵难受，又顶上一块石头，她就站起身来，急忙跑回到屋里。

她的屋子本来是三间，一明两暗，西边的里间是她跟她母亲住，这些日母亲不在家，只是她一个人住；东边的里间却是父亲的卧室，有一张木榻，还有一把很破的太师椅。如今，徐三爷就发着呆，靠在那把椅子上，旁边隔架上放着的鸟笼，八哥还在笼里说："我要喝茶！"

姑娘有点害怕，畏缩地走进前来，先说："高文豹他走啦！"徐三爷只点了点头，可并没说话。姑娘又笑一笑，说："爸爸！您今天是怎么啦？您心里到底有什么为难的事呀？把病金刚也打走啦，事情不也就完了吗？谁还敢再来跟您作对呀？您别负气，也别灰心，镖店咱们还照常地开，蝴蝶扣照常地用，怕谁？"

徐三爷却惨然地笑了一声，姑娘听她父亲的这一声笑，不由吓了一跳。徐三爷却向姑娘看了一眼，脸色渐渐地和悦，先说："高文豹确实是好孩子！"姑娘皱皱眉说："他本已受了很重的伤，可是还要来帮助咱们，总算是个好人。"徐三爷点点头，又说："江湖上像他那样有良心的人还真少有！可惜这几年来我净支使他在外边乱跑，没有指点他一着儿武艺，如今晚了，我没那精神了！也来不及啦！"

姑娘又诧异一下，说："爸爸，您这话我实在不明白！刚才您打伤了病金刚，可见您的劈山掌还是天下无敌，追风刀还没有用呢！病金刚是东路著名的好汉，他尚且经不住您一打，别人，别人就是有与您争斗之心，我想他若听说了刚才那件事，也得疾忙乘风儿转舵，不敢来往硬石头上碰！"

徐三爷却摆手说:"休说大话,你小孩子家懂得什么? 俗话说:'强中自有强中手,能人背后有能人',咱父女俩这些年只在黄河两岸及太行山一带行走,其实黄河以南还有长江呢! 太行山的西边还有华山、终南山、太白、祁连那些个大山呢! 长江之旁,高山之上,都隐居着奇人大侠,咱爷俩实在数不上数儿;他们那些人教出一个徒弟来,若是与咱们为难,也够咱们对付的。"

姑娘瞪起眼睛来,问说:"谁? 谁教出了徒弟来要与咱们作对? 爸爸您说出来,我听听! 除非他由天宫里飞下来哪吒,云里来了金刚,还得是真金刚,不能是病金刚,我许怕,他若也是肉眼凡胎,伸腿才能走路,抡拳才能打人,那我……"她嘿嘿冷笑着,徐三爷却又摆手又摇头,连连说:"你快去吧! 你快去吧! 干你的事情去吧!"姑娘却跺脚要哭,急声儿说:"爸爸您今天非得告诉我才行! 我知道您的心里一定有为难的事,您一定怕病金刚走后,还有比病金刚武艺更高强的人来找您,您才……"

徐三爷曙地立起身来,狂笑说:"凭他武艺高强的人,谁还能强得过我? 三十年来我怕过谁?"姑娘说:"那么您刚才可又说什么长江高山……"徐三爷却顿然叹了口气,但是叹过了气之后,徐三爷就不再发话,拿手又驱他的女儿,姑娘只好擦了擦眼泪,退到了外屋。

徐三爷住的房子也没有门帘,姑娘一扭头,就看见了他的父亲。就见徐三爷在那把椅子上坐着,双手按着椅边儿,瞪着两只可怕的眼睛发呆。姑娘又难过了一会儿,忽然把心一横,就回到她自己住的屋子去了。一时屋中岑寂,除了那只八哥有时说上一两句话,就再也没有声音。

过了有一点多钟的时候,徐三爷就忽然站起身来。他在屋中来回地走了几步,便出了屋。走到刚才与病金刚争斗的那个柜房,石磨、大小的碎石子还在地下兀自地放着,门槛上且留着病金刚喷出的几点殷红的血。徐三爷回想起来刚才掌击病金刚之事,不由又有点精神奋发。他拿起烟袋装了一袋烟,按了按,打着了火镰,又喷着,胡子下面跟鼻孔里全都冒出来袅袅的烟云。

这时忽然外面又有人敲门，敲得声音倒不大，也不急。姑娘又从屋里跑出来了，徐三爷赶紧出屋，把他的女儿拦了回去。他隔着门问一声："找谁的？"外面却说："是我！我姓杨，三爷您开门吧！"徐三爷一听，是管账的杨先生的声音，遂就将顶门石搬开，插关卸了，开了一道门缝。

杨先生就挤进门来，笑着说："三爷，我刚才上街买一点东西，没想到这么会儿工夫，您就把病金刚给打伤了！街上人都沸沸腾腾地谈论此事。我往回走还看见冷大山他们抬着伤的病金刚，哈！这可真成了病金刚了。真是'强中自有强中手'，您瞧他早晨打高大爷时有多么威风……"

徐三爷就问："你见着鲁七、侯二了没有？见着了告诉他们，在家里多歇几天不要紧，柜上现在也没有什么事。"杨先生笑了笑，说："他们大概也快回来了，您打伤了病金刚，街上谁不知道？"徐三爷不大高兴地说："算了！不要提他们了，你好好照应着门吧！"杨先生连连答应，便走进柜房去了。

徐三爷却一径进了北房，姑娘正在外屋站着，徐三爷就说："你快收拾收拾，我也把你送到于家去。"

姑娘听了这句话，不由得发了一下怔，就跺脚说："干吗呀？我不去！我妈在那儿服侍我于嫂子的月子也就够啦，干吗我还去？"徐三爷却说："我是想叫你去躲一躲。"姑娘急了，竖起来双眉，问说："我干吗躲？我怕谁呢？"

徐三爷却冷笑了一声，说："你谁都得怕，因为你是个姑娘！以前，你跟我漂流江湖，那是因为没有法子，但后来的几年，我可是处处叫你学那安闲端重；咱们虽不是大户，你也不是小姐，可是也得跟别的人家的姑娘一样，不能露出来野气，叫人说咱们没家教。那蝴蝶扣，早先你给系在镖旗上时，我就不愿意；那时你的年龄还小，我想，也不过是个玩意儿罢了，未必有什么用处，可是没想到竟然行开了，弄得这两年摘也摘不下。所以这回有人找我来捣乱，无论我是胜是败，我倒正好收镖！"

姑娘说："凭什么呢？那不是显出咱们栽了跟头了吗？蝴蝶扣是我结的，爸爸，您不开这镖店，我开这镖店。"

徐三爷听了女儿的这话，却大大地不乐意，瞪起眼睛来呵斥着说："什么话！哪有女儿敢用话顶爸爸的道理？实同你说，病金刚虽已被我打走，但今天或明天，就还有比他的武艺更高的人来找我！"

姑娘扬起头来说："是谁？爸爸您把这个人的名字告诉我，看看我知道不知道？"徐三爷说："你小孩子家知道什么？此人的名字我也向来没听人提过，武艺如何更不得知，不过只晓得他是洞庭老侠的门徒。"姑娘歪着脸儿沉思说："洞庭老侠？"

徐三爷脸色忽又骤变，说："洞庭老侠是三十年来威震南北、第一的侠客。他有一个大弟子名叫凤凰飞，我曾遇到此人，本事之高，超我百倍，二十年来我不敢再到南方去也是为此之故。如今听人说，一半日内与病金刚来找我的即是洞庭老侠的门徒；当然不是凤凰飞，可是也绝不等闲，所以我颇为忧虑此事。此人如果真是洞庭老侠的门徒，那可就是我的一个劲敌了，谁胜谁败，谁生谁死，现在可真不敢说。"

姑娘听她父亲说到这里，她的俊脸儿上就也浮起来怒容，愤愤地说："到时候爸爸您别上手！"

徐三爷却说："我岂能到时叫你出头呢？我自信我的力气还有，劈山掌、追风刀还能够敌挡洞庭派的门徒一阵儿。你现在先到于家去暂避几日，那就算是帮助你爸爸了；你要在这里，我绝不放心。我若时时顾虑你，我的刀法便施展不开，手下便不能够狠，便必败无疑，所以你快走！快些收拾东西！"

姑娘被父亲催着，她抿着嘴儿想了一想，就点了点头，可是又说："我也没有什么东西带，我就是一只小包裹。"徐三爷点头说："好！你就拿出来快走！我送你去。"姑娘又皱着眉说："何必叫爸爸您送呢？这么远儿，难道我还不认得路吗？"徐三爷想了一想，就点头说："好吧！你这就去吧！告诉你娘，也叫她在那里再住几日，千万不要回来，也千万不要把咱们这里的事告诉于家的人。"姑娘答应着，就颠颠跑跑地回到她的屋内。

徐三爷又衔着他的旱烟袋，在院中来回地走。待了半天，姑娘才夹着个一尺多长的花布包袱由屋里走出来。徐三爷想着，包袱里一定是女孩子们的衣服和针线活计等等，便也没有问，只又嘱咐了一声："这里的事千万不要对人说！他们要是已经知道了，你就说我打败了病金刚，事情就算完了，叫他们都放心就是了。"

姑娘答应着，又说："爸爸，您的晚饭也不必到外头买着吃，我在那边做好了就叫人给送来好了。"徐三爷说："吃饭的事倒不要紧，这里有杨先生，叫他多做一点，我们两人也就吃了。"姑娘夹着包儿向外走去，杨先生已由柜房里出来给开了门，说："姑娘看老太太去呀？"姑娘笑了一笑，就出了门去。

这院里的徐三爷却又叫杨先生把门关严，女儿一去，他就少了一层顾虑，精神又振，便把烟袋放在窗台上，一边挽着袖头，一边走进了屋，就从壁间摘下了一口刀，寒光出鞘；徐三爷就又到院中，来温习他搁置已有三载的绝技——追风刀法。

这时候徐姑娘夹着包袱在街上走着，往常她出门总是低着头走，今天她却抬着脸儿，不住地东瞧西望，而且还时常地回头；往常她不大觉得，今天竟见有许多人都把眼睛盯在她的身上，而且有的竟站在路旁发呆地看着她。

她早先随同她的父亲也走过许多的地方，她十三岁才留满了头发的时候，就曾在某处遇见过轻浮的少年；先就是用眼睛盯着她，后来竟走近前来，说出了些那时所不懂的轻薄的话。那次是她父亲正在她的身旁，她父亲那时的脾气和现今绝不一样，暴躁得很，劈山掌一下劈去，竟将个瘦弱少年打伤在地。后来听说那人就因此死去，所以她父亲就携她同她母亲急忙离开了那个地方，以后就再没有往那里去。那件事给予她的印象最深，总忘不了，时常想起来。

如今这些个盯着自己的人可都不是那样的目光，而都像怀着一种惊异；又仿佛是自己粉擦得不好，辫子梳得不整齐，或是脚下的小鞋有点不新，才惹得人家都这样看自己。她不由得有些发窘，且有些生气。

正在走着，却忽听有人高声叫着："姑娘！姑娘！你上哪里去？"姑娘赶紧顿住脚步儿扭扭头,却见街旁就是一家茶馆,字号是"清露轩",是很雅静的一家茶社;里边没有多少人,窗户也开着几扇,里边就有个高身的大汉大长脸上还带着许多伤痕和血迹。这街上简直没有这么难看的人,倒把姑娘给吓了一跳,然而她认出来了这是高文豹,就说声:"哎哟,高大哥!"但这句话是不自禁地说出,声音很小,那边的高文豹并没有听见。

高文豹手扶着窗台站了起来,忽然又一阵龇牙咧嘴,可见他身上的伤势还是很重。姑娘就有点不忍,遂夹着包儿颠颠跑跑地过去,拉开门进了茶馆,就说:"高大哥你坐下吧!你为什么不在家里歇着,可到这儿来呢?"

她说话时有点皱眉,可是忽然听得身后有一种外乡的口音,喊着说:"堂倌!泡一壶茶来!"姑娘没容对面的高文豹答话,就赶紧回头去看。原来是姑娘的前脚儿进了茶馆,后脚儿也就跟进来一个男子,姑娘只见是个年轻的人,穿着黑绸子的大褂。她便没有细看,就又把脸向着高文豹。

只见这飞锤太保的凳儿旁却立着一根烧火用的三尺多长的大通条,好像就是这茶馆所用的东西。他扶着窗台,瞪着大眼睛说:"我叫门叫不开,我就到这里来,因为这里还离着咱镖店近。我听说病金刚妈的丢人之后,还有个毒剑客要来呢!也说不定今天他就来到。妈的,我倒要看看,毒剑客又是妈的什么东西?我开了窗子在这等着他!我,徐三叔叫我当镖头是干什么的?有了事情出来我不去先挡一阵还行?这些小辈还值得叫他老人家亲自动手?姑娘!你夹着包儿要往哪里去?"

姑娘微微地笑了一笑,就说:"我爸爸叫我到于家去一趟。"

高文豹说:"你待会儿就回来不是?回来告诉我三叔,就说我在这等着毒剑客呢!等到天黑他要是再不来,我就到福得泰镖店的门口去等他,反正他早晚得去;除非他半路得了信,吓得回去了。"

姑娘又笑一笑,说:"高大哥你别着急,这些事,我就没往心里放;毒剑客爱来不来,他就跟个狗似的!"

这时听旁边那南方的口音的客人忽然笑了一声,她就不禁又扭头去看，就见这个人笑微微地先溜了她一眼，然后叫着说："堂倌堂倌，你给我沏的这是什么茶呀？怎么发苦呀？"堂倌在灶那边说："茶还有不发苦的吗？这是顶好的'大方'。您问问旁边这些位，人家都是老主顾，人家都是喝'大方'；我们这是'干源记'买来的茶叶，水也是甜水井绞上来的，不能有错！"这客人听了堂倌的这番辩白，就哦呀的一声，笑着说："原来你们北方的茶叶全是苦的？我们南方的可不然，都是又甜又香。"他一边说，一边笑着尝茶，同时扭脸儿对着徐姑娘的脸。这人的脸仿佛比徐姑娘还白还俊，徐姑娘的脸上倒又加添上一层红晕，赶紧就又转向高文豹。

那高文豹的马似的大长脸又黑又紫，而且夹伤带肿，并挂着血，他仍然暴跳如雷，又把毒剑客、病金刚、黑袍狼大骂了一顿；他决定伤再重些他也不休养，反正他是要跟那帮人拼命的。姑娘见这屋里的人都看着她，她实在觉得有点羞涩，就说："高大哥，你上我们那儿去好不好？"高文豹却把头摇了摇，说："我不去！除非有人打进镖店，我为给三叔出力我才去，姑娘你也快走吧！"他又坐下，身子靠着窗口，哼哼地喘气；一半儿是生气，一半儿也是呻吟。姑娘却觉着高文豹有点疯了。

她又扭头看了看那少年，就赶紧转过了身，刚要走，不想对面来了个堂倌给客人们续水，几乎撞在她的身上。她赶紧往旁边一躲，不料左胳膊夹着的包儿就掉在地下，发出当啷的一声，仿佛里面有什么金银首饰似的，堂倌也赶紧退步。姑娘弯腰拾起包儿来，脸上却又一阵变色。

她低着头走出了茶馆，才走几步可也突然转身，点着手儿隔着窗叫说："高大哥！你这儿来！我跟你还有两句话！"高文豹说："什么事？"他又一阵皱眉咧嘴，好容易才站起来，手拄着通条，半天才走出来。姑娘倒觉心里难过的，等得高文豹来到了临近，她就央求似的说："高大哥！我劝你还是回家去……"说到这里，她忽然止住了话，原来她是看见茶馆里的那少年也站起来了，倚着窗向外看，眼睛一阵阵地向她来斜；这种看法，可真像她十三岁时所遇见的那个轻佻的人了，她沉下脸儿来，同时咬住了嘴唇。

高文豹却没有回头去看，只摇头说："我不回去！我要是一回到家里，我老娘就得看见我头上的伤，刚才我在家里虽也待了半天，她老人家可并没留心看见我的伤。我现在要连我老娘都不顾了！我得报答我三叔，一来三叔对我有好处；二来……"他的声音忽然低微而沉痛，说："我对不起我三叔，我除了帮他老人家打架，没脸再进镖店的门。可是，姑娘！这几年你知道我，我原是个正直汉子，没做过不规矩的事！"姑娘一听，又一怔，被高文豹的这几句话说得她莫名其妙。她不由得发怔了一会儿，见高文豹低着脸儿发着愁，仿佛是一个傻小孩似的，又可怜又可笑，她就说："那么，高大哥，待会儿再见吧！"她转身就走，想回头看看，但又觉得很羞得慌似的。

她夹着包儿，少时就到了绣花作于家。这里柜上正忙着，十几个工人都跟小媳妇似的，在那儿弄着一些绣活，拈着针线，往红绿的缎子上绣着什么鸳鸯、龙凤。她真不明白，顺德府并不算是太大的地方，可是嫁娶的事情总是永远有，这柜上永远为着一些出嫁的女子、娶媳妇的人家忙着。为什么女的非要出嫁不可呢？她心里又发出这个微妙的疑问来。

柜后边的里院就是于家的住宅，于家有许多房儿媳，也都帮助刺绣，只有那房正在坐月子的媳妇是在歇工。徐三太太为什么来这儿帮忙呢？并不是因为这里缺人，实在是因这里的人都没有工夫；所以如今一见姑娘了，大家又都十分欢迎。姑娘只说是他父亲叫她来看一看，连在这儿住的话都没有说。

于老头儿把她叫到屋里，扶着拐杖，探着头，惊惊慌慌地向她问病金刚与她们家里作对的事，而姑娘却只淡淡地笑着，摇头说："您放心吧！事情早就完啦！一点也不要紧啦！"

她到坐月子的那位嫂子的屋内，见了她的母亲，又看了看新生下的小孩；那小孩又红又胖的小脸小手儿，她觉得怪可爱的。她的包儿就放在这屋子的箱子后边，也没有人注意；她也不多说话，就坐在一个凳儿上，默默地发呆。这时她的一颗心并没在这里，也没在她的镖店里，而是还像是留在那个茶馆内。她忘不下那个年轻的少年，心说：一个男子怎么会长得那样好看呢？莫非不是男的，而是个女扮男装的？可惜不知他的姓名，也不知是干什么的，是在哪儿住，要能打听打听有多好？倒很有趣的。

她想了一会儿，于家已把晚饭做好了，就让她吃。实在说真吃不下去，因为她心里很乱。第一，不知那少年还在那茶馆里没有；第二，不晓得家中是否已有事情发生。

窗外的暮色渐厚，春风一阵阵地吹着。她吃完了饭，觉得身上有点发热，心里很是着急，那坐月子的嫂子就说："姑娘今天还回去吗？就在我们这儿住吧？跟老太太在北屋里睡，你侄子晚上哭，也不至于吵你睡觉。"姑娘却微笑着摇了摇头，说："我不！我爸爸就叫我来这儿看看，今儿晚上我还许回去呢！"

她的母亲在旁说："既然是你的嫂子留你，你就不必走啦，就在这儿住下吧，我回去好啦。"姑娘又赶紧拦住她母亲，说："妈！您别回去。我爸爸不叫您回去！"徐三太太诧异着说："为什么呢？莫非家里有什么事啦？"

姑娘脸色倒不禁变了变，又摇头说："没有什么事。就是……"说到这儿，她忽然又笑了，说："我跟您实说吧！爸爸叫我到这儿来，原是叫我在这儿住几天。现在咱们家里刨出管账的杨先生，就是我爸爸一个人，他老人家又发了脾气啦。今天把病金刚打啦，他老人家倒高兴起来了，看那样子到半夜里一定要起来练武；不叫咱们回去，许是怕咱们又劝阻他老人家。"

徐三太太却叹气说："真是旧脾气难改，这么大的年纪了，还争什么强？斗什么气？黑袍狼他们无事生非，恨咱们夺他的买卖，咱们把买卖收拾了就是了，有多么省心？你爸爸他还能活几年？脾气好容易这两年好了，如今又叫他们给激起来了，又快跟年轻的时候一个样了，我真有点不放心！"

姑娘见母亲有些忧愁，自己倒后悔不该把实情吐露出来，遂就说："妈妈别不放心，家里也没有什么事！就是我爸爸多年没跟人斗气啦，他也自觉得有点老啦，今天跟病金刚这么一斗，他竟得了胜，一定是又觉得年轻啦,才老脾气复发。不信您这时候回家去看看,他老人家一定又在院子里耍那十八套追风刀了!"

徐三太太又叹气,说:"这可怎么好?叫我担了半辈子的心,如今都老了,还要叫我担心吗?我真怕他们那拿刀动杖儿的,早晚得遇着对头。咳!"又正色向女儿:"这回,我可不准你也掺在里头!"徐三太太说完了这句话,就瞪着眼望着她的女儿,姑娘并没有言语。

在炕上坐着的那位嫂子,一边奶着孩子,一边听她母女谈话,听到这里却笑着说:"三婶娘您可也担心得太厉害啦!我三叔是位老镖头,自然气胜,可是我妹妹一位姑娘人家,哪能掺到里边?难道我妹妹也能跟人去打?"徐三太太说:"你哪知道!我们这丫头的脾气也不好。"姑娘赶紧向她妈妈使了一个眼色。

这时候,徐三太太倒不放心家里了,直催着女儿回去。而姑娘听了听外面,却还没打到二鼓,又噘着嘴摇头说:"不忙!妈妈,我不告诉您也没有这些事,一告诉了您,您的话就多了!真是的,我待会儿回家去看看就得啦!可是我爸爸不叫我在家里住,我又得回来。"徐三太太听女儿说的话前后矛盾,而且把老头儿在家里的情形说得实在可怕,就不由得坐立不安;而姑娘也是不说话,只是一阵阵现出发急的样子。

如此待了半天,她母亲又催着她,她才走,临走时仍拿上她的小包裹。出了门时,绣花作已然上了门板了,可是那几个绣花匠还在做夜工。此时天黑得跟铁一般,而那银星万点、新月一钩,又似钢铁打就的兵刃上发出来的光芒。晚风习习,触在脸上却一点不觉得冷,街上已没有了行人。

此时徐家镖店里的徐三爷实在是威风百倍,自女儿走后,他就关着门练刀,刀声随着风飕飕地响。柜房里的杨先生扒着窗上的玻璃向外看了看,心中非常害怕。天快黑的时候,杨先生就下厨房煮了面。徐三爷连吃了两大碗半,比往日他吃的多得多,吃完了杨先生还要刷洗家伙,徐三爷却说:"搁在那儿吧!明天再说吧!明天还不知道怎么样呢?明天,万一要是有了什么事,你可就赶紧到绣花作去,告诉他们母女不必回来管我,只叫她们赶紧离开顺德府就是了;离开顺德府,叫她们到那房梁上插着梅花剑的地方,那里最为稳妥。"杨先生一听,一张瘦脸儿都吓白了。

徐三爷说完了这几句怪话,就又出了厨房走到院中,先把刀立在墙根,衔着旱烟袋来回散步,又绕着弯儿打拳。天色可就黑了,杨先生跑回他的柜房,一进屋就被当中那块大石磨给绊了个跟头,摔得屁股很疼;好容易才爬起来,可又不敢点灯,他就摸着黑支上他的铺板,展好了铺盖。此时就听得院中的刀声又呼呼、呛啷啷地接连不断地响,他心说:我们掌柜子莫非疯了吗?这可怎么好呀?要是这样闹一夜,明天我可也得找个地方躲躲了。他严严紧紧地关上了柜房的屋门,并把地下的石头弯着腰摸着,尽他搬得起来的都往门上去顶,咕咚咕咚地响了几声。

院中的徐三爷听到了声音就大声问说:"是谁叫门?"杨先生在柜房里说:"没有人叫门,是我在这儿顶门啦!"徐三爷说:"你快些睡吧!不要做出动静来,又没有你的事,你不要瞎惊慌!"杨先生答应了一声,又咧了咧嘴。院中的徐三爷却又抖起来钢刀,飕飕地响,并加着徐三爷的大声咳嗽声及嘟嘟囔囔自言自语的骂声,把杨先生吓得恨不得藏在床底下,哪里还睡得着觉?

挨到二更之后,忽听见院中发出两个人的谈话之声,把杨先生吓得更不住地浑身打战,又恨不得把那块大磨盘也抬起来顶在门上。此时院中说话的正是徐三爷,他是才武过了几通刀之后,正要休息休息,不防就有一个人从外面越墙而入。他疾忙退后了一步,手横钢刀喝了一声:"来的人是谁?快些说!"

对面的人在他十步之外将脚步止住,发出了一阵冷笑声,随着是南方的口音,说:"你何必还问?你在院中练刀,当然你晓得是我要来。"

徐三爷也哼哼一笑,说:"这么说,你就是什么毒剑客?"对面的人说:"我叫唐松,毒剑客也许是别人给我起的绰号,其实我自觉并不毒狠。"徐三爷又向后退了半步,斥道:"你既是唐松,那很好,我料定你今晚必来,所以我在此候你。现在,你站定了!且先听我说几句话!"

对面的毒剑客唐松听了徐三爷的话,就又发出一声冷笑,说:"你说吧！老匹夫！直隶、山西这些地方，能凭你家丫头的一个蝴蝶扣任意地走？黑袍狼且不说，病金刚苗方是山东的好汉，他生平没有歹毒的行为，来此也不过与你比武，并非与你有什么深仇大恨，你的下手竟是那样的不客气！"

徐三爷一晃钢刀，怒斥说："胡说！他若不先下毒手，我还犯不上使出来劈山掌呢！现在我只问你，你到这里来，没预先打听打听我是谁吗？"

唐松却笑着说："我若没打听出你的真实来历，这次我还不能够来呢！我非为黑袍狼报仇消气，我也不是愿意与你们江湖人斗胜争强，我只是早就奉了我师兄凤凰飞的嘱咐：他告诉我在北方有一个无赖的老汉，绰号叫作……"

徐三爷未待他说完，早已气炸了肺，就抢起了钢刀一个箭步向前，喊道："休说了！即使凤凰飞再来，又安见得我怕他？"钢刀劈头砍来，唐松疾忙以剑相迎，寒光对舞，两人相斗起来。徐三爷一面刀转身挪，一面骂说："凤凰飞他也不过是夜行的本事略强于我！你们洞庭湖出来的门徒，也只不过多会几手鼠窃的本领，会一点水性罢了，还会得什么？"

唐松宝剑斜撩，不住地冷笑，说："今天除了你交出蝴蝶扣叫我扯碎，便得你扔刀求饶，除此以外没别的办法；就是你的女儿出来替你求情，也是不行！"徐三爷猛扑上来，骂声："狗东西！"他的刀一步一步地进逼，唐松一剑一剑地抵挡。

然而十余合之后，唐松已然不敢再发一句话了，因为他觉出来徐三爷力大气猛，而且刀法极猛极快；他就也改变了剑势，不独只防备自身，而且乘虚进取。但是徐三爷的刀法却连一丝破绽也没有，而且一刀紧一刀，唐松只得往后去退步。同时借着星月之光，看那一闪一闪如电一般的刀影，他就分辨出来了，这是北派闻名的追风刀法，会者无几，前四套还好应付，后十四套将一着紧似一着，无人能敌。

然而，唐松也突然想起来对付的方法，他就想不等到徐三爷的刀法使到一半，就设法将他破了；于是毒剑客便避实趁虚，剑法着着变换，没有一定，甚至于胡乱地抢了起来。他这样一来，徐三爷只顾了抵挡,自己的刀法却不能按步进行,依着次序使用了。于是又战了十余回合,毒剑客将剑势一转,使用出他们的南派最厉害的剑法,名叫"拴风捉龙剑"。这剑法是忽然展开,专乱对方的眼目;忽然又一下一下地前刺,专戳对方的前胸。徐三爷刀法一缓,同时对方的剑势又加紧,他的追风刀就被压制了;刚一展开,便又被对方的剑压住。

如此一连几次,使得徐三爷急得满头是汗,不住地吁吁喘气;又因他年老身笨,竟有些腾转不及。而唐松的剑法却真狠毒,时时要用剑将他戳死,徐三爷不禁大喊:"我把性命交给你们啦!将来自有人替我报仇!"唐松说:"现在你扔刀向我跪下,我便饶你!"徐三爷说:"呸!"唐松便又进一步,狠狠向他来刺。

徐三爷的刀乱抡,然而已经遮护不住了,眼看着对方的利剑就要穿透了他的胸膛。忽听咕咚一声,不知是有什么东西顺着墙爬过来而摔到墙里边来了。毒剑客也吓了一跳,将剑撤回,身子闪开,却见那东西由地下爬了起来,原来是一个人,而且是个很高的人,他手举着一根棍子,大喊一声:"三叔闪开!叫我斗这个忘八蛋!"

毒剑客说:"你是什么人?敢来送死?"回身迎过去,一剑刺去。不料这个人以手中的棍子一磕,只听当啷一声,震得毒剑客手腕发麻,剑几乎撒手;原来对方的棍子是铁的,他向后去躲。徐三爷又展开了追风刀逼来,一刀削向他头顶;他一闪,方才闪开。徐三爷喝声:"文豹躲开!你身上有伤,不可太累。"高文豹抡着铁通条直扑毒剑客,乱抡乱打,并发出哼哼的狠声儿,说:"我高文豹的命跟他还换得过,三叔你却跟他不值!"毒剑客又发出一声冷笑,虚晃两剑回身就走,却忽见头顶之上有一物飞来。

第三回　扬飞剑无意缔姻缘
　　　怅春花有心离乡去

　　这东西是一道白光,就如一颗流星似的,一刹那间,毒剑客唐松晓得是有暗器来了,他赶紧斜着身向下一伏,同时以剑向那东西去撩;却不料第一道白光才当啷的一声坠地,而第二道白光却又来了。这一下唐松已躲避不及,他觉得左臂一疼,而胯上又吃了一铁棍,他就趴在地上。

　　徐三爷喝一声:"杀死他! 杀完了他,文豹你随我一同走!"但房上一人如鹤鹭一般的飞了下来,尖声说:"别杀他……"说着一手推开了高文豹。高文豹的身子不禁向后退了两步,同时听出来这声音原是姑娘,他手提着通条不禁发呆。

　　唐松已经挺身站起来,大声笑着,说:"真行! 真行! 不愧你们是好汉! 爸爸眼看就要败了,女儿立时就来帮助;并且追风刀将要泄气,立时暗器就又来了。我佩服你们,赤须龙! 梅花女!"这两个人名,把高文豹吓得越发呆了,而姑娘也不禁向后退了两步,因为她虽然没看清楚唐松的面貌,可也听出来他的口音。

　　此时徐三爷已提刀走过来,先厉声喊道:"都滚开! 谁叫你们来帮忙?"又向唐松说:"拾起你的剑来,不许别人上手,我们两人再斗一回! 你一年纪轻轻的小伙子,就是现在受了点伤,可是你鼓起点勇气,挣扎挣扎,我再让着你点,也许你还能胜得过我这老头子。实同你说吧,此时我倒愿意有人胜了我！这几年来，我就不愿我的女儿出头露面，如今为了她来帮助我又出了头，我真害羞！就是你胜不了我，我也得扯碎我的蝴蝶扣，镖店从现在起就关门。可是我还不服我老，我不信我的追风刀斗不过你那口宝剑，来！再来！"他把刀又举起来了。

可是唐松绝不还手，他虽然刚才跌倒了，可是手中宝剑并未放下，如今他反倒将剑撒手，当啷的一声落在地下，他仰天哈哈大笑，说："何必再打呢？算我败了就是，我今天算是吃了你家姑娘的暗器的亏。然而，就是你们这时杀死我，我也是个硬到底的汉子，你赤须龙，却幸亏有个女儿！"

高文豹一听这毒剑客又管徐三爷叫了一声赤须龙，他就越发惊诧。姑娘却在旁边发话了，声音如钢刀击在宝剑上那么响亮而清脆，她说："毒剑客，你败了就没话说了，别又来胡搅！你说我用暗器伤你，你才败的，可是你一刀一枪地过来我也不怕！在彰德府我打败过庞家三虎，在娘子关我单身杀退二百多贼人，梅花剑戳死了金眼豹，我不信你的武艺就比他们强！来，过来！上手！"

徐三爷怒斥一声："混蛋！我们江湖朋友惹点闲气，哪用你丫头人家多手多嘴？去！到屋里去把灯点上！"铛的一声，把他手中的刀抛出了很远，过去一手挽住了唐松，说："真叫你笑话，咳！咱们也并没有什么大仇，何必要这么拼命呢？我的家教不严，我女儿妄以暗器取胜，这是我丢人的事情。可是你既是凤凰飞的师弟，那他虽是我的老冤家，你却是我新朋友，请进屋里咱们谈一谈，你也歇一歇，如何？"毒剑客唐松先前听着还嘿嘿地冷笑，后来他也就点了点首，说声："可以。"

这时屋中已然点上了灯，灯光中照出来姑娘的倩影。高文豹瞪着大眼睛向屋里看了一下，但见姑娘的纤躯翩然一转，就走进了里间去了，徐三爷这才让唐松往进走。唐松极力挣扎着胯疼，但走路也很是迟缓。他进了屋，灯光照出他的英俊容颜，高文豹越发地呆了，心说：我怎么看这个人这么眼熟？哎呀！刚才在茶馆里遇见的不就是他吗？他直着眼看着唐松，见唐松肩上出的血已流在衣襟上，可见他受的伤也必不轻，姑娘的暗器可够厉害的！

当下徐三爷要请唐松落座，而唐松却连连地摇头，说："我不坐了！本来今日无论如何也得算我在这里栽了跟头，现在我的性命是在你们的手里了，你们要是杀我，我一点办法没有；可是徐三爷你对我反以客礼相待，这总算是你深通世故，不愧走了多少年江湖。好了，现在我可以答应你一句话，就是请你放心，我以后绝不再来报复，我师兄凤凰飞他也不会来的。好，我走了！"说到这里，他又拱一拱手，说声："再会！"遂就转身出屋。徐三爷的面上有一种非常难堪之色，他把唐松送了出去。

这时的外屋只留下一个高文豹，他也要跟出去，然而他今天的伤本已受得过重，身体又极疲惫，刚才有一股怒气顶着他，一把烈火焚烧着他，他不大觉得；如今，唐松也说出了软话，徐三爷像送客人似的把人家送出去了，他反倒觉着没有劲儿了。他就靠在椅子上，头仰着，闭着两眼，喘了喘气。听见里间叮叮当当地响了两声，大概是姑娘在那儿收藏她的暗器了。不必说，她的暗器一定就是那回自己隔窗偷窥见的那几支小刀子；原来那家伙名字叫什么"梅花剑"，姑娘的名字是叫什么"梅花女"。他恨恨的，心里想着说：我真傻！梅花女的名字我虽然没听人说过，但赤须龙的大名从我小的时候我就晓得，我为什么不想一想他就是徐三爷？直到今天别人说了出来，我才知道。早知道他是赤须龙，我怎么也得拜他为师呀！

此时忽听见几声细碎的脚步声，他赶紧直起头来睁开眼睛一看，原来是姑娘袅袅娜娜地从里间走出，高文豹又赶紧低下了头。姑娘是出去了，而待了一会儿又进屋来，手里拿着刚找回来的两只匕首；高文豹无意之中看了姑娘一眼，姑娘却娇然地向他一笑，高文豹突觉得脸上一阵发烧，像喝酒一般，姑娘却轻飘飘地又走进里间去了。

高文豹觉得在这里坐着不大对，他就慢慢地站起了身，要往外走，而徐三爷却又回来了，高文豹就问说："三叔，那毒剑客走了吗？"

徐三爷点点头说："走了。"又淡淡地笑着说："没有什么的！江湖朋友就是有点小小隔膜，一说就开。唐松也不是坏人，他的师父洞庭老侠，师兄凤凰飞又都是江南有名的人物；他也是一位世家公子，他的哥哥现在还做着夔州总镇，不是无赖汉。刚才我已应得他我绝不再开镖店，再不走江湖。今天他受的伤，我也向他道了歉了，总怪是我的女儿不听教训！"

高文豹说："三叔！你老人家不应该怪姑娘……"

徐三爷不容他往下说，就连连地摆手说："不要再提！我全知道。我走江湖时因为见别家的女儿行为放荡，贻羞她的父母，我才来此归隐，愿意我女儿做一个安分守己的闺女，所以这几年我也不许她练武艺；连你都不晓得她会武艺，她曾在江湖上杀过人。如今可是瞒不住了，杨先生难道还没听见？明天他还能够不向别人去说？"

高文豹说："不能！杨先生是个谨慎的人。"

徐三爷说："就是今天的事无人知道，我这女儿也恐怕旧习难改，她的梅花剑不定要如何胡施滥用；我已应得不再与人斗胜争强，我的女儿将来若再给我惹上事情，那岂不是叫我向江湖朋友失信？"

高文豹说："三叔你过虑了，连毒剑客病金刚今天全在这里吃了亏，他们谁还敢再来？"

徐三爷却冷笑了笑，又叹了口气说："你实在是一个好人！我走江湖三十年，从来没见过像你这样忠诚勇敢的人，只可惜你的武艺根底还稍差一点。我也不能再传授你什么了，只好等将来叫我的女儿再指点你；她的武艺不仅已尽得我真传，且有几手是从龙门秦家学来的。你若学得她的武艺一半，南方不敢说，在北方绝可无敌，只是切须记住，暗器不可使用，因为那太丢名气。"高文豹听了徐三爷的这番话，不由得怔了，徐三爷却走进姑娘的屋里去了。

高文豹觉得事情不大对头，不明白徐三爷是怎么个打算，就迈步要往外走，而此时徐三爷又急匆匆由里间出来，说声："文豹不要走！我还有几句话要对你说！"高文豹止住步，转身怔柯柯地站着，就见徐三爷的手里拿着一柄剑，正是姑娘所使的暗器，他愈莫名其妙。徐三爷却说："今天想不到你跟我女儿同来帮助我，可称是天缘凑巧。我早有心把女儿给你，如今，这梅花剑就是定礼，你收下吧！"高文豹说："三叔……"徐三爷把他拦住，大声说道："我说出来的话就是板上钉钉，我绝不改悔,你们谁也不准违背我的命令!"

高文豹虽然心喜,可也着急,连说:"三叔!我……并不配!"

徐三爷摆手笑着说:"哪里的话?我还能再从什么地方寻你这样的女婿去?"

里间的姑娘也叫着:"爸爸!"声音却像是很急,徐三爷却向里屋说:"你也听明白了!我当着面给你定了亲,因为什么呢?就因为我知道你这次用暗器胜了毒剑客,你一定自觉得武艺高强,以后必不甘于在闺阁里做姑娘;但是你若再与人争斗,那就算我对江湖人失了信,所以我将你嫁给文豹了,今天以梅花剑做了定礼,过十天我就叫他娶你。这房子、这镖店就作为你的嫁妆,以后你们只要改个字号,爱用蝴蝶扣,或是用梅花剑,就全都与我不相干!我好清清静静地享受几年晚年之福!"屋里的姑娘说:"那又何必呢?爸爸……"

徐三爷把梅花剑交给了高文豹,就推着他说:"你快回去吧!从今天起,我们便是亲戚了。"

高文豹深深地打了一躬,直起腰来要走,却觉得伤处仍痛,然而心中却十分的快乐。他一步迈出了屋,看见天上的星星都向他笑。

他想赶快回家去告诉他的老娘,不料突然有一个人把他拉住,不巧正触在他身上的伤处;他觉得彻骨的疼,而且心里也吓了一大跳。这黑乎乎的一个人发出轻轻的笑声,说:"高爷!我得给你贺喜!"高文豹才知道原来是杨先生。不知杨先生是什么时候来到院里的。

柜房里的烛光很亮,杨先生就拉着他说:"来!咱们到柜房里谈谈!"高文豹推了他一把,说:"你别动我的伤!"他就随着杨先生进了柜房。先就着灯光去看手中的梅花剑,原来真是剑形的一种暗器,并非匕首,寒光闪闪,锋利无比。他反复地去看,却并不见上面镌刻着什么梅花,不知"梅花剑"是因何而得名。

高文豹不禁笑了出来,杨先生却在他的身旁作揖,说:"高爷!你大喜!今儿……"悄声说:"只凭着姑娘也未必行,还是仗着你救了咱们的掌柜子。刚才掌柜子的那些话我也都偷听见了,以后你就是掌柜子啦,咱们的买卖可真得往大里一做啦!"高文豹听了,又笑了笑,然而发着呆；猜不透姑娘现在是欢喜还是不愿意，平常他只觉得，姑娘可爱可喜，如今当然更是喜欢了，但却不由得有些害怕。

杨先生由床底下找出了酒壶，笑着推着他落座，说："你坐着，等一等，我出去叫酒铺的门，给咱们打一点酒，喝喝谈一谈。你今天太累了，我知道，可是明天就不怕啦，难道明天还能有人敢来找麻烦吗？明天咱们就开门，买卖照样做。高爷！有这两次事情以后，咱们的蝴蝶镖更走得开了，以后高爷你非得发财不可。"

他真要提着酒壶就走，高文豹却把他拦住，摆手说："不要打酒去啦，杨先生你跟我把门关上，我得回家去！"杨先生说："天都这么晚啦，你的腿脚儿又不大利落，为什么不喝点酒，就在这儿歇着呢？"高文豹说："我还得回去告诉我老娘一声，今天的事，徐三爷刚才跟我说的话，我真是没想到！"

杨先生笑着说："你没想到，我可是早就瞧出来啦，姑娘早就把你看上啦！徐三爷从去年大概就有此意，他时常跟我问你背地里有什么荒唐事没有，我说没有；他又问你们老太太的脾气怎么样，我说也是一位顶老实、吃斋念佛的一位老人。"高文豹听了，心中愈喜。

杨先生就搀住了他的胳膊，说："回去告诉老太太一声，叫老太太先喜欢喜欢也好，来，我搀着你出去。大哥，你真好！要是我，今天受了这么多重的伤，累了这么一天，我早就趴下起不来啦！"

高文豹却推开了他，微微地笑着说："我一点也不疲乏，这时就是病金刚跟毒剑客两人再一同来，我依然能够抵挡一阵儿，今天徐三叔是得了胜，可是我总算是吃了亏，我娶了徐姑娘我也觉得自己不配，将来……"杨先生说："将来你有那么一位好太太，会使飞刀，还怕什么？"高文豹说："你简直是骂我！反正我将来就是不能在江湖出名，我也得好好给他们经管这个镖店，柜上赚的钱我还都给三爷，我还是个镖头，只拿工钱，绝不额外多取！"说毕，他就走出了柜房。

他的脚步依然迈得很快，出了屋子他还向里院的上房投了一眼，见徐三爷的屋子漆黑，而姑娘的卧房的窗上依然灯光隐隐。杨先生给开了门，他走出去，杨先生还说："明天见！明天你要是还觉着身体不大好，就不必来啦，反正这儿老掌柜若是定下了大喜的日子，我一定去通知你。"遂就把门关上。

高文豹迈了两步，身上的伤处一觉得疼，他就赶紧用手扶住了墙。天上星光灼灼，他觉得这件事简直跟做梦一般，姑娘怎么会就有那一身武艺呢？而徐三爷怎么会就把她许配给了我呢？梅花剑……他手里颤动着这个惊人的出自玉手而曾刺伤了毒剑客的东西，心就跟蜜水儿浸着似的，所以伤也就忘了。

他努着力走回了家，见了他的老娘。他的老娘已然睡了，他把他老娘唤醒，就告诉了这件事，但是并没说姑娘也会武艺，刚才也伤了人，只把梅花剑给老娘看了看，说是定礼。他的老娘喜欢得精神都大了，顿然仿佛减少了二三十岁，说："这可真是好事！徐三爷怎么待咱们这么好呀？我哪一天不为你娶媳妇的事情发愁？现在……徐姑娘，不就是昨儿来的那位姑娘吗？那是多么好的人才呀！真的，咱们这个破家可真委屈人家孩子。好在徐三爷把镖店交给你啦，那你就跟招门纳婿差不多了，可是，哪有人家把姑娘给你，倒先给咱们定礼的呀？"

高文豹说："妈妈，咱们家里有什么值钱的东西，你找出一件来，明天我好给人家送去。"

高老太婆也不困了，当时就起来找，可是他们家里哪有一件长物？哪有值钱的？她找了半天，才找出来一个烟袋上拴的玉坠子，这是高文豹之父高禄生前使用的东西，玉质本来就不大好，而且摔过许多回，上面有不少的瑕和裂纹，卖了连一两银子也不值。老太婆一看了，不由得想起她那惨死的丈夫；那老头子没容看见儿子娶媳妇就被黑袍狼打死了，真命薄，她又不由得落了几滴老泪。

高文豹由他的老娘手里接过来那块玉，他也认识是他父亲的遗物，但黑袍狼今天已被他打伤了，将来还不知能够活不能够活，他的心中也稍为释然，父亲的仇恨总算是报了。他将玉佩和梅花剑齐都放在身旁，他就睡去。到天将发晓之时，他的伤处却发作了，疼得他睡不着觉，但又怕老娘着急，他忍着不敢呻吟出来。当日，他虽然想到徐家去交定礼，但他实在挣扎不起来。他的老娘本来是很欢喜，但又看出来儿子身上是有伤，可不知是被什么人给打的，她又很是着急，而且忧虑。

过午杨先生来看了他一回。傍晚时徐三爷亲身来了，见了高老太婆，拱手称为"亲家婆"。他带来了刀创药和专治跌打损伤的膏药，亲手给高文豹的伤处敷上，他对待高文豹不但是视为佳婿，简直看成跟他的儿子一个样。高文豹原想把那玉佩叫徐三爷带了回去，但又觉得那太不合礼节，所以没有拿出来；只想着过几天自己的伤好了，再备办些鹅酒，郑郑重重地把定礼送过去，那才像样子。当日徐三爷临走的时候还留下了十两银子，高老太婆是千恩万谢的，高文豹却不免有些惭愧，对于徐三爷愈是感戴，而意图将来的机会再报答他；并且更得发愤要强，加深学武艺，往大闯名头，恭谨做君子，以不污蔑了徐姑娘。

五日之后，他的伤果然好些了，他就起来了，置了新衣，办了鹅、酒，连同玉佩，一同送到徐家。来到徐家一看，门还关着，叫了半天才开；杨先生也没在家，只有一个小姑娘把门开了。高文豹认识这是绣花作于家的孙女，他问了问，三爷没在家，三太太跟姑娘却在家里了，他就叫人把鹅、酒抬进去。

他随着进到里院，一眼看见他那天晚间所用的铁通条还在墙角立着。姑娘的屋子窗纸发红，里面是挂上了红布帘。他咳嗽了一声，要往屋里去见丈母娘，然而见丈母娘同不得见丈人，他的脸不禁有些发烧。他进到屋里，一看里屋垂着帘子，他想叫什么呢？才磕磕绊绊地叫了一声："三叔！"里屋却没有人答应。

待了半天，外面四个抬东西的人高声说话，那只鹅也不住地怪叫。高文豹又叫了声："三叔！"依然没有人答言。他又叫了声："岳母！"他的脸真像火烘着似的。

又等了一会儿，他不由得心里纳闷而且着急，忽然帘子一掀，出来了一个人，不是徐三太太，却原来是姑娘本人。高文豹越发脸红，退后了一步，连姑娘身上穿着什么样子的衣服，头改了没有，他都没顾得看；赶紧低下头去，却见姑娘穿着一双绣花的绿缎子鞋，但不很新。

姑娘发出话来，问说："你是干什么来啦？"问的声音很是干脆，一点也不像早先那么和婉，而且也没叫他高大哥。

高文豹不由一惊,抬起了头来,却更觉诧异;原来姑娘穿着一身青色的衣裳,头也像没梳,脸也像没洗,迥不似往常的娇艳,但非常的清俊,脸儿一点不发红,只是往下沉着,有点可怕。高文豹就说:"我是……来送定礼! 鹅、酒在院子里了,这里有个东西,是……"他从新大褂的口袋里掏出来玉佩。

姑娘却突然摆着手,急急地说:"不能收! 我爸爸没在家!"高文豹的眼睛都直了,姑娘却又颜色略见缓和一点,说:"高大哥,我劝你还是先拿回去吧! 因为我爸爸出去了,我不能收。"

高文豹心里想着:可也是,怎能叫姑娘自己收下订婚的礼物呢? 但是又怎能把鹅、酒抬回去呢? 他觉得十分进退两难,又问说:"三婶母也没在家吗? "他的脸越发地红,而心中有些发堵。

这时门帘又起,走出来他的丈母娘,他赶紧躬身行礼。徐三太太却拿手把女儿推回去,向高文豹说:"定礼就留下吧! 你的伤好了一些没有? 我劝你还得多休养些日子。亲事定了,咱们两家就是亲戚啦,我们绝不能反悔,可是不能忙着娶;因为我的姑娘还小,等着过些日……"高文豹不由得呆了,将玉佩放在桌上,又打了一躬,就转身低着头走出。

他到院中叫那四个人把鹅放在院里,酒抬到柜房。抬礼物的人在院里讨赏钱,半天,屋里才由那家的小姑娘给送出来两个红封儿。四个人走了,高文豹站在院中倒背着手儿发怔,那只全身的羽毛都染得鲜红的鹅过来要咬他的手,他更生气,把鹅赶得哦哦地叫了两声跑了。

他看见杨先生回来了,就赶紧迎了过去,杨先生又向他拱手道喜,并问:"伤都好了吧? "高文豹却把他拉进了柜房,问说:"是不是徐三爷把女儿许配了我,他又后悔了? "杨先生连连的摆手,说:"没有! 没有! 徐三爷说出来了就是板上刻了字,再也起不下来啦,哪有反悔的道理? "

高文豹又说:"为什么今天他不见我? "杨先生说:"哪能不见你呢? 实在是今天早晨跟老婆儿闹了点气,提着八哥笼子出去散心了。"高文豹又一惊,赶紧又问说:"莫非是太太觉得我不配娶她的女儿? "杨先生说："更不能啦！三太太那个人多慈祥，再说她也常说你老实、难得，听说三爷把姑娘给了你，她立时就回到家里来了，欢天喜地的，为你的伤她还真焦心呢！你今天若是不来，一半天她还要去看你呢！"

高文豹觉得心里越发堵得慌，怔了一怔，就瞪目说："莫非姑娘她本人不愿意？"杨先生的脸却变了一变，赶紧又笑着说："你真太忠厚！女儿的终身大事还能由得她自己？爸爸给定的亲她敢不答应？"高文豹说："她若是不愿意就算了。"说着垂下头去，暗暗地叹了口气。杨先生却拍他的肩膀，说："你别瞎疑惑！姑娘要是不喜欢你，她的爸爸还不能把她给你呢！这些日，你们哪一天见了面不是眉来眼去的？我这儿早就给你们一笔一笔地记上了账啦。"高文豹细想也是，脸不禁又热了一阵。杨先生又笑着说："好好地回家再休养休养，别着急，反正人是你的啦，还怕跑了吗？娶媳妇的事也不是一件急事，耐着点性儿，预备着喜酒，早晚我们是要喝你的！"高文豹心中终不释然，一句话没再说，他就走出了门去。

他信步走着，往北，就到了朱家的酒馆前。他才走了进去，里面就有许多人都注目地看他，有的带着惧意地站起来笑着招呼他；可有几个人见了他来就都溜出去了，高文豹认识那都是黑袍狼他们镖店里的伙计。掌柜的朱大过来招呼他，让他到一张桌子旁落座，连他的伤好了没有的话都似是没敢向他问；伙计也认识他是掌柜子的表亲，就给他摆上来两碟酒菜、一壶白干，朱大又到旁边应酬主顾去了。

高文豹斟了一盅酒，一饮而干，这些日子的高兴现在全如云消烟散，所存的只是疑惑和气恼。他越想越觉得这里边必定有问题，不是徐三太太嫌自己穷，就是徐姑娘嫌我与她不配；但我穷，他们的姑娘还能给什么样子的阔女婿呢？我不配，那么姑娘本人为什么早先又对我那么好呢？越想越摸不着头脑，又斟了一杯喝了，忽见一个酒客离着很远的座位招呼他，叫着："老高！高爷！"

高文豹扭头一看，见是侯二，他不愿意理侯二这种人。但侯二已离了座位上他这儿来了，笑迷嘻地来到临近，就在他对面的板凳上坐下，把两只胳膊都搭在桌上，说："老高你现在真走运呀！不但你为徐三爷的事出了名,成了好汉,还人财两得呀!"高文豹的脸沉了下来,侯二又拱手说:"今天咱们俩见了面,我也忘了给你道喜啦!还有一件事我要告诉你。"

高文豹瞪着眼睛问说:"什么事?"

侯二笑着指着自己的鼻头说:"头一件事是我改了行啦,不保镖啦!立源米粮店的梁掌柜是我的老乡,他把我找了去给他跑外,因为我在顺德府的街面儿熟,我算不指着跟镖车吃饭啦!第二件事是黑袍狼伤得很厉害,恐怕要死;毒剑客、病金刚早于前几天走了,现在顺德府的好汉要以徐家的姑娘为首,三爷在次,你数第三,没有人再跟你们争强了。"高文豹又生起气来,侯二却笑着说:"还有第三件事!"高文豹就说:"第三件是什么事?"侯二却笑着,半天也没有言语。

高文豹把酒盅一推,伸出胳膊要去抓侯二,说:"你这小子要是故意想拿我打趣,我可就要打死你!"侯二站起来,跳过了板凳,笑着摆手儿说:"别急别急!咱们多年的交情,你怎么说话就要翻脸?难道你打黑袍狼打顺了手,无论见着谁都想打一打吗?"高文豹的脸色缓和下来,说:"你不知道,我的心里很烦,你千万不要恨我!"

侯二一脚蹬着板凳,拿起来桌上的酒壶,斟了少半盅酒喝了,又探着头笑说:"你知道徐三爷扯碎了蝴蝶扣的事情吗?"

高文豹一惊,又故作镇定地说:"本来那蝴蝶不过是一条红绸子,一抖就开,不结它就得了,何必还撕它?"侯二说:"可是徐三爷的性情古怪,他要不保镖,就得先把家里所有的红绸子全都撕碎,幸亏没有撕碎了他女儿的裤子。"高文豹又一阵生气。

侯二又说:"这几天徐家的父女天天吵,隔着外边的门都能够听得见门里的老头子嚷嚷,女儿哭,老婆子叹气。"

高文豹惊讶着问说:"为什么?就为不保镖,撕了蝴蝶扣的这件事吗?"侯二摇了摇头,说:"老高你可别急!据我听说,大概,大概么……还是为你。"高文豹发着怔说:"为我什么?"侯二说:"你别急!你要是急,我就不告诉你啦。"高文豹摇头说:"我不急,请你快告诉我!"

侯二这才又坐下,探着头,悄声儿说:"听说你们定亲的这件事,只是徐三爷一时的主意。他后悔不后悔且不说,反正他绝不能够说出来不算,可是姑娘本人跟你的丈母娘,全都不大愿意这件事。"

高文豹又问:"为什么?难道她们嫌我穷?"

侯二摇着头说:"不是不是,她们不在乎钱……"又压下声音说:"黑袍狼现在已然对人吐露出来了,他说徐三爷原来就是当年江湖有名的赤须龙!你想,赤须龙走了半世江湖,手中还能缺少钱?他们要招养老女婿,只图个人才就得啦,何必要多么阔的呢?"

高文豹听了这话,渐渐的自己明白了,一定是因为自己的武艺不高,难得匹配徐姑娘。这实是不怪人家不愿意,自己的武艺比起人家来真是太差!他不禁暗叹了一声。

却听侯二又在他的耳旁说:"并不是为嫌你穷,却是姑娘嫌你……"高文豹说:"我也自己知道,武艺……"侯二摆手说:"也不是因为武艺,就是因为你的模样儿;听徐姑娘说你的脸长,像个马,她本来就不喜欢你。"

高文豹一怔,心中渐渐地就生起气来,一拍桌子,说:"这是什么事?她要嫁人,还挑选相貌?难道还找那唱小旦似的半男不女的男子,才称她的心?"骂出来这话,自己却又有些后悔,心里想:何必?人家姑娘嫌我丑,我退了婚,把鹅抬回去也就完了。过几天我设法借点盘缠,带着我老娘到别处去谋生,不在顺德府,免得她再看见了我嫌我难看,也就完了!他不禁又叹了口气。

侯二又说:"自古嫦娥爱少年,也难怪!可是,反正亲事是已经定了,她就是嫌你丑,也不过在家里闹一闹气罢了,将来到下轿的那天,她还不跟你入洞房吗?"高文豹摇了摇头。

侯二又说了几句什么,就有个人又从外面进来,却正是鲁七。鲁七也过来向高文豹道喜,寒暄了几句,高文豹却发着呆,不大说话。侯二就又把鲁七拉到他的那个座位上,两人一同饮酒闲谈去了。这里高文豹把一壶白干全都喝了,不觉有些醉意。他还要喝,掌柜的朱大却看出来今天他的神情有异,就拦住了伙计,不叫再给他打酒,并说:"你回家再歇歇去吧!伤刚好点,喝多了就许又犯了。"

高文豹站起身来,觉得头发晕,说:"我要跟你借二十两银子,你给我办得到吗?"朱大说:"慢慢说,只要你定了日子,几儿娶亲,到时候我一定能给你凑点钱,绝不能叫你连雇花轿的钱都没有。"高文豹摇头说:"不是为娶亲,娶亲的事你别再提,我不要徐家的姑娘了,我是要带着我老娘离开这顺德府。"朱大还以为他说的是醉话,就笑了笑说:"好吧!只要你用钱,无论你是干什么用,十两二十两的我总还能够给你办得到。你就先走吧,小心点!咳!向来我也没看见你这样醉过,今天你是怎么啦?"他搀了一把,高文豹才出了门。

他晃晃悠悠地走了几步,忽见迎面有一个人牵着一匹马,叫他说:"高师傅!高师傅!"高文豹一看,这是赵家客店里的伙计,因为徐三爷的镖店带着住宅,养着马觉得脏,所以镖店里的两匹马向来是寄存在赵家店给养着;如今这小伙计一头的汗,一定是白天店里没什么事,他牵了这匹马出城跑着玩了半天才回来。这小伙计走过来,逗他说:"过些日你就是徐家的女婿啦!徐家的姑娘是个大美人儿,你真有造化呀!"

高文豹却没大听见,他发着呆,看着这匹马的大长脸,就感觉到是在镜子里看见了自己的脸似的。他生了气,非气别的,乃是气恨徐家的姑娘以貌取人。他就心里气呼呼地说:我将来倒要叫她看看!我要学一身超人的武艺,做一件惊天动地的事情,叫她看看!遂想着,遂就走回到家里。他本来是很烦恼,恨不得找人撒一撒气才好,然而见老娘又是那么衰老贫病,非常可怜,所以他不敢露出一点不高兴的样子,然而当日他很早就睡了觉。

到了次日,他心中觉得非常没有趣味,也懒得出门,在家中的小院里蹀来蹀去,心里盘算了许多次。他觉得徐三爷亲事绝不能反悔,硬把姑娘娶过来,姑娘也不至于跟自己打架,可是将来怎么办呢?她永远跟我噘着嘴过日子,可也不行呀!要出去投名师,学武艺,闯事业,却又觉得老娘实在无法安置……他这么大的汉子,此时真焦灼欲死。

约莫上午八点钟左右,忽然有一个人跑来找他,这人正是镖店里的杨先生,他神色慌张,满头是汗,见了高文豹就急急地说:"你快去一趟吧！徐三爷跟老伴儿打起来了，把屋里的东西全都砸了！"

高文豹赶紧问说："因为什么？"杨先生说："因为，就因为徐姑娘现已不辞而别！"高文豹呆住了，瞪着他的大眼睛，直挺挺地立着，成了个泥塑的金刚神像。

杨先生说："跟你说吧！自从你们定了亲之后，徐姑娘天天在家里闹气，三太太也说是不该；你比姑娘大十来岁，相貌又不大好，配不上她的女儿。老头子是看上你啦，他说为女儿选婿，不能挑模样，只要人忠厚，是个汉子……"

高文豹紧紧皱着眉，摆手说："你快告诉我她是怎么走的吧！"

杨先生说："不为别的事，就是为这原因。昨天你走后，老头子就回来了，也没再吵架，可是我就听说姑娘嫌那只鹅叫唤得太难听，没露出别的话。可是今天一清早，我还没起来呢，不知姑娘怎么就一个人出了门，谁都不知道。后来三太太一起来看不见女儿了，她可就疑惑啦。三爷这几天也起床起得晚，听说姑娘没了影儿啦，他生着气骂了两句，说：由她去吧！老头子也不出去找，倒是三太太偷偷地到柜房去找我，托我出去给看一看去。我才出门，就遇见卖老豆腐的魏大，他说刚才看见姑娘骑着一匹马出了南门啦，他看见马上还带着一只包袱。我吓了一大跳，赶紧又到赵家店找着张伙计，张伙计却说是姑娘一早儿由店里取了马，就走啦。我恐怕徐三爷一定知道他女儿的去处，不然为什么他不着急呢？他一定是把女儿舍了，他不肯去找。我想无论如何，你们的亲事总算定下了，徐家跑了姑娘，于面上难看；你丢了没过门的太太，你的面子上也无光，你不如赶紧也骑上一匹快马去追！"

高文豹的脸色愈紫，发出来一阵苦笑，说："即使我追上她，又济得甚事？她还能够跟我回来吗？"杨先生说："凭什么她不跟你回来？她若是不肯听你的话，你可以跟她动武的！"高文豹说："动武的？我未见得能够敌得过她的梅花剑！"杨先生笑了笑，又说："那你可以跟她来软的，说几句好话，哄一哄她，也许她就心软了，就能够跟你回来啦！"高文豹生着气说："胡说！你把我飞锤太保看成了什么人？"

杨先生也发了怔，说："怎么？莫非你也不管？"高文豹瞪着大眼，说："我不管！我没娶过她来，她就不算是我家的人，无论她到外边去做了什么事，都与我姓高的不相干！你快去吧！休在我的耳边啰唆。从今天起，我也不到镖店去了，一半天把盘费凑足了，我也要带着我老娘离开这顺德府。"杨先生倒吸了一口凉气，说："可是，我的大哥！你要是跟徐家断了亲，也得把你昨天送到他们家里去的那只鹅抱回来呀？"高文豹嚷嚷着说："那算什么要紧的事情？你快去吧！"他的声色俱厉。

此时他的老娘从屋里出来，声音苍老而抖颤地说："文豹，你是怎么啦？为什么事呀？人家杨先生好意来看你，你不让人家进屋来歇会儿，反倒跟人家发横，你是怎么啦？"高文豹赶紧抑下气愤，就叹了口气，说："杨先生你别怪我！我并不是跟你发脾气，我的心里实在不痛快！"杨先生说："我哪能怪你呢？我今天来告诉你这件事，也是好意。"高文豹点头说："我知道，但我不愿去找她。"杨先生说："那就算啦！我是不能不把这事来告诉你一声，不然……"笑了笑，又说："那么咱们哥俩回头再见吧，晚上我请你喝酒怎么样？"高文豹说："我回头就到朱大的酒铺里去，你要想喝酒，我可以请你。"杨先生摇头说："不！我还得赶紧回去劝着那两口子呢，不然那老头子又许把老婆儿逼得也跑啦！"说着他又向高家老娘笑着说声："老伯母请进屋去吧！我跟我高兄弟打不起来。"又点头说："再见！再见！"

他走了，高老娘又过来问说："什么事？你跟人家那样发急？"高文豹摇头说："没有什么事，老娘放心吧！我还要出去走一走，到酒铺看看我表哥去。"他老娘说："你可快回来！"高文豹答应了一声，就迈着大步走出了门。

他的心头此时非常地抑郁，就仿佛压着一块大石磨似的，他走到街上，仿佛看见所有的人都很可恨似的，因为谁也没有自己这么脸长。他正在走着，忽听身后有人嘲笑他，他听出来身后是有人说："这小子！媳妇还没有娶过来就跑了，人家嫌他的模样太难看！"高文豹气得赶紧回头，一看，嘲笑他的人正是黑袍狼手下的小伙计毛栗子与烂酸梨，都做着一张怪脸儿。

高文豹的胸中气上加气，一转身，迈了几大步，伸手就将烂酸梨抓住,厉声问说:"你刚才在我背后说了什么话?"此时那毛栗子早已吓得跑了,烂酸梨也吓得脸发白,连说:"不是我呀!不是我呀!毛栗子在你身后说了你,你别揪住我不放呀!高镖头,咱们两人向来不错。"高文豹瞪眼说:"什么不错?你们这群忘八蛋!"他抡起像他那个飞锤一般的拳头,一下打去,只听砰的一声,烂酸梨怪喊着说:"哎哟!"高文豹接着又一拳,烂酸梨就昏倒在地下了。

这时人都围过来了,高文豹又愤愤地骂着:"你们不要看!他死了我给他抵命!"他又向地下卧着的人踢了一脚,说:"你拿装死来吓唬我吗?忘八蛋!"而这时就听有人说:"衙门的人来了!"高文豹依然昂立着。

就见有五六个官人提着铁链,拿着腰刀跑进了人群,高文豹刚要辩白,不料听得哗啦的一声,一条锁链已套在他的脖颈上了。身后有人推着,前面有人拉着,几个官人齐都说:"走!走!走!这几天你闹得太凶了,你的眼睛里还有王法吗?走!"并有巴掌打到他的脸上来。旁边的人都追着、跟着,纷纷乱谈着,高文豹却只沉着他的那张大长脸,一句话也不发,他就被捉往衙门去了。

当日,街头巷口、茶馆酒肆都纷纷谈着这件事,都知道高文豹在堂上挨了四十板子,打完了收监押起。而那个烂酸梨,确实是烂,两拳之后,倒在地下就没有起来,死了,并且当日就抬埋了。所以高文豹这件人命案子一定要打下去了,一定得抵命了。有人觉得他太倒霉,替他惋惜,有的人可又解恨。至于他的老娘,听说倒有徐三爷闻了信就亲自去探慰,还许不至于饿死。而徐三爷的姑娘,收在监里的凶犯的未婚妻,却由这天起就消息杳然,一去无踪。

徐姑娘离开顺德府二三日后,西往娘子关的平原大路之上,却出现了一位行踪可疑的旅客;但是很少有人能看得见她,她总是清晨投店,日暮起身,与别的旅客的行路方法正正相反。她却是一个年轻的女子,身着浅红色的绸裤子,青色的小弓鞋;她上身的衣服也是青色的,袖长而身紧,箍出来她一身的娉婷曼美的体格。她的年纪十八九岁,还许小一点呢!她长得是真为美丽,脸儿似月光那么洁白,眼睛似星星那么娇美而闪烁。她在外观看来虽不是什么弱不禁风,但是一点也不粗笨,很像是个小家的规规矩矩的姑娘;但是她的马术却极好,一匹黑色的健马,她翩然地骑上了马背,鞭子一动,立时就驰奔如飞,看那样子一天能够走百余里。所以两三天之后,她就已然来到了井陉山阳,离着晋省的境界已然不远,巍巍的娘子关就在她的面前。她随身别无长物,只有一只红布包袱,很大,而且多半还是很沉,因为看着她进店出店都得用胳臂夹着,像是很吃力的样子似的。她所经过的路,店家、铺户、行人虽然都对她很是注意、生疑,但是也没有人拦过她问她,她走路像是很急似的。

冀省此时天气更暖,大地上的庄稼都长得有人那么高了,往来的行商旅客,多半都敞胸露怀,有的爽快地脱了光脊梁,拿扇子吧吧地拍脊背。但姑娘虽然是夜间走路,可是她天天必要换一袭清爽鲜艳的衣服,她的头发上也总蒙着一块绸手帕。

这日,许是例外,她竟于晚间投到了井陉县境内的一家店房,可是她进店门的时候也快到了三更天了。这店里的一些客人本来都已睡着了,伙计也只剩下了一个兼代打更的,他也没看清楚来的这位客人是男是女。幸亏这儿还有一个单间,这个伙计先将马牵入厩里,然后他点上了一盏油灯,送客人进屋来;在灯光摇动之下他才看出来,啊呀! 原来是一位大姑娘!

店伙的两眼有点发直,姑娘却将包袱放在砖炕上,只听得当啷一声,好像里边有许多根金条。店伙吓了一跳,翻着眼睛问:"柜上可还没灭火呢,您想吃点什么? 还能给您做。"姑娘摇头说:"我在半道儿吃过了,你们不必给我预备什么,只沏一壶茶来好了。"店伙答应了一声,转身出了屋。这里,暗淡的灯光照着姑娘的俏影,姑娘就坐在桌旁一个小凳儿上,胳臂肘儿放在桌上,用手支着她的头。良久,店伙把一壶茶送来。姑娘就拂拂手令店伙退出去,她随手闭上了屋门,仍然坐在桌旁支头沉思。她的一缕思绪飘荡在数年以前,又撩到多少年之后,她不禁芳心酸痛,微微地叹息了一声。

原来徐姑娘的名字是叫雪卿,她是生于山西河津县。自二十年前,有名的侠客赤须龙徐公胜，因为在南方与洞庭老侠的门人决斗比武，吃了些亏，便负气在此地隐遁。他本来手中已有了些钱，在此置了十几亩田地，娶了一房妻子，又生了这个女儿，他就在此躬耕务农，颇守本分。

可是六七年之后，又有人晓得他住在这里，就来找他。这些人都是江湖侠义，但是他们的武艺较徐公胜差得多。是时因为中州又出了几个恶霸，横行暴戾，欺压良善，官家对他们不能制裁；江湖上有血性的人虽然义愤不平，可也自知力不能敌，不敢多管闲事，于是就来请徐公胜出头。徐三爷虽然闲居多年，武艺却未扔掉，不由得就有些技痒，加以义愤，他便慨允众人之请，挟刀备马，重踏江湖。那些绿林毛贼皆闻他之名，而丧胆远奔，各地豪强也都惧杀而敛迹改行，赤须龙侠士之名因此在北方更无人不知。

他一去三载未还家，及至第四年，他回家去了，一看女儿已然十一岁，出落得十分秀丽，他就非常喜欢。可是他在家里住了三五日，看出女儿帮助她母亲做饭做活计有些不稳重，有时父母跟女儿灯下闲谈，徐姑娘总是安不下心去似的，因此徐三爷对女儿又起了一些怀疑。

河津县的城西北就是龙门山，这座山分跨在黄河两岸，就像两扇极高的大石头门似的。黄河由这山峡流出，浊水奔放，一泻千里，那水声摩擦着山崖哗哗地响，如雷鸣一般。这是天下的奇景，相传为夏禹所开凿，所以河东河西都建有禹王庙，一属于山西，一属于陕西，由此而划出晋秦两省的界限。

单说在河之东岸有一个村落，名叫化龙庄，徐姑娘的外婆家就在这里，所以她从小儿就常到这里来，在外婆家一住能住上两个多月。不但这村里的一些姑娘们都与她厮熟，宛如姊妹，而村中的人简直没有一个不认识她的，都夸赞她比一朵鲜花还美丽；有一个姓秦的老寡妇且将她收为义女。

这秦家原是一个富家，老爷早先在外省作过协镇，不知为什么事死在外头了。太太和姨太太运灵回到原籍，家中尚有一些田地，雇人耕种，所入还差堪度日。过了几年，那位太太就因病逝世，只留下这位姨太太——可也有四十多岁了，还带着个二十来岁的男仆，名叫秦得功；一个与雪卿姑娘年岁相当的丫头，名叫立梅。

这位秦太太在村中的妇女之中是与众不同，她的衣服永远是绸缎，头上永远戴着满满的银首饰；因为是寡妇，不能擦胭脂，但脸上却永远擦粉，因此望之如三旬上下的人。她说话是南方的口音，初时人家全听不懂，后来渐渐的也都熟了。她常常坐在门外的碾盘子上，旁边有立梅侍候；她抽着水烟，别人抱着娃子，背着孩子，出神地听她谈话。她谈的话，即使村中的男人也都为之惊奇，佩服她虽是个妇人，但是阅历多，见闻广。她说她生于湘南零陵县，因家贫才卖给秦老爷为妾。秦老爷做过协镇，她随秦协镇出兵打过仗，她看见过死人，听见过沙场的鬼哭，在洞庭湖里翻船遇过救，在金牛山……一说到这个地名之时，她必要变颜色，带着愤恨的神情说：她跟她家老爷在那里曾被贼围，她幸亏女扮男装，假作一个做小买卖的人方才脱离了重围，免遭贼辱。

这个久历风尘的妇人，在村中颇受众人的敬仰，并不因为她是个姨太太而看不起。这也并不只为她知道的故事多才钦佩她，她还有许多长处。第一，能济人之急，遇着邻居有什么急事，向她告贷，她必倾囊相助，过后人不还她，她也绝不逼索。第二，常常排难解纷，尤其是谁家后娘虐待孩子，婆婆打媳妇，她必出头排解，说公道话。第三，她认识字，她比村里的朱秀才认识的字还多，她把朱秀才考住过。到年下，她令她的仆人到城中买来红纸，裁得许多春联，她亲自书写，分送全村；到端阳节，她会画钟馗捉鬼分赠人家贴之辟邪。村里的人念唱本、查黄历，上面不认识的字都去请教她，她都能详细辟解。第四，她人极和蔼，没跟谁红过一次脸，争过一回气。第五，她虽自己无子，但最爱别人的小孩，因此全村子的人都称她为"好太太"。别人家巴结她，要叫孩子拜她为干娘，她都自称福薄而婉言谢绝；但是她偏偏收了一个村外的孩子——雪卿姑娘作为义女，当然是因为雪卿比别的孩子都聪明美丽了。

这时徐三爷就已然出外去了，雪卿当随母亲来住姥娘家，因此与秦太太相识，秦太太认她做义女。她在姥娘家里住两个月，其实得在秦太太家住一个半月,徐三太太也不反对,只是听说秦太太常带着雪卿到河边去游玩。有一天天降大雨,把她们截在河东禹王庙,听了一夜雨声跟河涛声,第二天才回来;雪卿还向她妈说昨晚的事有趣,她还想叫秦太太带着她去,还希望遇着大雨。

徐三太太不免有点提心,就拦阻女儿不要再与秦太太接近,说是那个人到底是因为出身与咱们不同,行事就也两样,跟她常在一起,究竟学不出多么好来。可是拦自管拦,雪卿姑娘跟那秦太太的关系仍然不断。家里有头小驴,她几乎天天要骑驴走十数里地,到化龙庄去找她的干娘,总是晨去晚归,有时且在那里过夜。数载如一日,雪卿姑娘的心永远惦记着秦太太,倒仿佛秦太太是她的亲娘似的。徐三太太虽然不大高兴,但因为溺爱女儿过深,就也不怎么固执的拦她。

直到赤须龙徐公胜徐三爷回来,雪卿姑娘才不敢再往秦太太那儿去了,并且口中绝不再提秦太太,仿佛她的心里有点愧似的,然而却由不得她的神色、态度,总显出有些不安。徐三爷看了,就暗自感叹,心说:到底是江湖人的女儿!虽然她在家里待着,而且将将十一岁,就显出来不端正,可见我这三年不在家,她不定是多么野了,他母亲必是一点也不管她。

同时他此次回来,心里也不像早先那样安静了,永远想着那江湖上的莽莽风尘,想着自己骑着大马星夜行走,夜入深庄;人家一闻到赤须龙来了,一齐拱手迎接,把自己钦佩得如天神一般。又时常想起旷野荒山,自己与那最厉害的贼人拼斗,各不相让;自己便运用起那十八套追风刀来了,飕飕飕、锵锵锵,结果是将贼人砍倒了,自己喘喘气,擦擦刀上的血,心中自负非常。又想起在百数十人的拥挤围观之下,将手掌对准了一个大石头,吧地一下,打得石屑纷落,旁边看的人全都不禁咋舌。这些幕过去的景象时常在脑子里复现,所以他虽然在家中居住,终日还离不开舞刀打拳,他家小院成了他的把式场。

但是每逢他练武的时候,他的女儿总要停住了工作,在旁边看着他,这一点却使他很为喜悦。他就想:将来虽不必叫我的女儿也去行走江湖,但武艺总是叫她会一点才好! 尤其她的容貌生得这么美丽,将来难免受人欺负，还是会一点武艺，不至于吃亏。于是他就笑着说："雪卿，你也喜爱学这些个吗？我可以教给你。现在江湖上很有几个女子，她们会点武艺，便也保镖，也敢跟男子们比武，但她们的品行都不大好，你不要跟她们学；我要叫你成为一个既有通身武艺，而且人品贤淑的女子，你愿意吧？"于是他就开始教给女儿武艺。

但教过了三天之后，他却又发现了一个可疑之点。徐三爷教给女儿练武，当然只能先教她练步法、出拳、拧腰、踢腿这些功夫，然而他觉出女儿聪明得过分；不但是一指点就会，简直是不指点也能会，那出拳的姿势，拧腰、踢腿处处敏捷，而且步法尤其稳健。徐三爷以前觉着是小孩子的腰腿伶便，容易练好，后来越看越不是这么回事；简直这孩子竟像是个老手，武艺至少也学过一两年的样子，而且拳法的门路又与自己不同，似乎是洞庭老侠的那一派。徐三爷因此十分诧异，然而一点也不露出形色来。

女儿学得快同时他也教得快，不到两个月，徐三爷可以说把自己的通身武艺，除了劈山掌、追风刀之外，全都告诉女儿了。他又观察着女儿的行动，见女儿除了到她的外婆家去了两趟，并没有别的行动；除了认识一些个亲戚、邻舍，及听说她在化龙庄有一个干娘之外，再也不认识其他的人，因此徐三爷益为疑惑，他便想了一个主意。

他于前两天先着手整顿家中的东西，理清了一些身边琐事。这一天，他忽然说是要携眷出外，并且决定明天就走。他这个号令一发出来，他的太太当然不敢违拗，但是须先回往娘家去辞别一下；而女儿的脸上却现出来一种不高兴的样子，徐三爷心中就暗笑着。

他送妻女到了化龙庄岳父家，对他的岳父说：实在是因为现受开封府抚台大人的聘请，有个小小的官儿等他去做，不能不带着家眷前往。他说得头头是道，他的岳父岳母当然也不敢耽误女婿的前程，遂就答应了。但是，雪卿姑娘一定要在姥娘家住一日，因为这一去，就许是两三年才能够再回来，所以她舍不得。徐三爷也不拦阻，而自己却假说还得回家去料理一点事情，于傍晚时，他就出了村子走了。

其实他并未去远，而是在村外一片杨柳林中去隐藏，想等到天黑之后，自己再悄悄地进村里去观察女儿的行动。这时夕阳照着柳梢，红霞满天，炊烟齐起，一阵归鸦噪过去之后，四周围俱甚寂静；而不远之处的龙门山，那里却随着春风吹来了澎湃的涛声。

徐三爷在林里等了一会儿，忽然见有两个人自村中走出，一个人身材虽不甚高但也不矮，十分的纤细，走起路来有些袅娜之态，可见是一位妇人；她的手儿就拉着一个小孩子，小辫儿垂在背后，分明就是雪卿。徐三爷暗暗点头，心说：果然是这么回事！

他又等了一会儿，见那妇人已带着他的女儿向西去远了，他才走出了树林，在后边跟着去走。这是一条曲曲折折的小路，那两人在前，离着徐三爷有四十几步之远，但她们并未回过一次头；她们随走随谈，雪卿并且跳着跑着，似是极为欢喜，而并未想到后边有人暗随着她们。

此时明月已自东方冉冉地升出，而小路愈窄，地下也愈坎坷不平，那水声也愈发响得怕人，已然来到黄河的东岸了。龙门山在北边兀然高峙，月光照在波涛上，如一片丘陵起伏的荒凉旷野。这里再没有别的人，也没有村舍，只有禹王庙如一座坟似的立在河旁，那妇人就带着雪卿往那边走去；她们愈走愈快，渐渐为苍茫的月色所迷，不平的地势所掩，大概是走进那庙里去了。

徐三爷晓得那庙里除了官员查河，村民谢神，一向就没有人去，没人见过那里有老道或是和尚，如今，好可恶的妇人！她把我的女儿诱了去，是想做什么呢？想把她推到河里去吗？不然就是那庙中藏着与妇人相识的歹人？因此徐三爷益是愤愤：可惜今天没有带着刀来，然而劈山掌也能惩戒惩戒那妇人！

他脚下加急，少时即来到庙门之前。月光之下，他见山门虚掩，里面寂静无人，他不禁又吃了一惊。侧身而入，听见大殿里似乎有人说话，但被那水声扰得模糊不清；他就蹲伏着身，很轻极快，走到了大殿的窗棂之前，听里边是他的女儿声音，说："师父！我舍不得您！我爸爸这回不定要带我上哪儿去啦？也许永远不回来啦！我跟您这次一分别，得几时才能见面呢？"声音很高，并且像哭了似的，那个妇人却说是："不要紧！将来咱们师徒必能见面。"徐三爷一听，疾忙将身子向下蹲伏，并又往旁边挪了几步。

这时中天的月色正照着这三间大殿，窗棂之上月色通明，而徐三爷所站的地方正为东配殿所遮着，他的身子是浸在一条三角形的阴影里，所以殿里的人看不见他，他却能够隔着破窗棂往里边看，很是真切。只见头戴旒冕的禹王神像在正中威严地坐着，前面是祭桌，香烛五供都是石头叠成的。这里除了白天有人来这游玩，到夜间只是蛇鼠时现踪迹，但是现在这两个女子却在此依依话别起来了。

徐三爷猜得出那妇人一定就是秦家的姨太太，只见她身长玉立，腰杆挺拔，一看就是个深通武艺的人。她谈话的声音尖锐而高昂，所以虽然伴着哗哗的河涛声，还能够听得很清楚，就听她说："你跟你爸爸出去走走也好！我听说他的武艺还不错，在江湖上颇有点名声，你可以随着他去闯练闯练，见见世面。但是千万要记住了，你应当对神发誓，无论见着谁，哪怕将来你长大了，遇着了情投意合的夫君，你可也不准向他吐露真情，说你的武艺是我教给你的！"

徐三爷疾忙将身子退后了一步，听见女儿已在殿里发誓了，又听秦太太说："我的来历也不妨告诉你，我生长于江南，父亲是有名的侠客，也曾到过北方，做过许多侠义之事；但后来因种种不幸，他死了，以至我落于恶人之手，漂泊了许多地方，结果被卖为娼。其实我有一身武艺，何至于不可自拔？但是不，我不愿自恃武艺做那种江湖女贼，却甘心在苦难之中做一个平庸的女子，也是鉴于我父亲生前做事愆过，伤人太多，以至没落着好的结果之故。后来我在武昌遇着了秦协镇，他待我真好，为我赎身，救我脱离了烟花；名虽为妾，其实我比正太太还得宠信。我随他整整五年，我们俩从没有过一次红脸、吵架，他待我真好！可是他后来惨死于金牛山……"说到这里，她的声音十分悲惨。徐三爷再扒窗向里看时，见她已然双手掩面，身子颤抖着哭了，女儿在旁一声干娘又一声师父的苦苦相劝。

那秦姓的妇人哭了一会儿，忽然推了雪卿一下，说："你别劝我，我隐辱含痛于今又将五载。秦协镇他死得真惨，是仇人陷害他死的，而那仇人……"她气愤填胸地说："我无时不想为夫报仇，只是那仇人颇为势大，一时不易下手。又因我在此遇见了你，我看你年幼聪明，是个可造之才，将来我的武艺都传授给你；虽不是为叫你以此去为非作歹，但也可以因此得免失传。我本想再下三年工夫，教你艺成，可是如今你忽然要走。"

雪卿跺着脚，哭说："我不走啦！我不跟我爸爸去啦！我愿意永远跟着师父！"

徐三爷在外听到这儿，大大地不高兴，胸头的气突然涌起来，想进去问问那妇人为什么将他的女儿教成了这样，跟亲生父母都离了心？她如若真会武艺，可以当时就斗一斗，叫她认识认识我赤须龙，但是里面的哭声却又使他听了很觉难受。

忽然里面哭声顿止，听那妇人又说："不要舍不得我啦！咱们这也是缘分尽了，强在一块儿，便难免有祸事发生。我传授你的那些武艺你都没有忘不是？"雪卿姑娘答说："没有忘！永远忘不了！"妇人就说："好！凭那些武艺，我保你走在江湖绝吃不了一点亏，并且还可以管着你父亲，帮助你父亲；你父亲若是在外横行，你也可以倚那管辖他！"徐三爷在外听了，不禁发出无声的冷笑，捋捋袖头，但听那妇人又说："如若你父亲在江湖遇着了劲敌，你也可以倚那帮助他。"徐三爷心说：我要借你的徒弟帮我，我还算是什么赤须龙？又听妇人说："总之，以后你应时时切记，学武艺是为防身，并非为欺人，即使万不得已之时要用，也要用之适当，助的是孤儿寡母，穷困流离；剪除的是那些强梁恶霸，盗贼贪官！"徐三爷听了却又不禁发生敬佩，暗暗地啧嘴、点头。

又听妇人说："我们分别之后约定十年再见，现在我要在此处留下个标识。"徐三爷又扒着窗向里去看，却见那妇人从身边抽出了一口明亮的短刀，妇人说："这口梅花剑我要安放在一个地方！"说时只见她一扬手，白光上飞，吧的一声，大概是扎在大殿的房枕上了。徐三爷不由有点胆寒，又听妇人说："此处极高，我担保没有人能够取下，而且以后我无论走到哪里去，我也能常常派人回来查看此剑。十年之后你再到这里来，如若剑已取走，那就是我尚在人世，你还可以看这东墙上，必有我亲自留下的字迹，你可按照所留的地点去找我，咱们师徒必可见面;如若梅花剑尚在,墙上且无字迹,那就是连我也死了,你可不必再惦记我了!"

雪卿不禁又哭,说:"可是要不等到十年我就回来了呢?"

妇人说:"那你可以在外婆家等我几年,我走时打算只带着立梅,秦得功还要留在这里照管田地;我在外面的行踪他虽不能尽知,可是若有人往这里来,我也一定托人捎信给你。总之,房梁上的这支梅花剑不过是咱们师徒留的一个标记,也许不到十年我就回来,咱们就见了面。天不早了,咱们走吧!"

徐三爷听到了这句话,就飞身上了殿脊,伏身向下去望,见那妇人已携着雪卿走出来了。徐三爷本想要跳下去吓一吓她们,但又想想:干什么?跟个妇人斗什么气?她没看出来我在暗处听看,就可见她的武艺不高,而且见她又待自己女儿很好,真如母女一般。

等着那二人出庙之后,徐三爷就又跳下了大殿,在庭中对着明月发了一会儿呆,然后一阵冷笑就也走进了大殿。他仰面一看,黑乎乎的什么也看不见,就脚卷着殿柱,又揪着房椽,如一只猫似的很敏快地就上了房梁,伸手摸着了那支梅花剑。他就用牙咬着,抱着房柱又落于平地,然后就着窗外射进来的月光,详细把玩。只见此剑很短,颇像匕首,但却是剑形,心想:这必是一种暗器,雪卿一个十一岁的孩子倒未必学会打了,可是那妇人,冲她会使暗器这件事,就可知不是好人!江湖上哪有真正的英雄豪杰肯用暗器之理?

徐三爷生平最恨人使用暗器,如今看出来梅花剑也不过是飞镖一类的东西,心中便又有些气恼,心说:贼婆娘!会这么一手本事,处处都想显露?我再给你还在原处,我不信十年之内没有人取下你这个劳什子来!遂就顺手一扬,梅花剑飞起。他也想给钉在房梁上,然而他的手法不灵,当啷的一声就落掉下来。他有点气,弯腰拾起来再往上飞,却又掉下来了。他不禁发了怔,自惭生平没练过这种玩意儿,到底是不行;又怕那妇人没走,倘或在窗外看见自己,那岂不要招她耻笑,随就又拾了起来,就插在腰带上。

出了殿,又出了庙门,只见皓月当空,明朗如镜;夜愈静,星斗愈稀，风愈紧，耳边的河涛之声愈为雄壮。他就漫步去走，背着月光立于河畔，只见龙门山巍然耸立，如两支庞大的黑色的猛兽在那里趴伏；黄河沉沉如一片黑沙，涛声澎湃，有如千军万马一涌而来之声势。河岸数里之内空旷无人，只有月光把他的身影照在地下，他不禁对河长啸，望月怀乡：想起来他童年在顺德府的种种事；想起他家开的那个绣花作；又想起自离开顺德府数十年来便未归家，家里的人，父母一定是早已死了，而那些亲戚故旧的景况可不知如何，他们一定都比我还老，他们也决不能想到我离家之后，便遇着名师，学了一身无敌的武艺，做了有名的侠客吧？又想到那个妇人，总是跟她试一试武艺才好，不然自己的心里总是有一点不服气。

在河边又徘徊了一会儿，徐三爷就踏着月色，慢慢地踱回到家里。老婆女儿都没在家，他只是一个人睡觉，临睡之前又把带回来的那支梅花剑细看了看。他不禁发笑，觉得这不过是个小玩意儿，只有女人才用它，怎比得了自己的追风刀跟劈山掌！他将门闭好，梅花剑置于枕下，就倒身睡眠，睡得很稳。及至醒来，天已大亮，他伸了个懒腰坐了起来，忽然吃了一惊：原来见屋门开了一道缝，而枕下的那支梅花剑已然没有了踪影。

徐三爷向来也没有这样诧异过，他发了半天呆，忽然又发起恨来，穿衣下炕，就要去找那妇人：倒要跟她比一比，看看是她的梅花剑能伤得了我，还是我的劈山掌能够打死她？他都要走了，但转又一想：不值得的！自己原是个骑大马抡大刀力敌万夫的英雄侠客，飞檐走壁的本领虽也会，但并不以那为特长。现在这个妇人可像是长长会这些暗器伤人、鸡鸣狗盗的本领，妇人属阴，她们都是心肠毒、手段辣，做事不光明，万一我受了她的暗算，因此而颓了名声可真不值，而况平日并无什么仇恨。因此，徐三爷的气又渐渐地消了。但他决定今日就离开此地，遂于上午将家中的事完全料理妥当，房屋托了邻人给照应。他预备好马，又雇来了车，就往化龙庄去接他的妻女。

到了他的岳父家，雪卿却又上她干娘那儿去了，派了人才给叫回来。徐三爷就瞪着眼向女儿呵责了一顿，说："快走了你还出去玩？我几年没在家,你真是学得野了,一点规矩也没有。什么干娘?一个破落户的小婆子,知道她是什么出身?以后咱们就是回来,也不许你再理她!不然我可毫不客气,给她难堪可不怨我!"

他的喊声极大,真跟黄河的涛声似的,差不多那位秦太太在家里都许能够听见。他的老婆徐三太太赶紧拦住他,说:"别这样!人家秦太太可真待咱们雪卿不错,雪卿身上的衣裳脚下的鞋,都是她干娘亲手给做的。"徐三爷又向他老婆瞪眼说:"这点小惠你就能感念她一辈子吗?你就把女儿舍了给她吗?若不是今天咱们急着要走,我当时就叫雪卿剥下来衣鞋扔还她!"

徐三太太也急了,说:"人家有什么对不起咱们的地方呀,你这样恨人家?"徐三爷却哼哼地笑着:"她也不睁大了眼睛瞧瞧我!"遂扭头看见雪卿立在旁边,低着头不说话,脸色可已然变了。他就喝令走,立时就走,仿佛他真是急着要往开封府去做大官,他的岳父岳母挽留不得,三太太和雪卿也不敢违拗,当下就走了。

第四回　梅花女绝技震江湖
　　　蝴蝶扣双结萌爱情

　　一辆骡子车的车棚上捆放铺盖卷跟包袱，车后边是放着三只箱子，连做饭用的锅勺全都带着。徐三太太坐在车里，雪卿姑娘跨着车辕，村里很多的老太太、媳妇、姑娘全都依依的相送。三太太从车里探出头来跟那些人招呼，还不住地拿手帕擦眼睛。雪卿虽然没哭，脸上可也是带着不高兴的样子，她扭着头向一些人招手，用尖细的声音喊着："大婶！二姐！过两年再见！"

　　骡车过那秦家的门首之时，看见了她的干娘托着水烟袋倚门而望，她没敢招呼，可觉得眼睛湿润了一点。她还看见立梅，那仅仅比她大着三岁的立梅，不但对她没有惜别之意，反向她微微地笑，仿佛很羡慕她这次的远行；她还看见秦得功，那很年轻强壮的仆人是才从外面回到村来，肩膀上扛着鱼叉，手里提着两条大鱼，他刚才一定又上河边叉鱼去了，雪卿记起了她干娘那亲手做的最美味的鱼汤，她真舍不得离开这里，心里真难受。而她的父亲却在车后骑着大黑马，扬着很长的皮鞭；头戴大草帽，腰佩铁鞘朴刀，飘洒着黑多白少的长髯，瞪着两只发光的大眼睛。她有点怕，就将一块纱帕罩在脸上，半遮尘土半掩悲容，就由着车走了。从此她们风尘仆仆，果真到了开封府。

　　然而在开封徐三爷并不认识什么大富，只与几个行踪怪异、相貌魁梧的人往来。住了不到半个月，本地就出一件大案，一位有财有势而行为不端的人忽然被害失首,弄得街巷纷纷谈论,但是结果如何不得而知,徐三爷可又带着他的妻女奔往他处。如此,到处漂泊,到处生事。

　　一连漂泊二载,雪卿始终没在父亲的面前显露过武艺,但是她却有一件事,引得她的父亲看得很注意。就是她出外行路必叫母亲坐在车里,而她跨着车辕,她坐在车上,除了观看沿途的风景之外,就是玩弄一条红色的绸子;她会把一条绸子系成一个逼真逼肖的蝴蝶。她这个蝴蝶扣整天结完了拆,拆完了又结,徐三爷以为女儿是因为无聊,才摆弄这玩意儿,心中倒觉得她非常可怜。

　　这一天,他们来到了山西太原府阳曲县内,徐三爷就带着妻女住在一个朋友张员外的家里。这位张员外外号叫铁豹子张八,他自己不做事,有三十个徒弟,全都是武艺超群,有在外县保镖的,有在本地教拳的;大家都供养老师,所以老师的家道非常的丰裕。可是,徒弟们若在外面受了挫折,或是遇着了强硬的对手,也要请老师去出头给争气;铁豹子张八的一对护手钩,山西省的江湖上无人能敌。

　　但是这次徐三爷前来看他,正赶得他的心绪不佳,因为雁门关外出了一名豪杰,名叫朱锦;娘子关附近又新聚了一批强盗,为首的人名叫金眼豹,使着一把钢叉,这两人都是极为凶悍。朱锦在半年之中打伤了张八爷的弟子鲁华雄、沈华俊、庞华衮,庞华衮的弟弟且受伤而死。那金眼豹更是专门跟张八爷作对,他声明了要抢夺张八爷的江山,令他的喽啰们见了人就唱:"你是铁,我是金,铁豹碰金豹,铁的一定命归阴。"又唱:"我是爷,你是孙,钢叉双钩打一打,管叫孙子吓掉魂。"

　　这两口气张八爷当然都不能够忍受,所以在去年冬天,他就率领十余名徒弟往雁门关外去斗朱锦,不料他只能跟朱锦打个平手,却未能获胜;他又往娘子关去斗金眼豹,不料金眼豹编的歌儿真不是虚言,他的双钩竟抵不过人家的钢叉,他险些儿丧掉了老命,所以半年多来他就心灰意懒。如今徐三爷携眷来到,他盛意接待,求徐三爷为他帮忙。

　　徐三爷也详细打听了打听,晓得那朱锦和金眼豹都是年轻的人,武艺都颇不错,果然再过几年,他们的武艺越练越精,都许连自己也被压倒;同时又闻得那两个人一个是强盗,一个是土豪。一个杀人劫货无恶不作,一个是鱼肉乡里,雁门关外人人提到了朱锦之名便皆切齿愤恨。但比较起来,朱锦还算是人少易敌,于是徐三爷就决定先出雁门关打服了朱锦,然后再往东去,歼灭金眼豹群贼。

徐三爷单刀匹马斗朱锦,张八爷在家里却又注意上了姑娘,他想着赤须龙的女儿绝不能不会武艺,而且武艺还决不能够弱了。他就天天找着姑娘说话,一口一声叫着"贤侄女"。他对姑娘谈说江湖的事迹,姑娘当然非常喜听,并且因之雄心陡起,于是,虽然并没说出她学习武艺的经过,可是她也天天在张家的那块练武的场子上打拳舞剑。

张八和他的几个徒弟一看,就都个个惊异,觉出姑娘的武艺不但比他们高强得多,简直是拳能搏虎,脚可踢山,一支剑还可以上天割云拨雾,下海斩蛟伏龙。张八爷便怂恿着姑娘也去往雁门关,并说:"朱锦的武艺高强,我已然知道了。徐三爷虽然刀法无敌,但是他也跟我一样,老了!而且他心高性傲,看不起年轻后起之秀,这次出雁门关说不定就许吃亏。自他老哥走后我真时时提心,因为万一赤须龙的大名为我的事毁了,那我对得起谁?姑娘你既有此本领,不如我给你备下一匹健马,派几个老实可靠的人跟着,你也出一趟雁门关,战败了朱锦,然后再跟着徐老哥到娘子关……"

雪卿姑娘不待张八爷把话说完,她就慨然点头说:"好吧!我也不愿叫别人随着,八叔,你只给我找一匹马来吧!可要挑那跑得快而又跑得稳的。"

张八爷还细细地想了想,又跟徐三太太去商量。徐三太太虽然不知女儿到底都会什么武艺,有多大的本领,可是她因为随着丈夫在江湖上漂流惯了,把出远门也不当作一件什么难事;又因为她走了这些地方没出过什么舛错,没遇着过什么歹人、恶霸,她不知道那是她丈夫威名震慑的缘故,而以为女儿出门去找她父亲,也很可以放心。张八在旁边请托,女儿又决定要走,要出去玩,顺便去找父亲,她既不能伤了朋友情面,又不敢打断了女儿的高兴,就答应了。

于是张八爷从太原城中选了一匹乌鬃大马,并备了一口纯钢的女剑,雪卿便携带随身的轻便行李,即日离了太原府,去闯江湖。嘚嘚的马蹄声,锵锵的剑鞘响,飘飘的鞭影动,滚滚的黄尘起。她青衣绿裤红绣鞋,云鬓峨眉花月貌,居然也晨起晚宿,小镇打尖关厢投店,独行无忌辛劳不倦。她身上还有一个特别的标志,就是把个红绸子结的蝴蝶常挂在胸前。

她知道她父亲性傲,绝不许别人帮助,而且她父亲的十八套追风刀她绝对放心,不会吃亏,她也不必往雁门关外,她却直往娘子关。她到娘子关会着山贼金眼豹,交战的详情很少人晓得,但是不久江湖上就尽知,金眼豹被一女侠用飞剑戳死,他手下二百多喽啰也被那女侠杀得死伤逃散。听说那女侠年纪极轻,不过十来岁,骑着黑马,胸前戴着一个绸子的蝴蝶扣,不但剑法极精,而且暗器是百发百中。

张八爷和他那几个徒弟在太原府听了大喜,盼着姑娘再往雁门关去。张八爷并买了许多绸子缎子,打了些个坠子镯子,预备为姑娘回来时酬谢之用,可是姑娘未往北去,也没有归家,消息竟从此渺然。但太原、平阳两府二十几个县之内突然出了一位奇侠,这奇侠其来也无踪,其去也无影;富而不仁的人家失盗,而贫苦贤孝之人又得财,有几个恶霸强贼,不是在黑夜受伤,就是在暗室失首。许多骄傲横行的拳师、镖客,其中还有几个是张八爷的门徒,都有人去警戒他们,不是半夜里忽然一支梅花剑飞进窗来,就是第二天睡醒来,辫子上忽然叫人系了一个蝴蝶扣;弄得人人心惊,个个丧胆。

约三个多月后,徐雪卿姑娘方才回到了张家。她归来之时,人马无恙,只是绣鞋微破,宝剑染尘,她随身的一只包袱却瘪了许多。她的芳容有点微黑,脸儿却带着高兴的笑。张八爷师徒将她敬为神人一般,张八爷所预备的礼物早就换了,他早按照别人(有他的徒弟受过梅花剑的教训,见过那可怕的玩意儿)所说的尺寸样式,在太原城找著名的铁铺,定打了三十只锋锐绝伦、轻便可手的梅花剑,装在个木匣子里,双手捧给姑娘。雪卿却笑着说:"您真能猜着我想要的是什么!"

但是,她回来了,她的父亲却仍然没有回来。闻听说徐三爷一到雁门关外便打败了朱锦,然而朱锦却逃往汾阳。徐三爷因为雁门关亲见许多被朱锦所害之人，极为愤恨，想着此贼不除，枉在江湖行侠仗义几十年，不能为人间留下这个祸害！他便又追往汾阳。那朱锦在汾阳纠众与他交战了两次，不敌，朱锦又逃往彰德府，听说徐三爷又追了去了，但至今便不再有信息。

雪卿姑娘就为此事很不放心，又兼她才从外面走回来，满胸仍充着骄傲自得之气，在张家才歇了一日，就又走了。这回她走在江湖上胆子愈大，人震于蝴蝶扣之威名，愈不敢惹她拦她，不到十天她就来至了豫北彰德府。

彰德府原有著名的庞家三虎：大虎庞江、二虎庞波、三虎庞润，个个都有超人的武艺。那朱锦逃到他们这里，有他们为助，抵挡赤须龙徐三爷，连斗十余天二十多次，竟然胜负不分；庞家兄弟而且陆续勾请来许多好汉，设计要害死徐三爷。徐三爷至此时是势如骑虎，既不能服气，又不能取胜，正在客店住着焦急，日夜不得安睡，恰好他的女儿雪卿便已赶到。

徐雪卿探知她的父亲住在那个店里，她却不立即往见，另投了店房。为免别人生疑，她便自称是江湖卖艺的女子，要到彰德府来挣钱，她是先来找地方，看光景，她还有妈妈、姐姐、伙伴们都随后就到。这种事儿本来江湖上常有，所以也无人看她生疑，又因她虽长得美，但是年纪太小，又打扮得不花哨，就也没人留心她。

可是当晚她就到了庞家三虎的家里，来了一场大闹。她并不与人剑对刀、拳对脚地比武拼斗，她只是使用她的百发百中的梅花剑，一剑伤了庞江的前胸，再一剑断了庞波的右臂，第三剑扎坏了庞润的左腿，最末一剑结果了朱锦的性命。事毕，她飞檐走壁，如一只小燕子似的，到那店所去见她的父亲，具说自己所为之事。

徐三爷一见着女儿先是一惊，然而听了却又愤怒，最后，他愁颜兀坐地发呆，长长地叹了口气。徐三爷生平最恨人使用暗器，想不到如今他的女儿竟以暗器出了名；徐三爷不愿女儿走江湖，如今女儿已是江湖闻名的梅花剑女侠。他觉得懊丧，但对女儿也不由得不钦佩，因此对雪卿他无话可说。收拾了他的行李，次日父女便双马离开了彰德地面，入晋省而回到了太原张家。

张八爷早就得到彰德方面的消息了，他召集了二十多个门徒，设下了盛宴，宴请徐三爷父女，并又送了雪卿四十只梅花剑，且公送给姑娘一个美丽的绰号，也可以说是简称，叫她为"梅花女"。雪卿抿着小嘴儿直笑，徐三爷却一点兴头也没有。

宴毕，雪卿回到她妈妈的屋里，徐三太太刚要细问女儿这番出去走了多少路，遇着了多少人，都办了什么事。雪卿姑娘也兴奋地刚要回答，却不料她的父亲已然随着进了屋来了。徐三爷瞪大了眼睛，问说："还有什么可说的！一个姑娘家满处跑，回来就好好歇些日吧！安安分分的吧！"徐三太太被他烈性的丈夫一呵责，也不敢再问了，而雪卿也不敢再说，从此当着她的父亲，她连武艺也不敢再练习。

在此又住了几日，徐三爷就又辞别了张八爷师徒，携带着妻女走了。从此他们又漂流了江湖数年，虽然又遇着不少次争斗的事，但皆是徐三爷自己动手，不许姑娘帮助半点。姑娘也很安静，梅花剑虽然永久随在她的身旁，她无机会施展，可是一点也不急躁。同时赤须龙的名声虽然越来越大，而早先那飞剑女侠仍未为人所忘记，并且江湖上给起了个外号呼为"梅花女"。有些人还很诧异，当着徐三爷的面也说过："那位梅花女侠怎么不见了呢？那小小的年纪将来还了得？她也许往南方去了吧？"徐三爷虽然没答什么话，但心里却是喜悦的，并自叹自己纵横江湖三十余年，得到了英名，可也费尽了力，历尽了艰苦，尚不如女儿童年出世，飞剑得名来得容易，得到的名头高而且远呢！他因此有点灰心。

有一次徐三爷几乎出了舛错，因为他走在一条山道里，他正是有病，连马都不能骑，他跟太太、女儿都挤在一辆车上，马却拴在车后头跟着走；越走山越深，两旁都是峭壁悬崖，连着弥漫的阴云，空气也很潮湿，眼看着就要下雨。忽然看见右侧是一片平谷，谷中树木丛生，那里竟有几支冷箭飕飕地发了出来，都钉在车围之上。徐三爷晓得这一定是自己的仇人，勾了盗贼要在此暗算自己，他大怒，抽刀跳下车来，大声喊着说："小辈们，放冷箭不算好汉！出头来斗一斗，那我才佩服你们！"

他的话才喊出，却不料谷中就一个一个跳出来很多的人，就像招惹了兔子窝，出来了一大群，足足有五六十个。手中有的拿着刀，有的拿着弓跟箭，气势汹汹，齐都大喊："赤须龙！今天我们就要断送你这条老命！"一齐扑他来了。而徐三爷抖动了钢刀，但是有点着急，因为觉得手酸身倦；老虎虽然厉害，可是病了也能为群兔所欺。

但这时，忽然他的女儿也跳下了车，胸前戴着蝴蝶扣，手扬梅花剑向那群贼发去。白光一道，如流星似的，其实也未必伤着贼人了，然而群贼却齐都大惊狂喊，说："哎哟！梅花女来啦！快跑！"有人还惊讶着说："许不是吧？"但他们那几个首领更是惊喊，说："怎么不是呀？看！那不是蝴蝶扣儿吗？"群贼一边惊呼，一边回身鼠奔，真像是一群兔子了，而雪卿姑娘不过掷去了一口梅花剑，没费什么力气。

其实徐三爷也看出来了，女儿就是不掷出那口剑，群贼看见了蝴蝶扣也是要逃的。雪卿姑娘这时脸上有点得意之色，搀扶她的父亲上了车，却听她父亲忽然叹了口气。她的母亲这时吓得直打战，她也不知道外头乱了半天是什么事，只是合着手念佛，并且说："咱们找个准地方就多住些日子吧！别这么害着病还满处乱跑啦！要不然就还是回河津县去，这样儿没准窝的鸟儿似的，到底是怎么回事呀？图什么呀？"徐三爷却怒斥一声说："少啰唆！"

虽然徐三爷斥住了他的太太，车出了山照旧往下走，可是徐三爷由此事更觉灰心，想着太太说的话也对，这样走江湖，争斗、结仇到底为的是什么？而且自己已渐渐地老了，这次的病，就可见是身体已经衰弱，不行了！与其将来在江湖上遇着后起之秀栽跟头，还不如及早退休。但是又想：河津县那里是不能回去的，谁知道秦家那妇人走了没走？自己既想隐居，就得从此做一个本本分分的人；若是在河津县，还难免有朋友去找，而女儿也绝学不出好来，就许叫那秦姓的妇人给拐走，于是他顿然想起了他的故乡顺德府。

他乡思既动，雄心就益发地索然，于是把病养好，把朋友托办的诸事理完，就偕妻带女悄然地回到了故乡。他将刀藏起，装成一个本分的老头儿。

然而又因离乡数十载，突然回家，若没事做，生活再不发愁，难免叫人疑惑自己这些年在外面不定做了什么事，发了财。而且他知道本城内有一名恶霸，就是福得泰镖店的大镖头黑袍狼，这个人早先在他的手下吃过亏，徐三爷想着：要瞒他也瞒不住，不如自己也弄个买卖，一来遮掩别人的耳目，二来镇吓这个人，表示自己还未老，不是就脱离江湖不管闲事了。所以，他才买了房子开了镖店。

但是既开镖店，虽然不想多做买卖，可是至少手下也得有两三个镖头。颟顸的人他不愿意请；自觉武艺不错，江湖的恶习十足的人，他更不愿意请教，所以只请了个贫寒而老成忠厚的飞锤太岁高文豹，又雇了两个无能的镖头，就是鲁七跟侯二。但是又有难题了，凭着这三人去保镖，日久必有舛错；自己既然隐居了，再为争镖的事出去跟人拼斗，又合不着，所以他开了镖店之后自己倒添了烦。

所幸，一连出镖五次，尚无舛错发生，他倒有些疑惑了，他不知是因为什么缘故，心想：莫非我这三个伙计，他们都明白我的来历，出去拿我的名头到处招摇，所以江湖上的盗贼不敢？直到第六次，应了一号大买卖出镖，但看见女儿也在镖车旁边站着，他大不高兴，叫女儿进来；又见鲁七鬼鬼祟祟的往车里藏东西，他生了疑，向车里边搜查，就搜出一支镖旗，上面系着个红绸子的蝴蝶扣。

他乍一发觉之时，几乎暴跳起来，后来鲁七笑着跟他说："这蝴蝶扣是您的姑娘给系的，头一次出镖的时候她就给系上了，叫出了城再插在车上，别叫您知道。可是这玩意儿真灵，我们走进了娘子关，前面的十几辆镖车全叫山贼给劫了，可是他们一瞧见了咱们这个蝴蝶扣，立时就兔窜鼠奔，还有老头儿老婆儿冲着咱们这蝴蝶叩头呢！说是他们早先都受过这蝴蝶儿的好处。"徐三爷听了便淡淡地一笑，从此这蝴蝶扣就公开了。

徐三爷是为想省事，好在顺德府的这些人也不知蝴蝶扣的来历，就由它去吧，自己乐得乎天天玩八哥，享一些清福。然而却不料蝴蝶镖的名头在外越闹越大，徐三爷可还没有什么耳闻。他见姑娘也很是安分，真跟个大家闺秀一般，他非常喜欢。同时他看出来高文豹的为人忠厚诚恳，他更是喜爱；认为有这么一个可靠的伙计，镖店里的事自己就可以一概不管。

如此一连数年，买卖无舛错，家中无烦恼，徐三爷度着悠闲的日子，倒后悔为什么不早就来到这儿享清闲呢，早先真是胡闹！同时他见他的女儿已渐渐长大，而且出落得姿容清秀，就也曾想到了要给女儿物色一个好女婿，可是绝不要江湖人，也不要保镖的。

徐雪卿姑娘天天在家中习做针黹，并帮助母亲操劳，连街门都很少出；她也不细想，她的那蝴蝶扣这时已走出了千里之外，正在那儿威镇住无数的强贼。她终日是淡妆布衣，安安稳稳，除了不大躲避男人，不像普通女子似的一来人就脸红。她是很端重的，在她的心里，也像一泓清水，明洁而恬静，虽然连年的花落花开，燕去燕来，絮染香尘，柳牵裙带，然而撩动不起她的一点心波。

但是她仍然常挽那蝴蝶扣，因为每次镖车从外面走回来，雨淋日晒，那块红绸子就已然脏得不成样子了，她必须解下来洗过重结，或是换新的。她预备了许多块红绸子，没事儿就结了，结了又许再拆开，她越结越熟，越来越像真蝴蝶。然而有一天她结成了一对，并摆在灯旁桌上，她想着这是"蝴蝶成双"。然而由这"双"字，她忽然想起许多事情来，燕子也常常是成双的呀，鸟儿也常常是成双的在树枝上鸣叫呀，鸳鸯也是成双的呀，绣在鞋上的鸳鸯从来没有过是单个的。甚至于，甚至于一切都是成双的，人也是成双的呀！于家的几个哥哥都娶了嫂嫂，都是双双和睦，而南邻陈三妹也快嫁了，也要与人去成双作对。就是父亲那么顽固的人，母亲那么庸懦的人，他们也是双的呀！因此，第一次她心头触起了这一缕情丝，飘荡着，缭绕着；她忘不下，每天必要忆起几次，而且一触起来就觉得脸热、心动，有时还无名的生气、烦恼，自己跟自己起急。

她有时出了门，偶然在街上看见个青年男子，她就必要躲避得远远的，觉出来拘束，并且觉出来男性之可喜。但是她对于店里这三个镖头，连杨先生，却都不拘束，说笑随便，因为彼此都熟了，而且他们也不年轻，也都不可喜。鲁七是个疤癞眼，侯二是个癞痢头，杨先生有胡子，瘦得像个鬼。高文豹的人品倒不讨厌，雪卿最爱跟他说笑，爱拿他打趣，爱看他发窘脸红，可是他的那副大长脸，跟个马脸似的，真太难看。雪卿实在对于高文豹没有一点爱意，而高文豹对她梦魂颠倒，她不知；她爸爸误以为她喜欢上了高文豹了，那更是把她冤枉死。

却不料这时候就发生了黑袍狼、病金刚种种的事情，末了还加上了一个毒剑客唐松。唐松的风姿虽仅在那日白天被她窥一眼，可是就已然深深地印在她的脑中，如挂上一幅美丽的图画，绣上了一个可爱的小人。那天夜间她虽然剑伤了唐松，然而后来确实觉得心痛。毒剑客唐松的为人是很慷慨的，他虽败犹荣，虽然他来是想害父亲，但他的气度、言谈，尤其是丰采，真是处处值得爱慕，惹得她的心不由自主。高文豹亦可佩，拼死助人，豪侠义烈，也可称难得，然而他那张大马脸印上血迹，却更难看。

不料她的父亲竟拿了她的梅花剑，硬把她许配于这个大马脸，她真烦死啦！不敢违抗父命，只好跟母亲去哭说。徐三太太也觉得高文豹人虽老实，但家当、模样和年岁，没有一样能够跟女儿配得上，所以她也反对，跟老头子吵，说老头子糊涂。但是徐三爷走了一辈子江湖，称了一辈子英雄好汉，哪能言而无信？女儿许了人又悔婚，这，他宁可杀死了女儿，也不能这么做！因此家庭就出了麻烦。同时高文豹又来送鹅，徐三爷又要叫高文豹速娶，女儿速嫁，这使雪卿实在在家里待不住了；她才忍泪暗别了父母，携带梅花剑，取了马离开顺德府，而奔向了进入晋省的大道。

这夜就投于旅店之中，孤灯深夜，忆起了往事，又恨又悲，而且侠气勃然，壮志又起，想着重走江湖，沿途行侠仗义，一直到河津县去看看禹王庙房梁上的那只梅花剑还在不在，然后好去与师父见面。她起先是觉得非常难过，后来一想快跟师父见面了，却又觉得喜欢，并且怀负一种志气，将来要把凡是跟父亲作对的那些人尽皆剪除，把黑袍狼撕碎，把病金刚杀死，把什么洞庭老侠凤凰飞也得打败，把毒剑客唐松……她想到了这个人，却又觉得眼前浮现出来一个风度翩翩、慷慨豪爽的美少年，她就不由有点凝思。

此时，远处的更声已交了四下，她就靠着桌儿支着头睡去。忽然间由梦里惊觉，仿佛听见外面有什么声音似的，她立时睁大了眼睛。屋中的灯已灭，很黑，而窗上却浮着一层澹洁的月色，细一听，屋外可没有什么声音；她戳破了窗纸往外去看，见半地月华，一墙树影，也没有人踪。她想着自己许是睡糊涂了，自起惊疑，便打了个呵欠，即就枕睡去。

次日，她起来得很晚，及至她在这里用完了早饭动身之时，这客店里已然冷冷清清，野外大道上那些成帮的客商也都早走过去了，只有田地里稀稀的人在耕作，路上有稀稀的人在行走。她骑的马很快，荡起来的烟尘都被东南风从她的马后吹到面前。天气真热了，她后悔这次出来带的衣裳不多。

往下走了三十多里，她就觉得口渴了，想要找个井台寻点水喝，于是她的马就慢了一些，两眼南瞧北望。北边的青翠的山，南边的广袤无边的田野，可是看不见哪里有井台，她只好想着：好在娘子关也离这儿不远了，不如往前去赶，到那关里再找茶馆喝茶。

她正在走着，忽然听得身后起了一阵揎鼓似的踏踏的声音，她不由得回头去看，却见是一片烟尘，来了至少有七八匹马。她心里想：这些马为什么跑得这么快？莫非是什么官差？她惊疑着，将马向道旁勒了一勒，缓缓地走，同时不住地回首去望。就听那一片马蹄之声越来越响亮，人马的影子越来越近，声音震着她的耳，尘土迷着她的眼；她心里真有些厌恶。不防呼啦一声，就像是一阵大风刮过来了似的，许多匹马都从她的身旁掠过去，并且有一匹马竟从她的身旁擦过，鞭梢儿几乎撩着了她的眼睛。

她真气愤极了，抬眼向前看了看，前面的那匹马上都并非官人，也不是客商，都是山贼似的凶恶汉子。她就顺手由包袱里摸出来一支梅花剑，催马追上了几步，一扬手白光飞去，立时前面就有人惨叫了一声落马。其余的人一齐回马抽刀，但是他们低头看见了地下受伤的那个人背后插着一口梅花剑；再抬头，见姑娘胸前挂上了蝴蝶扣，一手拿着一支梅花剑，他们就都吓得哎哟了一声，拨马就奔逃去了。雪卿收了梅花剑,取下来蝴蝶扣,扬鞭从那地下躺着的人身畔走过去,她连看也不看。此时前面的那一片尘雾越去越远,渐渐地消失,雪卿也不去追赶,她只是更加上了谨慎。

她又往下走,当日即到了娘子关,她当年曾在这附近杀死过金眼豹,逐散过山贼,这里可以说是她成名的地方,也是她结仇最众的所在。娘子关的城市十分繁华,她悄然得跟个平常女子似的走进了城,但终究是要被人都注意的。因为她长得太好看,这地方实在没有她这么好看的;而且她牵着马,不但这地方,就是别的地方亦然,骑着驴的妇女倒有,可是牵着马的却没有一个。

她在众目睽睽之下,悠闲地走着,她口渴,然而看看两旁的茶馆,里面的人全太乱,她又不愿意进去。此时天气已有午后三时余,她也饿了,就想找个清静的地方饮些茶,吃毕饭,歇些时,便再往下赶路,她打算今天走一夜的路。

她找了半天,才看见街旁有一家店房,字号是"同发店",门前挂着笊篱,还有纸做的卖面的幌子,她就牵着马走进去。店里面此时十分清静,店伙正在柜房里睡觉,她叫了一声:"店家!"店伙才出来,衣服压了一身褶子,嘴还直张着打呵欠。

本来是困眼朦胧,可是他一看见了雪卿,就立时有了精神,而且有点吃惊的样子,问说:"你是要住店吗?"雪卿摇头说:"不是住店,我是要叫你们给我找间房子,我歇一会儿,你们做些饭,我吃,你们这里不是代卖面吗?"店伙说:"卖面是卖面,可是现在不是吃饭的时候呀!得挑开了火现做,您等得及吗?"雪卿点头说:"我等得及,不忙!先把我的马喂一喂,然后给我做饭。"店伙就答应着,把马接过去送到马棚里,然后给雪卿找了个屋子。

雪卿就夹着她的那个包袱,提着马鞭子进了屋,坐在炕头歇息,想着刚才在路上遇着的那件事,觉得自己做得太过,并且还有些气愤未息似的;又想父亲这时不知怎么样了,也许要气死吧,母亲也许会伤心坏了吧,因此又非常不放心。又想到了高文豹,那么老实的人,白喜欢了一场,赔了一只鹅,弄到了一个失望;她也觉得很是可怜,然而又真讨厌他那张马脸。

马棚下喂着马，厨房里拉风匣，一切的声音她都可以听到。在东房似乎住着个长期的客人，一会儿在院里跟喂马的店伙谈话——是南方口音，一会儿又跑到屋里一个人唱戏，唱的也不知是什么腔；雪卿没看见那人，她坐了一会儿就躺下休息。

又多时，听见了户外有脚步声，她就赶紧坐了起来。门开了，是伙计端着个木盘子进来，里面有热气腾腾的一大碗面，还有两小碟咸菜、一双筷子。他摆在桌上，回身就要走，雪卿忽然想起来一件事，就说："你不要走，我还有几句话要问你！"店伙倒直发怔。

雪卿就过去拿起了筷子，先喝了一口汤，然后便问说："听说你们这娘子关附近有山贼？是真的吗？"店伙听了这两句话，脸上就变了点颜色，摇头说："没有，现在一个也没有啦！"雪卿就追问一句说："那么早先一定是有不少的啦？"

店伙的声音变小了，就又说："早先倒有……些个，那是前几年的事啦，有个金眼豹大王，可是，后来梅花女到这来过一次，就……没有啦！这几年蝴蝶镖又常从这儿过，他们捞不着生意，慢慢地就都搬了家啦！"说着他可不住地拿眼睛盯着雪卿。

雪卿点了点头，就又问说："你们这娘子关没有恶霸吗？"店伙笑着说："那哪里有？这里地方虽不大，可是四通八达，做官的、为宦的，整天来来往往，谁敢在这儿横行霸道呀？"雪卿又问："这里一共有几家镖店？"店伙说："一共有十四家。"雪卿吃了一惊，心说：真不少！又问说："这里都有谁是著名的镖头？"店伙说："那可多啦！铁魔王虞五爷，双枪将赵二爷，花哪吒李七爷……"雪卿摆手说："不要说了！你去吧！"店伙又惧意地向她望了一眼，就走出了屋。

这里雪卿就吃面，一边吃着还一边想：总得再做一两件惊人的事情才行！叫父亲知道我的行径也不要紧，反正我既然跑出来，就是再回去，他也一定得把我打出来……

正在想着，忽听店门外有许多人高声嚷嚷，雪卿很觉得诧异，急忙停住了筷子侧耳向外去听，只听门外的吵嚷之声已渐滚到了店房里，原来是讨债的,喊着说:"妈的!你不还账还打人?你在我们柜上吃了七八顿饭就白吃了?妈的,今儿不还账就得扒你的大褂!"又听见一个南方口音的人说:"吾不是故意不还你债,吾是给人写字的钱还没有进来!你不骂吾,吾也不至于打你!"

雪卿听出来这就是刚才常在院中跟店家说话的那个南方人的声音,因为吵得太厉害了,她就忍不住站起身来,推开门,倚着门框向外去看。就见院中乱纷纷有许多人,店门口的人也挤满了,一个系着油裙的饭铺伙计,就扭住那穿长衫的四十来岁很穷很瘦的南方人,只管不依。旁边的那些人都是光看热闹,没有一个人肯过去排解。店伙也手抱着两肩,撇着嘴说:"这样的客人连我们也受不了啦!从打半月前一来了就是穷,第二天就没付店钱,撵也撵不动,还得常陪着他闲谈;不理他不好意思,他的口音咱又听不清楚……可是,喂!喂!你们上外边打去呀!难道要账就把我们这店房拆了吗?"那个穷措大本来是很软弱的,虽然他把饭铺伙计的脸给打青了,可是这时伙计不住地扭他,还拿拳头捶他,但是他决不还手。

又吵嚷了一会儿,忽然一些人都不看打架的人了,都把视线集中在徐姑娘的身上。那穷措大也扭头一看,他的精神立刻就像是振作起来了。饭铺的伙计又给了他一拳,骂着:"妈的!三千八百五十文,今儿你把你娘的……钱拿出来也得还账!"穷措大忽然沉下了脸来,瞪目说:"你怎敢胡骂人,当着这里的女客?"说时,他暴怒了起来,左手一托饭铺伙计的腕子,右手一拳打去。那饭铺的伙计向后退了两步,穷措大逼上前去又是一脚,立刻将要账的蹁倒,要账的骂得更厉害了。而这时徐姑娘的神色却一变,因为她已看出这穷措大使的是"白鹤登云式",为南派精深的武艺。

当时那饭铺伙计哎哟了两声,爬了起来,跟哭一样的还嚷嚷,还骂还要揪扯,穷措大却又要施展他的武艺,徐雪卿却看着有些不平,就喝了一声:"别打了!"她这一声尖细清脆的声音喊出,连那要账的也扭头看她,眼睛也直了。她就走了出来,把两个人都推开,叫他们离得远远的;她的小红鞋分开了站立,丰满的胸部一挺,纤纤的手儿一叉腰,真像是个劝架的，她就问说："为什么？一个为什么不还？一个为什么要账骂人？都对我说，我给你们评评曲直！"

那饭铺的人先嚷嚷，说那穷酸吃了他们七八顿饭，不给一个钱。姑娘问说："你为什么要赊他？"饭铺的伙计说："因为，因为，他代我写过两封家信，我不好意思不赊给他。"雪卿说："既然这样，你就不该又翻了脸来逼索！"又向穷措大说："你说！"

这个人把姑娘的容貌详细打量了一过，就说："我姓方名叫廷玉。"雪卿说："我没问你的姓名！"方廷玉说："但我得先说说我的来历，我是由南方洞庭来的，奉秦协镇夫人之命，来晋省找一个人。"雪卿吃了一惊，方廷玉又说："来到这里盘缠费用尽了，我又没有别的方法生财，我只好就给人家写写字，挣点钱，赊点饭吃。"

雪卿点了点头，说："你既是个文墨人，困在这儿也很可怜，我能够帮助你，你欠了人家的债一共有多少？我都替你还了吧！"姑娘这话一说出来，旁边有的人都笑了。方廷玉是一点也不客气，只拱拱手说："那我就谢谢了！"店家先说："他欠我的店钱、饭钱可就是四千文啦。"饭铺伙计又说："欠我的是三千八百五十文，那零儿我不要了，算是给他代写信的钱啦。"雪卿说："全都给，一文也不少你们的。"遂进了屋，取了一块银子，叫店家给兑成了零钱，她当面就替那穷措大把债都偿清，她又向看热闹的众人说："你们还都不快些走？可惜你们还都穿得齐齐整整，只知道幸灾乐祸看人殴打，却没有半点侠义之心！"她把那些人说得有的脸红有的微微的笑，都走了。饭铺伙计的嘴里还叨唠着，捂着胯骨，也走出了店门。

这里只有一个店伙数钱，两个店伙望着雪卿发怔，雪卿却向方廷玉问说："你奉了秦夫人之命，到山西来找谁？"方廷玉直望着她的脸，说："我找的是她老人家的弟子，徐雪卿姑娘。"雪卿说声："我就是，你到我的屋里来吧！"方廷玉面上并无惊异之色，但那三个店伙可更直了眼。

雪卿带着方廷玉进屋，将门闭上，请方廷玉在炕头坐下。她照旧拿起筷子来挑面，就问说："我师父她老人家现在哪里？"方廷玉说："秦夫人现在南阳府,她身受了重伤。"雪卿大吃了一惊,疾忙停住了筷子问说:"为什么呢?是谁伤了她老人家?"方廷玉皱皱眉说:"是叶底金蝉梁明月伤的她,咳!提起来话长!本来夫人原是洞庭老侠的弟子……"雪卿又一惊。

方廷玉又说:"洞庭老侠今已去世,现在南方归隐的凤凰飞也是秦夫人的师兄。秦夫人之父也是南派的侠客,行走江湖多年,为人极为耿介,一个非义之财也不取,所以那位老侠客死去之后未遗一钱;秦夫人宁可卖身为娼也绝不为女盗,后来就遇着秦协镇,将她赎救出来。秦协镇本也是江湖出身,武艺是自剑门山学来的。他有两个好朋友,一名洞里白猿刘寒星,一名叶底金蝉梁明月,全都在他的手下做将官,都是武艺高强,响马出身,因为这两个人之力,秦协镇也颇立过功劳。刘寒星的人还好,但梁明月颇恃功自傲,以为协镇应当叫他做;秦协镇重责过他,他便衔恨在心,那一次在湖南金牛山与悍匪胡猛龙交战,不料梁明月竟勾结贼人将秦协镇杀死!"徐雪卿听到这里气得用筷子向桌上一摔。

方廷玉说:"秦夫人怀仇数载,于本年正月间才将梁明月寻着。梁明月是在汝宁府巨绅之家护院,他与秦夫人交起手来,秦夫人的梅花剑竟不能伤他,反被他用飞镖打伤了胸骨!"

雪卿的脸色都气白了,赶紧问说:"怎么样?伤得重不重?"

方廷玉说:"伤得虽不算重,但秦夫人的身边很危险,幸亏有汝宁府的镖头陈彪公,将她救了,送到南阳陈家去养伤。我本来早先也是秦协镇手下的人,我做文案,可也学过武艺,且论起辈数来我还是秦夫人的师侄,但我绝非叶底金蝉的对手。"

雪卿又问:"叶底金蝉他有什么了不得的本领?"

方廷玉说:"叶底金蝉梁明月这人的武艺恐在凤凰飞之下,他对于十八般武艺件件精通,南派拳北派拳无会使,蹿房越脊处处超人,双手能打连珠镖,百发百中;别人使暗器,他会用手接,用口衔,无人能奈何得他。"雪卿听了不住冷笑几声。

方廷玉又说:"我本来是在信阳州闲居,闻得秦夫人在南阳养伤,我特地赶了前去；看见秦夫人的伤势并不至死，但秦夫人一定要叫我来晋省找她的弟子前去，以便为她报仇。她没给我一文路费，我借了几两银子，来到了这里寻找了两个多月，可也把钱用完了，我就困在这里，遍处打听也无徐姑娘之名。"

雪卿说："你应当打听蝴蝶镖、梅花女，那知道的人就多了。"

方廷玉说："我临别秦夫人之时她并没向我提到，直到今天，刚才我见姑娘牵马入店，我才想到姑娘就许是我所访的人；但若非姑娘先出来，我仍是不敢冒昧！"

徐雪卿叹了口气，说："我本来也是要回河津县去看我的师父，现在既然知道她老人家所住的地方，那也省得往西去白跑了。我可以跟你一路同行，我现在带的钱还够咱们二人的路费，我们要先至南阳，然后我再单身到汝宁府；凭他叶底金蝉的本领如何，我若不杀了他，我不再称梅花女，我不再使梅花剑！"

方廷玉吸着气说："不过那梁明月确实是不可轻敌。"雪卿瞪眼说："不要再说！"给了他一块银子，说："你吃饭去！快些！咱们当时就走！"说着她匆匆地大口吃面，方廷玉拿了银子便走将出来。

方廷玉本来也是南方的一位侠客，不过因为他为人斯文，所以不大与人争斗，不大出名罢了，又因为他不取非义之财，所以他才穷。但他在秦夫人之前虽自称晚辈，可是秦夫人待他也很是客气，如今这位才十几岁的姑娘竟像对奴仆似的驱使他，他未免心里有点不痛快。然而，梅花女他倒向来没听人提过，可是"蝴蝶镖"的威名，在两个月以前他没入晋省之时，就已然听人提说过了；一定是姑娘有真武艺，不然如何使得群贼震惊？所以他也不敢对姑娘加以小瞧。

他出了店门，不愿再到刚才那跟他要账的那个饭馆里去了，他就多走了一段街，到一家无人熟识他的饭铺里去吃饭。这里有许多镖行中的人都在吃饭喝酒谈天，方廷玉一边吃着饭一边侧耳向旁边留心听，就听得有人悄悄地谈说："梅花女在东边伤了人，你们知道吗？"又听说："吃完饭趁早走，谁惹她？九尾妖狐！"又有人说："说话要小心！叫她听见可不是玩的！"方廷玉的心中更有点佩服，觉得那徐姑娘一定有些真本事,不然连洞庭老侠在世之时,十年前凤凰飞在南方,名头也不过如此。一个年轻的姑娘得此威名绝不是偶然之事,说不定她真许到了汝宁府把梁明月给打败了。

当下他吃完了饭就走回店里,一看,姑娘已将马备好了,连她的那只包袱都已绑在了马上,意思是当时就走。然而方廷玉却又发了愁,因为他不要说马,就是连一头驴也没有,凭着两条腿,怎么能跟得上姑娘这匹很健壮的马呢?姑娘也看到了这一点,就皱了皱眉,问说:"你没有地方借一匹马来吗?"方廷玉笑着说:"我要是有马,也早就卖了,刚才何至于被人打骂着索债?"

雪卿又说:"现在这关里有卖马的没有?"方廷玉说:"很多很多,只是最坏的一匹马也得要七八十两银子。"姑娘心说:我哪里有那么些个钱?她就翻着眼珠儿想了一想,忽然生出了一个办法,当时她就不动声色,说:"这不要紧,你步行,我骑马,咱们就走吧!"

姑娘付过了店饭钱,方廷玉也拿上他的包袱,两人就出了门。方廷玉的行李简单得简直不成样子,只是一条很旧的布包着一条三尺长的棍儿似的东西,这就算是他的包袱,雪卿看出来其中必是宝剑。

出了店门她先是牵着马走,街上许多人都注意的看她,她也注意瞧人。一走出这条长街,她就上了马。眼前的太阳已向西边去了,天上的云渐变为金黄色,大地上的田禾如镀着一层金。她回头看了看,方廷玉随在她的身后十余步远,走得非常迟缓,她不由有些着急,就回首说:"快点走呀!你这样咱们得几时才能走到南阳呢?"

方廷玉赶上几步来说:"姑娘!我没法快走,我才吃完了饭,因为许多日我都没得吃饱,刚才就还吃了很多,现在要是快走就肚子疼了;再说由这儿到南阳两千多里,骑马走也得要二十天才能到,我无论怎么快走也是跟不上您呀?我想不如您先行吧,反正只要走到南阳,一打听镖师陈彪公的家,无人不晓,秦夫人现在就在那里养伤。"

雪卿却摇头说:"我不认识路,我也不愿意走一处向一个人道劳驾的去打听,还是你带我走吧!我能替你找着一匹马,你且等着!"方廷玉听了,倒有点疑惑,只好脚步加快一些,跟着姑娘的马去走。

走下有十余里地，对面就来了两辆车两匹马，雪卿从远处就抬起头来看，并加鞭迎着走去。方廷玉在后面心说：要怎么着？他也注目去瞧。就见雪卿来到那边的车马临近，将坐骑停了一停，扬头看了看人家，却去挥鞭走过去了。原来这两辆车，前头的是白布车围，上面还挂着一叠烧纸，车里是坐的个穿孝的妇人，抱着穿孝的小孩，两匹马上的也都像是老家人的样子。雪卿的马驻在前面等了半晌，方廷玉也就又赶上了，依旧一同往下走。又走不远，对面又来了两名骑着马的官人，雪卿也让了过去，她的俊俏的脸上显出失望的神气。

而晚雾纷落，鸦群乱飞，天色已渐渐的黄昏了。他们一点也不休息，虽然天黑了依然往南去。雪卿是一点也不疲乏，一点也不困，但方廷玉可实在受不了。他也有主意，觉得走得差不多了，他就领姑娘到了一个镇上，就说："天太黑，我本来对此地的路径就不熟，没法看清路，走错了也不好；还是先找个店房歇歇，明天再走吧！"

雪卿听了听，镇上的更声才交了两下，她非常不高兴，但是没有法子，路实在难认。而这一天只走一点路，不能即时就见着师父，也是不行呀！于是她就更想给方廷玉找一匹马。当下她点了点头，由她找了一家门面较大的店房进去。当店伙将她的马匹牵过去之时，她还特地嘱咐要多喂好草料，她跟随店伙到马棚里；马棚的墙上也点着一盏黯淡的油灯，照着这里有四匹马：两匹白的，一匹黑的，一匹花的。

雪卿眼看着店伙把草料拌上，她才转身出了马棚，另有店伙给找了一间屋子，而她却摇头说："不行！得给我们找两间。"店伙才看出她是位姑娘。而这两人并不是父女，更不是夫妻，便要给方廷玉再找一间房子，方廷玉却摆手说："不必，你们这里不是有许多人住在一块的屋子吗？我就在那里面睡好了，不必再找单间了。"他遂就顺着店伙的指点，到大屋子里去，而徐雪卿却进了单间。

这个镇本在南北大道之间，商业颇为繁盛，这家店的房子很多，此时都已住满了人。此时天色虽不太晚，可是那些奔波了一天的客商们也都在各屋中睡了。方廷玉也很疲倦，他一进到大屋子，就找了个炕角儿睡着。夜渐渐的深了，镇上的更鼓仿佛也不按照准时候打。方廷玉在梦里糊里糊涂的,也不知睡了多大的时间,忽然觉得有人踹了他一下,他就一惊而醒;睁眼一看,见天色已有些发白,隐隐绰绰眼前站着一个人,向他悄声说:"快走!快走!"他听出来是雪卿姑娘的声音,不由就更是吃惊,而且不知是有什么事;拿起他的包袱就下了炕,这时屋中地下炕上卧着的二十多个人都在甜睡未醒。

方廷玉跟姑娘出了屋,就悄声问说:"什么事? 这么早姑娘就起来?"雪卿却轻轻地急声说:"快走吧! 脚轻一点! 我的马已然牵出去了!"方廷玉一看这种情形就觉得不大好,这位姑娘现在不定是做了什么坏事,得叫他跟着赶紧同逃。

此时店门已开了一道大缝子,星斗稀稀,天空如淡墨色,鸡还没有叫,各屋中更是一点声音也没有。方廷玉随姑娘出了店门,就见姑娘的那匹马已在门前备好了。镇上的铺户也都如神龛一样的摆着,门没开,里边好像没有个活人。姑娘就拿手中的鞭杆杵了他的腰一下,说:"快往东去走,东边有几颗高杨树,你就在那里等着我,我这就去!"

方廷玉不由就怔住了,问说:"姑娘,你做了什么事? 你还要做什么?秦夫人一世可都是有骨气有节操的!"姑娘说:"你到了那里你就知道了,我也不再做什么了,我只在后面替你防备着,我们一同走,你快些往东跑吧!"说着,她就上了马,拿鞭子还直驱赶方廷玉。方廷玉心中真带着些气,然而就只好往东快走吧。

他在前,姑娘骑着马在后,出了这个市镇往东走了不到一里地,果然看见淡淡的黑雾之中有一排高高的白杨树。雪卿已从后面催马赶到前面,仿佛后面有人追来似的,方廷玉吓了一跳,还不禁回头瞧了一瞧,却没有人。

雪卿的马到了那杨柳林下,却高声喊着:"快来呀! 快来看看!"她的呼声就可表现她是十分的高兴。方廷玉也不禁往前去跑,到了近处一看,雪卿已下了马,马是被她牵着,可是已经变成了两匹;一匹是全身的花斑,样子很奇怪的,头高腿壮,却倒是一匹良驹。方廷玉明白,但是要故意问,就说:"这匹马姑娘是从哪里得来的?"姑娘一笑,说:"你放心! 这并不是不义之财。我都打听明白了,这匹马的主人本来是个保镖的，镖行中好人极少，说不定他也是这么来的；咱们取了来，先借它赶路，不算是做得不对！"

方廷玉不由得也笑了，说："借江湖人的一匹马用用也不算是伤廉，可是，我不是说姑娘你的江湖阅历还太少，盗马也得盗那不显眼的。铁青、白色，或是黄骠——黄骠都少，这匹花东西是这么显眼，人家要想法子找它，悬赏搜寻，还难？"雪卿却说："咱们快走，他们就没法追上了！因为我爱这匹马我才取来，我要骑着这匹，你骑我的。"方廷玉正盼望她说这句话，当时就连连点头说："好！好！我佩服姑娘，咱们就快走吧！"

当下姑娘匆匆忙忙地将包袱在花马上重绑了一下，她就骑了上去，并把皮鞭扔给方廷玉使用。她的马上并无鞍韂，她也不用鞭子，骑上马就往前去了；方廷玉也上了马，挥鞭在后紧随，地广无人，两匹马可以肆意地驰走，当时就听得嘚嘚嘚嘚的蹄声发如连珠，鸣如乱鼓。

走了多时，他们只觉得四周围越来越亮，田塍间也有人了，道旁也有车马了。一直走出大概有三十多里，抬头一看，原来远远的青山之上已经升起了老大的太阳，徐雪卿在前驻了马，回头一笑，摘下首帕来擦擦脸上的汗，说："没有走错了路吧？"方廷玉先回头瞧瞧，然后才说："没有走错，一直走，再有几里地就过大蛙谷。"他也喘了喘气，于是二人就一同斜迎着温暖的阳光直奔正南。

当日过了太行山大蛙谷，傍晚时就距离壶口关不远，方廷玉也兴奋，他不但不急忙找店房歇息，并且连饭都不想吃。他向雪卿说："姑娘！咱们赶出壶口关好不好？一出壶口关再走不远，就是河南了。您在河南也出过威名，我在河南友朋更众，到了那儿咱们放马一走，几天就能赶到南阳。"雪卿说："好！那么咱们就快走！"于是两马疾疾向前去走，越走天光愈黯，地势愈陡，渐渐看见了两旁的山谷，马踏入了曲折的山道。雪卿催马不停，方廷玉挥鞭不住，当日便于星稀月小、风冷山高、汗流气喘之下，他们出了晋豫之间的要隘壶口关，投店歇下，次日便入于中州河南地面。

到了河南，方廷玉就放下心了，他晓得山西的镖头绝来不了河南，徐雪卿盗人家的这匹马，失主不至于追来，麻烦是不会有了。而雪卿却是心更紧，性子更急，她恨不得立刻就赶到南阳府；所以这天是一清早就起身，走到中午，方廷玉都饥了累了，但是雪卿还不肯驻马吃饭。来到一个很繁华的市镇上，方廷玉看着路旁的茶馆，卖面的铺子、酒店，肚子更响，嘴里更流涎，而看雪卿的意思却竟是要将这市镇掠过。但是她的马尚未走出市街的南首，就见一家酒铺里跑出几个人来，一起喝着："截住她！截住她！截住那骑花马的人！"

雪卿吃了一惊，同时心中涌起了气，不待人拦截，她就将缰绳勒住，偏身下马，瞪着双目问说："什么事？我看谁敢截我？"说话之间，有许多人已将她围住了，而那几个人也都赶到，有的且拿着木棍，一齐嚷嚷，说："强盗！强盗！这是杨大员外的五花彪，强盗杀了人给抢去的，好吧！打官司去吧！你这娘们绝不是好人！"雪卿瞪目啐着人说："呸！呸！"她伸手要从包袱去取什么东西。

方廷玉看了就特别惊慌，赶紧摆手向雪卿说："不可！不可！姑娘！"他牵着马分开了人群，疾忙跑入，就连向四周围的人拱手，说："诸位不要着急，有话可以理论！兄弟名叫方廷玉，汝宁府的陈彪公老镖头是我的朋友，请大家讲些面子，这位姑娘非是外人，是……"

雪卿瞪眼说："你跟他们说什么废话？他们爱怎样就怎样好了！我这匹马是在山西花了四百两银子买的，谁晓得是什么来历？难道我还能真叫你们给讹了去？"

方廷玉一听，姑娘真会随机应变，遂就也挺起些胸来，说："实在，这真是我们在山西买的，买了已经很多日子了，诸位看眼熟吗？是因为这匹早先在这里出过事吗？那不要紧，我们可以指给你地方，你们可以去找那使了我们四百银子将马让给我们的了。"

旁边却有人冷笑道："小子！你说的话倒是很好听，只怕这场官司你们脱不了！"又有人伸手就要扭雪卿。雪卿却吧地一回手，正打在一个人的嘴巴上。四围的人一齐愤怒，擦拳磨掌，挽袖掖衣，有的过来夺马，有的就扯住了方廷玉，有的要硬来揪雪卿。但雪卿抬起脚来就踹倒了一个人，她的手谁也拦不住，飕的一声就由包袱内抄出了一口梅花剑。方廷玉疾喊着说："姑娘不可！不可伤人！"雪卿却也没将梅花剑出手，只是白光一闪，那些人一齐吓得惊慌地向后去退；雪卿却急忙上了马，一手抢鞭，一手舞剑，向方廷玉喝道："快走！你发什么呆？"

方廷玉也赶紧上了马，有两个人却又过来拦他，说："这就算完了吗？你们就能跑了吗？"扭住他的马头不放。可是雪卿已把梅花剑发出，白光一道腾起，吓得那两个人一齐抱头，惊喊说："哎呀！"宝剑却当啷的一声插在地上，徐雪卿又尖喊一声："快走！"于是方廷玉的马紧紧跟随，当时闯出了镇街。

蹄声紧响，一霎时就走出了一里多地，雪卿仍然挥鞭说："快走！快走！"方廷玉在后不住喘着气，又回头去看，见倒是没有人追下，他就又笑了，说："姑娘！慢慢走吧！留神，马再撞着人那更是麻烦了。"雪卿这才收住了马，也往后看看。方廷玉又说："姑娘，你得这匹马的时候，我就瞧着有些不妥，因为这匹马的皮毛儿太好认！那原主儿的来历就许不正，一定要出事！"雪卿就说："少说话吧！"于是两匹马就不急不缓地往前去走。当日走到林县歇宿，方廷玉的心中仍不禁忐忑，唯恐这匹马再招出什么事来，所幸当夜无事。

第五回　雨阻荒村突发险事
人来大邑力斗群雄

　　次日一清早却见天色阴沉,二人再往南去,行不到三里,就落下了雨来,一霎时把二人的衣裳淋得尽湿。见不远之处有村庄,方廷玉就说:"姑娘!咱们别往下走了!留心雨淋得成了病!"雪卿就说:"我们赶路,怕雨还行?快走!快走!"她虽然急躁地催着,可是顺着她的鬓边流下来的雨珠淹得她的眼睛都不能睁开。

　　雨是越下越大,如乱箭似的射着他们的身和脸,天黑得像淡墨,远山近树全都笼罩在茫茫的雨气里。地下成了河塘,稀泥没了马蹄,田塍间的水深深地流着,禾麦弯腰,不住地来回摇动;雨声哗哗的如江翻海覆,天际隐隐滚着沉雷,真料不到暮春时节会有这样的大雨。雪卿在前面勒住了马,连马带她全都回过头,风把马鬃和她的头发全都吹在前面,又被雨粘在了脸上。雪卿就喊了一声:"快找地方避避雨吧!"但她喊不出来,十步之内也看不清楚方廷玉的脸。

　　方廷玉的脸如同拿水冲了似的,他不住地喷唾沫,心里却笑道:我的姑娘!原来你也有不行的时候呀?跟人可以逞强,跟老天爷你却不能够逞强!他催马冒雨赶了过去,大声喊着说:"姑娘你快跟着我走吧!我给咱们找个避雨的地方!"遂鞭马紧行,姑娘在后跟随,冒着大雨由大道奔进了小径,曲曲折折地才进了距道旁不远的一个小村。

　　村中的树木多,雨声显得更大,他们的双马飞驰进去,连一条狗都没有出来迎他们。来到一家的柴扉前下了马，方廷玉用手敲柴扉，然而这么大的雨声，轻轻敲门，谁能听得见？雪卿真急了，她就将马交给方廷玉牵着，用手一推，柴扉就开了。她怔闯了进去，见有土屋三椽，有一间屋子的窗棂还齐整，她就来到檐下；刚要向里边问话，却听屋中有男女调笑之声，她不由一惊，赶紧退下了一步。

屋中的女人格格的笑着，声音很大，如同河里鸭子的叫声。雪卿不禁脸一阵发烧，胸头又引起点气，就又上前拿手捶窗，向里问道："有人没有？有人没有？"连问了两声，屋里的笑声才停止，门从里边推开；见屋里黑洞洞的，墙上挂着一件蓑衣和一只破草笠。男的光着两只脚，披着件破小褂，手推着门，直着两只眼；女的却是盘着双腿，坐在炕上，浓妆艳抹，头发上还戴着花，实在不像是乡间的妇女也惊奇地往屋外来看。

黑头小个子很精壮的男子，就问雪卿说："干啥的？下着雨的天，来这儿有啥事？"雪卿就看见那炕上放着把砂酒壶、酒杯，还有煮的豌豆，便抬头看了看这男子，答说："我们是走路的，遇着雨啦！想在这儿避避。"男的还没答话，那女的已在炕上笑着点手说："进来吧！哎呀，看把你淋得这个样子，真跟水蛤蟆似的啦！快进来吧！这儿有酒，喝点就暖了！既然是路过这儿，就也是东八村西六店、三镇两县的老乡亲，进来吧！小衣裳换一换，让我给你烤烤！"

雪卿觉得这个妇人真能说，遂就一步进了屋。见靠墙还有个灶，灶上一只铁锅里边滚着开水，一碗黄米还没下呢，雪卿就也笑一笑，说："那么劳你们的驾啦！让我们在这儿躲躲雨吧，外头还有个人呢！也让他进来吧！"男子脸上现出不高兴的样子，妇人却拂手说："把那位也请进来吧！大雨的天，能投奔咱们这儿来的，就是有缘的人，哪能叫人家在外边淋着呢？"那男子听了这话，还不将腿挪动，外面的方廷玉已将两匹马都牵进院里来了。屋里的妇人向外一眼看见，就惊讶着说："喝！你们倒是个走路儿的，还都有马？真是！哎哟，那匹花的到底是马还是骡子呀？"

方廷玉已由花马上替雪卿取下来行李，那包里也不知有多少口的梅花剑，他都有点抱不动。而那个黑头小伙计却从屋里跑了出来，说："大哥交给我吧！你快到屋里烤一烤去吧！"他非常的和气，但方廷玉如何肯把这包袱交给他，就连连说："不要紧！不要紧！我自己能拿，我们来这儿多有打扰！"黑头汉子说："哪里的话？"

方廷玉又说："有破席子没有？我想给马盖在身上。"黑头汉子也说："不要紧！咱那间屋子原是堆柴的，现在屋里也没有多少东西，把两匹马牵到那里去，淋不着，还丢不了。"方廷玉连说："那好极啦！那么就有劳当家的吧。雨住了，我们走时必有酬谢。"黑头汉子也没有言语，方廷玉就夹着包袱进了屋。

这时候雪卿在灶旁烤了半天，却连裤腿儿也没有烤干，她不禁腻烦了。那妇人又拍着炕席，说："这儿来坐着吧！衣裳得脱下来烤。等待会儿，叫黑二把那屋子收拾一下子，把他们赶到那边屋里去，咱们关上门，再脱下衣裳来烤。"又拍着炕头，叫雪卿过来坐下。她隔着土灰墙向那边喊说："喂！我说你呀！把那屋里的破烂柴草收拾一下子，你跟这位大哥到那儿去，我们这儿得烤烤衣裳。"那边的黑二将两匹马才牵进屋去，听了妇人的嘱咐，他大声答应了一声。

妇人又把雪卿的头儿脸儿不住地细看，问说："他，跟你，你们是父女两个吗？"雪卿摇摇头。方廷玉恐怕雪卿把关系说得太远了叫他们生疑，遂就说："我们是叔叔侄女，她爸爸在许州做生意，我带着她看她爸爸去。"妇人才点了点头，说声："噢！"又斟了一杯酒，让雪卿喝；雪卿摇摇头，妇人又把酒杯笑着递给方廷玉。方廷玉对于妇人的这种笑倒觉得厌烦，同时真猜不透这个穿绸着缎、粉面油头、金首饰绣花鞋，连鞋都没沾一点泥的少妇，为什么在这破烂土屋子里住；但是酒却引诱着他，他就笑一笑，道声谢，把酒接过来喝了。

半天那黑二也没到这屋里来，妇人就说："这家伙！怎么这大半天还没把屋子收拾好呢？我看看他去。"遂就先下了炕。原来灶旁边放着她另一双鞋，是桐油涂着帮儿，鞋底儿上钉着小钉子。她换了鞋，就走出屋去了。方廷玉跑过去，悄声嘱咐雪卿说："小心一点！我瞧这个人家有点不对头！"雪卿未作表示，方廷玉却又偷着斟了一杯酒。

妇人到了那屋里，就没听见那边再有人说话。窗外的雨还潇潇地下着，方廷玉发着愁说："看这样子，雨怕不容易住，今天咱们许走不了！"雪卿说："走不了就住在这儿。"方廷玉说："住在这儿，还不如今天早晨就在店房里别走呢。这地方住着，有多叫人提心！"雪卿发急说："那这儿的人还能是贼？就是贼我也不怕！"方廷玉吓得急忙摆手。

他不禁有点心惊肉跳，假若这时他有墙上挂的那么一件蓑衣，再没有雪卿跟着，那就无论外边的雨下得多么大他也是要走的。他并不是怕那个黑汉有多大的本事，而是他唯恐出了事，再勾起了姑娘的暴性，她又要使她的梅花剑；万一杀伤了人惹起官司，虽不至于立时被捕，可是就成了黑人，往哪里去也不行了。他又向姑娘使眼色，表示别起急，并悄声说："这里也许不至于有什么事，不过只是那妇人有点不正当罢了，与咱们不相干。"

姑娘却镇定从容，好像一点儿没往心里放似的。她把她头上的手绢抖了一抖，晾在靠着灶的一个破凳儿上，又趁着屋里没有人，就打开她的包袱；方廷玉不禁直眉瞪眼地看着她，见她却只是取出随身带来的几件衣裤和鞋袜，照旧把包袱系上，放在炕里。她的衣物靠外层儿的也已经湿透了，而夹在中间的虽然有点潮湿，但还能够换上穿，方廷玉就说："姑娘换衣裳吧？关上门！"他就把半杯酒一饮而干，出屋去了。屋里的雪卿随之将门关严，并从里边插好。

方廷玉站在檐下，雨点溅着他的脚跟腿，他这时不顾得雨了，只是侧耳听着旁边那屋里的动静。那屋里只有马吃草的声音和人的喳喳的谈话声，但都为雨声所掩着，听不很清；他往前挪了挪脚步，几乎把耳朵贴在那屋的门框上了，才听那屋里的人说："我，我他妈的非干这件事不可！你没看吗？这两人都有马，包袱里那么沉，至少他们有几百两银子随身带着啦！不下手干吗？得到手你跟我走，咱们走汝宁府！"方廷玉听了，心中更为惊讶，说：好！你要去的地方，跟我们将来要去的那地方是一路。

屋里说话的就是那黑二，黑二并且说了许多话，方廷玉断断续续地就把事情大略弄明白了。原来这男女俩是情人，女的大概是个有夫之妇，愿意跟那黑头小伙子私奔，可正发愁没有钱，怕逃到别处去不能生活；如今他们以为这场雨给他们送来了财神爷，这荒村大雨下他们正好做出歹事，而得到不义之财。方廷玉心里发出冷笑，暗想：凭你一个黑头小子还敢做这事？真是瞎了眼啦！那娘们也是，怎么单把个黑头小子给看上啦？

又细一听，那妇人倒是直向黑二央求，说："我求你，千万打消了这个念头吧！这哪里使得？我可真害怕！"黑二却愤愤地说："你要怕你就回去！别在这儿露出形色来给我耽误事，我非做不可！我不能老看着你在米老头子家里受那气！我要弄些钱，带着你离开这儿，咱们过舒服的日子去！"妇人却有点发急了，说："这样得来的钱我不干！我跟你到别处去，我的心里也不安！米老头子也不过就是老，他待我总还算不错，再说你把我拐走了，他的那些个朋友能饶得了你？"方廷玉一听这番话，心中却吃了一惊。

这时那个屋里又把门开开了，方廷玉赶紧过去，悄声问说："姑娘换好了衣裳没有？"雪卿在屋里说："你进来吧！"

方廷玉一进屋就悄声把将才偷听来的话全都说了，并说："现在我猜出来了，这个村子大概是离着卫辉不远。卫辉府有一位米老英雄，外号叫盖河南，我久闻其名，这是河南省江湖上的一位老前辈，保过镖，做过抚台衙门的班头，现在家里很有些钱了；虽然他已归隐享福，但四方的豪杰仍多向他投奔。我猜着那个妇人就许是米老英雄的如夫人，不知怎么跟那个黑头小子勾搭上了。现在我看咱们在这儿究竟不甚妥，晚上他们一定要下手！自然，咱们早有了防备，不怕他们，可是到姑娘你生了气的时候，就又难免伤人，伤了那黑二不算什么，伤了那妇人，却怕难免得罪了盖河南；倘若把他得罪了，他与叶凤金蝉本来有旧，他们两人若是连上手，那咱们秦夫人的那口气可就更不容易出了。"

雪卿笑了笑，说："你这个人怎么这样谨慎？畏首畏尾的，还能走江湖？什么叫盖河南？我没听人提过，他有这么一个女人，可见那老东西绝不是个好人，我今天倒要看看那黑脸的人对咱们怎么下手？别说现在雨还没住，就是住了，我也不走啦！"雪卿低着声愤愤地说着，方廷玉实觉得无可奈何。

窗外的雨是越下越大，待了半天，那妇人才抿着嘴儿笑着，她的脸上可带着一层惊恐之色回到屋里来，说声："哎哟！锅里的水都快熬干了！我净顾得在那屋里帮助我的娘家兄弟收拾屋子，也忘了这儿得下米啦！"说着又向锅里续了点水，就把一碗淘得了的黄米倒在锅里。

她又转过来身，笑着呻吟了一声，说："我在那屋子里帮着搬了搬柴草，腾腾屋子，就差一点没把我累死！"说着向炕上一躺，手臂放在个破枕头上支着她的头，拿起砂酒壶来对着壶嘴喝了一口，又摇了一摇，骂着说："妈的酒也不够啦！那黑东西！我刚才就说，今儿下雨，说不定就许有客来，我让他多打一点酒，可是那小子偏不听我的话，钱一到他的腰里就休想再抠出一个来！他妈的，越这样儿越发不了财！"

方廷玉一听，觉着这样的村话，绝不是普通安分的妇女所能说得出口来的，这娘们到底是怎么个出身呢？于是他就带点笑问："太太！这就是你的娘家吗？"妇人用一只手拢着她的头发，摸簪子，点了点头说："就算是我的娘家吧！可是黑二他不是我的亲兄弟，他老娘活着的时候，是我的干娘。我就是这村里长大了的，十六岁到城里，二十岁嫁的人。"

方廷玉又问说："你的当家的是……"妇人说："是有名的大财主，你到卫辉府的地面来，难道你没听说过盖河南吗？"方廷玉作蓦然想起来的样子说："哦！米大当家的！"妇人面现惊异之色，说："你认得他吗？"方廷玉点头说："也许见过一面，因为我早先也保过镖。"

妇人故意大声说："你也是个保镖的？"方廷玉心想想，我索性吓他们一吓，他们也许就不敢见财起意了，遂就假造了一个名字，说："我姓张，在北京在南京都当过镖头，河南的路我常走，米大当家的与我见面谈起来，还得称为弟兄呢。"妇人的脸色变了。

那黑二也抱着两根柴，手提着一柄刃上发光的钢斧进了屋，瞪着眼睛直向方廷玉来望。雪卿一见黑二拿着利斧进来，她就噌的站起了身。然而黑二这回进来倒并无恶意，他蹲下身，拿斧头劈那两根柴，劈了就塞进灶里。妇人却说："你添上柴，就不用管啦！饭好了我会盛出来。天也不早啦，该吃午饭啦，今儿咱们这儿又有客，你到镇上去一趟好不好？再打几两酒来，买点熟肉；要不然到陈三家借一只鸡来，杀了它咱们白煮着吃；我瞧这个雨下到天黑也不能住，这二位还能走吗？"

方廷玉说："不必麻烦！有这黄米饭吃就行，我们也是常出门的，出门走路哪能到处吃鸡？这位当家的你出去一趟也好，给我们……"说到这里，他忽然不说了。

妇人也向他摆手，说："不要客气！刚才你一说你也认识我们的老当家的，那咱们更不是外人啦！雨把你们送到这儿来，恰巧我正在这儿，我倒得请一请我这位侄女。"说着就要由她的红绸袄里掏钱。雪卿却早把一块碎银取出来了，交给那黑二，并问说："镇上离着这儿远吗？"黑二摇了摇头，说："不远！"炕上的妇人说："由这往东五里地就是辛家镇，那镇上有一条大街，卖什么东西的都有。"

方廷玉忽然向雪卿问说："既然离这儿不远就有个大镇，那咱们为什么不上那儿住去呢？可在这儿叫人家麻烦。"

妇人赶紧说："不行！不行！那儿的店房太脏，还不如这儿啦，你们不能住！"雪卿也摇头，皱皱眉说："我不去，还得走五里多地呢！我就是这一身衣裳了，我怕淋湿了。"那黑二手拿着银子发着怔，站了半天，然后他先将斧头拿回那间屋里，然后他由墙上摘下他的破草笠，披上他的蓑衣，拿上一个罐子两个瓶子，就走。

这里，妇人就半躺在炕上跟雪卿说闲话，只听她说，雪卿却不回答；方廷玉却站立不安的，待了一会儿，他就走出屋去，先到那拴马的屋子看了看，见屋子都漏了很多的水，地下有些湿柴和草，两匹马就把屋子占得没有什么地方了。方廷玉低着头找了半天，并没看见刚才黑二拿着的那柄利斧。方廷玉站着想了一想，就迈开步出屋就走，走出了柴扉，他的浑身又淋得跟水鸡一个样了。

这小村中十分寂静，没有一个人。他低着头走出了村，才看见一个农夫也披着蓑衣，头上包着手巾，胳臂上挎着一只篮子，从对面走来。方廷玉就迎过去问说："请问大哥，辛家镇在哪边？往哪边走？"这个农人就偏着东南一指，说："就是那边，顺着那条大道走，五里地就到了。"方廷玉就道了一声"劳驾"，就直奔那条大道，头向前拽着去走。

这时不但是雨，且刮起了风，那风正从东南方吹来，直射在他的脸上，他的胸前就像瀑布似的往下流水，他的眼睛都睁不开了；他拿衣袖去拭，但越拭眼越疼。他怀中还有一点钱，是这两天雪卿都把小块碎银交给他打发店钱，找下的富余钱他就随手带在身边了；如今他还得时时摸着，唯恐丢失了。他是想追上那黑二，然而在这条大河似的流水甚深、泥泞没胫的道路上，他走了半天也没看见一个人。

可是眼前就看见有一片房屋，烟雨中隐隐露出来一道街道，他就知道一定是到了辛家镇了，遂就愈快走。他的鞋本来就破，如今简直穿不得了，并且有两次几乎滑倒；他努力地去走，才走进了镇街，他已然喘吁得接不上气了。

看见两旁的铺子还有许多开着，街上也有几个稀稀的打着伞披着蓑衣的人，方廷玉就找着了一家杂货铺；进去一看，这里不但卖草鞋，还连蓑衣草帽全都卖。方廷玉问了问价钱，觉得还都不贵，他就买了两顶草帽、两件蓑衣、三双草鞋，还剩下不少的钱，他就坐在一条板凳上歇着。小铺的掌柜的给他倒了一碗茶，他就喝着并跟这掌柜的谈闲话。

掌柜的问他是从哪儿来，他答说从山西来；掌柜的问他往哪儿去，他说是往信阳州去。后来方廷玉就问那黑二，掌柜的却说："宝儿村的黑二吗？那是我们这镇上的宝贝，还欠着我一千二百文呢！我看见他刚才过去，大概又到牛家酒馆喝酒去啦！"方廷玉的态度很镇定，他只说因为在那宝儿村认识一个熟人，所以才知道黑二的大名。

掌柜的探着头说："那是我们镇上的一霸！辛家镇一共有三霸，第一霸就是他！他跟城东米大当家的小老婆，叫作赛嫦娥的，那娘们儿早先是这镇上的土娼，后来在城里也混过事，他们两人简直是姘头，赛嫦娥常借着看亲戚为名，到黑二的家里两人叙交情；第二霸是米家的家奴冯八，专在这镇上耍腥赌；第三霸最厉害，是米大当家的外甥，跟着米大当家的保过镖，充过捕快，外号叫饿雕何豹，不但在镇上无所不为，还霸占过良家妇女。"

方廷玉听到这里，不由得有些愤愤，就说："米大当家的英名我是久仰的，听说他为人很公道、正直。"

掌柜的摆手说："这不能怪他！自从七年前他与赤须龙斗气，被砍伤了一条腿，他不愿叫别人知道，怕丢了早先的颜面，就回到家里隐着，平常不出门，也没到我们这镇上来过。他为人虽好，可是他的朋友、亲戚、手下的人在外面做坏事，他哪里晓得？"

方廷玉听了便默默不语，自己本来是想忍事的，买了草帽跟蓑衣，回去还是劝着雪卿离开此地；如今一听说这里有什么三霸，而且盖河南虽然他自己并无什么大恶，但他放纵手下人所做的恶事也不少，因此倍觉得义愤，想也应当借雪卿姑娘的梅花剑把他们剪除，而自己也得出些力。于是他在这里坐着谈了一会儿，便脱下破鞋，脚下系好了一双草鞋，披上件蓑衣，戴上一顶草笠，就走了。

他先找了个饼铺买了几张大饼，又想到东边的酒铺里去看看，可是又怕自己手中无兵刃而黑二的手中有利斧，倘若再有什么人帮助他，那自己一定要吃亏，所以便不去了。他想走回村里去把这些事告诉雪卿姑娘，以便商量个先发制人的办法，于是就顺着来时的道路紧紧去走。这时雨已然微了一些，他夹着一卷饼走着，走了不到二里，突然就看见前面走着一共五个人：黑二之外，全是彪躯的大汉。

方廷玉看见了这五个人，他就赶紧压住了脚步，并想找一个树后隐藏隐藏。然而未容他找着隐藏的地方，那五个人之中早有一个穿油布衣服的一回头看见了方廷玉，就告诉了黑二那四个人；他们就都转过来凶恶的脸，个个都瞪着大眼睛，隔着微细的雨丝向他来看。方廷玉看见有两个人还都抱着刀，就心说：不好！他们看出我来了！此时他想着躲避也是无用了，索性硬着头皮往前去走，他们要是讲杀讲打，自己也就只好拼出去了。遂就胳膊上搭着一件蓑衣，手提着草鞋，往前迟缓地走着。

那边的五个人也慢慢压着脚步，并且都不断地互相私语着。及至等方廷玉将来到临近之时，那黑二忽然一回身，手中那柄钢斧又亮出来了，眼睛努得更大，问着说："你干什么也跟着我出来了？难道你不放心我吗？以为我们还是要害你吗？"

方廷玉摆着手："二哥你错猜了！要是我真疑惑你，我更得在那儿保护我的侄女，不敢出来了。卫辉府是个大地方，有王法管着，再说我看二哥你在本地也绝不是无名少姓的，我们哪能疑惑你是贼呢？实在是因为我们眼前还有要紧的事，今天不走，明天也得走，雨又一时不能住，我才到镇上来买两件蓑衣、几双草鞋……"

黑二把他的新蓑衣、草笠连草鞋都看过了之后，就点了点头，遂也将他的蓑衣一掀。他胳膊肘上挂着一个黑砂罐子，还有两个猪尿泡，鼓鼓的，里边大概装的都是酒。他就撇了撇嘴，斜怔着两只凶眼睛，向方廷玉一笑，说："只要你能认识出朋友来，那咱就不说别的话了，这四位都是我的把兄弟。"指着一个脸上有黑麻子的人，说："这是我冯八哥，盖河南米老爷家里的事都归他管。"方廷玉把这辛家镇上的第二霸看了一看。

这冯八倒还很懂得客气，他是披着一件黑色油布的衣服，腰带上插着一口尖刀，他拱拱手笑着说："老哥，他跟你开玩笑啦！这地方没有贼，即使有贼也不能单来打劫你，你就放心吧！"方廷玉也就勉强笑着，点头说："我也都晓得！在这卫辉府盖河南的眼底下，不至于有人图财害命，欺压外乡人。再说我们穷叔叔穷侄女，一共才两个人，刨出两匹马、一两身湿衣裳，真没有一件是值钱的东西。"冯八过来拍着他的肩膀说："你还放心，不管你有多少银子钱，只要走到我们这个地面，缺少了你一个，我包赔！"

旁边又过来了一个人，拉了方廷玉一下，说："咱们不开玩笑，说真的话，我们是想凑几个人开开宝，好打发这个阴天儿。"

说着时，冯八早从怀里掏出来一个宝盒，说："你会来这玩意吧？咱们先到黑老二那儿把饭吃了，把酒喝了，随后咱或者在那儿，或者在何老四的家里，大家解解闷儿。其实我们五个人也足够耍一气的了，可是有你这么一位外乡来的朋友，就仿佛特别有点意思似的。"

方廷玉心说：这几个人怎么单单看出我有钱来了？现在不想图财害命了，却又想拿腥赌来赢我？真奇怪！他想：反正在这时候若是戳穿了他们的心事，就许在这儿拼斗起来，那时自己孤掌难鸣，又徒手没有兵刃，一定得要吃亏！不如暂且跟着他们走，由着他们办，到时候自己再随机应变；通知了雪卿姑娘，再一同下手对付他们，并为当地除害，他遂就笑吟吟地点头。有个汉子且把他手中那件富余的蓑衣披上，草帽也借了去扣在头上，六个人一同往西走着。

这时候雨已然稍停，可是地下的泥水更多，四周的天气更昏暗，走了半天，才回到那宝儿村。进到黑二的家里，见徐雪卿姑娘跟那妇人谈得正很投缘。冯八一进屋，就把眼睛直勾勾地盯在雪卿的脸上；随同他来的那四个人，两个跟妇人开玩笑，一点也不因为她是盖河南的太太而尊重她，另有两个却往那间空屋里走，大概是看马去了。方廷玉心里就明白，原来他们有的是惦记着我们的马，有的又垂涎着姑娘，是各有所图呀！当下他就不住地向姑娘使眼色，但姑娘就像是并没有理会似的，抿着嘴唇儿，叠着腿儿坐在炕上，对谁也不理，方廷玉的心里很是着急。

黑二把酒放在灶台上，妇人骂他为什么不买鱼也不买肉来为什么吝啬？黑二直眉瞪眼，心里仿佛有着什么事情似的，妇人问他的话他多半不能够答复；那冯八等人却跟妇人说说笑笑，没有一点规矩。

其中那个姓何行四一头疤癞的小子，直嚷嚷着说："走吧走吧！到我家里去吧！我的家里屋又宽，酒菜又都有现成的，爱怎么玩怎么玩，爱说什么话说什么话，这地方多么拘束！有人家两位堂客在此。"妇人就赶着说："滚吧！你这疤癞头，这时候你又斯文起来啦？会怕起堂客来啦？我真不愿意当着外乡的人抖你的底，滚吧！找雷去吧！"冯八也哈哈大笑，叫黑二给这儿留下一尿泡酒，他们就说说笑笑，连请带拉，把方廷玉给带走了。

原来何四的家就在这村子的南口儿里，一间小土屋，连篱笆也没有，他只有一个瞎了两只眼的老娘。到了那何四的家，只见他这儿酒有半坛，米有半瓮，咸鱼干也挂在房梁上，而且筷笼里的筷子就有十几双，大的小的、破的整的酒杯也有五六个，倒像他平常的日子很宽裕，而且时常高朋满座似的。

冯八一来到这里就上了炕，端坐在炕头，拿起宝盒子来乱摇，于是黑二等人就围着他赌了起来；何四给烧茶热酒，做饭蒸鱼。一会儿又来了几个本村中的无赖汉，一齐下注押宝，瞪眼瞧着那个宝盒子，高声地拍着炕席，大口地喝酒，一齐拿着筷子抢鱼吃。

　　方廷玉是本来腰里就没有几个钱，他一个铜钱一个铜钱的压着，压了五次，倒赢了四次；他心里也有点痒痒了，恨自己的赌本太少。而那个何四把疤痢头一摇晃，却发出了闲话，他说："诸位！既来到这儿的就都得豁得出去才行，咱们赌的是兴头，大家寻乐子过阴天。兄弟赔鱼赔酒，也无非为交交朋友，大家热闹热闹；要是由肋骨里抠钱，白占着一块炕席，白喝酒骗饭吃，那可是成心要弄我姓何的，趁早滚开，别等着我往外请！"方廷玉手中持着的十几文钱，本想分四回下注，如今不得不整个来个孤注一掷，何四仍拿恶眼睛盯着他。

　　炕当中坐的那冯八连神色也不动，将宝盒做好了慢慢地放下，然后拿酒壶呷了一口喝着；等到众人把注压齐，他就说："我可要揭了！"于是瞪起眼来，喊了一声："开！"当时把宝盒一掀。方廷玉也直着眼睛去看，原来整个都输出去了，冯八将他的钱和别人的许多钱一齐搂了去，又重新做宝。

　　方廷玉又慢慢地由身边掏出仅存的两文钱来，刚要压，那何四愤愤地走过来要说话。冯八却用眼色将他拦住，然后问方廷玉说："朋友！咱们都是初次相交，再说我们要不是为跟你叙叙交情，我们在辛家镇上有的是地方赌钱，不必来到这儿给你来解闷。今天下着大雨，咱们见了面总是三生有幸，明天雨住天晴，你们自奔前程，将来还不定遇得见遇不见呢！君子交朋友要见真心。先前看你的样子，竟疑惑我们是强盗，要来害你，所以我们才特意邀你来看看。你看今天在座的人，虽没有什么大财东，可是腰里也总都还称几千文，都是当地叫得响字号的朋友，就是输下脑袋来，也绝没有个赖账的，不公道的。可是我看你老哥呢，简直就没拿我们当作朋友，你一个钱一个钱的下注，你不是来赌钱，你简直是来同我们要呢？"

　　方廷玉赶紧分辩说："不是，不是，我实在没有钱，难道冯爷你还看不出来吗？"

冯八又笑了笑，这次笑的神态可有一些凶，眼睛里的光芒也不似刚才那么和悦了，他就说："我怎能看得出来？我这在卫辉府小地方生长起来，没走过大河没见过高山的人，哪能看得出你这样的老江湖、老世故来？可是你那位侄小姐那个打扮、身份，你们行李那么沉重，马养得那么肥，并不是我们当地人不开眼，我绝不信你的腰里只有这几个钱！"

方廷玉说："姑娘手里或者有个十两八两的银子，但我实在是囊空如洗！"黑二在旁就推了他一下，说："难道你侄女的钱就不是你的？那不是你的侄女？是你拐出来的人家的姑娘？"方廷玉摇头说："更不是了！"

他本想要说出来实话，但一看周围的人，却又赶紧把他的话咽了回去。他的心里真为难，明知道这些个人把他看成财主了，就害在徐姑娘的那只沉重的包袱上了。今天要是不把身边所有的衣物连两匹马，都叫他们拿腥赌给赢了去，那就得提防着他们的抢跟偷。

外面的雨又下紧了，想要脱身走也不可能了。他发着呆，脑筋转了几转，忽然就将胆子放大，胸脯挺起，笑了一笑说："冯爷、黑爷、何爷，你们把话都说得太重啦！你们把我这个人都没有看清。实不瞒诸位，兄弟也是久历江湖，提起方廷玉的名字大概诸位也晓得？"冯八等人发着呆倾听了一会儿，却不由都撇着嘴笑，因为大家都没听说过这么"了不起"的人物。

方廷玉又说："兄弟从十几岁就闯江湖，武艺不敢说高，也曾得到洞庭老侠的赞赏；一口宝剑在江湖上没欺压过别人，可也没被别人欺压过，如今是为了……"本想把秦夫人的名头说出来吓一吓他们，但又怕传到了盖河南的耳里，辗转而被叶底金蝉姚明月闻知，不容他们走到南阳府就在中途加以暗算，于是又不得不把话鲠住，就又说："我们这次往南阳也是为办一件江湖斗气的事，现在跟我同行的那位姑娘，她姓徐，我姓方，我们当然不是一家。"

何四就插言问说："据你这一说，连她也是一位了不起的女英雄了？"

　　方廷玉反斟酌了一下，觉得徐姑娘的那个大名儿还是不说出来为是，不然吓不成他们倒许能招出来祸事，于是摇头说："她是一位姑娘家，还能够有什么了不起？不过她的令尊确实是一位很难惹的人！"

　　冯八听到这里，立时瞪起眼睛来，说："你可休拿这大话来吓唬人！我们的眼里只知道有一位盖河南，盖河南的下面就是我们弟兄，刨出我们，无论是哪一路来的英雄好汉，都得先知会我们一下，先到米家庄去送礼物，自己称一个晚辈。"说到此处，忽然把宝盒子一推，奋臂说："方老兄你既然说出了这话，那咱们可更要讲讲江湖上的规矩了！我先问你，盖河南米大当家的，在你的眼中他是怎么个人物？你看得起他吗？你信服他的武艺跟他手下人的武艺都比你高吗？"

　　方廷玉见问，不由得迟疑了一下，然后说："米大当家的英名我是久仰得很了，可是生平并未与他见过面。"冯八说："这么说来，你还觉着米大当家的武艺还许不如你？"方廷玉说："我倒不是这样说。"

　　冯八突然抓住了他的胳膊，就下了炕，说："有你这话，我们就不必再说别的啦！钱也暂且不必赌了，走吧，你跟我见见米大当家的去吧！他也许看你是个人物，就跟你交一交，把你留在他的庄上款待些日。"旁边的人也都轰然群起，吵吵嚷嚷，拉拉扯扯，将方廷玉拽出了屋子。

　　方廷玉却不由得大怒，砰的一拳就将那何四打晕在地。另有个人从后面向他一脚踢来，他一闪身，翻身用手抓住了这个人的脚，只一掀，这人就咕咚一声坐在土阶上。而黑二跟冯八却一齐上前，每个人的双手抓住他的一只胳膊，后面且有人推着他的脊背，不容他挣扎，不容他的身子不向前走，一齐骂着："走！抬举你，请你来吃饭喝酒，陪你赌钱，跟你交朋友，你却要无赖！看不起我们，还敢看不起米大当家的！"遂骂着推着他走。

　　这时的雨依然落得很大，村里简直成了一条河沟，地下的水淙淙地流，泥水没了脚面。方廷玉的心中却急得如同着了火一般，他极力地挣扎，胸部喘吁不住，嘴里喷出的唾沫也跟雨点似的，狂喊道："你们村里的人全是强盗吗？要把我怎么样？"他这样的嚷嚷声和众人的乱骂声，当时搅动了这岑寂的小村，天空的雷声也加紧地嘶喊。

他的手乱挣，脚向前后去踢，咕咚的一声，连他带揪住他的几个人一齐滑倒了。他趁势爬了起来，向那黑二的家里就奔，后面的人就紧追，又将他抓住了，几个人全都如泥猪似的在一块揪扯着，滚着。那冯八拿着一条枣木棍子，用力狠狠地向方廷玉的脊梁上去击，大声指挥着他的手下，说："带着走！带着上咱庄子里去！先见何九爷，捆起他来等着我，我回去时再发落他！"又喊着："黑二！你还不快去把那丫头揪出来？两匹马连包袱也藏起来就得啦！咱们索性一不做，二不休！"

当时的人更乱，这些人简直个个如同凶神似的，方廷玉大声喊骂着："强盗！强盗！你们没有王法吗？"

冯八却狞笑着，雨水顺着他那张麻脸向下淌。他的凶焰倍涨，狠狠地说："王法？王法倒是有，可就在八太爷的手心里拿着呢！刚才跟你讲客气，那就是王法，你不懂，你先耍无赖，咱可就不能再论那一套了！少说话！跟着我们走吧！"

此时早有人撞进了黑二的家里，他们都惦记着雪卿姑娘的那只沉重的包袱，进屋来争着要抢夺。那妇人急得大喊，滚向炕里，直骂："黑二、冯八，你们这些怔东西！性子怎么都这么急呀？咳……"而雪卿却已手抱着包袱，穿着鞋跳上了炕头。

黑二等三个人一齐握着拳，横眉瞪眼的，向雪卿说："你把包袱交给我们就完了！这并不怪我们，你们走路没阅历，既露出来财，可不拿出些个来送给我们，逼得我们才下的手。没别的，你别害怕，我们要的就是你的这只包袱跟那两匹马，冯八爷要的是你给他献上殷勤；旁的你都放心好了，我们绝不要你的小命，也不能够伤了你的嫩肉皮，并且看在你的面上，连那姓方的小子也不至于太吃了亏！"

雪卿姑娘此时却气得芳颜发紫，怒瞪着两只明丽的眼睛向下看着，那个妇人也在旁劝说："大妹妹，你就把包袱给他们吧！这群穷鬼饿狼，我也一点办法没有。他们也不能把你的钱整个都拿了去，一定也还给你留下点盘川；你可别违抗他们，他们要是发了气，我可是一点也拦不住！"

雪卿姑娘却冷笑,说:"你们当强盗也当得太笨了!你们都瞎了眼,不先看看我是谁?"说时,她蓦地从包袱里抽出来一口梅花剑,白光闪闪。那黑二等人真以为是银条呢,一齐仰着头直了眼,而雪卿却厉声说:"我这包袱里你们别瞧着沉,可净是这个,你们想要吗?混蛋!"说时十分疾快,一口梅花剑嗖的一声飞去。黑二万也没有想到这一着,他要避已然避不及,立时啊的惨叫了一声摔倒在地,剑插当胸,血光溅起。

其余的两个人吓得齐往门外去跑,而雪卿又一剑飞去,又有一人趴在雨地上,背插一剑,立时丧了性命,炕上那妇人吓得惊呼。黑二身子卧在灶旁,头躺在门槛外,呻吟了两声也就没有声音了。妇人可痛心起来,一屁股摔在炕上,拿手捂着脸就痛哭,又狠狠地大声喊着:"出了人命啦!出了人命啦!"

雪卿也不理她,就将包裹背在背后,手中拿着两口梅花剑,跳下了炕。她先弯身从黑二的胸间抽出那口带血的剑,又跑出屋去,在雨地之下将那个死人背上的剑也拔出来;她是一支剑也不肯白扔,也不肯舍掉。她此时左臂夹着三口,右手拿着一口还直往下垂血,她就冲开了乱织着的雨往门外去跑。门外早有人进来了,她又一剑飞去,迎面的人立时又哀号一声倒在地下。

这时外面十分乱,那冯八、何四等人早就跑了,把方廷玉也扔下了。方廷玉却斜身倒在一个墙角的旁边,全身是泥,脸色惨黯,左肋上微微流血;原来是那几个人临逃走的时候,向他的肋间用短刀戳了一下。雪卿看见他,这才不往村外去追,过来问说:"你怎么啦?那些人跑往哪里去了?他们的巢穴在哪里?你告诉我,我不能饶他们!"

方廷玉皱着眉,咬着牙,扶着那泥土纷纷下落的墙往起来站,喘喘吁吁地说:"不要紧!我的伤并不重!姑娘,穷寇莫追,这回只怨我一人不小心。只要你没被他们欺负了,就不要紧,马大概也没叫他们给抢走,反正咱们的衣服已都湿成这个样子了,我已买来了草帽、蓑衣,咱们赶紧骑上马走……"

姑娘却愤愤地摇头说:"不行!不行!我不能服这口气!咱们才来这里避一会儿雨,他们都想打劫,以前他们在这一带不定害过多少人了,我已决定为本地除此一害!刚才我由那妇人的口中已探出,她是什么盖河南米大当家的家里的,我要去杀那盖河南。方大哥你既然能忍着伤,你就快些带我到米家庄去!"方廷玉却连连摇头,手捂着肋伤,一阵痛,又坐在泥里。

雪卿见方廷玉这痛苦的样子,不禁着了急,就将梅花剑完全收入包袱里,伸手来搀他。方廷玉又挣扎着二次立起,疼痛得他不住地吸气,他的手捂着肋部,雪卿拿双手搀扶着他,就又淋着雨回到了黑二的家中。方廷玉看见门里、屋内一共躺着两具死尸,还有一个受伤已然半死的,不禁惊吓得竟忘记了疼痛,他目瞪口呆,说:"这可怎么好?姑娘你把事情办得太过了!这样一来咱们更得赶紧走了!"雪卿却不理他。

这时那个妇人听见门外只有雪卿尖声儿说话,他们的人却不言语了,她就知道了事情不好,就也不再哭躺在地下的她的情人黑二了,却惊慌慌地跑进了那破房之中去躲藏,还几乎没被那匹花马给踢了一蹄子。

她刚蹲在乱柴堆里,却不料雪卿已然愤愤地走入。她浑身乱抖,悲声地央求说:"大妹妹!他们起坏心的时候我还直劝他们别干呢!这件事可真跟我不相干!我不过是个妇道人家,早先我是城里的一个混事的,那时黑二、冯八、何四、何九他们就都认识我;我嫁给米老头子当小老婆也是他们给撮合的,所以我也惹不起他们。其实我也早就知道他们要有这一天,要遭报应。姑祖宗!我瞎了眼睛啦!我没看出你竟是这么个人,你发发慈心吧!饶了我这条狗命吧!"

雪卿却厉声说:"你别说这些废话,你叫我杀你我还不杀呢!因为你不值。现在你就是得告诉我,米家住的离此多远?那米老头子到底是怎样的一个老混账?"

妇人流着眼泪,战战兢兢地说:"其实要说起来,米老头子倒还不是个多么混账的人。"雪卿拿出一口梅花剑来,逼吓着她说:"你还替他辩解?"妇人又连连地叩头,说:"哎哟哎哟!他实在也是个混账……米家庄就在辛家镇的东边不远,有虎皮石的高墙;他家里的人可很多,近来又来了几位朋友住在他家里……"雪卿忽然说:"我不管那些个!你就在这儿待着吧！"遂就将两匹马牵出了屋。

又见方廷玉手扶着窗台依然痛苦不胜，肋间的血迹已浸得比刚才更多，雪卿问方廷玉说："方大哥你觉得怎么样？你要是受不了你就别随着我走，可是把你一个受伤的人留在这里，我又真有些放心不下！"

方廷玉紧皱着眉，微微地笑着说："不要紧！我不怕他们的人再来，即使再来上十个八个的，别看我这样，我可还能够跟他们拼得过。姑娘，你留下一口梅花剑给我护身就行啦！你放心去吧！可是千万要记住了，不要伤了盖河南的性命，因为盖河南也是有名的豪杰，真要得罪了他，以后可是祸患无穷；只叫他知道这件事，管束管束他手下的那些恶奴，莫再危害地方就行了！"

雪卿点头说："我知道！我到了他那儿，也就是为看看他到底是怎样的一个人物？"说时，她从那在柴扉旁躺卧呻吟的受伤贼人身上，拔出来那一口梅花剑，疼得这个贼更是不住的鬼哭狼嚎。雪卿以莲足连踢几下就将这贼端了出去，然后回来将梅花剑交在方廷玉的手中。

方廷玉看见了姑娘这般的神勇，就不禁佩服，同时也振起来他自己的勇气。他挺起腰来，真要骑着马同着姑娘也去，然而肋间的血却又不住涔涔地往外淌，他不由一阵头晕，又要坐在泥里。雪卿也看出来他的伤势不轻，皱了皱眉，就说："方大哥你进屋休息会儿吧，我去了少时就回来。我见了他们先讲理，后动手，然后我还要给你找回点刀创药来；他盖河南也是久走江湖的，不会没有治伤的药。"方廷玉说："姑娘去吧！辛家镇就在正东，米家庄也就在辛家镇的东边不远。"

雪卿姑娘匆匆地进屋里取了蓑衣，戴上草笠。方廷玉已然将身慢慢地挪进了屋里，他又说："我可听人说，盖河南的一条腿早就成了残废了，是在多年前被赤须龙老侠客给伤的！"雪卿听了就怔了一怔，方廷玉又说："他与叶底金蝉原是好友……"雪卿摆摆手说："不必说了！"遂又匆匆走出了屋，将方廷玉的那匹马的缰绳系在窗棂上，她自己牵着花马往外走。一出柴扉，她就蹿上了马，一手提缰，一手捶马。花马如龙一般就荡起来满地的泥水，冲破烟雨，出了小村，直往米家庄去奔。

米家庄还在辛家镇之东六里，二三百户的一个大村落，榆柳树很多，笼罩在烟雨之中，显出来一种幽郁的气象。那虎皮石的高墙也如在发怒，如在生愁。这时候冯八那些个人才将将狼狈逃至，惊慌慌地见了饿雕何豹，说明了碰到大钉子上，黑二等人大概全都死了；那飞剑真厉害，十七八岁的漂亮妞儿真毒狠之至。立时这里听说了这话的人全都怒了，纷纷擦拳磨掌，摘刀持棍，都说："这还了得？何九爷，您老人家得替咱们争这口气！走！把那妞儿收拾收拾去！"

何豹有着铁塔一般的身躯，平时若闻见有人欺负了他的人，那就像批了他的逆鳞，他一瞪眼，立时就得叫对方非伤即死；若听见有漂亮的姐儿，他不但瞪眼，还得笑笑，他的笑却比饿雕、饿狼还要厉害还贪，然而今天他听过了之后，脸色却突然一阵变白，没表示什么。等到他手下的恶奴一个个气汹汹地随着冯八已经往外走的时候，他却怒喝了一声："回来！"把冯八等人齐都吓得止住脚步发呆了，一齐回身惊疑地看着他。何豹却凝滞着两只深深的凶悍而带着忧愁的眼睛，像要干什么秘密的事儿似的望着冯八点手，冯八可也真有点发毛了。何豹又努努嘴，向那些庄丁说："你们先都上村口儿防着去！如若那姐儿找到咱们这儿来，先一面支吾、抵挡，一面进来给我报个信儿。别慌！也别怔动手，能说好话还是先说好话，刀枪别露出来！"他这样一说，简直倒没有一个人不慌了，仿佛连向门外走都不敢了。

冯八的两腿也不禁有点发软，回到屋里他可又说出了硬话，他怪样地笑了笑，说："九爷，你今天是怎么啦？难道那个姐儿你认识吗？"

何豹摇了摇头，又吸了口凉气，说："认识倒是不认识，可是她所使的那种会飞的小宝剑，我可久闻其名。前几天来的那位伤才好的唐五爷毒剑客，那是多么大的英雄？连大当家的全都佩服他，可是你问他在顺德府怎么栽的跟头？"接着他连连地摇头，说："大雨的天，千万别惹出来大祸！"

冯八听了这话，不由更是发呆，直着眼睛说："怎么？九爷！据你这么一说，那丫头还是个了不起的人物吗？"

何豹说："到底你是个窝儿佬，没怎么走过江湖，平常你只觉得咱们大当家的是江湖无二的英雄了，也不留心听听外边的事。这几年来江湖上都轰传梅花女的大名，此人十来岁时就骑着马东行西闯，飞起来的梅花剑镇吓住了天下的好汉。胸前戴着蝴蝶扣，无论高山上的响马，还是大都邑的镖头，只要一看见了那个红绸子系的蝴蝶，都得杀一杀威风，让一让路；因为谁也不愿招惹那梅花剑，谁也不愿吃眼前亏。近年来，梅花女之名稍减，可是顺德府徐三爷家的蝴蝶镖远近谁人不知！前些日人家还不知道徐三爷是谁，直到近来，病金刚到顺德府吃了大亏，唐五爷也在那儿中了梅花剑，唐五爷来到这里我才晓得，原来梅花女的爸爸徐三爷，就是咱们大当家的仇人赤须龙！"冯八一听，又吓了一大跳，脸色都白了。

何豹就又说："所以你们今天办的这事真太冒失！事前你们若跟我说一声，我绝不叫你们干。如今你们弄了这件事，吃亏赔上几条人命还是小事，但倘若把她招惹了来，我看连大当家的也得着慌。咱们这里虽然住着半截塔、毒剑客，然而半截塔的那点武艺还许不如我，毒剑客又正是她手下的败将！"说着，何豹不胜着急，冯八更是手足失措。

忽然有个庄丁惊惊慌慌地跑了进来，说："来啦！来啦！大概就是她，骑着花马，披着蓑衣，九爷您快吩咐吧！"何豹的神色更慌。冯八忽然发狠说："管他娘的什么梅花女！难道咱们这里的这么些个人，还真怕她一个小丫头吗？九爷！拿上你的护手钩，出去咱们跟她拼一拼！"何豹先摇头，摆手说："现在你们都先听我的！谁要是多说一句话，先动手，我就饶不了谁！这件事先不要传到里面，别叫大当家的晓得，咱们先出去，没法子！我只好打这个头阵！"于是他就叫人去拿上他的那对护手钩。

饿雕何豹本是久走江湖且充过镖头跟捕役的一个人，自从回到卫辉府来，倚仗着他舅父盖河南之势及冯八、黑二、何四等人架着他，他简直是当地的一个魔王，尤其是欺凌良家妇女。他把他舅父的妾赛嫦娥当妓女一般要弄；城里、镇上和附近各村庄，只要有个长得好看的妇女被他见着，他必要以强势得到手中，然而这一次真有个美貌的女子来找他，他可真慌了。

他带着十几个庄丁出了大门，先叫手中持有兵刃的人都藏在后面,自己只带着四五个都是徒着手身边暗带着飞镖的人。他站在大门口,隔着那枝叶繁密的榆柳树向外一望,只见烟雨迷离之中,远远地来了一匹花色斑斓的名驹,如飞似的,渐渐来到了临近。他冒着雨向前走几步,站在一棵树下,就看出马上的女子草笠蓑衣,仪态娇娆,如一个顶俏皮的渔家女似的,而雪卿姑娘那纤眉秀目,明亮的含着怒意又带着媚态的双眸,紧闭的樱唇,何豹一看就不禁销了魂,眼睛发直,倒忘了害怕。

看得雪卿姑娘在他眼前十步之外收住了马,他就装作没事人似的,扬着颏问说:"姑娘!你来到这个村庄找谁的?是从哪儿来的?"

姑娘似乎还没看出他是怎样的人,就并不急怒,问说:"请问,这儿是米家庄不是?"

何豹见问,心里倒有点拿不到主意,原是想着告诉她"不是",把她先支到远远的;大雨的天气,她在这儿的路径又未必熟,等她再回来,我们也就预备好了办法了。可是雪卿姑娘那娇小的身姿,又真叫他瞧不起,而且他舍不得令这样送上门来的女人又走开,遂点点头,说:"不错!我们这儿就是米家庄,姑娘你要找谁吧?"

雪卿脸色一沉,表现出来更深的一层怒气。雨水顺着她草笠的边沿向下淌着,蓑衣也被雨濯得显得十分青绿;钩型的紫缎小鞋登在马镫上,虽然湿了,沾了泥了,但更显得可爱,只是在她的马后有一只湿淋淋的包裹,而她的手向后一伸,就由其中抽出来两口明亮的梅花剑。短短的寒光在雨中一闪,就吓得何豹向后退了两步,他身后边的几个人更是连连地向后退。那冯八本来是藏在一棵大榆树的后面了,他稍微一露头,便被马上的姑娘看见了,一扬手,冯八就吓得哎呀了一声,抹身就跑。其实姑娘的梅花剑并未发出,在手中又晃了一晃,厉声说:"唤盖河南出来!我知道他是此地的恶霸,我要见见他!"

何豹一面拿眼睛向姑娘的脸上溜着,一面拱手说:"姑娘先别生气!我先问问姑娘贵姓大名,江湖上有一个梅花女,是姑娘不是?"

雪卿拿剑比着他说:"你看见了我的剑没有?你既然看见了又何必多问?你只叫盖河南出来见我就是,有话我对他说!"

何豹又拱手说："盖河南米大当家的是我的舅舅，他走开封府去了，我姓何名豹，这里的事都归我管，姑娘你有何话可以告诉我。"雪卿姑娘不由得打量他。他又说："刚才我听说了，黑二他们在宝儿村得罪了姑娘，姑娘已用梅花剑将他们杀死。可是姑娘，不是我们推干净，那黑二实在是本地的一个土痞，平日有米大当家的压着他，他才不敢滋事；如今米大当家的才离开这里不几天，他就又胡作非为，他该死，我们还正称心呢！与我们不相干。"

雪卿指着树后，厉声说："但是那个人，脸上有麻子的，那不是你们这里的吗？他将我同行的人刺伤了，我不能饶他，至少你们先得把他交出来让我惩罚！"

何豹故意回头看了看，假作生气的样子说："是谁？麻子脸？大概是冯八那小子！原来他刚才也跟黑二他们干了那事，将这位姑娘得罪了？你们把他抓来，听姑娘发落！"他虚张声势地喝令那些庄丁，那些庄丁也假意在树林中、在庄墙后乱搜乱找，其实此时冯八早已藏了起来。他们还故意乱嚷着："跑了！跑了！他没别的地方去，他一定跑到城里去了！"

不料此时徐雪卿早已催马踏进了树林，到庄门前她就下了马，将马后的包袱摘下背在身上。她向何豹发出一声冷笑，说："你们别在我的眼前做这样的假事，你们瞒不了我的眼睛！"

何豹等人一看，这位姑娘原来不是好欺骗的，他们不由得恼羞成怒，一时情急，竟忘记了姑娘的厉害；几个人亮出来兵刃挡住了大门，都横眉瞪眼地说："你别逞强！这大门不能随便叫你进去！"何豹也发怒说："妞儿！九太爷跟你说好话，你可要端重一些，别发疯！"同时有三支飞镖接连从暗地打来。

不料雪卿早有防备，她躲开了一支，并用梅花剑给砸落了一支；另一支打了来，她将身一跃，小足尖飞起，便将那支镖镖的一声踢掉在地下。那几个人举着镖还要打，姑娘的梅花剑早已发出，立时有人发出惨叫。何豹却早躲避在十七八步之外，他双手擎着护手钩，高喝众人下手将姑娘擒拿。众人才要上手，又见姑娘把一道白光飞起，立时又有个人发出一声惨叫,血光飞溅,众人齐都惊慌。

何豹见姑娘手中没有兵刃了,他一时鼓起了勇气舞动双钩过来,想要找个便宜。没想到他尚未走到临近,雪卿早又将梅花剑从背后抽出来了,吓得他一抹头赶紧要跑;却听嗖的一声腾起,他吓得扔了双钩用双臂将头一抱,不想宝剑已插在他的后脖颈上,他也不知道自己嚷嚷了出来没有,就咕咚一声趴在地下了。旁边的人一齐惊喊:"伤了何九爷了!"一时起,作鸟兽奔。

匆忙纷乱中,雪卿却已牵着马进了大门,一进门她就将马匹放下,她一手持着一支梅花剑直向里院去奔,并锐声叫着:"叫盖河南出来!"

她往里面走,里面的人更往尽里院去跑。雪卿也很谨慎,她见院落太深,恐有埋伏,不敢往里直逼,便走进了一个垂花门。见这里有两大棵梧桐树,枝叶繁密,被雨洗得益为青绿,而且簌簌作响;西厢三间,窗上糊着绿纱,门上挂着绿竹帘,来到这里她就站住了身,高声问道:"盖河南在这里没有?快出来见我!你要是不敢出来,那你可就丢尽了名声!"

她这话才说出来,就听那屋中有人诧异着说道:"是谁?"竹帘一启,走出来了一个人,这人的身材十分高大,雪卿站在垂花门的台阶上还抬起头来看了看这人。只见这人是紫黑的面膛,肥头大耳,样子长得很怪;穿着一身灰纺绸的短裤褂,可是很肥,脚下白布袜子蹬着青缎双脸鞋;手持一柄很长的鹅毛扇子,出来还不断地扇着。他看见了雪卿,脸上并无怒色,只是微有点诧异的样子,就拱了拱手,带笑问说:"您就是赤须龙徐三爷的千金,雪卿姑娘吗?"

雪卿沉着脸说:"你不必多问,你可是这里的庄主盖河南?"

这个胖子的容颜很是镇定,只是微微地笑着,并没表示出来他是不是,只是说:"我跟我的两位朋友,正想要拜访姑娘去呢,不料姑娘就来到,这真是天缘凑巧,请进屋里歇一歇吧!我将我那两位朋友请出来,给你见见!"

雪卿发怒说:"你先别说废话,我来这儿找的是盖河南,因为他独霸一方,纵容他手下的人为非作歹,伤了我的同伴,我才来质问他!"说时低头看看这人的腿，见他并不是个瘸子，晓得他不是盖河南，遂就更厉声地说："你快把盖河南叫出来吧！我跟你们说不着，你们要是从中搅乱，我可就要拿剑杀死你们了！"

这胖子毫不畏惧，也将脸沉了一沉，说："我想你既是大名鼎鼎的梅花女，赤须龙徐三爷的令嫒，你绝不能够不讲理，见了人就乱杀。今天的事情我也听人说过了，固然是这里有人背着米大当家的在外为非作歹，得罪了姑娘，可是那至多只能算是米大当家的约束不严，不能说是他也与你故意作对。米大当家的武艺不敢自命盖河南，可是这些年河南全省也没有一个说他不够朋友的。当年，不错，他曾与令尊有过一点小小的争议，但那时他办的是官事，而令尊走的是江湖；并且米大当家的自那次受了伤，就归隐此处，心中不再衔恨往事。姑娘今天来到这里，我说句冒昧的话，咱们全是江湖朋友，我想没有话说不开的，何况这里还有两位朋友正想要见姑娘之面呢！"雪卿听了，心中倒不禁寻思着，要见自己的那两个人是谁。

因为这胖子还很讲理，雪卿便也消了点气，但依然瞪着眼问说："你叫什么名字？你是这里的什么人？"

这胖子说："我也是这里闲住着的朋友，与米大当家的是八拜之交，我姓陈，有个外号儿叫半截塔。"说到了这儿，他自己笑了笑，说："姑娘是大侠客，我这小小的人物，在你的眼前绝提不起来。可是这里有两位朋友，一位现住在城中店房里，天下雨，也不好去找他；一位现就在这儿。"说到这里，他回手用毛扇向那绿纱的窗棂指了一指，说："就在这屋里了，这位朋友跟姑娘在顺德府是见过面的，姑娘何妨请进来跟他见一见，谈一谈？我即时就到里院把米大当家的请出来。咱们刚才争杀殴斗，谁是谁非，现在都不必再提。兄弟是个好管闲事的人，如今兄弟既出了头，您就是拿梅花剑杀了我，我也不能再使你们两家争斗，咱们有话好说，有理好讲……"

雪卿斥住他说："不要再说了！我就在这儿等着，谁要见我，你就快叫他们出来吧！"

半截塔哈哈一笑，把毛扇遮住头，往近走了几步，很客气地说："姑娘的大驾远路来此，岂有不请进屋里歇歇，倒叫您在外面被雨淋着的道理？那太不对了！还请姑娘放心，屋里绝无埋伏，我半截塔敢拿这条性命，拿二十年走江湖得到的一点小小名声做担保。再说我知道您飞剑能杀人，上山能拴虎，下海能捉龙，蝴蝶镖走遍天下没人敢挡挡路，我们不弄埋伏，弄埋伏也是白弄！"

雪卿被他天花乱坠地说着，心里倒觉得有点活动，傲气既增，怒气反减；觉得自己既然被人这样尊敬，不进屋便是胆怯，不讲理便是女人心地狭隘，缺少江湖阅历，于是点头说："好好！我还怕你们有埋伏吗？"遂就将包袱由身边取下，挂在背上，两口剑也都归入一只手里，五步七步她就走到那西厢房檐下，将草笠一摘，蓑衣一甩，露出来她那半湿的紧身衣裤。半截塔早已替她开门，笑着说声："请进！"

雪卿进了屋，一看陈设得很是雅洁，四壁悬着字画，紫檀木的桌子上还摆着什么铜鼎瓷瓶、大理石心的镜屏、文房四宝、成卷的古画，细瓷的茶壶茶碗，桌子上还有一盘没有下完的象棋。她除了在山西张八爷那里，向来没有进过这样款式的房屋，而且那张家也没有这样浓厚的诗书之气，她不禁有些惊诧，心说：盖河南还是个读书的人吗？

此时她又看出这房子原是两明一暗，里屋也有细竹帘子隔绝着。那半截塔先向窗外叫着："来人！倒茶来！"同时他连气扇扇子，扇得桌上放着的书都自己翻起篇了。又听见唧唧喳喳的小鸟儿的鸣叫声，雪卿一抬头，见上面有一条横梁儿，挂着一只精致的鸟笼；笼里有一对黄色的极端可爱的美丽小鸟儿，叫唤得还极为好听；雪卿真想要笑一笑，此时心里是平静得多了，就听半截塔又向着帘子里带笑说："老五！你出来吧！你还真是个大姑娘吗？何必那么腼腆，见不得生人呢？这又不是生人！"

帘子里似乎有人噗哧笑了一声，接着是帘子打开了，走出来一个翩翩少年。雪卿吃了一惊，注目去看：这个人年纪二十来岁，相貌英俊，身材峭拔，穿着一件宝蓝色的绸衫，飘飘洒洒，愈显得如一座苍劲巍峨的青山一般的可爱、不俗；他那白净的脸儿真比美貌的女子还秀润，而又青又大的辫子，又黑又有神的眼睛，都发着亮光。雪卿认出来这人就是毒剑客唐松，他是自己父亲的仇人，也是自己的⋯⋯

她心里有点惊，有点气，又似有点害羞，不由得向后退了一步，但又怕被唐松认为是自己胆怯，就又向前走了两步。她的脸可一下忽然热了，绯红了。她又低头看看自己的衣裳，看看自己胳臂上挂着的沉重的包袱，真自觉得样子一定很难看，而一定要被他笑话；她的双颊越发地热，心里却暗想：这个人，我还以为今生再也见不着他了，没想到还能在此地见面。

毒剑客也拿着一双具有什么力量似的眼睛不住地盯着她，旁边的半截塔带笑说："你们二位是老朋友，也用不着我再来给引见了。我这位唐五弟的来历，大概徐姑娘也晓得，他是江南的世家；他本不是江湖人，但他的武艺是自洞庭老侠的门中学来的，所以冠绝一时，名震南北。这也不是我半截塔替他吹，姑娘你由此地到湖南可以沿途打听，若有人不知道唐五公子，不称他是一位轻财仗义之人，那算是我放屁了。他是称为毒剑客，其实并不毒，那是叫错了，他本来是叫独剑客，是独木桥、独木关那个'独'字；因为他在家并无妻子，在外朋友甚众，但遇有事情他总独身向前，不请人助，因此才叫独剑客。

"他与病金刚有些交情，又久闻蝴蝶镖之名，所以他才被邀至顺德府。他本是只想着见一见姑娘，以瞻仰瞻仰大名鼎鼎的梅花女侠的丰姿，却不料就招怒了徐三爷，且惹恼了姑娘，才致他左肩上中了一剑。但是他还深感姑娘手下留情，因为伤得他并不重，来到这儿跟米大当家的讨了点药，敷上就好了。这里米大当家原来在开封府当过官差，那时的抚台大人就是他的姑丈，因有旧交，这才极力留他在此多住几日，我又正在这儿，我们哥俩就天天摆棋。他不仅是个剑客，并且琴棋书画件件皆通，文的武的全都能来，我真没见过他这样的能人，所以弄得我也懒得离开这儿了。我们就天天在一块盘桓，昨天他还跟我说：他后悔这次到顺德府，可是也很侥幸，虽然败了名头受了伤，但他却得见了一位才貌双全、武艺出众的绝世佳人！"

说到这里，雪卿姑娘忽然把眼睛狠狠地瞪了起来，厉声喝说："你乱说什么？我管他毒剑客有什么才学？我来到这里找的是盖河南，你叫盖河南出来见我就是,我见他姓唐的做甚?他,在顺德府时我饶了他的性命,他就应当远远地逃走,如今你还敢替他在我眼前说大话?你们可要小心!"白光一闪,说:"小心我的飞剑!"

半截塔一见姑娘发起威来,吓得他的那张紫脸不禁有些发黄,肥大的身子向后一退,几乎将椅子撞翻了,将窗棂撞碎了。唐松却巍然不动,并且面上一点惊慌的样子也没有。他摆摆手,很不客气地说:"你别发威!我是有多大本领,我并未在你一个女子的面前炫耀,别人说的,与我无干。但我虽在顺德受了你的剑伤,我并未认为名头败落,因为我并未败在你手;你的暗器伤人,并不算本领,也不算英雌!"

雪卿听了,益为愤怒,跳起来就要往屋外去走,说:"那么你来!你不服气到外边来,我们再斗一斗!"

唐松却微微地冷笑,说:"我不愿再同你斗,因为你是一女子,我胜之不武!"才说到这儿,雪卿突然一剑发出,不想竟被唐松伸手接住,倒把雪卿吓了一跳。唐松又冷笑说:"在顺德府时是在半夜,我没有防备,才致吃了小亏;如今任凭你将一包梅花剑都发出来,若能再伤得了我身体的丝毫,我便枉是洞庭老侠的弟子。"说这话时,他的意态十分的骄傲,而那半截塔又直起腰板来了。

唐松一手拿着一支梅花剑,一手高举着,打算再接第二支,他那明亮的两眼不但注视着雪卿的手,而且还时时撩着雪卿的脸。雪卿被他看得脸更通红,心中尤其惊佩,因为她从十一岁起就使用梅花剑,从来是百发百中,未叫人接着过一回。唐松又冷笑说:"我真没看得起你这种暗器,因为这原是我洞庭派中的小技,我门中有位师姐秦夫人便会使用这东西,为此颇为我师弃嫌!"

雪卿听了,突然又一惊,心中的勇气仿佛全都没有了。虽然自己听说毒剑客是洞庭老侠之弟子,而自己的义母恩师也是属于那一派,也是跟那位老侠学过武,但自己从来也没有把他跟秦夫人的关系想到一起过;如今这样一说,唐松倒是自己的师哥,不,师叔了,这次她可真真地向后退步了。

唐松忽又一笑,正要再说话,就听前院有许多人发出一阵乱嚷。雪卿听见外面这嚷声，也顿吃了一惊，唐松却向那半截塔说："陈兄快到外面看看是什么事？无论是谁，不要叫他们往里院来！"半截塔又向他们溜了一眼，就赶紧走出屋去了。

这里唐松忽向雪卿一笑，笑得雪卿愈为脸红，唐松手里把弄着那支梅花剑，就说："我闻说自我走后，你爸爸便把你许配给了那武艺平常相貌奇丑的高文豹为妻，我非常替你难过，可不知你怎么又离家出来？"

雪卿怒嚣着说："那些事你管不着！"

唐松又笑了一笑，接着说："还听说你们定亲之时是凭着这么一口小宝剑，如今你将这剑扔给我，莫非也是那意思吗？"雪卿发怒的倏然又一口梅花剑飞了去，不料又被唐松接着了，并且更笑着说："谢谢你！两口剑作为订礼，咱们这件婚事料你不能够反悔。我本来也有一件订礼，应当送给你，可是怕……"他由怀中掏出来一颗小弹丸，就捏在手中说："这个东西也是我自别处得来的，打出去敢说百发百中，然而我从来没有用过。"

雪卿张着手向前扑，急急地说："你来！你来！打来呀！我不怕！"唐松却直往后去退，仍然说："我不肯！我上次到顺德府去，实是为着你，一见之后，你的美貌更使我倾心。所以我来到这里稍事休养，却并不急速回南，也就是为将来再到顺德府去找你；你使得我相思刻骨，忘寝废食……"雪卿怒啐道："呸！"

这时那前院益发大乱，半截塔嚷嚷着劝说着，好像也没效力。忽然另有一个人出去了，以洪亮的声音说："诸位请回吧！虽然伤了几个人，但我们自愿了结，不愿惊动官府，何况那凶手也不是外人，是我早先一位朋友的小姐！我们不愿跟她打官司，不愿劳动诸位，请诸位回城里去吧！一半日我也要进城到衙门去拜见府台，与他当面解说！"外面的一切声音立时宁息，待了一会儿，只有人小声地谈话，又听得足音跫然，像有许多人都往门外走去了。

此时唐松扭头向窗外一看，不料雪卿竟如飞鹰似的向前扑去，连唐松都没有料到雪卿的身手竟如此敏捷；他的两只手腕都被姑娘的纤手抓住了，要夺他手中的两口梅花剑和一颗颗铁弹丸。他发出冷笑来出力挣扎，更不料雪卿的外貌虽然那样柔弱而窈窕，她的力气却很大，不愧是赤须龙的女儿！但她要想立时把暗器夺过去也是不行，她就要以莲足去踹唐松的肚腹，唐松赶紧一扭身躲开，嘿嘿地笑着说："你还不错！"他用力想将雪卿摔开，但也休能挪得动分毫，这一对青年男女竟如一对猛虎、两只苍鹰，在屋中对搏起来了，咕咚一声踢翻了椅子；又哗啦一声，撞得桌子上的盆、鼎、文房器具、棋盘棋子，完全撒落在地。

这时那半截塔和那声音洪亮的人，刚把冯八等人由城里勾来的班头捕快给劝走，了结了那件事，听得这屋中的响声，使力气的声音，又一齐急急地走了进来。那人又以洪亮的声音劝言道："唐五弟跟姑娘全都罢手吧！我们都是江湖朋友，原无深仇，尤其你们又是一个门槛里学出来的武艺，有话都好说，不必如此动手，请给我姓米的一点面子！"

他说出了这话，唐松实在觉得不胜羞愧；本来跟一个女子这样相扭，也太不成样子，于是他的手就松了。而雪卿却乘势将他两只手中的东西，剑两口、弹丸一颗，就都一股脑儿夺了过去。她遂后连退几步，喘着气儿，手持剑、丸，又目瞪这个声音洪亮、自称姓米的人。她猜出来这人就是盖河南，因为他的须发俱已斑白，穿戴很阔，虽然没架着拐杖，可是有一条腿分明是个跛子。

盖河南神态镇定，言语客气，拱手说："久仰姑娘大名，知道姑娘乃是赤须龙徐三爷的千金，那更不是外人，我这条腿就是被徐三爷砍瘸了的，但我并无愤恨，我还深为敬佩那位老哥。可惜近十年来，我都因腿脚不便，很少出门；又因我实在不知顺德府的主人就是我那位老哥，故未去拜访，着实抱歉，今天姑娘来此，我真觉得蓬荜生辉！"

徐雪卿对于盖河南所说的这客套话并不能全听得懂，但是见他的样子倒还不恶，就将两只梅花剑又收入背后的包袱里，手里握着铁丸，一面防备着唐松，一面对着盖河南说："你不要现在又假充好人！你纵容你的亲戚、家奴在这地方无恶不作，你的那个小婆子无耻地跟着黑二……"

盖河南听到这里，突然脸色变了，说："果然有这事？那黑二现在哪里？请姑娘告诉我！"徐雪卿冷笑着说："若等我来告诉你，那黑二早就夺了我们的钱，也许把你的小老婆拐跑了！黑二已被我杀死，我算是替你出了气，可是他们那些个人都是仗着你的名头才敢胡作非为，恶霸的头儿却是你，你叫我怎么样惩治你吧？你快说！"说得盖河南的脸一阵通红，半晌不语。

唐松直着眼盯着姑娘，半截塔却在旁不住地摆手赔笑，说："姑娘！你把事情弄错了！黑二既不是我们这里的亲戚，又不是家奴，他不过跟这里的小厮们、更夫们都认识罢了。至于那个妇人，你一说我就明白了，她也不是米大当家的什么人，她本来就是城里的一个下三烂！"

盖河南却发怒地摆手说："老陈你也不必替我遮掩！我盖河南一生不做暗事，不说诳语，也不受人欺！"他把颜色变得略缓和一点，就又说："其实在姑娘的面前我不该说，那个妇人实在是城中的一个娼妓，本来不是好东西，她的外号叫赛嫦娥。我今年已六十多岁，生平磊落光明，尽人皆知，不至于年老了又好色贪花。只因前年拙荆病故，我又是一条瘸腿，无人服侍我，且听得赛嫦娥正要离开那火坑，我想烟花女子也甚可怜，所以才花钱买来；就叫她像个仆妇丫鬟似的伺候我，却不料她仍是不安分，私通黑二！"

说到这里，他显得气愤极了，跺跺脚，说："请姑娘在这里略事歇息，我到宝儿村去了就来！我先杀了淫妇，然后回来见姑娘；姑娘若认为我是恶霸是贼人，那我绝不强辩，甘愿束手受杀！"说毕，他就要向外去走。

雪卿却喝了一声："你别去！"盖河南惊得止住步回头，雪卿的话铿铿地说着："我不能眼见你去杀一个妇女！无论她多么坏，再说我还有个同伴在那里，他已被你们这里的人给杀伤，难道你去了是要替你们那几个人报仇吗？"

盖河南冷笑说："姑娘！你还是不认识我盖河南，回家去可以问问令尊，他虽砍伤了我，可是他的心里也得佩服我。我姓米的一生都是慷慨的丈夫，岂能将你留在这里，去杀害你的同伴？我且去看看，只要你那位朋友肯随我去，我就把他请到这里来养伤，一定好待承；我这里还有秘制的刀创药，包他痊愈。至于那淫妇，她是我买来的，我杀她放她你却管不了！"说着转身愤然往外就走。

雪卿刚去追，毒剑客唐松却过来要拦，雪卿发怒地把手中的铁丸打了去；听得哎哟一声，雪卿心中倒一惊，有点后悔，可是捂着脑袋"咕咚"一声坐在地下的却是那半截塔，唐松依然挺身将门拦住。他正色说："雪卿姑娘！你刚才说的这番话令我十分钦佩，我想不到女子之中竟有你这样的豪杰。"雪卿瞪着眼说："别废话！快些躲开让我走！"唐松说："我们不要翻脸，你我原是一家人！秦夫人是我师姐，我猜着你的梅花剑必是由她那里学来的，所以说来你是我的师侄女。"

雪卿听了这句话，不由向后退了一步，咬着牙，瞪着眼望着他。这时那半截塔已站起来，头上鲜血直淌，连话都说不出来了，唐松过去安慰他说："陈大哥！你实在是代我受过了！雪卿姑娘原是要打我，无意之中伤了你，还请你不要生气！"他说话之时，不料雪卿已经夺门而出。

雪卿急匆匆跑出了门，细雨仍簌簌地落着，急忙找着她的草笠带上。这时风却很猛，一下就把她才带上的那顶草笠刮落了下来，滚出了很远。有个庄丁模样的人却赶紧跑过去拾了起来，恭恭敬敬地送给她，并且带着害怕之意。她一看那匹花马没有了，立时瞪起眼睛，怒声问说："我的那匹花马哪里去了？你们快给我牵来！"

这庄丁发颤地答说："那是，那是，刚才冯八由城里叫来的官人，并叫了在城中住的杨二爷。杨二爷是广兴镇杨大员外的侄子，也与我们大当家的相好，他家里养着一匹五花彪，是天下少有的一匹马；半年前杨二爷没在家，家里就遭了盗，杀了人，将马抢去。杨二爷在各处找了几个月，也没有找着贼人的下落，直到前几天才有贼……有人在镇上看见了那匹马。"

雪卿说："你快说！"她心里明白，是日前在那镇上有人拦马，自己以梅花剑脱身的那件事。

庄丁又说："昨天杨二爷才追赶到这里来，他托我们这里的人帮助他寻找。城里的泰源店是他的买卖，今天原想上别处去，被雨给截住了，就没有走。他一来到这儿，就看见了马，他什么也没顾，只说那匹马正是他要寻找的，就给牵走了，我们哪里敢拦他？”

雪卿知道此人只是将马收了回去，却也不敢与自己交锋，自己的心里倒是不怎么气，她就逼着庄丁带她到厩中找了一匹白马。据庄丁说，这是他们庄里最好的一匹马了，连他们大当家的平日都舍不得骑。雪卿也不等叫人备鞍鞯，她就上了马，出厩飞似的向西追去。

追得都快到那宝儿村，眼看着细雨霏霏之中，前面那盖河南的三匹马都要进村子里去了，雪卿就大喝了一声，同时马往前追，十步之外她就飞起了一口梅花剑。那边盖河南的手中原已掣出了单刀，就迎着白光一削，梅花剑当啷一声落于地下。

盖河南赶紧拨马，他毕竟是一位老江湖，虽然他只是一只脚登着镫，但他的骑术极熟。他拨过马来，发了怒说：“徐姑娘，你太不懂江湖规矩！我应得绝不伤你那同伴，你怎么不相信我，到底追了我来？追来还不要紧，你不该下毒手，又施你的飞剑；你不要以为我盖河南是惧你！”

雪卿又取出一支剑来，还没有飞起，就把随从盖河南的两名庄丁吓得一齐拨马闪开。盖河南不由得大怒，瞪目看着雪卿，气得都似说不出一句话来了。但是他并不过来争斗，却向他手下的两个人说了一句话，当时三匹马就一直闯进村内。

第六回　雨夜交锋恩仇两结
##　　　　客窗共话情泪双倾

　　盖河南此刻抱定的主意就是:不必与一女子交手,胜之不武,败则足羞。但是那淫妇赛嫦娥真丢尽了他在江湖的脸面,他不杀那妇人,他不能出这口气。他的马在最前,那两匹跟在他后面,他想一直闯到黑二的家里。

　　可是那两个庄丁却不住地回首,忽然听他们喊了一声:"小心!"他吓了一大跳,以为又是梅花剑飞来了,赶紧回头,只见雪卿手持小剑,她可并未施放,她一直催马过来,反赶到盖河南的马前边。风已把她的草笠吹落,掉在地下,她也不去拾。

　　雪卿先抢到黑二的家门前,就跳下来弃了马疾快地进内,只见死尸都仍在地下趴着,血迹已被雨水冲得淡了,马仍系在窗旁。方廷玉已忍着伤到屋内去坐着,那妇人可不知逃往哪里去了。

　　雪卿看见方廷玉安然无恙,她就放了心,刚要说话,此时盖河南已然走进门内来了,手提明晃晃的钢刀,满面带着凶色。他走路虽然一瘸一拐的,但是很快,他先向雪卿说:"徐姑娘!咱们无仇,你不必跟我作对,我是来杀那淫妇,与你无干!"

　　雪卿回身,手举着梅花剑把眼睛瞪起,方廷玉却赶紧摆着双手,劝说:"不必!不必!"他忍着伤抢上前去,将他的身子淋在细雨里,挡住了雪卿,向盖河南说:"米大当家的,你先息息气!"

盖河南瞪眼看着方廷玉，说："我跟你们并没有什么气！"指指在地下卧着的黑二等人的尸体，他又说："这几个人你们给杀得对！你们不杀，我也饶不了他！只是那妇人……"他忽然恨极了，横刀说："那是我买来的人，我救她出火坑，她却给我败名气！我决饶不了她，你们护庇着她做甚？"

方廷玉却说："她已走了。"盖河南发着怔说："她走到什么地方去了？是谁把她放走的？"方廷玉却只是微笑，他抱了抱拳，说："米大当家的，你先听我说！那妇人虽不是个好人，而且这一回是跟黑二同谋，要害死我们，图我们的财物，那种女人杀死她也不足惜。可是你米老哥是大名赫赫的盖河南，与个妇人一般见识，也太不对！本来你偌大的年纪，弄了那么个窑子的老婆，你就把事办差了。刚才她逃跑的时候，本来我也是想揪住她，叫她找黑二去，可是我又想：犯不着！我就由她去了。"

盖河南把眼睛睁得小一点，他将方廷玉全身打量，问说："你姓什么？你是赤须龙手下的镖头还是他们的亲戚？"

方廷玉退了一步，回身先请雪卿进屋。雪卿却又恶狠狠瞪了盖河南一眼，就由黑二的尸身跳了过去，进到屋里去把包袱放在炕上，她却又叉着腰往外望着。此时方廷玉又坐在台阶上，好在他的衣裳早就是全身泥水，坐下也不要紧了。他靠着墙，说："我名叫方廷玉，你盖河南米大当家是北方的英雄，恐怕你不晓得我，因为我只是在两湖一带略略有点儿小名气。"

盖河南的面色改为和悦，说："原来你就是方廷玉！数年前我就听南方来的人谈说过你，听说你为人很好，文武皆能，只是后来时运不大佳。今天我们在此相遇，谈起来彼此都是慕名已久，那就都算完了。你若看得起我，待会儿同我回到敝庄，你若愿意跟我交个朋友，我就给你们二位预备出几间房子，你将伤养好了再走，住个三月五月也不要紧；你们若是客气，那我可以送你些家传的秘方刀创药，保你的伤说好就好；盘缠不足，马匹短少，也不要紧，兄弟可以赠送。"拱手说："再会！我一会儿就回来！"说时，他转身走去，看他那个样子是去寻那赛嫦娥去了。

雪卿跳出屋去,喊了一声:"喂!你先别走!"方廷玉却急急地摆手说:"姑娘!姑娘!不必!不必!"雪卿停住脚步,愤愤地望着那盖河南的腿瘸着走出了门。她一回头,见方廷玉已囔地立起了身。

方廷玉强忍着伤痛,挣扎着精神,说:"咱们快走吧!本想在这儿避雨,也没避成,反倒遇见了这档子大麻烦,现在趁着麻烦完了,咱们就赶紧走吧!这里放着三四条人命,倘若官人来到,咱们可怎么办?"

雪卿冷笑着说:"刚才我在那边时,他们早把官人由城里给找了去了,可是盖河南不愿牵动官司,他把官人给支回去了。"

方廷玉说:"支也不过支一时,明天雨若住了,官人一定要来这儿验尸,乡约还有不往衙门去报的道理?报了,衙门就是马虎吧,还能够不缉凶?再说,知人知面不知心,盖河南很讲理,可是你知道他是真讲理是假讲理?安知刚才他不是为免去江湖人说闲话,才不叫官人在他那里捉人,现在他还许又去找官人,叫他们来这捉咱们呢?"

雪卿愤愤地说:"那我追上去,把他杀死!"

方廷玉又连连摆手说:"咱们哪里能够净杀人呢?走吧!走吧!快快!"他虽然前胸血迹模糊,脸白如纸,浑身泥污,如同一只受了伤的水鸡儿似的,但他的精神却极为紧急,匆匆地去解他的马。

雪卿的心里可是非常的不痛快,自己不愿意离开这里,并非为别的,实在是因为在这里仿佛有一件令她舍不下的事情似的。她自己深深地感觉得到,早先自己原是个性情暴烈的人,梳着小辫,身材还不到三尺,手脚都是小的,然而就骑着快马走尘,可谓杀人不眨眼;但是后来年龄大了,处处时时被父亲管制着,不敢不有一点闺女气,日久,自己也觉得疏懒,一点雄心没有了;及至后来家里出了事,父亲途遭劲敌,自己不得不上手相助;又兼此次因屈配给那面丑的高文豹,逼得不能不出来,心里的屈辱、悲伤都化为怒愤,又把脾气弄得愈为暴烈。然而现在心虽更急,更不痛快,恨不得借着这件事再痛痛快快杀许多人才好,然而她却绝舍不得杀一个人,尤其不愿与那个人离远;那个人叫她在面上不得不恨,而心里确实是爱,那人是谁呢……她悲伤得不禁流下几滴眼泪。

系好了包袱，她就披上一件蓑衣走出了屋。方廷玉已将马牵出，他找着了他那件蓑衣，并找着雪卿刚才掉的那草笠，连白马也牵了回来。此时盖河南等人已不知哪里去了，雨落得又紧，天更昏且渐渐发黑了。这小村之中，家家门户紧闭，连狗都在墙里汪汪，似乎是不敢出门来咬人，各屋子上升着袅袅的沉闷的炊烟。他们二人上了马，鞭声同响，马蹄急遽，加以雨又潇潇，雷又滚滚，他们就冲出了小村，直往正南而去。

此时路上泥水汪洋，更为难行，雪卿的心中不痛快，而且茫然地走着，脑子里却不住在思索，所以走得很慢；方廷玉身上的伤虽不是十分重，但疼痛得确实忍受不住。走了多时，大约也不过才走出十来里路，还没有走出卫辉府的地面呢，所以方廷玉绝不肯驻马。他龇牙咧嘴，带着呻吟，向他的身后说："姑娘！趁着天还没黑，咱们还得往下赶一些路，不离开卫辉府，咱们得不到太平。再说，秦夫人受的伤比我重得多，此刻她在那里还不知吉凶如何，咱们得赶紧走！"

雪卿听见提到了干娘的伤势，她不由得也将马驰得急快，一霎时就将方廷玉遗在后面，并且很远。此刻她脑中仍然忘不了今日在米家庄所见的那个英俊少年的影子，她希望那影子出现于她的面前。

马往下走天色愈黑，雨量又渐渐微了，但四面仍然雨气茫茫，看不见一处人家，不见一点灯光。同时方廷玉受伤的身体实在挣扎不住了，他就止住了马，喘吁了半天，雪卿在前面高声问说："方大哥！怎么样？你走不动了吗？"方廷玉却无力回答。

雪卿吃了一惊，赶紧拨马回来查看，却听出来方廷玉的呻吟，但等到她来到临近之时，方廷玉忽然挥鞭说："走！走！我受的这点伤，还真能够致死吗！"随说着，马向前踏踏地去走，然而还未走几步，忽然方廷玉呻吟了一声坠下马去。此时有闪电划开了灰色的天空，接着响了一个沉雷，雪卿赶紧跳下了马，连连问说："怎么样？怎么样？方大哥你是不是伤痛得太厉害？"

方廷玉呻吟着，又微微地笑，说："本来我的胸前不过是一刀之伤，算不得什么，可是一浸进了雨水，我又马快心急，便……"呻吟着又说："我生平也与人殴斗过，可是从来没受过伤，如今，原来这伤真真的难受！”

雪卿将眉紧皱了皱，说："我们早就该不走！不走也绝没有事！"

方廷玉惨声笑着，说："不在宝儿村避雨更没有这些事！姑娘，平日人都嫌我慢性，但现在你真不知道我是多么急了！盖河南面虽和善，心中必定狠毒；他的腿虽瘸，可是他认识的朋友还不少……"雪卿说："那咱们都不必管他，如今就是，怎么办呀？"她向四周环顾，叹了口气说："这儿连个住人家的都没有！"方廷玉两手又向地下抓泥，要往起来挣扎，并且急急地说："就是有人家，咱们可也不能去投宿，因为这个地方不稳，咱们非得赶快离开这里不可！"

他才说到这里，耳边忽听传来哗啦哗啦一阵急骤的马蹄声，雪卿还以为是两边的田禾被风吹得发响，但方廷玉忽然大惊，连呻吟也都停住。他翻身而起，过去抓住了一匹马，又抓一匹马，跟跟跄跄往田里就奔，并向雪卿叫着说："快来！快来！"

雪卿也一惊，追过去问道："你又为什么这样大惊小怪的？"

方廷玉说："我们在这儿暂躲一躲！他们这回来的人一定不少，姑娘千万忍耐一点！你要是跟他们动起手来，我在这里若被他们搜着，我可就没有了命，因为我现在的力气真都不中用了！"雪卿惊诧着，此时那种声音却越来越近，听出来原是一群马蹄急走的声音，并且荡得泥水乱响。雪卿更为惊诧，旁边方廷玉却急急地拉她，说："蹲下！蹲下！"

雪卿本来就两脚都陷在泥里了，如今一蹲下，简直连小衣都沾上了泥，风摇动得两旁的禾黍，水珠不住向她的脸上落；两匹马藏在田里，就在她的身后，蹄子一动泥水就溅在她的胳臂上，她心中的气真不打一处来！

此时那片震耳的马蹄声已来到了近前，原来这无数的马蹄若都紧骤地击在泥水里，声音更显得惊人；看这些马足有三十多匹，鱼贯而行，如排成阵似的，马上有刀剑的鞘碰在铁镫上发出的那铿铿的响亮声。马上的人全都高声谈话，雪卿只听了一句："捉住梅花女咱收她做小老婆。"因为这句话太刺耳，她竟要怒跃起来。

在杂乱的声音之中，方廷玉的手紧紧拉住她的胳臂，跟她说了几句话，大概就是劝她不要轻举妄动，她可是没有听清楚；但她却在暮色之中，群马一闪之间，她的敏锐的眼睛就看出来其中有那匹花马！她就晓得这些人之中，必定有那什么广兴镇的杨二爷，刚才自己还以为他偷偷把马牵走就算了呢，原来他竟敢勾来了人，要追我？因此气得她竟不受劝阻，嚯的立起身，就去从田间牵马。

方廷玉也忍伤立起来，问说："姑娘！你要干什么去？"

雪卿却愤愤地说："你没看出来吗？这些个人都是追赶咱们的！我想咱们走得这样慢，就是再走两天也脱不开他们这个圈儿，也能被他们追赶上；与其叫他们越聚人越多，到前面去设下埋伏陷害咱们，还不如我去追上他们，施展施展厉害，叫他们怕了，就不敢再向咱们为难。"

方廷玉听了这话，叹息了一声，又发了一会儿呆。他也看出眼前的情形来了，觉得盖河南虽然慷慨，但他手下的人和朋友未必肯吃这个亏，忍这口气，也应该叫梅花女去惩戒惩戒。自己如今已经走不动了，也许因此而死，何必这样多的顾忌？徐雪卿又不是由她爸爸托嘱随我出来的深闺小姐，由她去吧！于是就说："也好！那么姑娘你就去追上他们吧！但要记住了，不可太为己甚。我在此等候你，把他们杀退了你再来此找我，如果天黑你找不着，你可呼叫我的名字；叫我名字我若仍然不答应，那你就……你就一直前往南阳府去找秦夫人。记住了！秦夫人住在那城中陈彪公家……"他声音虽不悲惨，但雪卿听了，心中却不禁难受。

当下雪卿就将方廷玉暂时安置在此地，她凭着一股勇气、愤怒，就跨上了马，皮鞭紧挥，如飞箭般的一直往正南追去。暮色沉沉，愈走愈什么东西也看不见，只听道旁的白杨树叶沙沙地响，那倒似是群马的蹄声。

她马不停蹄，咬着牙，身子几乎伏在马上，如此走下十余里，可就听见前面的黑影里有许多人在吵嚷："桥在东边啦！不信你往东边走，准有桥！""我领的路没有错，我想桥一定是叫梅花女走过去之后就给拆了！""妈的，梅花女又不是四大金刚，她一个人会有力量拆了那座石头桥？""走！走！咱们这一群人要追不上一个小娘儿们，可真得叫人耻笑！"

又听有人高声喊："大家记着！只许捉住活梅花女，却不可伤了她！"又有人就笑着说："我们知道呀！你老哥存的是什么心？你老哥既然怜香惜玉，我们还真忍得把她小命儿结果了吗？可是得问问杨二爷的意思怎么样，杨二爷！"又有许多人一齐嚷着："快走！快走！往东！过桥过桥……要不然她可就跑远了！"

人语喧哗，马蹄杂乱，两旁的树木萧萧，面前的长河水声潺潺，加以这时的雨下得又密，淅淅沥沥的声音也是不小。徐雪卿的人马悄悄来到近前，他们并没有觉得，徐雪卿却铿然掣出了三口梅花剑，先扬手将一支梅花剑抛去；深夜之间看不见白光，然而就听得人群中有人哎哟一声惨叫，许多人惊问着说："怎么啦？怎么啦？"雪卿不容他们察明白了情形，第二口剑就又打出去了，那边又有惨呼之声发出，且有不少的人惊喊道："梅花女！梅花女！"人声马声更乱。

徐雪卿又从包袱里掏剑，一连又发出四五支。自然她是看不清对面每一个人的准面貌，她只是向着人群去打就是了，可是这先后近十支的剑多半并未虚发，号叫声惊呼声先后地发出。黑雾里人马的影子慌乱，蹄声向两边散去，越走越远，不多时这些贼众就全都顺着河岸逃走了。这里徐雪卿倒不由得一笑，然而又生了半天的气；这么容易就驱散了群贼，反觉得无意味了。

群马散后，眼前觉得非常之岑寂，河水声、树叶萧萧声及雨声，却也更为清楚。徐雪卿谨慎地鞭马往前，走了不远，便听涛声就在耳畔，知道已来到河边了，这是什么河呢？她不由得想起来龙门，心中一阵难过，觉着自己陡然与这些人斗这闲气干什么？干娘受伤在南阳府，我不去看她老人家，不去替她老人家报仇，可在这里做这些无味的事，太不对了！于是又拨马往回去找方廷玉。

她的马走得仍然很快，可是没有走了二里地，忽听身后又有马蹄声。她不禁一惊，就将马收得缓了些，回头看看，可看不见人马的影子，再侧耳细听，那蹄音越走越近。又走几步，她便将缰绳勒住，拨转了马头，然而在这时之间就见一条白色的马影飞来。她掣出了梅花剑，先高声问道:"你是谁? 快说出名字来! 不然我可就要发剑了!"那白马上的人并不答话,只管逼了近来,已相距很近了,徐雪卿就将梅花剑飞去。但出乎她意料之外,并没有惨叫之声从剑光所到之处发出,马更向前逼来,其势极快。雪卿略一发呆,打算再发第二口剑已经来不及了,就见马上的人将臂一横,力气颇大,她未能躲避,一下就被这人推下马来;幸仗她身躯灵便,没有倒下,然而两只脚已陷在泥里。

她气极了,要从马上再拿梅花剑,可是她的那匹马早为那人所驱走。她的手中已然寸铁皆无,怒骂声:"你是什么东西? 暗算人!"那人的马驰出了几步,忽又拨马回来,一句话也不说,手中却拿着一口三尺长的宝剑向雪卿就刺。雪卿疾忙躲开,又愤愤地问说:"你姓什么? 下马来较量较量?"那人却也不再以剑进逼,哈哈大笑一声,便挥鞭又向南去。雪卿追着骂了几句,那人骑着马已经走远,在远处哦哦地高声吆喝着,像是驱逐什么牲口似的。这里雪卿气得真要哭了,她又连连唤叫她的那匹马,然而那马本来不是她的,一点儿也不熟,怎么叫也是叫不来了。

此时,走去的那骑着马的人已经毫无踪影,雨仍淅淅地落,道旁的树叶仍萧萧地响,但徐雪卿刚才还是一个不可一世的驱散群凶的梅花侠女,如今却成了一个落难的姑娘。她陷在泥涂里,草笠也不知丢在哪里了,全身的衣服浸湿;两只脚那更不必说了,尤其是两腿,这一天来,她总是急急地骑着马,简直没有休息,又经刚才由马上掉下来,摔了一下,如今觉得酸疼。有梅花剑有马,她能够力敌万夫,什么事她也不怕;如今她什么也没有了,通身的武艺也像都丢失了。

她就气,气得哭,然而她绝不服气。那人是往南去了,她虽然步下跋涉着泥涂,然而她要追到底,非得取胜不可,一定得出了这口气,杀了那个人,她心中才能够痛快。同时她又不愿远离开这一带,她想候至天明,寻着她的那匹马;其实马倒不要紧,只是那匹马还拐走了一只包袱,包袱里还有二十多口剑梅花剑呢,那是她万分舍不得的。

她向前走着,走得非常慢,疲倦得她都要坐在地下了,才来到了河边。她不敢再往前迈步了,站着等候了半天,才见天空上打了一道闪;

借着这明镜出匣似的一道电光，她赶紧向左右前后去望，原想要找着她的那匹马，不料反倒看见东边有一座高大的白石桥，她恨恨地说："他们一定都跑过河去了，连我的那匹马也叫他们给赶过河去了，我非得追着他们，夺回我马上的东西不可！"天空打着霹雷，似助着她的怒气；闪光一下一下地闪着，正好为她指明路径，可是雨更大了，淋得她全身跟水鸡一样。她走了半天，才上了那座石桥，她一股气就跑了过去，喘吁吁地踏着泥涂又往前去走。

半天，她的力气都用尽了，大概还没走出多远，此时更不知是深夜什么时候。忽然看见面前雨中有一点火光，好像是一盏灯，而且晃晃摇摇的，越走越近，她就赶奔向前；相离不远她才看出来，原来是一个人打着一把伞，手里提着一只玻璃灯。雪卿就大喜，高声叫着说："借光！请问！你们没看见有好些马跑过去吗？没看见有个骑白马的贼跑过去吗？没看见我的马吗？"遂说遂走，来到临近，她站住了。

那个拿着灯笼的人也站住了，隔着雨丝看得很是分明，这是个身穿蓝布短褂白裤子的人。他吃惊地看着雪卿，把雪卿的模样看出来了。雪卿又话如连珠似的说着什么"马贼……跑了……"，他可似乎没大听明白，就反问说："哎呀大嫂！你是怎么啦？深更半夜的，你遇见什么啦？是遇见路劫了吧？"

雪卿突然被这人的话给提醒了，就想：那骑白马的贼恐怕是无法追着了，即便追着了我也敌他不过，这么大的雨，我也真受不了！不如先问问附近有投宿的人家没有，先去歇一歇，等到天亮；只要天一亮，我就有法子！于是她故意做出悲惨可怜的样子，哭着说："可不是么！我去看亲戚，回来晚了，就遇见几个贼，把我的马抢了去，我……"

对面的这个人连声叹气说："咳！咳！这些日常常出这些事，不知是哪个不要命的人干的？非得报官不可！我就是那边郭老店里的写账先生，我现今也是有急事，我们老掌柜的忽然得了半身不遂，我得到北村请大夫去。你，那么……你看，你遭了这事我怎么能够不救你？快跟我来，我先把你送到我们店里，我再去请大夫；没法子，你要是在这儿待一夜，雨可就把你淋死了！深更半夜的你一个妇道人家，这是玩的？快走快走！快跟着我走！"

　　雪卿万也没想到这样巧，会遇见这个人，这人已是个半老头子，无怪他心地慈善。当下雪卿就随着他走，走了半天，就进到了一处极小的镇市。这里房屋虽有两排，然而灯光也实在稀少，那个人来到一家门前紧紧地捶门，里边有人跑着答应着，一边开门并一边说："怎么这样快你就把大夫给请来了？"

　　这个人生气似的急急说："快开门！哪能这么快就请来大夫？大夫的家我还没去呢！我遇见了一个落难的妇道，咱们做件好事吧！"他一边复述着刚才雪卿告诉他的那段谎话。门开了，这里开门的一个伙计还发着怔，而他就把雪卿推了进去，说："你先在这儿歇半夜吧！别着急，明早儿我想法子送你回家，我还得赶紧给我们老掌柜子请大夫去！"又说："关上门吧！"他没进来，就又打着伞跟灯笼冒雨走了。这里那个伙计发怔，一边关门一边扭着头瞧雪卿，说："是怎么回事呀？"

　　店里的掌柜的也闻声出来，本来这店掌柜因为父亲忽然得了中风的病，正急得跟热锅上的蚂蚁似的，半夜里下着雨就叫写账先生去请大夫。他就恨不得大夫立时就来救他爸爸的命，没想到那颟顸的写账的不赶紧去，反倒带来了这个据说是遭了难的小媳妇！不，细看了看，脑后边垂着大松辫，原来还是个大闺女！他没法子，只好腾出来一间房间，让雪卿进去，并叫伙计点上灯。

　　他还恐怕雪卿来历不明，就细细地加以盘问，幸亏雪卿这时还好，没有发脾气，然而答出来的话竟是驴唇不对马嘴。她说是今天因为去看亲戚才回来得晚，然而下大雨去看亲戚这种事向来就少有；她又说不出来她的家在什么地方，亲戚住在什么地方，干脆，听她的口音，就不是河南省的人！她又说她的马被强盗抢去了，一个十七八的大闺女骑着马去探亲，实在是有点不可靠，这个掌柜的也有四十多岁啦，他就没见过妇道人家会骑马。何况雪卿说"强盗有一大群，都骑着马，最末后的是一个身骑白马的强盗"，他更觉得诧异，他想：这个地方离着卫辉府很近，镇市虽小，可是往来的大道，要说偷鸡摸狗，挖墙掏洞的毛贼是有的；穷汉地痞趁着阴天雨天路上行人稀少之时，打劫一头驴，抢人个钱袋子，这也免不了，而且近日真有一两件发生，可是若说成群结伙的响马竟来到此地，实在叫人不信。

因此这掌柜就狐疑了起来，拿眼睛盯在雪卿的身上。雪卿却已脱了鞋子上了炕席，不禁地娇声喘气。掌柜子的心里先是纳闷而且生气，后来又有点发迷而心软了，想着这多半是个因为受不了虐待才逃出来的丫头、小婆子，或是童养媳，那么也怪可怜的，就叫她在这儿住一宵吧！他赶紧转身要再去看他爸爸的病，不料雪卿一声："掌柜的！"又把他叫住了，他回头问了问："你还要干什么？你放心，我们叫你在这儿住一宵就是啦！"

不料雪卿却像个官太太似的，沉着脸儿说："我还没吃晚饭呢！你们厨房还有什么？快做点来给我吃，茶也泡一壶来！我不白搅你们，明天算算账，店钱多少，饭钱多少，我一文也不能少给！"把个掌柜的越发怔住了，问了问旁边的伙计，那伙计眼睛发直，耳朵也像是聋子。掌柜子推了他一下，大声说："我问你啦！厨房的火封了没有？"伙计这才把眼睛对着他们的掌柜的，答应着说："没封没封！不是刚才预备要给老掌柜的煎药，才添旺了的火吗？"掌柜子也蓦然想起来，就点头说："好！快点给这位堂客做一碗汤面就行了！"说着转身走出，伙计又盯了雪卿一眼，也走出。

屋门倒带上，有一面没有窗棂的小窗户，吹进来雨天的风儿，十分凉爽，雨声仍萧萧地响着，雷声还震鸣，闪光仍抖动。雪卿真恨这雨，不是这场雨，哪能有今天乱七八糟的这些事？梅花剑杀伤了那许多人，细一思之，心中也不免有点忏悔。方廷玉如今是死是活呢？真可怜！而刚才的那个白马强盗，身手那样敏捷，武艺那样超群，竟将我战胜，竟能使我的梅花剑伤不了他，他是谁呢？雪卿想到了一个今天曾见过的人，那人确实会用手接住梅花剑，就不由惊讶，心说：哎呀！别是他吧？真许是他！他竟敢如此的欺负我？我倒得要斗一斗他！

少时，店伙送进来一碗汤面，她虽然很饿，可没吃多少，她的脑里深深地印着一个毒剑客唐松的影子，又气又恨，又急又恼，然而却又有一些喜慕、悲哀。

这个店里，一夜为老掌柜子中风之事很是杂乱，大夫请了来，又送了走；大夫走之后，那掌柜的就对写账的先生大吵，连别的屋里住的客人都起来干涉了，闹到四更天大家才睡觉。但雪卿因为气愤，且有一种别的情绪，她总是睡不着。不觉到了天明，鸡叫了，隔着那小窗户已能够清楚地望见外边的雨丝，雪卿就急着要到外边寻找她的那匹马，只是，一来全身还都是潮湿泥污，两只脚更脏得难看；头发如此之乱，脸上更不定有多少泥了，怎能出门见人？二来在这个店里也吃了住了，自己的嘴很硬，应得是临走时一文钱也不少给，然而银子钱也都随着梅花剑被那匹马给拐走了，现在身边已落得半文钱也没有！

她生了一会儿闷气，着了半天的急，见窗外的雨微得连淅沥之声也听不见了。别的屋子住的客人有的推车挑担，走了，有那阔绰的旅客就喊叫着："伙计！给我快备马！"此时雪卿的脑里所印象的那个少年毒剑客，影子倒渐渐地淡薄了，而她恨不得立刻就将马找回，大声喊叫店家给她预备洗脸水。伙计在门外答应着她，可是半天也没有送来，她的心很急，忽然听到是掌柜的声音，敲着门向里问道："那位姑娘起来了吗？"雪卿说："什么事？进来说！"

门一开，进来了那面上还带着倦容的掌柜的，胳臂上夹着一个大包袱。后面又跟进来昨天带她来的那个写账的先生，也夹着个包袱，这包袱跟雪卿衣服一样之潮湿，原来正是她昨夜丢失的那马上的包袱，她不由得吃惊。那先生把包袱放在炕上，当啷的一声响，他笑着说："这就是姑娘你昨天丢失的东西不是？"

雪卿诧异着问说："这是谁给找来的？"这先生还没有答话，掌柜的却也把包袱放在炕上，并指着它，带笑说："这全是刚才唐五爷派人给送来的。"雪卿更吃惊地说："唐五爷？"不禁脸红了红，又说："唐五爷又是个什么东西？"

掌柜的说："我也不知道，我不认识唐五爷，刚才来送东西的是东边泰兴店的王伙计。听说昨天晚上唐五爷就住在那边，一清早自己骑着马出去买来了这包袱衣裳，不一会儿就又回来，叫王伙计给送到这儿。他说他是卫辉府米大当家的好朋友，店里的人谁敢慢待他？他又说姑娘是他的亲戚。"

雪卿瞪眼说："他胡说了！"

掌柜的说："究竟是不是，我们可也不晓得，不过他们既把东西送来了，那时姑娘还没起来，我们也就只好收了，等您起来给您。王伙计还说：'唐五爷把包袱拿来，就二次又走了，出去办点事，待会儿还回来，请您在这儿别走，等他一等。'"

雪卿先是脸红着，嘴里还愤愤地小声说："我等候他干吗？"可是又点了点头，就说："就搁在这儿吧！你们叫伙计快点打洗脸水！"

掌柜的答应一声，又笑着说："昨天真是对不起，实在是因为家里有人忽然得了病，我心里烦恼，未免怠慢，请姑娘别怪！"

身后那写账先生笑着，赶过来说："我可认识那位唐五爷！早先唐五爷就常到卫辉府去，所以我见过他，他的名字叫唐松，外号人称毒剑客。"

雪卿不耐烦往下听，就斥了一声说："你就别说啦！"

写账先生又笑笑，说："姑娘没听明白，唐五爷虽然有绰号，可与别人不同，他确是一个好人才，相貌清秀，虽然爱与江湖结交，但却不保镖混饭、卖艺挣钱。人家在四方闯荡，不过是为增长阅历，游山玩景，多结交点朋友，其实人家在南方有万贯的家资，父兄都是做官的。"

雪卿沉着脸儿说："我没问你这些话！我不过只跟他……有点相识罢了，因为我的干娘是他的师姐。"

掌柜的恍然大悟地说："这样说来，你们还算是亲戚，是干亲，这就算唐五爷没有说错。外面的雨还没有住，道儿又不好走，姑娘还是在这儿歇一天吧！要是觉着这屋子太潮湿，可以到后院去住，我家里也想要看看您，只是那儿有几个乱闹的孩子，又有我父亲；昨晚大夫来给扎了两针，现在才略微好些。"

雪卿觉得店掌柜盛意可感，同时也知道他们全有点惧怕唐松。"唐松在河南省的名头可也不小呀！"她嘴里轻轻地叨念着。掌柜的和那先生这时已经走出去了，她就先关严了门，打开自己的那只包袱，一查看，梅花剑和一些碎银子俱在。她又打开那只新包袱去看，见是簇新的粉红的绸小褂、水绿的绸裤子，还镶着花边，另外有几件也都是女人的衣裳，小袜子、绣花鞋也俱全。虽不知穿上是否合身，可是难得唐松，清早这么一会儿的工夫，他是从哪儿买来的？

雪卿先是一阵脸红，拿起一只绣鞋来看着，还有点喜欢，但继而她却勃然大怒，把包袱急急地一裹，扔在墙角，自言自语地说："我凭什么要他的东西？他送我这些东西是安着什么心？扔在这儿我也不要！我走！我等着他干什么？他是我爸爸的仇人，也是我的仇人，不要他的命就是便宜他！"

但这时忽听见院中有马蹄之声徐响，并有人说话，那声音有点熟。又听见是写账先生的语声，说："就在那间屋里，五爷！您敲敲门再进去，姑娘也许正在屋里换衣裳呢！"雪卿突然吃了一惊，心中紧跳，起了极端的矛盾，既恨不得要找一条路跑开，又恨不得掣出梅花剑来与他相拼；而耳边那一声声的脚步之声越来越近，仿佛把她心都给融化了。

蓦然她看见小窗之外出现了唐松的影子，她就急忙将身子一转，脸向着里，辫子拉到前边来，并将两只泥污的脚隐在凳子的后边。她一声也不响，没听见推门声，可是已知唐松是站在窗外，向里边说："徐雪卿！你以后不至于再骄傲了吧？昨天夜里我就是为折一折你的傲气！因为你的梅花剑虽打得很准，做事也无大过，但你的性情太褊狭，手段太毒狠，昨天一日夜间，有多少人丧在你的手下？我虽称号为毒剑客，但我自信还没做过一件毒辣之事，所以我很生气；别管你是我的师侄女不是，我也要管教管教你，昨夜我对你的惩罚，那还是宽之又宽呢！"

雪卿忽然转脸，骂了一声："呸！"

窗外的毒剑客唐松看见了雪卿这副嗔容，倒噗哧一声笑了，索性将两臂放在窗台上，头几乎伸进窗来。他用低微的声音来说："你要想跟我发脾气，那可是枉然！在顺德府的时候，我因一时疏忽，才被你的梅花剑所伤，但你别以为你的梅花剑真能降伏我，告诉你吧！你的武艺虽然很高，可是比起我来还差得远呢！"

雪卿大怒，真恨不得立时去摸包袱，一剑飞出窗外扎穿了他的头。唐松却摆手笑着说："你不要再施展你那套高明的武艺了！我若怕你那梅花剑,今天还不给你送回来呢!你且沉住点儿气,听我细说!"雪卿又回转过身儿来,不但真个沉着气,而且沉着脸,说:"你费什么话呢?那天在顺德府你败了,是因你一时疏忽,但昨晚我丢了马、梅花剑,那也怪我没防备到你,原来你是那么诡诈!可是你想叫我在你眼前认输,那不能够!"

唐松笑着说:"我也没叫你认输,你的武艺高强,我很钦佩;梅花剑、蝴蝶镖那样的出名,我也很喜欢,因为总是我们洞庭派的光荣!"

雪卿冷笑说:"少拉近!我的武艺是跟我爸爸学出来的,我不认识你们什么洞庭派!狗贼派!"

唐松说:"骂得好,但我也愿意你我的关系疏远,我不愿认你做我的师侄女,那就必须要讲同门中的道义了,我对你说说我的家世。"

雪卿摇头说:"我不愿意听,你快走吧!连那包衣裳你也快拿走,我不要你的。"

唐松说:"等着等着!不要忙!总而言之,你若将我当作一般江湖人看待,那就错了!几年来我在江湖挥金万贯,我并没挣过江湖一个钱,没白吃过别人一杯酒。我是江南世家,出来玩游,不过是一来想交天下朋友,二来想从风尘中寻觅一位绝色的女子,以完婚姻……"雪卿听到这里,脸绯红,唐松又说:"爽直说罢,我想娶你!你虽才貌双全,但你在江湖上绝寻不出好配偶,你也看见江湖上都是些什么人了,都比高文豹长得还难看,你要是愿意跟我同往江南……"

雪卿听他说到了高文豹,心中就不胜的悲伤,及至他说到了什么"同往江南"的话,雪卿就翻了脸,一伸手由包袱里抽出来一支梅花剑,就回身向窗外做投击之势,说:"你还不快去吗?我对你已忍了又忍,你还满嘴胡说!你可不要真招得我发出脾气来!"

唐松纹丝不动,却长叹了口气。说:"我已知道你的脾气,你是多疑的、骄傲的,但我对你所说的可尽是实话,而且也是真情。你想一想,你若跟高文豹匹配,那你岂不冤枉?"雪卿愤怒地说:"谁跟他匹配?我若……真的,我要是依从我爸爸的主意,这回我还不至于出来呢!"唐松说:"哦,原来如此!那么更好说了,你把门开开,我进屋去,让我们细谈谈！"

雪卿却突然将梅花剑撒出了手，只见白光一道射出窗去。她在这一刹那间忽然又后悔担心，只听院中发出哎哟的一声，她赶紧近窗向外去看，原来是剑早被唐松躲开而坠于地上，把正在扫院子的一个伙计倒吓得叫了一声。那写账的先生也惊慌慌跑出柜房来问是什么事。

只见唐松弯腰拾起剑来，他的面色发红，现出不悦之状，可见他刚才吃惊不小。而且，本来他跟人店家说的，他跟姑娘是亲戚，如今亲戚却由屋里飞出来短剑，几乎要了他的命，更为店家所看见。他真觉得难为情，就先向写账先生及店伙摆手说："没什么事！你们看什么？"

他有点使气，走过来，隔着窗向雪卿点点头，雪卿倒不禁抱歉得脸红了。唐松的态度竟与刚才大异，面上全无笑容，就说："我想不到你这样聪明美貌的女子，性情竟是这样粗野！我毒剑客唐松原是好汉子，生平未在女人面前低过头，错非你，我绝不向你说刚才那些话。你把我认作为登徒子、轻薄少年，那是错了！你不该乘人不备又施此毒手！"

雪卿瞪眼含情地说："谁叫你不备？我早就告诉你休要在我耳边絮烦，我不愿意听，否则我就要打你，谁叫你不小心？"

她原是也自悔鲁莽，虽然自己绝不能认错，但说出来这话希望唐松一笑，也就转圜了。然而不意唐松竟认了真，他一笑，但笑中含着一种愤怒及冷酷。他手持剑尖，隔窗将剑交给雪卿，愤怒地说："给你吧！你有本事以后再用这剑射我！我有本事我防备，没本事由着你杀，再见！"他转身就走。雪卿突然脸色变紫，气得身子抖颤，向窗外尖喊一声："你别走！我还有话跟你说！"

外边的唐松止住了步，雪卿急匆匆将炕上扔的衣包及梅花剑的包袱一齐抱起，开了门就向外一扔，然后站在门里双手叉着腰，昂然地说："你要走，就把这些东西全都拿走！这包袱衣裳你不拿走我也是得给扔了！梅花剑，连我的那马也是，你既已抢了去，就不必再送回来做这假人情！我也是有本事我再从你的手里去夺，没本事我就不要了，再去另打！你拿起来，滚！"

唐松却也发怒说："你休要骂人！"

雪卿三步两步就逼出屋去，那写账先生赶紧摆着双手过来劝，唐松却冷笑着，过来拾起那只衣包，说："这东西倒是今天清早我费了很多的事买来的，你既不肯要，我只好收回。但那只包袱，连这匹马，本来是你的，我如何能要这倘来之物？话既然说到了这里，可知咱们两人无缘，是我自讨没趣。咳！不必说了！以后也不必再这样互相为仇，米家庄和杨二之事我更都不过问，只是我告诉你，他们对你并未甘休，你防备他们一些就是了！"雪卿愈恨得咬着嘴唇，唐松又说："至于我，我绝不能再与你作对，你放心！只是，以后我真得切实防备你的翻脸无情的梅花剑，而他日在江湖再遇之时，我避一避路就是了，没别的！我走了！"他夹着衣包转身昂然走去，一霎时就出了店门。

第七回　颍桥镇浣衣逢贤女
　　　　吕家村拒盗警侠翁

　　这里雪卿痛碎了芳心，但又生气，她回到屋里，不由擦了擦眼睛。那写账的先生双手把那装梅花剑的包袱送了进来，雪卿就拿出一块银子付了店饭账，便要即时也走。她紧紧咬着牙，忍住了眼泪，气愤之中夹杂着失望与悲哀，她不知怎样才好，只好赶紧去找方廷玉的下落。那匹马，刚才唐松来的时候就给牵来了，她将包袱又系在鞍后。

　　这时候那店伙计才由厨房把一盆洗脸水端出来，站住了，发着惊诧地看着她，那写账先生弯着腰向她笑着说："姑娘，你梳洗梳洗再去好不好？"雪卿却摇了摇头，说："昨天的事，我多谢你了！亏你把我带到这里来，我将来再报答你吧！"

　　写账先生连连说："不敢当！不敢当！以后姑娘只要从这儿过，就在我们这儿来歇好了，有钱没钱不要紧；我是这儿的老伙计了，这店就跟我开的一样。我们掌柜的现在又着急了，因为他的老人家连话都说不出了，大概一两天之内，这儿就许办白事。本来平日我们那位老掌柜的身体挺硬朗，七十六了还不拄拐棍，腰也不弯，可是到底是上了年岁了，病儿说来就来，一来了就不好治……"

　　此时雪卿已出门上了马，写账先生还追在她身后这样说着。她说声再见，便策马走去。蹄声款款，由西而往北，然而她的心里却忽然泛起了一阵忧愁。就想起自己的父母来，年纪都很老了，虽然平日也都十分康健，但……尤其是父亲，经过几场剧烈的争斗，怄了几口大气，又失了女儿，背信于高文豹，他能够不病了吗？真许这时候父母在那里都已得了重病，万一二位老人家有个好歹，我多不孝呀？

她的心中万分忧虑，策马疾走，想要先寻着了方廷玉，然后急往南阳府去见干娘；待诸事办完之后，自己就要回往顺德府，然而高文豹的事情怎么办呢？难道自己就真嫁给他丑陋的人，而与唐松永为路人？她又渐渐的伤心，情绪至为复杂。马走得也很迟缓，半天才过了那座石桥。她看见汪洋的河水，见河中、岸上并无死尸，宿雨也冲没了昨夜的点点血污和杂乱的蹄迹，好像并没有过那场纷争。

她将马放快了走，脸时时向右侧着，去看道东边的田地，只见禾苗乱动，田沟里的水仍潺潺的流泄着。她走了半天，觉着已离昨晚方廷玉躲藏之处不远了，她就叫着："方大哥！方大哥！方廷玉！"一声比一声叫得高，但是没有人应声。她的马向北走出了很远，大约又快回到卫辉府的境界了，她又将马拨转回来，依然连声叫着："方廷玉！方大哥！"然而仍是无人应声。她在马上向田间看得非常清楚，并没看见方廷玉的人和马的影子，地上泥泞之中更无清显的蹄痕。她不由得吃惊，心说：怎么啦？莫非方廷玉走了？或是死了？但走了他绝不能去远，死了也必有尸身，怎么如今什么也看不见呀？他那匹马也没有踪影了？

此时面前来了两个荷着锄的农人，雪卿就赶紧掠了掠她的鬓发，下了马，迎着那二人去走。将至临近时，她就高声地问说："你们二位有没有看见一个人，身上受着伤，浑身是泥污，牵着一匹马？"两个农人都摇头说："没看见！"走到近前，都把目光向雪卿的脸上、身上打量。

雪卿被他们看得怪难为情的，便有些忸怩地说："你们真没看见那个人吗？那人是我的亲戚，我们是一路自山西来的，昨晚走在这里遇见了强盗！"

两个农人一听说出了强盗，就齐都惊慌，一个就说："你们遇了强盗可以到府里去告呀！不然到米家庄，盖河南米大当家的当过开封府的班头，强盗都怕他，他也能替你捉拿强盗！"那另一个就摇头说："不行！这位姑娘可到他们庄上去不得！"

雪卿一听，知道这一带还是在盖河南的势力之下，方廷玉非死即是被他们给捉走了。自己本想再到米家庄访查访查，追问追问，但是又怕在那里遇见毒剑客，虽然自己并不讨厌他，然而实在很难为情。想了复想，在马旁迟疑了半天，两个农人还要向她寻根究底地询问，她却摆手说："你们也不必打听啦！那个人我也不找了，他活着便罢，死了我日后替他报仇！"遂上马挥鞭走去。

她这时记住了昨晚方廷玉与她分手时所告诉她的话，她后悔这些日妄惹纷争，耽误了行程，伤重的干娘此时在南阳真不知是生是死，所以她忍心不管方廷玉，而要急忙去办那件事；什么毒剑客唐松，她也不管事，把个英俊少年的影子在她脑中抛开得干干净净的。

她催马急走，少时过了那座石桥，又往南。可惜天气还是半阴不晴的，十分闷热，大道上来来往往的人很多，都注意地看她，她是又生气又害羞。走出二十多里，她身上的汗已湿透，汗水加上了泥，实在刺得全身怪痒痒的。她走到一个大市镇上，找了饭铺吃饭，旁边的座位上有不少的人，全都歪着头，直着眼睛看她，招得她真生气，恨不得再抽出梅花剑来伤几个人。

匆匆地吃毕了饭，她又上马往南走，傍晚时进了原武县城。她就先把马寄存在店里，然后独自在大街上徘徊，想找一家估衣铺好买衣裳，可是找了半天也没有找着。天黑了，铺子都关上门了，她只好回到店中，将前几天脱换的衣服拿出来，想让它自己干了，明天好穿；她并叫店家打来水，闭严了屋门，沐浴了一番。次日，身上穿着半湿不干的衣裳，倒还较前略好。并出去了一趟买了胭脂跟头油，回来借了店家婆的镜子、拢子修饰了一番。店主婆并送给她一双红绣鞋，真漂亮，据说是十年前店家婆当新娘子时穿的，只穿了一回，嫌小，就不穿了；而雪卿穿上虽觉样式太旧，可是很合适。她不愿白受人家的东西，就给了点钱，作为买了。

用毕早饭，出店离了县城，策马再往南去。当日到了黄河河畔，搭船渡过，走二十余里再觅店投宿。次日仍往下走，天气就更热，太阳如个火盆，照得她身上的汗跟油一样的流。这样又往南走了两天，她又没有一件干净的衣裳了,包袱里的衣服没有一件能穿的,并且有的已为梅花剑所磨破。虽也找着了估衣铺,看见里边挂着红绸襟、绿罗袄,但自己的盘缠已经不足,怎敢再买东西?

初过黄河之时,觉着南岸是漠漠的一片黄土原野,田禾无边,但要找一棵堪以纳凉的树都没有,风刮来非常的干燥。但走了二日,就到了颖桥镇,颖水青青,清可见底;两岸弱柳拖丝,青草没脚,陪衬以远处的翠山,近处的麦垄田塍,风景十分幽秀,真如山水画一般。雪卿是骑马顺着北岸走,想要寻一座桥梁过河,但听一行柳树之下乒乒乓乓地起了一片砧杵声。她隔着那摇曳的翠缕去看,见有十几个村间的妇女,有的还奶着孩子,有的却梳着大辫子,有穿蓝的,有穿白的,有穿红的,都抡动着木杵击向那青石上放着的衣裳,并用皂荚豆儿去洗,附近的波中柳影被她们扰得缭乱;她们说着笑着,如唱着高兴的歌,砧杵声就为这歌声而击节。

这里除了小孩,没有一个男子,雪卿就不由勒住了马,发呆带笑地向那边去看。立时就有人看见她了,一齐说:"马!马!骑马的娘子!"

雪卿却看见人把衣服洗完就搭在向阳的柳枝上,这里的风也不大,不会将衣裳吹落水里。她看了看日色还很高,就心中想:我为什么不借着这个地方,也把我的那些脏衣服洗一洗呀?于是她就下了马。当时河边的砧杵及谈笑声一切皆止,树上的蝉鸟反鸣叫得更清楚,那些妇女全不知道她要做什么事,就一齐翻着眼睛看她。

她却先将马上的包袱解下,抱下来,马也抖抖鬃,走到河边喝水,又去啃青草。雪卿就先将包袱放在地下打开,匆匆取出里边所有的衣裤和鞋袜,又赶紧把包袱系上,就一手提着,另一只手抱着那些衣物,含笑向河边走来。虽然她包袱里的东西没叫这些人看见,然而禁不住她这一走动,包袱里面就叮叮当当的,不住乱响。那边的妇女们面现惊异之色,但已看出来她也是要洗衣裳,就有的站起身来,有的笑着说:"嫂子!你也来洗洗吧!"旁边就有人推推这妇人,这妇人才看出雪卿身后直垂的处女发辫,就自悔失言。

于是有好几个妇人都称呼她为"大妹子",让给她地方。雪卿带着笑，很客气地说："我随便找个地方，洗一洗我这几件衣裳就行啦！"她蹲下了身，旁边有妇人送给她几个皂荚豆，她摆手笑着说："不用！你们瞧，我这几件衣服有多么脏，洗恐怕也洗不干净了！"又有个大姑娘要把棒槌借给她用，她却一边洗着衣裳，一边摇头说："你们用吧！我一个上路的人，衣裳也用不着要穿得多么平展。我出来时为是行路方便，就没有多带衣裳，想不到在路上就得不着工夫浆洗。天热汗又出得多，前几天路过卫辉府的时候又遇见雨，真的，我都觉着我太不像样子啦！"

有个妇人就问说："大妹子你是卫辉府的人吗？"雪卿看了这妇人一眼，见她年有三十余岁，穿着白布褂蓝布裤子，身旁还有个未足两岁的小女孩，坐在地下吃手指头。雪卿就摇头说："我不是卫辉府的人，我是山西人。"又有一个头发都快白了的五旬上下的妇人，问说："这么远的路，你就一个人走吗？"雪卿点了点头。

她把一件绸小褂已经洗干净了，旁边立刻有个姑娘拿过去，迎风抖了抖，就给挂在柳枝上晒着。雪卿道了声："谢谢！"她就仍旧洗。旁边的几个年轻姑娘也都不洗自己的衣裳了，都来帮助她，她推辞着也不行；看那几个姑娘都非常羡慕她，也许因为她面貌美，衣服虽不干净，但却多半是绸罗的，尤其是因为她骑着那匹高大的马，又是由远方来的，全都猜不透她是干什么的。

这些妇女之中，只有刚才跟雪卿说话的那两个年纪最大，其余的至多不过三十岁，而十四五至十七八的年轻姑娘最多。那位老太太也不洗衣裳，看这样子，是她的儿媳、女儿、孙女全都在这里了，所以她落得清闲，谈闲话，叫一声大妹妹问一声。雪卿实在不愿回答，然而又不好意思不回答，她只说自己来自山西，与同乡一位姓方的偕行，拟到南阳省亲，不料……她没说方廷玉负伤失踪，却说："我那同乡走在半路，又被他家里的人追回去了，因为他家中有人生了病，我只好一人往南来走路。"

老太太听了，嗟嗟地叹息，说："姑娘你可真是不容易！小小的年纪，一个人走这么远的路！"雪卿叹息了一声，说："咳！也是因为没有法子！父亲在南阳府做买卖，我在山西住在干娘家里，有七八年没跟那二位老人家见面了。所以没有法子，这次虽只剩下了我一个人，我也顾不得路上的麻烦了，只好一个人去。"

旁边又有个妇人说："幸亏姑娘你会骑马。"雪卿又叹息了一声，说："我也是才练会不多日子，因为我干娘家是个大户，家里养着几匹牲口，这次就叫我骑出一匹来，一来为是省钱，二来也是为快。请问婶子大娘们，你们谁知道此地离着南阳府还有多远呀？"大家全都答不出来话。

还是那老太太说："我们颍桥镇也是个大地方，别说每天要有数不出来的人都到南阳府去，就说我们本地人，上南阳府做买卖的也不少。可是你要跟我们这些老太太、小媳妇、大姑娘、小丫头们打听呀，南阳府是在山前头山后头？一共有几个城门？我们可真不知道！"大家全都笑了，都说："陈老妈妈你真会逗人笑！"

忽然有个十四五岁的姑娘说："张家婶子的娘家不是在南阳府吗？"

陈老妈妈想了一想，就说："哦！要不是你这小丫头说，我真想不起来，开油坊张大的媳妇真是南阳府娶来的，听说她娘家爹也在南阳开油坊么。"

忽然又有一个大姑娘站起来说："听说在镇上啦！前几天到这儿来讨债，昨天我爹还在镇上看见他呢！听说那老头儿可会练武，一只手能提八九十斤的东西。"雪卿不由就注意地去听，陈老妈妈又点头说："我也知道，那是个老江湖啦！在南阳府闹得名儿很大，连镖头都怕他，不然为什么他女儿在本地聘不出去，却嫁到这儿，给张大那个软弱无能的人呢？"

雪卿听了，忽然觉得眼前出现了一位老英雄，那位老英雄的姓名不详，但必是南阳城中一位老侠客；自己的干娘秦夫人是生是死，近况如何，他必定知晓。因此，雪卿就恨不得立时前往一晤。

雪卿听人谈论着那位南阳府的老英雄，她并未作声，把一件衣服洗来洗去，连鞋袜全都洗干净了。旁边帮助她的那几位姑娘将她的大部分衣物全都挂在柳枝上，风吹着，斜阳晒着。有的人赶回家做饭去了，因此杵声已渐稀，陈老妈妈还在说闲话。雪卿有些累了，便把最后的一件衣服拧干了，自己去挂在树上。有个姑娘递给她一把葵扇，说："大姐请坐下歇一歇吧！衣裳晒着一会儿就干，我们也是等着干了才能回去。"

雪卿微微地笑着，细看这姑娘，年有十六七，刚才以她帮自己的忙最多，而她在这些人里又是长得最好看，瓜子脸儿，小嘴高鼻，是两只含着媚态的明丽的笑眼。问了问，知道她叫吕芳姐，就住在岸上吕家村，旁边还有个年岁略长的叫吕大姑，是她的同族姑母，但二人的感情跟姊妹似的；还有吕小姐、吕三娥、吕换弟、吕黑姐、陈爱妞，听说她们村里是聚族而居，只有这两个姓。大姑并向雪卿说："你听过三国吗？吕布戏貂蝉的吕布，那就是我们这村子吕家的祖宗，我们村里有家庙，就供着那位老爷。"

雪卿点了点头，吕布的故事她不仅听干娘说过，并且还在野台戏上看演过"凤仪亭"，那位面如冠玉，唇若朱涂，手使方天画戟，坐骑赤兔马的少年将军，她向来对之是特别的景慕。想着古代的名将当以吕布为最可爱，正如今日的江湖豪侠，以毒剑客唐松为最难得似的，将古拟今，她的心思不禁远驰而飘荡，飘荡得像腰柳条似的、流水似的。

天空的云越来越红，阳光越来越发紫，水波上起了一阵凉风，柳条急拂，连树上挂的衣裳几乎都被吹落。而几个女子谈话更热，彼此竟一见如故似的。陈老妈妈叫她的孙女回家去，爱妞却撅着嘴，摇头说："您先回去吧！我还要在这儿听说话呢！"陈老妈妈生气说："饭你也不去吃啦？比人家干吗？人家上路的人到处可以买着吃；人家有马，天黑了也能走，咱们这么晚还不回家？"

她正说到了马，忽听岸上就蹄声骤响，滚来了一片烟尘，这里的几个姑娘听见了马声都不由站起来，隔着柳丝去望。雪卿尤其注意，只见有健马十余匹，马上的人都是二三十岁，敞襟露胸，头上有的盘着辫子，有的以手巾包头，马上是行李卷、包袱、单刀，一切皆有，潮水似的由西南往正北去了；把土都荡到这里来，惹得陈老妈妈直骂。而吕芳姐却有点惊慌变色，拉了雪卿一下，说："徐大姐，你今天不要再往下走了！听说路上净是这样的坏人，他们常欺负人。衣裳现在也干不了，不如你上我们家里住一晚吧！明天叫我叔叔去问张大的丈人走不走，他要走，你就跟他一块回去，路上还稳妥一点！"

陈老妈妈也过来说："芳姐说的话对，你就上我们村子里去吧！芳姐的叔父在张大的油坊当伙计，认得那位赵老头儿。有赵老头儿跟着你上路谁也不敢欺负，不然你非出事不可。你没看见吗？刚才过去的那一群就都是镖头，他们就都是强盗！我们这镇上净镖店就有三家，路过的镖头还不算，每天他们打群架、开赌、讹人，什么坏行为全干，还调戏良家妇女呢！"芳姐昂然说："有赵老头儿在镇上，他们不敢！"陈老妈妈说："幸亏有赵老头儿镇吓着他们，不然他们还了得？赵老头儿虽说也不好，可是比他们讲理得多了！"

雪卿十分留心赵老头儿这个人的为人，听此地人对他是毁誉交加，究竟他是一位老侠还是个大盗，自己猜不透，不过自己既要到南阳府去，就应首先会会此人；并且欲制服那叶底金蝉梁明月，就须要先制服由这颍桥镇直至南阳府、至汝宁府一带的镖头、强盗和贼众。她的雄心突振，便温柔地笑着向吕芳姐："好吧！我就到你家里打搅打搅去吧！可是咱们先说好了，你千万别拿我当作客待，你们吃什么我就吃什么；你们屋里若没有地方，我可以在院子里睡。"她的话说了出来，几位大小姑娘一齐欣喜，河中反映着天空的晚霞，灿烂的，与她们欢颜相应。

陈老妈妈是先回去的，待了一会儿，树枝上晒着的那些衣裤等物已大半干了，姑娘们都各自去把衣裳摘下，抖着，收拾着。雪卿的衣物却早被芳姐给收拾好了，雪卿倒觉得很不好意思的。又有个姑娘过来要拿她那只包袱，手都触到了，发出来当啷的一声响，把这姑娘吓了一大跳，说："哎哟！这包袱里边是什么呀？"

雪卿正要去牵马，此时就赶紧跑过来说："不要动！这是亲戚托付我往南阳府带的东西！"她的面色不禁也现出一点惊慌的样子。她用一只手提了起来，也觉得相当的沉重，里边除了碎银就是梅花剑，硬的东西和硬的东西在一块，是稍微一动就要锵锵地乱响的，连大姑、小妞看了都有些疑心。只有吕芳姐夹着她自己的和雪卿的衣物，只顾催着大家快些走，对此并未注意。

雪卿此时心里已有一些不痛快，脸儿下沉着，过去牵了马匹，就先走上了河岸，又笑着向柳边点手说："走吧！就是北边的那个村子吗？哎呀！那里的树真多，风景真好看！"一群姑娘都各自夹着衣服，有的还拿着木杵，一齐上岸来。吕芳姐在最前笑颠颠地跑上来，因为怕那匹马，可又不敢来到雪卿的临近，随在后面的小姐等人都嚷着说："你再骑上马跑一跑吧！叫我们看看吧！我们在这儿求你啦！"

雪卿原想着要行动谨慎，不露出真形，但此时她目睹这一群娇羞怯弱的女子，自己却又感觉得如鸡群之鹤，不免有一些骄傲；同时河岸上大道之外有一片碧绿的原野，是早禾已然割收过了，现在正好作为骏马驰骋之场。于是她笑着点了点头，先将包袱挂在马上，随即认镫上马，摘下了丝鞭，鞭影一撩，雪卿就纵马飞驰；虽然她的衣裳并不鲜艳，那鞭影轻挥，马影飞逝，闪闪于夕阳原野之上，是十分的好看。

少时她即驰到那村前了，把村中的人都惊出来看，把狗也招得出来咬。而吕芳姐等人还姗姗地往这里行着，相离还很远呢，雪卿笑扬丝鞭，又拨转了疾驰回来。到了临近，她就如飘然的野鹤，翩舞的蝴蝶，很捷速地就下了马。大家都笑。

而那村里的男子却都吃惊，有两个人就迎着走过来了。雪卿牵着马随同芳姐、大姑等人，一边谈一边向前走，见了那两个男子，大姑就给引见。原来其中一个四十来岁，面貌带着忠厚的人，就是芳姐的叔父"吕好人"，看他穿着粗蓝布的衣裤，袖头跟大襟全是油泥，可知确确实实的是一个油坊的伙计。他是早就听见由河边洗了衣裳先回去的嫂子、婶子们都说了，尤其是陈老妈妈说得详细，他家的芳姐要往家里让来一个过路的骑着马的野姑娘。有的人大不赞成，背地里笑着说："幸亏是一个野姑娘，若是个骑着马的野……那么也往家里来让吗？芳姐都订了婆婆家了，还学得这么疯？"但吕好人却是不听别人的话，他反倒高高兴兴地迎出来，带着一些稀奇的神气，把雪卿恭恭敬敬地请入村中，让到了他的家里。

村里，即使是刚才跟雪卿都说过话的妇女，这时也争着来看，抱着孩子的，手里沾着面还没洗干净的，都来笑着、私下谈论着、看着，这说是妇女；男子也有不少都进到吕家的柴扉里，向屋中探一探头。雪卿其实并不怕人看，但这样看新媳妇似的都来看她，她可真有一些生气，同时衣衫不洁，她又有点自惭。

好容易一些人才先后走了，院中只留着她的那匹马，是拴系在一株绿叶浓密的大枣树上。她坐在炕头歇息，吕好人就去忙着烧水、沏茶、做饭。吕婶母是个面色枯黄似是有病的人，因为她看着雪卿年轻，模样好，一说话就笑，她也很是喜欢，就一句跟着一句，殷勤地问着雪卿的身世及来历。雪卿刚才对人说的话就多半是谎，如今只好又把谎编得详细一点再用以答复。

少时吕好人就把饭做好了，一同吃着谈着，然后雪卿就托付吕好人到镇上去问那赵老头儿几时动身，她好随同往南阳去。吕好人当下就连声答应着，到镇上问去了。

吕家村离着颍桥镇不过二里余，吕好人是才从那里磨了一天油回来，如今又回去了。镇上十分热闹，虽然天渐黑，可是来来往往的人仍是不绝。尤其是张大的油房，是全镇上买卖最好的，只前柜照应买卖的就七八个人，后院仓房里堆着成山的大豆；三盘石磨，五头小驴换着拉。

磨房连吕好人一共是大小十个伙计，所以虽然彻夜地磨油，但连人带驴都可以换班，如今又是才用过晚饭，磨房里只有一盘磨在动着，许多人都正坐在院中闲谈。一见他来了，就齐都冲着他笑，有人就问他说："吕好人！你家里是去了一个长得很好看、骑着马来的大姑娘吗？嘿！莫非你还要寻一房小老婆吗？你这个好人，真能遇见好事儿！"又有人笑着说："留她多住两天，明天有工夫我们要去看看。"

掌柜的张大也喝得红脖子红脸的从柜房走出，说："吕伙计！你是一个好人，我劝你可别弄出瞎事来！来历不明的女人别就怔往你们家里头让！"他的老婆，就是所谓南阳府赵老英雄的女儿，抱着个胖小子也出屋来听他们说话，她有三十来岁，身体很肥，葱心绿的绸裤子，白夏布小褂,模样倒不寒碜。

吕好人就连连地摆手,说:"不是!不是!别胡说人家!人家是到南阳府看老人家去的,因为不认识路,听说在咱这里住的赵老爷爷一半天就要回家。她想等着一块儿走,好求个照应。人家比我们芳姐人还稳重,说话还温柔,别胡说人家!我先见见赵老爷爷吧!"

张大就埋怨说:"无缘无故的,你给他老人家揽这生意干吗?他老人家的脾气有多急躁,能耐烦跟个娘们儿家一块儿走?你快别去碰钉子!"

他的老婆倒是好心,站在他的身后说:"我们老爷子多半又在贾家酒馆跟人谈上啦,吕伙计你快找去吧!他多半是明天早晨就走,照应照应人家行路的孤身女子也是一件阴功。"又用指头戳着她丈夫的后脊梁,狠狠地说:"天下人要是都像你们,那就更不用交朋友啦!"

内掌柜的说了这话,旁边的伙计们就不再敢拿吕好人打趣了。掌柜的张大的后脊梁被戳得生疼,他回头看了看老婆,就也不再做主意。吕好人于是赶忙忙地出了油坊,到贾家酒馆去找赵老头儿。

这贾家酒馆也是镇上最大的一家酒饭铺,此时四壁点着许多支豆油灯跟洋油蜡,光辉照着四五十个人的脸。掌柜的正在柜台里边忙着,七八个堂倌往来送酒送菜,厨房里刀勺乱响,整个的屋子虽然敞着窗户,可还是热气熏人,苍蝇乱飞。那些板凳条桌的旁边坐着穿小褂的、披汗衫的,只穿着个背心的,还有光脊梁的。有的拿起来大碗的汤面大口地吃,头上的汗珠直往碗里掉;有的直挥扇子喊热,可吃着清蒸鱼、白煮肉,喝着从心里发烧的本地"白干";有的大谈特谈,谈江湖,谈把式,谈东路的镖头出了闪失,西路的老师挫了名声。但也有弄一小壶酒,聚两三个朋友,不慌不忙地闲谈着的本地的闲汉,他们除了谈赌,就谈附近的故事、新闻。今天河边来了个骑马的姑娘,住在吕家村了,这个消息也已传到了这里,而做了人的谈话资料。

在这几个人的对面的座位可就坐着七八个都是镖头样子的,躯干雄伟的年轻汉子,其中还有人跟这边的一个闲汉扳话。而几个堂倌也全跟他们厮熟,都认得他们是南阳府的镖头,踢倒山的手下。还有一个是汝宁府大粮商于家的保镖的,名字叫双刀庞衮,是所谓梁七爷叶底金蝉梁明月的高徒,也常到这颖桥镇上来。因此堂倌们全都认识他们,向来是一点也不敢怠慢。

此外,靠着柜台一个墙角儿,灯光所照射不到的地方,那里又坐着一个老头子,这老头儿的腮下白髯长约一尺,真像在下巴颏的下面沾了一大堆白雪似的。他桌前没有酒菜,也没有酒壶,只拿个小饭碗,里边盛着酒,他一口一口地饮着,也很少跟别的人说闲话。

然而在这个时候,吕好人就进来了,直眉瞪眼地向堂倌说:"赵老爷爷在这里没有?我请他!"

堂倌向柜台角落努了努嘴,把赵老头儿所在的地方告诉了他。他可还没有看见赵老头儿,他的胳膊就被人给抓住了,随着抓他的这个人就哈哈大笑说:"吕好人!你真是好运气呀!外乡来的骑着马的十七八岁的大姑娘,来到颖桥镇,别的地方不去住,单投到你家?喝!这简直是飞来凤呀!人财两得呀!我怎么没遇见过这么美的事呀?"

吕好人跺着脚说:"你们别胡说!人家只在我们家里住一宵!"这个闲汉又笑着说:"一宵也就行了么!你年纪也不小啦,难道你还想跟人家做长久夫妻?"吕好人更是着急了,就说:"今天我在镇上住,也绝不在家里住,你们看吧!我生平没做过一件亏心事,没对人家妇女生过半点坏心!那姑娘是我的侄女给让到我们家里去的,人家在我侄女的房里歇宿一天,明天人家就走;我来就是为找赵老爷爷,人家明天求赵老爷爷一路照应,好往南阳府去!"

那边立刻有南阳府的几个镖头,齐声问道:"往南阳府去的这个姐儿姓什么?长的什么模样?"

吕好人也认识这几个都是土棍,常常从这里过,无论哪一次,总要在这儿闹出些事儿来,于是他就不由得有点害怕,心说:要叫他们知道了一个孤身的年轻貌美的姑娘,那可真要了不得。他便和和气气、磕磕绊绊地说:"那,那姑娘也不算是外乡人,他的爹多年全在南阳府做生意。"

镖头就问说:"你先说她是姓什么吧?"吕好人说:"大概是姓徐。"

镖头们一齐惊诧着说："姓徐？"吕好人点点头，说："人家是才由山西来，骑着一匹马。"那边的几个镖头一齐伸直了脖子，注意往下去听，并有的窃窃私语着。

吕好人刚要据实接着往下去说，却不料那边的赵老头儿就已噢的立起身来，高声说："不要说了！"一边摆手，一边又向那几个镖头说："你们也不要乱打听人家的事！"向吕好人使了个眼色。吕好人没有看出来，那老头儿拉住了他的胳膊往外就走，身后的闲汉们都发了呆，而那众镖头却都一齐撇嘴冷笑着。酒馆里刚才还是大家纷纷地谈说着，这时却消停了一些，因为那几个闲汉跟镖头们都把头聚在一块儿，悄悄地议论起来了。

吕好人是已被赵老头儿给拉到了街上，天空有淡淡的月光照着这条长街，还有稀稀的人往来行走，赵老头儿就愤愤地说："你不找我，悄悄跟我说，或把我拉到外面来讲，也就完了，你怎可以跟那些个坏东西说实话？你不知道这几个月汝宁府跟南阳府闹的事？跟你说了你也是糊里糊涂！你就回去对那骑马来的徐姑娘说，问她是否顺德府赤须龙之女，专保蝴蝶镖的梅花女？她如果是，就劝她早些离开此地，也别往汝宁、南阳去了！"

吕好人不由发着怔，说："到底是怎么回事呀？老爷爷，你说的这话我怎么听不明白呀？"

赵老头儿说："你哪里晓得？这是江湖人的争斗纠纷。洞庭派的秦夫人在汝宁府与叶底金蝉梁明月两方结仇，拼斗起来，秦夫人被杀伤之事已经无人不知，你常在镇上，大概你也早听人说过了。梁明月等人意图斩草除根，必要致秦夫人于死地，幸有陈彪公救秦夫人出险，送到南阳他的家中去调养。其实秦夫人如果从那时起就认了输，服了软，也就算了，不料她偏又派遣了方廷玉，前去叫她的弟子梅花女为她报仇。数年来，梅花女的大名无人不晓，她的本事恐怕比她师父还要高，若再等秦夫人伤愈，那这两个都会使飞剑的女侠，真许能致叶底金蝉于死地。叶底金蝉遂先与陈彪公翻了脸，将陈彪公擒拿，又派铁锤将吴保勾结南阳府那些人去杀害秦夫人；不料没杀了，秦夫人忍着重伤闻风远去，不知去向。他们又追方廷玉，可也不知方廷玉是往哪里去了。最近他们延请了各方的英雄都聚集在这一带，专为提防梅花女前来，秦夫人反手，并闻他们已派人去往顺德府、开封、广兴镇、米家庄。如今这几个人便是往米家庄去邀助手去的，他们在此遇着了梅花女，还能够轻饶？你快些回去！催着那姑娘赶快逃走！"

吕好人听赵老头儿说了这些江湖之事，虽然还是没有听得太清楚，可是叶底金蝉梁明月的名头是早就晓得的，铁锤将更是有名的霸王；那什么广兴镇的杨家，米家庄的盖河南，虽然他一个油坊的伙计跟人家素无一面之识，但是也常听这镇上的来来往往的人谈说，那都是大大了不起的人物，尤其是老头儿末后的这两句话吓得他魂胆俱飞，他惊慌着问说："莫非，现在我们家里住的那个姑娘，她、她是个女贼？"

赵老头儿说："我想这女子也未必便是梅花女，梅花女来得不能这么快，梅花女也未必有这样的胆量！那叶底金蝉广交江湖，除了他手下的铁锤将、七爪龙、穿山兽、小罗汉，加上南阳的踢倒山，广兴镇的杨二，开封府他尚有许多朋友，米家庄上的盖河南，并听说毒剑客唐松也在河南；他虽属于洞庭派，可是闻他向与秦夫人有隙，与盖河南交情最深，他也可以帮忙。所以这些日连我都不愿出头，我跟他们合不来，但如今我又惹不过他们；我因此才离开南阳，明天我要走，也并不想回去。她梅花女既不是傻子，又不至毫无所闻，天大胆她也不敢单身来此，既来此又绝不能求我来领着她到南阳，我想这是我过疑了！可是你没有看见刚才那些人的神气吗？他们也疑到了这女子就是梅花女，他们那些混蛋哪懂得青红皂白？说不定今夜就去下手！如果是梅花女，那被害了，受了辱还不冤，就只怕不是；人家为求安全才到你家里，倘若出了事，你如何对得起人？"

吕好人吓得连连说："是，是，幸亏老爷爷把这些事告诉我，不然我哪里能够知道！那么我就快回去，叫她走吧！"赵老头儿点头说："好！好！你快回去！令她远避，盘费如不够，我可以帮助她。"当下吕好人就背着月光，急匆匆回往他的村子去了。这里赵老头儿仰面看了看明月，忽然心中发出了一阵沉思；又想他还有半碗酒，便又进到酒馆来。这些个镖头正要起身走出。这些个镖头大都认识老头儿，平日在南阳府时，连他们的头目踢倒山都怕赵老头儿，他们更是不敢惹，但如今这些人全都非常趾高气扬，倒以为赵老头儿现在是怕他们了。尤其是那双刀庞衮，这人才二十二岁，初生的犊子不怕虎，自恃为叶底金蝉的高徒。平日他就听说南阳府有一个可恶的老头儿姓赵，虽然开油坊，可是常卖弄有力气；如今就有人指告了，赵老头儿一把吕好人拉出去说话，他就生气，捶着桌子骂了半天啦。

旁的人都劝他说："不用理那老家伙！咱们斗的是梅花女，梅花女究竟不可轻视。咱们一面派人往汝宁府、往南阳去送信，一面设法赶快下手。赵老头子如多管闲事，咱们也犯不着招他；他如若敢在里面胡搅，那时咱们再对他不客气。如今是：先打狼后打狗，只要梅花女能被咱们得到手，这老家伙就容易收拾！"于是就有人说应将梅花女生擒，绑赴汝宁府去听梁七爷发落。又有人说，梁七爷若是一看见了她，一定要心软；捉了一匹母狼不杀，放了，那时母狼可就要吃当初捉她的人了，不如至少也把她弄成残废。双刀庞衮却也主张捉活的。

如今，他们喊掌柜的把账记上，就要走，因为他们在店房里还有几个人呢，他们要赶紧去办事。却不料这个时候赵老头儿就又进来了，与他们正走个碰头。庞衮就要过去拿膀子撞，却被他旁边的人在暗中拉住。赵老头儿连看他一眼也没有，他们就咕隆咕隆像一群马似的挤出门去了，庞衮还回头谩骂了一声，赵老头儿也没有理。两旁的酒客有的纳闷惊疑，有的担惊害怕，堂倌也都把眼睛望着赵老头。

赵老头回座饮酒，那掌柜的且隔着柜台对他说："老爷子！你老人家这把年纪，孙子也有他们那么大了，不必跟他们一般见识！管他什么梅花女、莲花女、桃花女呢，不关己事休开口！"赵老头儿不言语，只是闷闷地饮酒，饮了多时，他忽然吧地将桌子一拍。

两三个钟头以后，月升到天空，显得更是十分清朗。此时，颍水汩汩地流泻着银波，那河畔的柳丝飘拂着、掠弄着，它们好像要趁着这灯一般的明月和镜一般的水波梳妆，明天好与那些村里的姑娘们争妍。大道上静悄悄的，连一声马蹄声一点烟尘也不再见。吕家村里的绿树如屏,地下满铺着珠子般的跳动的月影,村中人家多半早已睡眠,只有吕好人还在疑惧、发愁。徐雪卿是刚才听吕好人催她走,她却绝不肯走,她不承认是什么梅花女,但也不怕人来杀她害她。她颜色自若,正在芳姐的屋里,跟芳姐在灯下笑着闲谈。她知道芳姐父母双亡,依着叔父婶母度这清苦的日子,而她又订了亲。未婚夫婿是远在许州商号里学徒,最近有由那里来的人说正在那里病得很重,此时还不知是生是死,芳姐非常的忧愁,所以雪卿正在低声地婉言劝慰她。

而同时,镇上的铺户多半上了门板了,贾家酒馆也熄灭了灯光,一条镇街冷冷清清,月光布在地下如一片雪。少时,街东的和发店里忽然出来两个人,都牵着马,一齐跨上,一齐挥鞭,两匹马分头驰去,一向北,似是往汝宁府的;一向南,似是往南阳去的。这急骤的蹄声嘚嘚地响过了一阵儿之后,渐渐相离既远,声音亦无,除了更声迟迟地敲着,就一切皆归于岑寂。

可是又过一些时之后,这店房中就又出来了几个人;这几个人走出不多时候之后,又走出几个,他们分成两批,都是出了这颍桥镇街往吕家村去了。他们走在路上,彼此谈话的声音都很低,但他们的脚步却全很急速。月光照耀着他们,每人的胁下全有闪闪的东西,那是刀;他们就如一群野狼,要悄悄地前往目的地,攫取他们的食物。

地下的人影向前进得很快,眼前便是吕家村,但此时那村中已有了嘈嘈的犬吠之声。村中的狗并不多,只有七八条,这时齐都向着一棵大椿树上吠叫,因为它们许已看见了,有一个头下有长长的白毛的东西——老头儿,已如狸猫似的爬上了树。

那两批贼人来到了,听见了犬吠之声,他们却不敢贸然走进村来;只在一块儿又啾咕了半天,便分成两路,一路是往村后,一路就在村前。此时树上的赵老英雄借着月光看得很是明白,他不禁替徐雪卿提着心,暗想:来了这些个人,手中又全都有家伙,雪卿一个女孩子,纵然会使梅花剑又济得了甚事?何况她没有阅历,她没有料到有这一着!正在想着,突然见那吕好人的家里有一间屋里的灯光突然灭了,倒把赵老头儿吓了一跳。

此时树下的那只狗又吠了两声，便不再吠了；而那第一批贼人却都已蹑足潜踪地走进了村，狗也不知往哪里去了，也不来咬他们。赵老头儿心中很着急，真要大声嚷嚷几下，以唤雪卿防备，而将众贼吓走；可惜自己此时腰带上只别着一把短刀，并无长家伙，而且眼前的贼人太众，怕自己一个老头子是拼不过他们。

忽然见吕好人的土房上已有两条人影，都是从村后偷爬上来的，赵老头儿精神紧张，手扶着的树枝儿都不禁摇动起来了。而这里的几个贼人也这个蹬着那个肩膀，那个托着这个的腿爬了上来。且有一人，大概就是那双刀庞衮，他卖弄着身手，一跳就上了墙头，再一跳又进到院中。一霎时他们都轻轻地进到那除了有一棵小树，其余的地面都铺着明朗月色的院里；而房上的几个人也都爬了下来，有的蹲在墙头，有的已下了平地。一共足有十多个人，个个手中亮出来家伙，彼此做了一番手势，然后就由那最凶悍的手持双刀的庞衮，向那暗无灯光的一间屋去逼近。赵老头儿在树上不禁啊了一声，但没有高喊出来。

此时由那才灭灯的屋中就忽然飞出来一道白光，随着白光，那庞衮就哎哟一声惨叫，一个人就立时倒下了。其余的人有的上房，有的爬墙，可是屋中的白光又一连射出了两条，当时两个没爬墙的人，便也都先后倒在地下。赵老头儿也吓了一跳，不由说了声："好！"兴奋得他竟要由树上跳到墙上，把那些个贼人骂走。

可是此时那屋中已有个人走出，此人是短短的窈窕的身躯，头发又黑又厚，上身穿着白，下身穿着红。可惜月光虽亮，赵老头儿的眼睛却有点花了，他不大能看得清楚这位梅花剑侠女的模样儿，只听这位侠女发出来清脆的喊声，说："你们谁还想来送死？快答话！如果还想留着命，那就赶紧滚开！"她双手仍然各持着短短的钢锋，做欲投之势。

房上墙上的人有几个已经被吓跑，但还有几个胆子稍大一点的，在墙上趴着，向着院中的侠女说："好！佩服你！可是以暗器伤人不是英雄，你能扔下梅花剑，跟我们交交手吗？"

雪卿却啐了一声，说"难道你们这些人在这时候偷偷摸摸地前来，就算是英雄吗？好！梅花剑我不使！"她把双剑插在腰带上，却由地下捡起那庞衮扔下的钢刀一口，就点手说："来吧！无论你们几个人，都可以一齐下来动手，我不怕！"

赵老头儿这时反倒在树干上坐稳了，心中对这侠女真是钦佩，倒要在此做个"壁上观"，看这侠女力战群贼。

当时，又有两个贼由房上爬回来了，他们就彼此又啾咕着，有的摆手表示退缩，有两个蛮横的小子却气势汹汹地说："咱们是干什么来的？还没有交手，就先死了三个，连庞爷都完了，咱们见了叶底金蝉可怎么交代呀？"于是就有个人出头向下大喊着说："梅花女！你先别动手，咱们把话先说明白了！我们的来头你大概也晓得，你今天就是全都把我们兄弟全都杀死，也有叶底金蝉、铁锤将、七爪龙、穿山兽、小罗汉、踢倒山他们来给我们报仇！"

徐雪卿就也怒声说："我正是为你们这些贼人来的，我是为替我的干娘秦夫人雪恨！"

墙上的人说："好！那咱们就索性明说吧！请你扔开梅花剑，让我们请教请教！"这个人的胆量也不小，说话之间就由墙上跳下，手舞钢刀，直取雪卿，说："女英雄，咱们比武可要讲些公道！月亮爷在上面瞧着呢！"

其实，此时真正在旁瞧着的却是树上的赵老头儿，只见那贼人钢刀闪闪，直逼侠女，而侠女也以力相迎，双刀疾飞。两个人的身躯疾转，一逼一闪，一往一来。而此时村中的狗又在乱吠，这两人的刀也时时交磕在一块儿，发出当啷啷的响声，加以刀振风声，足击地声，令人心惊。

这个贼的武艺不错，而徐雪卿虽然不以单刀见长，但她也是受过她父亲那十八套追风刀的真传，交手十余合，贼人方面看着自己不行，就又跳下来三个人；四口刀齐向雪卿进逼，前后左右都是刀光，雪卿的纤驱已陷入了重围。此时，树上的赵老头儿可实在看不下去了，刚要提醒雪卿，叫她快用梅花剑，却听那边当啷当啷响了几声，又有人一声怪叫。原来雪卿侠女早已击掉两个人手中的刀，并砍伤了一个人；那受伤的人正是第一个与侠女交手的那个莽汉，他在地下不住地乱翻身、乱喊。

其余的三个人又都要跳墙去跑，雪卿却喝了一声："站住！不要怕！我不伤你们，只要你们不再动手我就能饶！"那三个一齐回过来身，手中有刀的也都扔下了，一齐拱手说："侠女！我们知道我们今天错了！求你老人家高抬贵手！"雪卿怒声说："谁是老人家？"又道："你们这里边，伤的、没有伤的，哪个人是梁明月？"

对面的贼人回答说："梁明月没在这里，刚才我们已有人请去了，大约四五天就可以到！"

雪卿点了点头，说："好！我就在这里等上四五天，等他来了再说，我与你们生气真觉着不值！"又问说："秦夫人现在南阳府平安不平安？快说！说实话！"贼人却答道："姓秦的那位太太早已离开了南阳府，确实不知去向了！"旁边另有一个贼人，就把秦夫人与叶底金蝉梁明月结仇、寻仇、相斗，及秦夫人受伤，在南阳陈彪公家中调养和失踪的事全都说了。徐雪卿听毕，就一阵黯然，又一阵愤慨。

最后她说："五六日之内叫梁明月来！他若来了，我看他虽然凶狠，但还是好汉，我也许能饶他的性命；他若是不来，那我赶到汝宁府，绝不能让他活命！"又喝令他们将地下死伤的人抬走，并说："你们若想报官，那就去告我一人，我叫徐雪卿，可与人家吕家无关，因为我不过是在此寄宿！"

树上的赵老头儿听了，更是钦佩，但听雪卿又问说："镇上油坊里有一个姓赵的老头儿，是你们的一伙不是？"赵老头儿这时倒不禁一惊。

听那几个贼人说："赵老头儿也是南阳府的人，但他跟我们没交情，跟我们可也没作过对；那不过是一个有点笨力气的老头子，我们不必拉他壮声势，也不能说他是姑娘这一边的。反正，今天的事，算我们甘拜下风！本来我们与姑娘也没有仇，这不过是受梁明月之托，给梁明月办事，好在，三五天姓梁的就来了！"雪卿又点头说："好！我一定在此等着他！"说毕转身回屋里去了。这里的几个人这时倒不像是贼了，一齐抬起来他们的同伴，开了门，把死人跟受伤的人全都抬了出去；狗乱咬，他们也大声斥着狗，就乱哄哄地出村子去了。

此时树上的赵老头儿不禁直笑，才要下树，忽见那屋子的门又开了，雪卿又走出。她先来关上柴扉，到小树下去看看她的那匹马，然后又低着头，向地下寻找她刚才打出去的那几口梅花剑。待她走近来时，她一扬脸儿，月光正照着她，她娇美得真像是月宫降下的仙女，俏影娉婷印在地上，姗姗地移动，就走回了屋。赵老头儿看够了，自己活了一辈子，真没看过这样武艺高超、刀剑惊人、言谈爽利、胆气高昂的年轻女侠。他下了树，疾快地走出了村，自己顿然忘了有白胡子，好像一下就年轻了几十岁。

赵老头儿步着月光回到了镇上的油坊，那徐雪卿占据了他的脑子，使他睡不着觉。他倒不禁笑了，心说：幸亏我是个老头子了！不过这姑娘出嫁了没有？订了人家没有？或是她心目中有了合适的人了没有？如果真有那么个年轻的人，那人可真是造化，不过也得是个好人才，像我那儿子、孙子，他们一身油，整天赶着驴转磨，他们可不配！好！这次我来到颍桥镇真好，索性我要在此多住些日，看一看小侠女独斗群雄，梅花女大战叶底金蝉、铁锤将、踢倒山……不过，她虽武艺高强，但究竟是一个女子，如何能敌得过那些人，说不得到时候我这个老头子得要出去打一打不平了，我也得预备一件合手的家伙！当下赵老英雄是勇气勃勃。

到了次日早晨，他才起来到了院中，见吕好人已然来了，从脸色看去，平日这个老老实实的人，今天却惊惊慌慌的，可知是心里揣着一些事，昨夜受的惊吓也不小。赵老头儿就问他说："怎么样啊？在你们家里寄宿的那个姑娘，今天走不走呀？"

吕好人却嚅嚅地说："那个徐姑娘，她今儿又说暂时不走啦！不走啦！我也没法撵她走！"赵老头儿摆手说："别撵人家！一个孤身的姑娘，既然投在你们家里，就很可怜。我这几天也不想走，打算在此再歇上五六日，到那时再说吧，我要走的时候一定去通知你，给她做个伴儿！"吕好人只是点头，连一句话也不说。

赵老头儿出了油坊，又到了那酒饭铺，听里面说话的人也不少，可是没有昨天晚上那么乱；不但昨日的镖头今已绝迹，就是那些平时整天在这里起腻的那群闲汉,也连一个都找不着。他仍然找了靠墙角儿的那张桌子坐下来要酒,喝着酒儿,不禁微微地笑,连那掌柜的看了都起了疑心;因为平时赵老头儿是脸上从来没有过笑容,好像阎王爷、包老爷、债主子,今天却像是个弥勒佛。

赵老头儿在这里坐了多半天,一些喝茶的、喝酒的都换了一些吃饭的了,可是并没有一个人谈说关于双刀庞衮等人与徐雪卿的事情。他又出了饭铺,倒背着手儿在街上转了半天,特别注意那家和发店,可是也没看见有一个镖头出入。他还特意进到店里跟那掌柜子谈了一会儿,看见马棚下拴着三匹马,可都那么无精打采的,也不知马的主人是跑了,还是闷在屋里了。

赵老头儿向店掌柜点点头,他索性走出镇去,遍地去找,没有一块新土,也不知昨夜死在梅花剑之下的那两个贼,是被拖到哪里去埋了?他走到河边,看见河水清清,也没漂着一具死尸,他的心里又纳闷又好笑,暗想:莫非昨晚我是做梦了?实在没有那件事儿?但我又哪能够跑到吕家村的树上做梦去呢?如今自己的裤子还撕了一道口子,就是上树时被树枝划的。

他来回徘徊,大概都过吃午饭的时候了,忽然由吕家村那边姗姗的来了几个妇女,都抱着衣裳。赵老头儿瞪直了眼睛去看,见这几个妇女之中,有一个身穿着新洗得很干净的白布上身、蓝绸裤子的大姑娘,跟别的人一样的温柔,一同的说笑,原来这正是徐雪卿。赵老头儿不胜惊异,但他的身子不动,眼睛越发往雪卿的身上盯,他仿佛不相信这个姑娘就是昨天在月下杀死盗贼的那位侠女。他特别注意这位姑娘的言谈举止,见她不过比别人仿佛聪明一点、爽快一点,迈步时敏捷一些,脚是一样的小,手也一样的柔润。

这时就有那吕黑妞叫了一声:"赵老爷爷!"别的人也像都打算招呼他,但又都很怕他,不敢跟他说话似的。有人就悄悄告诉了雪卿,雪卿特地过来向他行礼,带笑问说:"您就是赵老爷爷吗?我本想今天就求您带着我到南阳,可是我的衣裳还没有洗完,有的还没有干,有的还得补缀;鞋也得做一双,穿着破鞋我怕见我爹爹,所以,得过五六天才能走！"

赵老头子还故意板着那张死板板的面孔，点点头说："你就姓徐呀？吕伙计跟我说过啦，说是你要跟我一同到南阳去。其实这倒没什么，不过我也是一两天之内账收不完，不能走。你说得等五六天，那也好，我就听你的话儿吧！"他心里却也觉得好笑。

旁边的几个媳妇跟姑娘，其中就有吕芳姐，都搭讪着招呼着赵老头儿。赵老头儿只是点点头，依然倒背着手儿在河边走来走去，阵阵的河风儿吹得他的白髯不住地飘动。雪卿等几个妇女到了河边就洗衣裳，说说笑笑，都似很快乐，心里都像很平静。赵老头儿因此就对雪卿更佩服，但仍不欲露出自己的形色来，闲走了一会儿，他就回到了镇上他女婿的油坊里。

吃完了午饭，睡了一个大觉，却又快到了用晚饭的时候了。天气很热，坊里的伙计都坐在院中歇息、乘凉，赵老头儿在屋里就听他们谈说着：和发店里住的那些人，今天只留了一个，其余全都走了！听说他们是分别往汝宁府、南阳、卫辉各处，连盖河南这回都许来；还有人往嵩山去请摘星手，往直隶省去请黑袍狼，往山东去请病金刚，大概十天之内就要龙虎大会！可不知他们都来到这儿，是要对付哪一个？因此大家就乱猜，有的猜是来对付那秦夫人，大概秦夫人就迁居在这附近；有人又小声："别是来对付现在咱们这儿住的这位老爷爷吧？咱们这位老爷爷平常可是爱得罪人，铁锤将、踢倒山可都跟他有点嫌隙。"赵老头儿隐隐约约地听到了，倒觉得很好笑。

他扒窗看看，见吕好人也正在院里，别人都在乱说，只有他一个人低着头不言语。赵老头儿倒觉得他很可怜，心里就想：虽说那群人是预备在五六天之内来此对付梅花女，与我毫无相干，但到那时为打不平，我真许跟他们打在一块儿，不能不预备，我得去找一口刀。于是他就站起身来。他一出屋，院中的一些伙计就立时都不说话了。

赵老头儿又走出了油坊，想要到铁铺里去打一把快刀，五六天之内就能够打得才好。他正走着，忽听蹄声嘚嘚，自北来了一匹马，马上是个二十来岁的英俊少年，穿着一身蓝绸子衣裳。一来到镇上，这个人就不住地东瞧西望，望见了那家饭馆，他就偏身下马，将马系在木桩子上。他先向里边要来了布掸子，就抽衣上、鞋上的浮土，然后从马上解下来一只小包袱并一口鲨鱼皮鞘的宝剑，连鞭子提着，就进酒馆里去了。

赵老头子就站在街头望了这人一会儿，心中很疑惑，暗道：这个人不是镖头便是绿林中的，莫非就是那伙人给请来的什么人物？因为他住得近，所以先到？可是为什么他不一直去到和发店？目前放着一个力敌万夫的梅花女，他竟敢单独前来，可也是怪事！

当下赵老头儿心中想着，就顺着街走了一走，不住地回头，然后就又转回来，很闲散地踱到了那酒馆前。他仔细看了看那匹马，见马身上的汗还没有完全干，毛上跟四蹄都沾着不少的黄土，可知至少也是由五十里之外赶来的。

这个少年人正坐在一张桌子的旁边，把胸怀敞开，从衣口袋里拿出一柄小折扇来，正在扇，口中说："天气真热！"两碟酒菜跟一壶酒、一个酒盅都已摆在了他的面前，他就喝着，并向伙计叫菜饭。

赵老头儿是慢慢地又溜到那柜台旁边的桌子，掌柜的向他点点头，招呼了声："老头儿又来啦？"赵老头儿也把头点了点，就坐下。他的脸虽并不正对着那个少年，眼睛却直向那边去扫。这时酒馆里的座客又来得不少，也都谈得很热闹，可是没有一个谈着和发店与吕家村的事情的；除了赵老头儿，也无人对那少年加以注意。

待了一会儿，忽见那少年点手儿叫店伙，店伙过去说："您略候一候！您要的菜一会儿就得。"少年却摆手说："不是，我是问你，吕家村离着此地有多远？"当下酒馆的伙计不明白，为什么他问的是出了这个镇就能够看见的一个村子，当然不能不实告诉他，这个少年人就点了点头。不多时，他所要的那几个菜、一个汤和米饭就都端了上来，他就慢慢地吃着，一边吃一边还眯着眼睛，仿佛是在计划着什么似的。

赵老头儿的心里却对他发生一种轻视，心里就想：这个人必是为与徐雪卿作对才来到这里的！但也可气，像他这样年轻，竟与一女子交手，即使他赢了梅花女，脸上又有什么光？何况还不知谁赢谁输。梅花女既是在这里稳然不动,她敢等候五六天,她必定有把握。

少时那少年人吃毕了饭,付过了钱,就出门解开了马走了。赵老头
又随后出去,站立在酒馆的门前扭头去看,就见那少年一手提着鞭子,
挟着宝剑,一手牵着马,在街头徘徊了一会儿,他竟进了韩家店;是镇
上一家小店房,一进去了,就不见再走出来。赵老头儿的心中又很纳
闷,就想:他若是梁明月那些人的一伙,为什么他不去住在和发店里
呢?

当下赵老头儿在这里不禁又发了一会儿怔,便去找铁铺。原来这
铁铺里有一把现成的单刀,是三年前一个过路的镖头定打的,给了一
半定钱,就没有来取。赵老头儿颠了一颠,倒还可手,只是锈得厉害,随
叫铁匠给磨一磨,应得两天来取,并嘱咐这回买刀的事,不要对别人去
说。铁匠也认识他,晓得他是个练武功夫的人,买这口刀不足为奇,就
点了头答应了。

赵老头儿由铁铺就又回到油坊。用毕晚饭再出来,见月才东上,和
发店和韩家店还跟往日一样,并没有什么特别的景象。他又到酒馆里
去喝了几盅酒,仍然没听见什么事。他就耗到了二更之时,又出了酒
馆,离镇走向了吕家村,希望今天能再看见一出惊奇的把戏。

月光之下,他又悄悄走进了吕家村,这次连村里的狗也没有惊动。
他照旧爬上了那棵树,向下去望,只见吕家是很安静的,小树、骏马都
默然无声,月光铺在院落里又如一池子平水。吕好人住的屋子早已熄
灯了,而雪卿的那间屋,屋中的灯似比窗外的月更亮,所以在窗纸上浮
动着两个梳辫子的姑娘的影子,并听见几阵格格的天真的欢笑声。夜
风儿一点也不凉,青空一缕云也没有,这地方谁能相信是有多位的江
湖人正在觊觎,刀光剑影就要将在这里出现?老头儿想着想着,愈是愤
慨,愈决定了打这个不平。

他慢慢地下了树,就又悄悄地走出了村。走了不远,忽然见前面也
有一个人步行,相距有一箭之远。赵老头儿倒不禁吃了一惊,就止住了
步,闪在路旁,向前细细地看,却见前面的人虽然换了一身与月光一样
淡素的衣裳,但颇能辨得出那背影,正是现在韩家店住的那个少年。赵

老头儿就心说:啊呀!看他走的这段路正是由吕家村来,莫非刚才我们也遇着了?我在那棵树上时,他就正在墙头或脊后?不必说了,这小子一定是梁明月派来的探子,他所以不在和发店里去住,也是为此之故;他先探明白了雪卿什么时候睡觉,等梁明月来到之时,他们再一齐下手!

此时那少年在前走得很快,眼看就要回到镇上了,赵老头儿在后紧行去追,没有追上。那少年就进了镇上,回到了韩家店。赵老头儿自思露出来形迹也不好,便连在韩家店的门前徘徊一会儿也没有,就回油坊去睡觉。次日白天他仍在酒馆,夜晚仍到吕家村,竟一点事也没有。

到第三天,才听说韩家店里住的那个少年人,只住了一晚,次日就把马寄存在那里,向店家说要到附近去访友,直到如今没有回来,赵老头儿便更是纳闷。他的刀已经磨好,又快又亮,而梁明月那伙人却始终不来,这些事使得赵老头儿的心中非常闷闷。

第四天,听韩家店里的人说,他们有个伙计今天早晨到了东边四十里地的鲁家集,看见那少年客人穿着一身土布的衣裳,胡子楂儿也很长,不大漂亮了,在那里一家小茶馆里坐着。赵老头儿更纳闷,猜不出那人是揣着什么心。他特到韩家店里,见那匹很矫健的马,正在吃着很好的草料。因为那少年临走的时候给店里留了很多的钱,所以店家特意把他住的那间房门上了锁,就是再有二十天他还不回来,马的草料钱和这间空屋子的赁价也足足的够,所以店家才不在乎他回来不回来呢。

此时,吕家村那夜的事情已经瞒不住了,镇上的人都已知道,在吕好人家里住的那姑娘的来历不正,惹得四方的英雄好汉就要来此收拾她。吕好人吓得已不敢回家,就天天在油坊里,同事的都劝他去报官,求官给保护,他可又怕见官。赵老头儿的女婿张大,也是很发愁,因为他看见他的丈人这回把账收完了,索性不回南阳府了,天天精精神神的,在柜上的时候很少;有时半夜里从外面回来,还在院中练功、打拳、踢腿,跺得地都嗡嗡地响。他看出来他的丈人也与此事有关,到时要是乱打起来,连他这油坊的买卖都不能做了。

他不敢跟他的丈人说话,只悄悄跟他的老婆说了。不想内掌柜子的火气真大,立时就瞪眼,反骂他是软弱的小子,并说:"我爸爸练了一辈子的功夫,到现在你们还不让他显一显吗?据我猜着,只要叶底金蝉那群送死的敢来,不容他们去欺负人家的老老实实的姑娘,我爸爸就得把他们都打得屁滚尿流!"

赵老头儿的行迹已露出来了,在酒馆里有时听人谈到了这件事,他就表示愤愤。他并不说在吕家住的徐姑娘就是梅花女,更不说那夜徐雪卿飞剑伤人之事,他只说:"叶底金蝉那群忘八蛋来此,一定是要抢亲!"因此,连酒馆的掌柜听了,也不住愤愤。

到了第五天了,这天中午时候,徐雪卿竟还同着吕芳姐来镇上买东西。她穿着新洗的很干净漂亮的衣裳,穿着新做的花布鞋,袅袅娜娜的,陪衬上淡妆的吕芳姐,两人真像是两朵鲜花。她们在布铺里、脂粉铺、绒线店里买了一些东西,还在街上闲逛,小声儿地彼此说着话,羞羞涩涩地笑着,酒馆里、店房里都有不少人出来看。雪卿姑娘却也似觉出来了,她竟像是又害羞又害怕的样子,就拉着芳姐赶紧走了。

镇上的人虽都个个有点发迷,例如酒饭铺的伙计,一个是砸了三只碟子,另一个是给人端上热菜来不给人拿筷子,叫掌柜的骂了一顿:"你心里净想什么啦?"可是镇上的人谈话也都变了口气,认为叶底金蝉那些个人,绝不能为这么个小女子就结伙而来;即使来了,那也绝非是为与这小女子作敌。

镇上的事情就如近两天的天气一样,忽晴忽雨。但到第六天的傍晚,满天阴霾,本镇却来了一片马蹄之声,起了两丈多高的烟尘,十几匹马都进了和发店。待了不多时,由通着南阳府的那条路上又来了七八个。立时,镇上的人全都惊慌了。和发店来了人,叫这饭馆给预备菜饭,说是汝宁、南阳各路的人就来了二十多个,都是饭量既大又能喝酒的小伙子,他们店里厨子忙不过来,并说:"有一批卫辉府米家庄的人还在路上呢!大约今天晚间或明天早晨就能来到。"

镇上的人这时精神都十分的紧张,也都揣着畏惧。赵老头儿反倒在街上来回地走，他看见了那和发店里出入的净是些雄赳赳的人，他认识的有踢倒山、铁锤将、小罗汉，可不知哪一个是叶底金蝉？这些人里有不少都是南阳府的镖头，差不多全都认识赵老头儿，可是彼此向来不说话。如今见他白胡飘飘的也在这里，有的人就发疑，有的却晓得他是来这里看女儿，不会管什么闲事，而且现在来了这些好汉，刀马俱全，谁也不会把他这么个糟老头子放在眼里。

如今，和发店的四个大院子，三十多间房，倒让他们给占据了多一半；有几间正房，他们还不许租给别人，因为他们最崇敬的大英雄叶底金蝉梁明月还没有来到，必须给他留着款式的房屋。如今这些人里，最出名的就是广兴镇上的财主兼江湖好汉，所谓之杨二爷，他的手下人最多，陆续又来了几批，如今是以他为首领。他说"前些日在路上曾追梅花女，追上了她，可是因为天黑下雨，不好上手，所以不但没捉住梅花女，反倒伤了自己的几个人。由那次的事情看来，只仗人多也是不行，必须要仔细的预备、算计，使梅花女到时不能不落网。所以，今天明天，叶底金蝉梁爷若仍是不来，大家谁也不准轻举妄动。"

又有人说："可惜毒剑客唐五爷半路上与咱们分了手，不然，若有他，也可称得上是一个好帮手！"

杨二爷却摆手说："用不着他！叶底金蝉梁爷的武艺比他高得多，一个叶底金蝉至少能比得四个毒剑客。"又有人说："应当派人先将吕家村围住，以免那丫头逃逸。"杨二爷却对此颇费斟酌，想了半天，他才说："不用，她要逃也早就逃了！要去围，凭你们也没法围。现在你们全听我的，都要沉住气，今明天梁爷必来，咱们再听他的办法！"当下众人全都不言语了，可是仍都意气勃勃，恨不得立时会一会那梅花女。

当日，一更天之后，又由米家庄赶来了半截塔等人，于是和发店里的这些人的声势更盛，饮酒、赌博，直热闹了一夜。

次日上午约八时许，汝宁府的叶底金蝉就来了。叶底金蝉的年纪也有四十余岁了，猿臂熊腰，一张紫红的面膛，微有胡须，两眼却带着煞气。穿的是蓝绸的裤褂，骑着白马，一个随从的人也没带，只有他的七节鞭挂在马鞍旁，态度十分的从容。来到和发店，门前早有人等着他了，他下了马，就有人赶紧把马接了过去。

叶底金蝉才一走进了门，院里就早有许多人迎接出来了，叶底金蝉含着笑拱手，被众人请进了北房，半截塔就上前说："您是什么时候由汝宁动的身？"叶底金蝉说："昨天过午我才离开汝宁，在四贤庄李家歇宿了一晚。今天太阳出来我才往这边走，这时候就到了，你们说我这匹马快不快？"众人一齐表示惊讶，还有的特地出去观看他骑来的那匹马。

踢倒山就问说："叶老师，你没有带来镖囊吗？"

叶底金蝉坐下，拿出一柄上面有名人字画的折扇来徐徐扇着，又微笑说："没有！我犯不上那样做。本来，若不是我的徒弟双刀庞衮被抬回到汝宁府，这次我绝不来。我近年来在汝宁府给人家护院，我并不是为以那挣饭吃，我只是想隐了，誓不保镖，势不走江湖，也不想再与人争强斗气；若不是秦家的那女人找我去重翻十多年的旧账，我真永远隐了，把江湖名利让给众位朋友。但现在出来这么个梅花女，弄得我无法，不得不出马。今天来此还是为同诸位朋友见见面，叙叙旧交，至于梅花女，一个小姑娘，别管她有多大的本领，我实在没把她放在眼里。所以我只带来一杆七节鞭，是木头的家伙，钢镖暗器我绝不使用，因为若是那样一来，无论胜负，也得算低了我的名头！"

旁边的人一齐捧场，都说："您说得对！本来孙猴子即使能翻筋斗，也绝翻不出我佛如来的手心去！"

那杨二又在旁说："我们昨天就都到了，没有下手，就是专为等候梁兄，如今就请梁兄分派吧！"

梁明月仍然是不慌不忙，摆手说："这件事不要急！现在不要说那姑娘还没有走，就是她已经吓跑了，我也准保她往南过不了信阳州，往北到不了黄河涯，一定遭擒。现在让我们先聚会聚会，然后我想通知她一声，叫她或是到咱们这里来，或是由她约定个地点，到时候比武。"

杨二爷听了，立时就说："好！"回首又说："请哪位兄弟去一趟，到一趟吕家村？"

梁明月又拦住说："更不必那么急！咱们还得商量商量，到时把她惩治到什地步？"杨二说："她的梅花剑下伤了咱们那许多人，当然得叫她偿命！"梁明月说："我是个心慈的人，别看我也走过很多年的江湖了，但要叫我把一个活生生的人杀死，尤其是一个女子，那我实在下不去手！"踢倒山就说："那可以把她弄伤，叫她成个残废就得啦！"梁明月笑着说："哎呀！那可叫人家孩子将来怎么找婆家呀？"

半截塔说："干脆！我倒有一个主意，因为那梅花女我是见过的，她长得不能说是气死嫦娥，也得说是比得过婵娟。我也不必改成梁爷这份模样，只要我再有点本事，我一定把她弄到手里。"叶底金蝉梁明月听到这里，不禁脸色微变。半截塔又说："所以这回我离开米家庄的时候，盖河南米大当家的还直嘱咐我，叫我不要伤害了梅花女的性命。我说：'你放心！别说我一定伤不了她，就是我能伤她，我也绝舍不得伤她。'在米家庄那次，她的梅花剑儿几乎要了我的命，我只吓了一跳，连一点气也没生；实在是梅花女那千娇百媚的样子，无论谁见了她也得发迷。我想，现在我就给梁爷贺喜，把她降伏了，叫她做你老哥的一个小妾，怎么样？"

他笑眯眯的这样说着，没想到叶底金蝉突然翻了脸，怒斥一声说："胡说！"愤然站起了身，吓得旁边的人一齐变色。

梁明月发完了脾气之后，忽然又笑了，但接着又将脸一沉，向半截塔说："陈老哥，你说的这句话简直是骂我，我梁明月一世的铁罗汉，连妻子都没有娶过！"顿了一顿，又说："我不管那女子是与姓秦的妇人有什么瓜葛，我看赤须龙徐三爷的面子！他虽与我素不相识，但我久闻其名，知道他还是一条好汉。所以，如今大家与她动手可以，伤了她也没有什么——刚才我是说笑话了，但千万不许对她有一点轻薄，否则我姓梁的可不讲交情！诸位听明白了，咱们现在只要把她捉住，我自有法子发落她。用什么法子发落她呢？"

他自己问着自己，又想了一会儿，便说："我只将她用绳儿绑起来，我亲自把她送到直隶顺德府，交给她爸爸，叫赤须龙管束管束他的女儿！"

旁边的众人一听，全都无话说了，尤其是半截塔，虽然平常脸厚，但如今弄得很难为情。

梁明月又说："今天我得歇一歇,不办事,大家乐一乐,这店里的地方太窄小,我想在饭馆请客!"说着就命人出去订酒席,把那酒饭馆的整个座位全都包下。然后他就手摇着小扇与众人谈谈笑笑,说些江湖的闲事,并不再提梅花女,弄得旁边的人也都不敢不随着他笑,随着他说。

只是有的人心里发闷、起急,那半截塔是垂头丧气,杨二对梁明月有点儿不赞成。而铁锤将与踢倒山这两人又都是梁明月的多年好友,他们全都知道,梁明月虽自称生平没近过女色,在汝宁府也确实没有妻房,然而他所造的风流罪孽实在不少;如今竟对梅花女这样的宽大,他们真有点疑惑,不敢相信。可是见梁明月却一本正经,他们就想着:这个叶底金蝉现在不定藏着什么鬼心思了!可是,大家无人不相信,梅花女若到了他的手里,简直不如草芥。

少时,叶底金蝉梁明月又很客气地请大家去饮酒。此时那酒饭馆的门前已贴上了帖子,是:"汝宁府梁爷在此请客,诸位酒饭,别家去用,莫怪莫怪。"其实不用贴这个条子,连过路的人也知道这里的事了,谁也不敢得罪叶底金蝉,更怕果然打起架来,赔在里边;不用说挨刀,就是吃一酒壶,或是头上被敲一下桌子腿,也不值得,大家都远避了。

酒馆里特别的冷冷清清,可是桌凳全都擦得很干净,杯盘也摆得极为整齐。伙计们都担着心,捏着汗,倒盼望着这些位主顾快点来,快点走,只要不出事,就得念阿弥陀佛。而那掌柜的却十分着急,因为别的主顾全都听见了这个消息就走了,唯独那位赵老爷爷,倒好像是听见了消息特地赶来了;占住柜台旁边那张小桌,他还要喝酒。伙计们都着急,都瞪着眼睛要过来把他赶走;掌柜的却摆手,反倒笑着走过来求赵老头儿,他说:"老爷子,请您等到晚响再来吧!"

赵老头儿装着傻问说:"为什么?"掌柜的就悄声儿说:"因为叶底金蝉要在这里请客,我们又不敢不应这号买卖,可是连我们此时都提着心,说不定就许在这儿打起来,也说不定要出人命!你这么大的年岁了,又是老财东了,还是躲避躲避才好!"赵老头儿却摇头说:"不要紧!

我想他们也全是江湖好汉，绝不能欺负我这个老棺材瓢子。他们来了，他们吃他们的，我喝我的，我也不多说话，不用眼看他们，这还不行吗？"

掌柜的仍然不住央求，说是："既然叶底金蝉他把我们这馆子上午的买卖都包下了，又先给了钱，我们就不敢再留一位顾主！"

赵老头儿初听这话之时，脸上不禁现出了怒色，可是又点点头，说："好！可是我又非你们这里的酒，就吃不下去饭。你柜房里如有地方，我可以进屋里去喝，不叫叶底金蝉那群人瞧见我就行了。"

掌柜的也无法，只好让赵老爷爷进了他的柜房。其实所谓柜房，不过就是伙计们睡觉的一间小屋，铺板上扔着一个个的铺盖卷，就好像一堆死人似的，有一张桌子，两张破椅子。可是这里两面有窗，右边墙上的窗户正支起来，进来了外面的热风，也飞进来外面的苍蝇。窗外面是邻居的一家草料铺，铡草的大刀正在喀嚓喀嚓地响；而靠着前面的窗户却不大，嵌着一块玻璃，已经破了，还乱粘着许多账条子，可是也能借此看到外面那些座位。掌柜的亲自给赵老爷爷拿进酒来，搬座位，并且不住地拱手，求赵老爷爷多多担待，也多多忍耐。

而这时，一边是铡声直响，一边是刀勺乱鸣，外面且有大说大笑之声，原来是叶底金蝉梁明月那些人都来了，乱纷纷地几乎将酒馆里的座位全都占满了；催酒喊菜，接着是大声乱喊着"五魁""四喜""七巧"，划起拳来。

赵老头儿隔着玻璃窗，由众人的拥戴和称呼之下，得识了叶底金蝉梁明月。但是梁明月的威仪，及那种精明的强悍、从容不迫的态度，加以踢倒山、小罗汉、铁锤将、杨二等人，个个都体健如牛，气凶如虎，却使赵老头儿心中不禁打了打算盘。

赵老头儿暗自发愁，喝了半口闷酒，就想：万一徐姑娘不是他们这群人的对手，我也帮不了忙，那时可怎么办呢？今天没看见徐姑娘，也许徐姑娘已经得着了信，看出来情势，自觉得敌不过，悄悄地走了，或是也去往别处勾人去了？那虽然暂时有点泄气，可是好汉不吃眼前亏，究竟胜似在这里为他们所辱！

赵老头儿正在如此想着，忽见外面那些人都一齐停住了划拳谈笑，并且扭头的扭头，立起的立起。就有人指着窗外说："看！那穿着青绸裤子的就是梅花女！"赵老头儿不由大吃一惊了一下，就放下了酒盅。

原来此时，徐雪卿姑娘又上镇街买东西来了，她穿的是一件新做的浅蓝色布的上衣，半长不短，袖子短而腰身却肥；这件衣裳直像个老妈妈穿的，可是现在穿在徐雪卿的身上，也不减其风韵。下面是青绸裤子，扎着丝线腿带，青布鞋，倒还利落；辫子虽仍垂在背后，又黑又亮，可是在头上却罩了一条花手帕，勒得很紧，她的打扮真像是乡下的女儿，吕芳姐倒还打扮得鲜艳。要说二人的容貌，本来是相差不多，不过徐雪卿因为是练过功夫的，所以身段特别的风流婀娜；因为是闯过江湖的，眉黛间自有一种英气，吕芳姐可就显着有几分呆板。

她们在街上闲散地走着，酒馆里的这些人简直如一群饿鹰，好容易才见着这两只小兔儿。其中的那只尤物，不要说还有仇隙，还是专为她来的，即使无仇，即使不为她来，如今见了，这伙人也不能够将她放过。其中除了半截塔，他是领教过徐雪卿的武艺的，所以立时就显出畏惧的样子；杨二却是依仗人众，立时就要出去，找找麻烦。梁明月本来已站了半天，眼直了半天，如今却伸手将杨二拦住。他微微地笑着说："诸位且不要动，先看我的！"他由桌上拿了一只酒盅就走到窗前。

隔街的几扇窗子本来也都大开着，他倚窗站了一会儿，扬起手来，望着一箭之远的那雪卿的背影就将酒盅飞去，其势极快。雪卿本来没有提防着，可是忽听身旁有人说："小心！"她就随着这句话将身向旁边一跳，那只酒盅就打空了，吧的一声摔在地上。吕芳姐哎哟一声，说："这是怎么回事呀？"雪卿却疾忙止住脚步，同时俊眼中迸出来怒火。

这时酒馆里的叶底金蝉却不禁满面羞愧，他以他百发百中的打镖的手段，如今要在人前卖弄卖弄，且叫雪卿先知道知道他的厉害，却不料白赔了一只酒盅。此时，在梁明月身旁观看的人，也不由齐都有点扫兴。那杨二却早已抄起一只瓷碟子来了，连碟子里边的残肴都向雪卿打去，没打到雪卿的脚前，就吧嚓一声掉在街心碎了。

雪卿大怒，扬着脸儿提防着酒馆里的众人，却向前两步，弯腰拾起来地下那只碎碟子，反向酒馆的窗内打来。梁明月疾忙闪身，小罗汉、踢倒山等人都向后惊退，独有那铁锤将没有跑利落，这一块碎瓷正扎在他的脸上，连眼睛都哗地一下流出来大汪的鲜血。

这些人带着家伙来的很少，只得抄板凳、拿酒壶，一齐怒喊说："好个贼丫头！"雪卿疾忙叫吕芳姐跑开，吕芳姐这时惊慌得简直不知应当往哪边跑了，同时腿也软了。幸亏道旁有个少年赶紧跑过来，将吕芳姐拉到远处一家铺子里去躲避，这个少年即是刚才叫雪卿小心的那个人。雪卿此时无暇去看此人是谁了，她只是专心提防着酒馆里，可是酒馆里的那个半截塔认识这少年，他惊慌地喊了一声："唐五！"

这时踢倒山等人有的持刀，有的拿板凳，正要蜂拥而出，忽见雪卿把她那肥大的上身一撕，几个很松的纽扣儿就立时解开了，她的里面原来还有粉红绸子的衬衣，衬衣之上系着一条宽宽的白绸带子，上面满满的插着雪亮锋利的梅花剑，约有十多口；只见她把长衣扔在地下，拔出梅花剑直向酒馆的门里、窗里打来。酒馆里的众人虽都惊慌躲避，可是也发出哎哟哎哟的几声惨呼；徐雪卿连投进去五剑，连伤了五个人。

而此时那叶底金蝉梁明月，因趴伏在地下，所以并未受伤。他等得外面飞来的剑停止了，他却由在他身旁伤倒的人的胸间、腹上拔出了两支带着血的梅花剑，跃起身来一扬手，反向外面的雪卿打去。雪卿一惊，赶紧低头，却没有来得及。梁明月施放暗器的手段也极为准确，这一剑正中雪卿的头上；幸亏雪卿也还避得快，剑就削掉了她头上的绸帕，弄乱了她一点儿头发，并没伤着她的肉皮。

此时梁明月可又抽出了第二支带着血的剑，刚要再打，不料那个救助吕芳姐的少年却大喊一声："停住！"手挺宝剑飞奔过来。雪卿这时才注意到，并且惊讶，原来这少年正是毒剑客唐松。只见唐松一纵身就跳到了窗上，抢剑向梁明月就砍，梁明月却早就抄了别人的一把刀迎挡。此时屋内的人，有的钻到桌下藏躲去了，有的奔出门来，雪卿也不瞅理，只手持梅花剑一口，也来到窗前。

此时梁明月正与唐松刀剑相击，唐松跳进窗里，剑如毒蛇，突然刺去，骂道："你们这些人来此斗一女子，算得什么英雄？"梁明月翻刀将对方的剑磕开，冷笑说："你替个野丫头来卖命，也不算好汉！"唐松又一剑，梁明月闪开，一跳上了桌子，踢得盅盘都落地粉碎，举刀向唐松来砍。唐松以剑相迎，梁明月又跳到地下，刀再向前削。唐松一退步，梁明月却伏地抢刀，嗖的一声去削唐松的双腿。唐松早跳到椅子上了，剑又向下急砍，梁明月故意以刀相迎，铛的一声震得唐松的腕子发颤。梁明月疾转刀狠刺，唐松又跳到桌上。

此时雪卿又飞来了一支梅花剑，梁明月的左手本已拿着一口，如今他一张手，又把这支接住了，他微微地笑。这时唐松却缓过来腕力，连人跳下，剑向梁明月直斫，梁明月不敢力敌，便往后退了两步。雪卿已跳进窗来，由地下拾起别人丢下的一口刀，扑上前去说："姓唐的，你快躲开！"她加入了，唐松也不退后，仍然持剑前进。梁明月单刀敌住了一刀一剑，他不稍畏惧；迎战又五六回合，他就将身向柜房那边去退，却不料吧的一声，一凳子打得他头晕。

梁明月实在没提防到这一手儿，身后的赵老头儿这一杌凳几乎将他打死，可是倒把雪卿跟唐松都诧异得将手止住。赵老头儿骂道："忘八蛋！"梁明月的身子本已向后晕倒，左手的两口梅花剑也掉在地下了，右手仍握着钢刀，可是此时不过一瞬之间，他忽又挺身而起，面现暴怒之色，钢刀飞舞，毫不让人。

雪卿同唐松一齐争前，赵老头儿又过去举起来一张方桌，怒骂道："非砸死你这欺辱人家姑娘的恶徒不可！"不提防一脚踏在一块碎盘上，几乎将老头子滑倒，幸而他的腰还挺得住，腿还立得稳。然而一张大桌子可就喀嚓一声砸了下来，惊得唐松和雪卿都不由得向旁闪避，雪卿喊说："老头儿你躲开！"

唐松跳过了桌子，抢剑向梁明月说："休走！"梁明月却早已退进了柜房之内。唐松追了进去，他却抢动钢刀向唐松的头上猛削；唐松一闪，他的腕子又一转，刀向唐松的面部砍来。唐松急用剑去推，刀与剑又交磕在一处，唐松又觉得手腕一麻，身子赶紧向后去退。

赵老头儿又如一只老熊，手中拿着两根桌子腿，乱舞着进来，不意被叶底金蝉上面用刀一撩，下面抬起了一脚，就把赵老头儿踹得咕咚一声坐在地下。叶底金蝉又微笑，待雪卿赶进来时，他又以刀敌刀，交战三合，用他的刀轻轻在雪卿的脸上拍了一下。唐松逼近，梁明月也迎战二合，又运用臂力，以力将剑磕开，并以刀尖向唐松的胸间点了一点，可没有刺破；他就哈哈一笑由窗子跳出，借着那草料铺走了。

这里赵老头儿已经起来，越发喊骂，徐雪卿也愤怒着要向窗外去追赶，唐松却伸剑挡住雪卿的身子。雪卿大怒，拿她的刀磕唐松的剑，问说："你为什么拦我？"唐松却面部有些发愁的样子，就说："雪卿，你不可逞一时之气，吃了他的亏！我看他的武艺实在比咱们强，咱们若再追赶，必要遭他的毒手，不如咱们先回去，慢慢再商量办法！"

这时赵老头儿也起来了，虽然仍很愤愤，可是气也有些萎了。他就拱手问唐松贵姓，唐松据实通了姓名，赵老头儿有点惊讶，说："你是很有名的人！连你都不是梁明月的对手，这可真难办了！"雪卿的脸儿却沉得如同一颗鹅卵石似的，她把刀一扔，转身就走，唐松赶过去要拉她，却被她向胳臂上击了一掌。

她走到外屋，由地下连拾带从那受伤的几个人身上去拔，梅花剑一支不遗，她都收回手里，插在她腰间的绸带子上就走了，临走时还回头向唐松看了一眼。唐松一向是傲气凌人，真没有像今天这样的不高兴过，可是他的身子倒没动。白髯飘飘的赵老头儿追出来，叫着说："姑娘！姑娘！梅花女！"

雪卿止住了步，就见赵老头儿说："你们不是叶底金蝉的对手！你们年轻轻的若丧命在他的手中，太是可惜，不如赶紧回去骑上马就走，快离开此地吧！你或是再去请能人，或是学几年艺再出来，不然将你的老爹请来也行，千万快走！我老头子跟他拼得着，你们真拼不着！"雪卿回头冷笑了一声，说："老爷爷你别关心我，我今天绝不认输，更不能走！"说着，雪卿向街上走去。

街上的人刚才都吓得躲避开了，如今才悄悄地有几个人出头，但雪卿的那件衣裳扔在地下，竟没有人敢给拾起来。雪卿自己拿起来搭在肩上，就到街旁的一家纸店里找着了战战兢兢的吕芳姐，就带着她回去了；走的时候还回头望了望，见那赵老头儿把唐松拉出了酒饭馆，到油坊里去了，她姗姗地走去。

街上的人渐渐的多，酒馆里被打成个乱七八糟。掌柜的跟伙计也都钻了出来，个个不住地连声叫苦；这些人幸而都没受误伤，可是地下躺着的那些个人虽然都没有死，受伤重的已经昏晕不省人事，受伤轻的也爬不起来，不住地呻吟。待了会儿，和发店里就派了人来抬人，把受伤的抬回到店里。

那叶底金蝉手摇着小扇子，就命分送到各屋中去调养，并问谁有刀创药，赶快拿出来，给这几位朋友们医治。那些没有受伤的这时也都一句话不说了，因为他们没弄清楚是谁胜谁败，还以为是叶底金蝉今天头一次碰了钉子。尤其是伤了这几个人，他们悄悄地说："梅花女真厉害！"有的恨不得备马悄悄溜走，有的还希望梁明月能够设法给这几个人报仇，可是心里虽都有话，嘴里却都不敢向梁明月去说。

此时梁明月在他那宽敞的房子里，手摇着扇子，又在院中来回走了一阵儿，躺在那特为他铺着凉席的炕上想半天。忽然他拿扇骨子一击腿，就站了起来，叫人赶紧给他拿纸笔研墨，他立时就写了一封信，是：

梅花女姑娘见字知悉：

久闻尔名，今日相见，果然名不虚传，真美人也，真侠女也。但我要想要尔之命，还是易如反掌，我却难以下手，因我不忍！即毒剑客唐松小辈来此多管闲事，我亦不忍伤之。我梁明月生平最喜年轻貌美之人，尔与唐松皆如一对玉娃娃，我岂可以刀将尔等杀伤，做煞风景之事耶？今劝唐松急速走开，休再搅扰，否则不饶。你可不要走！我爱你实甚，你我做一夫妻，意下如何？快些明复，我便去接，银钱珠宝随你要，生平武艺传授你，你须不可违背，否则将你如花似玉貌，交付钢刀血水流。切切。书不尽言！

叶底金蝉梁明月启。

写完了这封信，他就要叫半截塔去送到吕家村，面交梅花女。半截塔吓得不住地摆手摇头，说："梁爷！梁七爷！你老哥要想不叫我活，就快些开刀，我在你大英雄的手下死而无怨，你千万别拿我去给梅花女送礼；要叫个小丫头在我这大肚子上插一口小宝剑，那不死不活的才真难受！咱们两人年岁差不多，不过你老哥是在江湖上闯出名来了，我却依然鬼混，可是我这个鬼也还要脑袋呢！这回是因奉米大当家之命，我不能不来，可是我连家伙都没带着，我本想的就是给你老哥来助威、擂鼓，并没想出马上阵！"

叶底金蝉忽把眼一瞪，半截塔吓得真要叩头，说："梁爷！你要叫我把这封信交给唐松倒行，我跟唐松倒还有点交情，梅花女我可真不敢去见她！"

梁明月就问说："唐松跟梅花女有什么瓜葛？他为什么来帮助她，自逞英雄？我若不看他是个貌美的少年，心疼他；不因为他是洞庭派，我不愿再伤他们洞庭派的人，我真不能饶他！"

半截塔说："其实我准知道，唐松早先跟梅花女也没有什么瓜葛，并且他跟我，跟今天那几位一样，也尝过梅花女的梅花剑，这回他还是跟杨二爷一块儿由卫辉府出来。杨二爷夺回了他的花马还不甘心，因为早先梅花女从他们家里抢马的时候，结下的仇儿太大，这次他带着他的镖头、打手，一同骑着马来追赶梅花女。唐松也自告奋勇，帮助捉拿，不想拿到半路儿他就跑啦，拿来拿去，拿到他自己的手里去啦，反倒帮助梅花女，他们倒成了一家人。唐松那小子本来是个花花公子，哪里靠得住？"

梁明月说："你不用要再多说话！你既是胆小如鼠，那我就另叫店家去送这封信。你辛苦一趟去见唐松，命唐松当天就滚，以后还不许他再与梅花女见面，否则我绝不饶他！"

半截塔点头说："这个差事我倒还能当，好啦！我立时就去！"

半截塔出了店门，叶底金蝉又一半用威吓一半拿出钱来，叫店家派了个十几岁的小伙计到吕家村去给他送这封信。他独自躺在炕上歇息、等待，手摇着扇子，头却有些发疼，因为刚才在酒馆里被那老头子用机凳子砸得真不轻。他心中已然决定，那老头子，自己也不打听他是谁,只要今天他不逃走,今夜就要将他送往棺材里去!唐松也是,因为他是凤凰飞的师弟,自己才略有顾忌,可是他如若仍然占住那梅花女,不叫自己分一杯羹,自己也另有办法;只是梅花女,自己生平真没有见过这样的美人……

待了一会儿,半截塔就回来了,说:"毒剑客唐松已经逃走啦!连梅花女大概也跟他一块儿走啦!"梁明月听了一气,想着:只要等到那小伙计回来再一说,梅花女确实已同唐松逃去,那自己立时就去追赶,绝不能放走了那稀见的美人!

他等待多时,那小伙计才回来,他就问说:"你见着那个姑娘没有?"小伙计回答说:"见着啦!"梁明月说:"你把我那封信交给她,她拆开看了没有?她认识字吗?看见之后她没说别的话吗?"小伙计说:"我给了她,她连拆也没拆,立时给撕得粉碎。"梁明月立时怒气上冲,把眼一瞪。小伙计又说:"她也没说别的话,她就叫你老提防着点!"梁明月一听这话,倒不由得噗哧一笑,心说:好孩子!

他摆摆手,叫小伙计走开,又在屋中不住地转,时时发着微笑。直转到天快黑了,躺下歇了一会儿,就有小罗汉来报告说铁锤将伤势很重,恐怕要完。他点点头,并不理。踢倒山又来向他悄悄说:"唐松跟那赵老头子现下还在这镇上,并没走!刚才半截塔说的都是谎,他就没敢去见唐松。"梁明月摇摇头,好像就没有听见。

少时屋中点上了灯,他才用晚饭,手持着碗筷也不住地发呆。他简直像是丢了魂。吃完了饭,他就从包袱内拿出他收藏的连环七节鞭来,抖了抖,那链子哗楞哗楞地响。他微微地笑,在院中又来回走了走,心中非常着急。因为这时才不过是初更,究竟自己不是强盗,是有名的铁罗汉、英雄,若是这么早就去,被那吕家的人晓得了,无论这件好事成不成,倘若传了出去,那岂不被江湖笑话?

他在屋中又转了半天的磨,就突然吹灭了灯,心里想着:我先去走走,大概走到吕家村,天色也就快到二更了。于是他手握七节鞭走出了屋,仰面一看,天作深青色,四面的房子里也全都没有灯光。因为今天这店房等于是被他们这些人给包下了,本来在此住的客人,已全走了;

照理路过这里必要歇宿的人，也全都不驻马停车，而宁可多走几十里住在别处去了，房子多半空着。有人住的屋子里，虽都没睡，可也都不敢点灯，既招蚊子，又许招事。梁明月不由笑了笑，暗想：梅花女如何能敢来？她又不是傻子，难道今天自己能拿刀拍了她一下脸，就能要她的命，她不知道吗？她不觉得吗？她也是个老江湖啦！哈哈！今天夜色这样好，星星、月牙儿、吕家村、美人儿，哈哈！

他正往外走，却不料飕的一声，他惊得疾忙躲避，但左肩后一下奇疼，已插中了一支梅花剑。他赶紧用手拔了出来，那又湿又黏的血水已沾满了他的手，他怒狮一般叫道："梅花女！滚下房来！"忽见面前又一道白光，他咕咚的一声把身子往地下一摔，那口剑就从他的身上飞过，吧的一声插在街门上了。第三支梅花剑飞来，他已有防备，伸手就接住；第四支梅花剑又飞来，他又将身一滚躲开。此时徐雪卿已跳下了房，他却翻身而起，抖起哗楞楞乱响的七节鞭，直跃向前，大骂道："好一个不识抬举的小丫头！"

此时雪卿手中不仅拿着梅花剑，且拿着一口三尺长的宝剑，寒光淡掠，不容叶底金蝉说话，迎面就砍。叶底金蝉却不闪避，只将七节鞭抖了起来，一下就绕住了雪卿的宝剑。雪卿赶紧向回抽剑，不料叶底金蝉的鞭梢儿一动，就碰在她的脸上，雪卿不由得"哎哟"了一声。叶底金蝉说："小丫头，怎么样，你的嫩脸蛋儿有点疼吧？趁早依着你梁七爷爷的主意，扔下你的宝剑，随爷爷到房里去！"

突然雪卿又将左手中的梅花剑掷出，叶底金蝉真如寒蝉藏于叶底之势，疾忙将身一伏；梅花剑就从他的头上飞过去，铛的一声，打进了南边一间屋的窗里，那间屋里就有人惊叫了一声。而徐雪卿已趁势将剑抽出，倏然舞起，双锋如电，向前直取。叶底金蝉梁明月却连退两步，愤然将七节鞭又抖起来，就如一条张牙舞爪的毒龙似的，直缠向徐雪卿的娇躯；徐雪卿一个不防，就被七节鞭扫着了腿，她不由身子摔倒，手中的剑也当啷啷扔在地下。叶底金蝉梁明月却哈哈大笑，将鞭抽回，望着坐在地下已起不来的雪卿，说："小丫头，你现在还有什么能耐？"

忽然他觉着不好，头就向下一低，翻身将鞭又抖起，原来后面也来了一人，使着比雪卿更毒的宝剑。叶底金蝉将鞭乱抖，厉声问说："你是谁？"对面的人却不答话，只以宝剑向他来刺。他看出这是个少年的男子，恍惚还认得这就是洞庭派中的毒剑客唐松，便说："好！你又来了！"他愤怒之中夹着妒意，七节鞭抖起，其势一来就要将唐松的头打碎；唐松也将剑法展开，毫不肯让。当时剑光鞭影盘旋于全院之中，相斗十余合，不分强弱；再斗十余合，唐松的剑短，渐形不敌，而叶底金蝉却更以一杆七节鞭，抽、掠、打、绕，步步见紧。

在这时雪卿已连爬带挪到了墙根下，她的左腿虽受的伤不算太重，但实在难以爬站起来，尤其上前助战，奋勇杀贼，更是有心无力。

院中叶底金蝉梁明月与毒剑客唐松杀得甚紧，梁明月今天若不是肩头受了剑伤，纵然毒剑客的武艺好，剑法毒，也早就败在他的手里了。此时各屋中虽没有灯光，可是都还有人，但没有一个敢出来的，他们实在被梅花剑给吓怕了。梁明月是虽然不需要别人助他，但是急于要取胜，他不耐烦毒剑客这样顽强的招架，他想以"乌龙摇尾""恶蟒缠身""霸王砸顶"这三着，将毒剑客打得不倒下也得逃。第一鞭打去了，毒剑客勉强招架开了；第二鞭他才将鞭抖起来，哗啦哗啦乱响着，要向毒剑客的身上去绕，却不料这时外面就有人咚咚的用什么东西砸门。他不禁愕然，鞭不停，手不缓，口中却发出怒声向外去问："谁？是谁？快说话！要是想来送命的快进来！"

只听两扇门哗啦的一声被劈开了，一条人影却从墙头跳进来，白髯飘飘，钢刀闪闪，他喊一声："唐松！你快些把姑娘救走！"便直向梁明月来扑。梁明月怒骂道："老匹夫！你还吃得住我一鞭吗？"他不得不舍了毒剑客，而来战这个白天趁着冷不防把他的脑袋都给砸肿的赵老爷爷。赵老爷爷抖起了雄威，以钢刀敌住了他的七节鞭，刀法虽不精熟，但臂力过大，好在梁明月的鞭还得抖，还得抢；他却像一头老犀牛，刀就是他的那只凶猛的犄角，向前挺进，逼得叶底金蝉不得不向后连连退步。而此时，唐松却过去将雪卿姑娘扶起，背在他的身上，也不必跳墙上房了，因为店门早已被劈开了，他就出了店门逃奔而去。

在这时，店门里仍然有七节鞭与钢刀相磕作响之声，且有赵老头儿一面拼命一面大骂着。但延至多时之后，忽然骂声停止了，刀鞭相击之声也停止了，叶底金蝉发出来嘿嘿的一阵狂笑。

此时，那毒剑客已将雪卿匆匆地背回到他的店房，放在他的屋内，连灯也不点，却出屋又去匆匆地备马。一霎时，他将马备好了，又急忙进屋，雪卿就坐在炕头，一把抓住了他问说："你这么忙忙慌慌，出来进去的，要干吗？"

这声音在唐松听来是十分的娇微而且亲切，他的心中不禁飘荡，但仍急急地说："叶底金蝉的武艺太高！咱们绝不是他的对手，不要自找亏吃，赵老头儿恐也抵不过他。没法子！赶快走！将来再设法出这口气！"雪卿却说："人家赵老爷爷为打不平，才帮助咱们，与梁明月争斗起来，你不去助他，却把我背到这儿来想逃？"她的语声带着嘲笑。唐松却说："赵老头儿是南阳府的人，不像咱们是外人；他那样的年岁了，叶底金蝉的手下虽然狠毒，但也未必太甚，咱们可不走不行！"

他不管雪卿答应与否，就又背起来雪卿，出了屋子。店家在屋里问说："是什么事？"并有店伙要拿着灯到院中来看。唐松却说："你们不用看了，是我！我现在要走。赵老头儿若再来这里找我，你就说我已走了，请他也躲避躲避那梁明月，半年以后再来报仇。店钱我早已存在柜上了，大约还有富余，咱们半年之后再见吧！"说时他已将徐雪卿放在马背上，推马出了店门，他就毫不客气，也跨上了马，于是一马双驮，直出了镇街。

微月轻风，夜深马急，唐松的心中十分得意，却不料雪卿先前是很顺从的，如小鸟似的依恋着唐松，但来至此处，她忽然翻了脸，就回身将唐松一推，咕咚的一声毒剑客就摔下了马去。雪卿催马急走，一句话也不说，就直奔吕家村。

到了吕好人的门前，她忍着腿痛下了马，叫开了门，正是吕芳姐把门开开的，雪卿就瘸瘸点点的进来。此时她又气又悲，已然哭了，抽搐着，直走进芳姐的屋中，去拿她的包袱。芳姐随着进屋来，灯光下看见了她这模样，不禁地惊诧，就说："怎么啦？雪卿姐？"雪卿却不暇详细述说，只向芳姐说："我要走！但不久我还来，咱们将来再会吧！你没招惹着谁,谅你在这里无妨。"

芳姐却惜别心切,拉着雪卿的衣襟呜咽起来,并问说:"到底怎么啦? 莫非你是叫叶底金蝉给打瘸了吗?"雪卿正系着自己的衣包,听了这句话,她就冷笑着,将受伤的那条腿踢了一踢,说:"你看,这腿不是好好儿的? 哪儿会瘸啦? 嘻嘻!"她虽笑着,但面如白纸,鬓边且有一颗颗的大汗珠儿落下。她将包袱系好,就说:"我走了!"芳姐也不能强留她,只问说:"得多少日,姐姐你才能够回来?"雪卿怔了一怔,说:"绝不能过半个月。"

她将要向屋外去走,却见外面有一个男子正要进屋,灯光照得很清楚,这个人正是毒剑客唐松,身上还沾着泥土。芳姐吓了一跳,向后就退,雪卿却瞪眼厉声说:'你是什么东西? 竟敢闯进人家姑娘的屋里来?"唐松却低着头紧紧地说:"我实在冒昧! 但我真顾不得啦! 少时叶底金蝉就许追来,咱们实在不是他的对手! 快走快走! 先往北去,今夜至少赶行五十里外,才保无虞,然后我想法子,一个月之内必能够报仇!"

雪卿脸红了红,迟疑了一会儿,就又瞪瞪眼,撇了撇小嘴儿说:"谁能够叫你帮助我报仇? 你去报你的仇,我去报我的仇,各不相干,各走各路!"

唐松摆手说:"不是这样的说! 你即使将赤须龙三老太爷请来,也不是他的对手。梁明月是我们的仇人,但他的武艺我们却不能不钦佩。在十年前,我师父洞庭老侠有位好友,名叫'衡山一鹤',此人在江湖上虽无多大名声,但武艺确与我师父相当;他现在当了和尚,住在嵩山少林寺,咱们唯有去请他才可以制服叶底金蝉,姑娘! 姑娘! 你快跟着我走!"

雪卿咬着嘴唇沉吟了一下,本来自己现在是没有准去处,也不能回去请父亲给报仇,只望暂时逃开了梁明月之手,寻个僻静的地方去调养腿伤,待腿伤痊愈之后再来;但再来时,岂不是一样的要败吗? 如今唐松既有与洞庭老侠武艺相当的人可以请来,这原是求之不得,同时青年英俊、义胆侠心的唐松,不禁使她感动了。她的脸就益发的红,点点头，决然说："好！"又回首说："芳妹妹再见吧！"她提着包袱出了屋，虽然腿疼，但她故意不露出瘸的样子，将包袱系在她那匹红马上就牵出了柴扉。芳姐拿着她的鞭子追出门来交给她，在微月的光芒之下，还可以看出她的依恋不舍之状。

此刻唐松也在门前上了他的那匹马，不住地催着说："快走吧！快走吧！"雪卿还向吕芳姐说："明天你给吕大叔大婶替我道谢！叫他们谨慎一些就是了，并不必害怕。叶底金蝉也非强盗，他绝不能来找寻你们，进去吧！关上门吧！再见再见！"芳姐也发着悲声说："雪卿姐快些回来！"雪卿答应一声，于是毒剑客唐松的马在前，她的马在后，挥鞭出村，两条村里的狗直追出来多远，吠着他们的马匹。唐松找着了大道，直回头说："快！快！快走！非赶出五十里地不可！"他的马向北疾行，雪卿忍着腿疼，催马也紧紧跟随，双骑相接，向北飞去。天上稠密的星，黯淡的月，似在窥视着他们。

雪卿一面走，一面想着：唐松原是个好人！今天若不是遇着了他，怕我在梁明月的手中就难脱。梁明月武艺确实高强，人又太坏，如今的江湖，实不像昔年那么容易走了。自己此次单身从家里出来，真太孟浪，真对不起父亲母亲。但我又为什么才出来的呢？这，归根说就因为一个高文豹。高文豹太使我伤心了，他若是有唐松这样的人才，那我又何至于在外经此艰险？受这奔波？想到这些，她就非常的伤心。

第八回　异乡流落豪杰失时
旷野交锋金蝉锻羽

　　向北走了半天,大约已离开颍桥镇有三十里地了,夜色都渐渐地淡了,月亮也向西沉坠下去了;道边的苗禾在晨风中摇曳着,此地虽然无更鼓之声,但想象着这时候也应交五更了。后面并无追骑跟来,可是在前带路的唐松,把马仍催行得很快,一点也不敢慢走。雪卿真不由不笑他的胆子太小,遂就向前喝着说:"慢一点吧!难道咱们真是逃命吗?一时的胜负不算什么,可是别显得太胆小了,那样可就把人都丢了!"

　　唐松这才勒住了马,等候雪卿的马缓缓来至了临近,就笑问说:"怎么样?你的腿伤得不能骑马快走啦?"

　　雪卿望着他那半清楚半模糊的面容,就撇嘴冷笑了笑,说:"我并不是为我的腿伤,我是笑你太胆怯!你枉作了洞庭老侠的高徒,还是大名赫赫的毒剑客呢,原来这么胆小!"

　　唐松也笑了笑,说:"并不是我胆小,是我们既知叶底金蝉难敌,就不能自讨苦吃。同时这个仇得报,这口气得出!我想再走出几十里地,觅一个幽僻的村庄,我先把你安顿好了,你就住在那里……"雪卿依然冷笑说:"是啊!你叫我先藏起来。"唐松又说:"然后我就骑着马赶快北去。"雪卿哼哼笑着说:"你去逃命是不是?"唐松带着愤怒说:"岂有此理!我是想赶到嵩山,请来那当年的'衡山一鹤',今日的中狱侠僧!再回来找上你,我们再一同与梁明月分个高下。"

雪卿说："请人帮助，胜了也不算好汉！我看你……"她对于唐松的人物虽爱，但却轻视他的胆量太小，同时联想起来高文豹在顺德府舍身拼命、义护她的父亲之事，那一点实在是可钦佩的，她心中不禁生出了一阵惆怅。唐松却在马上伸手拉了她一下，发出一种轻佻的笑声，说："再往下走吧！你若觉着骑着马太累，可以仍到我这马上来！"她却定睛看着唐松的脸，半天，忽然她叹了口气。

又走出十多里地，天光就发晓了，毒剑客唐松的面貌在雪卿的眼中看得更见清晰：他虽胆小，虽举动轻佻，不像个好人，但他确实是年轻英俊。这样的人在江湖间实为少有，不，他本来不是江湖上的人，他穿绸子的衣裳，穿白绫袜、青缎鞋，十足是一位富家公子。虽然他的腮旁的胡子似有多日未刮，但，仿佛更证明他是一个男子，美男子……

他回过头来时时望着雪卿笑，是一种勾引人、迷醉人的笑；又走几步，他的马索性与雪卿的并行，蹄声在地上迟迟地响着，如轻轻拍着手掌。他说："我改扮装束前来帮助你，在颍桥镇的东边鲁家集上，天天蹲在小茶馆里等待梁明月。我知道他不好惹，我原要来拦头截住他，与他杀一阵，把他打走，就不至于叫他们再找你去啦，可是我没有得手；因为我知道他的伙伴来得太众，我不得不赶回颍桥镇，先防备那些人。其实，假若没有梁明月，只那些人，无论他们是多么多，我也不惧，梁明月叶底金蝉实在是难敌。今天还幸亏有赵老头儿相助。赵老头儿可称得起是一位义胆侠心的老英雄，只不知咱们走后，他与叶底金蝉二人是谁胜谁负？"雪卿却不言语。

唐松还以为她是发了愁了呢，就劝说："你不要发愁！我若不设法替咱们出了这口气，以后我也无颜再见你！不过这次的事，我想也是给咱们一个教训，叫咱们晓得了强中自有强中手；无论有多么大的本事，例如我这身武艺，跟你的百发百中的梅花剑，但一遇着了比我们强的人，我们便无计可施。这话并不是自己减低了自己的威风，是叫咱们还得刻苦去学艺，我想待将梁明月制服了之后，咱们就同往江南。"

雪卿啐了一口，说："谁同你往江南去？"唐松却微微笑，说："这事不忙，你多想一想，以后咱们再商量。"现在是随谈随走，但只是唐松一个人说话,雪卿却一声也不语。

少顷,对面薄薄的朝雾里就来了车子、马匹跟背着包袱、担着行李的人,唐松就说:"咱们快点走吧! 再走几里就可以找着一个妥当的人家了。"

雪卿这才发话问说:"你说的那人家是与你相识吗?"唐松点头说:"略微相识。本来我在河南行走,已不止一次,毒剑客的绰号还是这里的人给我起的,我并不喜欢它。"雪卿说:"我也不爱你这个绰号,倒仿佛你又狠又毒似的。"

唐松说:"本来我最不愿人有绰号,我以为唯有绿林盗贼,才应当有绰号匿名呢!"说到这里,自悔失言,摆手笑着说:"你的'梅花女'这三个字的名称可不算! 因为那还很雅致,不能算是绰号,只能说是个别名。"雪卿撇撇嘴,唐松又说:"我只是姓唐名松。"雪卿摇头说:"这个名字也不好听。"唐松说:"我的别号叫作雨青,落雨的雨,青山的青。"雪卿笑了笑,望了望唐松,脸却又不由一阵发红。

唐松却将马拨进了大道迤西的一条小径,他在前带路,回首点着手,向雪卿带笑说:"来吧! 来吧! 眼看就到!"雪卿抬眼来看了看他,便又低下了头去,就跟随着他顺着这条曲折的小径往西去走。小径的两边都是很高的庄稼,只有他们两个人两匹马穿行于其中,阳光已很高,隔着田禾投下来,洒在他们的背后。唐松一边走一边说,所说的都是使雪卿脸热心摇的话。

走下有六七里地,果然听见了犬吠之声。出了这条小径,就看见了一个小小的村庄,只不过有二三十户,唐松就回首说:"到了! 你看这个地方如何? 还可称幽僻吧? 这里有一家姓张的,我待他们有过大恩,你可以在他们家中住着,必受他家的款待。"说着就下了马,牵马向前。

村中听见了犬吠,就有人出来看,看见了马和马上的年轻漂亮的姑娘,就都嚷嚷着,彼此呼叫着,于是越聚人越多。唐松却上前拱手,询问张老二在家里没有,当时就有人认识出他来,说:"哎呀! 这位大爷原是去年来过的!"

有人就去找张老二,少时跑来了一个四十多岁,穿着蓝绸裤褂,仿佛是做买卖样子的人，见了唐松就作大揖，问说："恩人这一向可好？现在是从哪处来？"唐松也拱了拱手，他说话的声音很低，也不知他说雪卿是与他有什么关系，总之，他说雪卿是得了病了，要借此地调养。那张老二是欢喜不已，急忙就往村里去请。于是唐松过来牵着雪卿的马走进村。雪卿就像是个新娘子一般，被村中这些男男女女老老少少看着，她的脸如一块大红布似的。

进了村，行走不远，就到了一个土墙木门，门上还贴着雨淋得褪了色的双喜字的红纸，唐松这才搀扶雪卿下了马。里边也有张家的女眷迎了出来，都是乡间的妇女，穿的却都很是整齐，可见张老二在此也是个阔人家哩。

随往院里走，张老二就随给引见，原来张家是上中下三辈，张老二上有父母，中有兄嫂，下有儿子、儿媳跟侄子，倒不知有孙子没有。张老二就先喊叫他的二儿子去溜、喂那两匹马，然后他就现腾出一间屋子来，请唐松搀扶雪卿到屋里去歇息。他们称呼唐松为"恩人"，这不足奇，只是称呼雪卿为"恩人太太"，真使雪卿脸既红，且有点生气，又有点心里难受。当着众人的面，她也不能反驳，只暗向唐松瞪了一眼。唐松却高高兴兴，勤勤恳恳，将搀着雪卿进屋到炕上，然后他腾出手来，就向张老二拱手，说："想不到今天来此打搅，实在是内人有了病！"

张老二见唐松给他拱手，越发深深作揖，连说："哪里的话？哪里的话？恩人今天带着眷属前来，就给我们增光匪浅了！想当初在许州地面，黑面金刚带领喽啰将我打劫，若不巧遇见恩人杀死群盗将我救了，我哪里有如今这条命？恩人跟太太请放心在这里住，这村子虽然小，可是往北五里地就到白庙镇；恩人也知道，镇上的买卖很多，只要恩人吩咐一声，我们一定就去办，绝不能叫恩人缺少用的！"

唐松连连摆手，说："我们倒什么也用不着，你们不要多劳。"

张老二就说："不请位大夫给太太看一看吗？"他看见在炕上斜卧着的这位太太可还梳着辫子，并不像一般的妇人似的梳着髻儿，他的脸上就现出一些疑惑的情状了，又问："要不，给太太买点什么药？请恩人吩咐一句话就行，我的二儿子在家没事干，一天他总要到镇上去一趟。镇上的保和堂,丸药跟膏药都炮制得很好,那药铺里住的庞大夫也是好医道,给太太请来看看吧?"

唐松却摆手说:"不用!不用!内人本也没有什么病症,只因她不惯骑马,这次我们从开封府动身南来,沿路骑马走了六七天,以至她的腿被磨伤了,才到你们这里来歇息歇息。"

张老二点头说:"这就是了!您就放心在这里歇着吧!就是住上三五个月,这里也有人伺候,不能不周到。我是自从那次出了事,我就怕了,不敢再出外经商,便在家中务农;今年雨水很调,还过得去。"

唐松点点头,又说:"我只是嘱咐你一件事!"

张老二发了一下怔,问说:"是什么事?"唐松就说:"你千万嘱咐你们全村的人,无论是谁,到了北边白庙镇上,不许说出我们在这里!要紧要紧!"张老二听了,吓了一跳,直直地发了半天的呆。

唐松又嘱咐说:"你不要怕!我们并不是在外面做了什么歹事,现在来你家逃避。你是知道的,我们走江湖的人,在外边结识的仇家不少。白庙镇原是过往的要道,每天不知有多少辆镖车,多少个江湖绿林中人从那里来往。倘若不先嘱咐,你的那二令郎或村中的人到那镇上茶寮酒肆之中说我跟她现住在你这里,说话的无心,听的人却就有意,就许有我们的仇家来此为难,那时真许要惊扰你们贵村了。"张老二摇头说:"不要紧!我切实嘱咐嘱咐他们就是了,不要叫他们到镇上去乱说。"唐松点头说:"就是此意!"

这时,张家的媳妇给送进来新炊的两碗黄米稀饭,连筷子带咸菜碟全都放在炕上,雪卿倒觉得很不好意思。媳妇走出去之后,张老二又向唐松跟雪卿很恭敬地说:"请恩人跟太太随便用一点饭吧!我这就去嘱咐他们。"唐松又拱手说:"我们一来到,真是给你们添事儿!"张老二连说:"哪里的话!哪里的话!"他就出屋去了,把一扇屋门顺手关上。

院中和门外虽还有人说话,但屋中却甚清净,只有两三个苍蝇来回飞着。雪卿用双手抱着受伤的那条腿,微皱着眉,才将身子挪了挪,依然是半躺半坐。唐松就指着炕上的饭食,带笑说道:"你随便用吧!这个地方我看着很好,张老二是个老实人,何况我又对他有过大恩,他绝不能将话传到外面去。我想那叶底金蝉梁明月，就是追到了北边的那座白庙镇，他也不会想到我们是住在这里。"

雪卿却忽然把眼睛一瞪，说："叶底金蝉真个来了，我也不怕他！只是，你向这里说我是什么人，是你的什么，我都不言语，因为既遇着了患难，就不得不从权，可是你别就从此做了梦！"

唐松听了一怔，又笑了笑，话可还没有说出来，雪卿就瞪着眼问："你吃这稀饭不吃？"唐松点点头说："我也饿了。"

雪卿说："那，你就快拿着碗筷到一边儿吃去！吃完了，你赶快去往什么嵩山，找什么'衡山一鹤'去！找得来找不来，我也不管，我就在这里等你十天；十天之后，即使我的腿伤不愈，我也是要走的。你这次救护我，我心里明白了你是个好人，早先咱们的仇恨都一笔抹去了，以后你如遇着灾难，我还许尽力救你呢！可是，你听明白了没有？你别做梦！"说完了，自觉得非常羞涩，而且难过。

唐松在旁发了半天的怔，忽然又一笑，说："你也把我唐松看得太小了！我也是闯江湖、走南北的人。刚才我跟你说的那些，一半是为免却人的疑惑，就不得不对人编一些谎，一半也是说笑话，我也看出来了，你徐雪卿是个地道的贞洁烈女！"

雪卿说："啐！你快走开！"唐松连忙摆手，悄声说："不要被人家听见了！你既是要赶我走，我也不便腆颜在此，只是我昨天忙了一夜，走了一夜，现在我也要吃一点东西，睡一个觉。"雪卿把他的那份碗筷一推，沉着脸儿说："你拿出去吃！到外边去睡！"

唐松点头说："那就不用你说了！并且，我还得索性将你在这儿安置好了，我才能够走，走后我才放心！"雪卿用白眼珠儿瞪他，嘿嘿地冷笑着，并不言语。唐松也毫无兴趣地笑了笑，就拿起了那份碗筷，又瞧了瞧雪卿，雪卿的脸上仍无一丝和悦之色。唐松就叹息一声，拿着碗筷子走出屋去了。

这里雪卿也不禁发了一阵怔，唐松虽然轻浮，其实并不讨厌，只是……她自想：我原是一个侠女，我父亲又是那么个古板的人。我背着他远走，就把他气得可以的了；倘若我再做出什么无耻之事，譬如跟唐松，那我不但难对父母，且愧见我的干娘秦夫人！所以这时的她倒不怎样生气，只是非常的难受。唐松去了，就半天没有回屋，不知他是已经走了没有。而张家的媳妇又送进来炒鸡蛋跟新蒸的馒首，这真是乡间最好的菜饭了，恐怕非得似她这样的"恩人太太"来了，才能够受这样的待承，她倒很觉着惭愧。

她吃完了菜饭，人家把空盘空碗拿了回去，并给她沏来了茶。她躺在炕上，想睡也睡不着。房门闭着，时近中午就显出来闷热，而苍蝇更搅人，户外的树上蝉声也十分聒耳。她向外望不见唐松，心中又有些不放心。此时院中就有人说话，是张老二的声音，叫着说："秃子，酒打来没有？割了几斤肉？肉铺的李大，他没问你今天为什么割肉吗？你可没说漏了嘴。"他是在问他才从镇上买了东西回来的儿子。

他儿子立刻就带着笑，很有精神的说话似说："李大问我！我说你吃，我们连二斤猪肉都吃不起，非得等过节吗？酒打来了一斤，多了我提不动。狗三的酒馆可真兴旺，有一帮贩桃子的客人，把他的小铺都快撑破了！可是那长脸的家伙，又在镇上卖艺了，耍动他的那根枣木棒。那家伙来历一定不正，不是越狱的囚犯，就是滚马的强盗。人家看出来了，他看见了穿戴像官人的，就赶紧溜走，那家伙，那张可怕的大长脸，绝不是好人！"声音细而脆，可知是个十来岁的小孩子。

他的爸爸呵斥说："你就少管闲事吧！有了事，我叫你到镇上去，你去了买了东西就赶紧回来，不准在镇上多待，在酒铺胡混！"那儿子争辩道："我没去胡混！我也没敢多说咱们村里的话，我只是看了半天卖艺的。那家伙长得虽难看，比囚犯比叫花子的还不如还穷，可是枣木棒耍得倒真好！"张老二又说："别说啦！快担水去吧！"

雪卿在屋中听得清清楚楚，却觉得那个卖艺的人很怪，自听了窗外的这一段话之后，她的脑中就印下了一个手持枣木棒的大汉的影子，就想：这绝不是什么盗贼、逃囚，必定是一位落魄的英雄！由这个想象出来的人，却又跟衣马翩翩的唐松一比，唐松可真不像是一位豪杰，人既轻浮，性情也怯弱，嘴里的话也未见得都靠得住；他既认得什么"衡山一鹤"，可偏又往嵩山去找，这就多半是谎言。这时候还不知他已去找了没有？已经走了没有？不知为什么，她却又担着心，虽然自己是看不起唐松，可又好像是有点离不开他似的。

当日唐松就再也没进她这屋里来。吃晚饭的时候，是张家的媳妇伺候她，她想要问问唐松走了没有，可又问不出口去，而且又明知问也必定问不明白，她一个媳妇哪能知道呢？当夜她没睡好觉，又觉寂寞，又觉急躁，就想：我真没受过这个！叫我伤了腿，永远在炕上，不能下来行动，这岂能忍受？只要好一点时我就得走，我不能在此等着找来什么衡山一鹤！

次日晨起，张家的媳妇服侍她，她就梳妆、换衣，打扮得干干净净。下了炕，要试着走一走，但走两步，她就觉得腿疼得厉害，这就正如英雄落魄似的，徒负一腔的勇气，却一点也使不出来，不由得她不唉声叹气，只好又回到炕上去躺着，急得她真要哭。

但待了一会儿，又听见院中有两个男子在谈话，一个是张家的二儿子，一个却像是邻居，这个人是才从白庙镇上来。听他两人一问一答地谈说，那孩子问："喂！怎么回来得这么快？柴都卖了吗？也不给我带点什么好吃的来？"那邻居带笑说："你这小子！还要沾我的便宜呢？我一担柴才卖了一百五十文……"忽然又说："喂！你知道吗？昨天从你们这里走的那位唐大爷，原来并没走，在镇上呢，好像他在等着谁似的？"

雪卿听了，又是一阵惊愕，她想：唐松为什么既走又不走，他在镇上等着谁呢？于是雪卿就越发注意外面的谈话。外面却又谈到了那个使枣木棒卖艺的大汉，原来这几日那大汉病了，幸亏马家店马掌柜看他可怜，收容他在马棚里睡觉，天天给他一些剩汤剩饭吃，他才不至于饿死。雪卿听了，又恨不得拿出一些钱，资助这个落魄的英雄到别处去谋生，或是把他荐到山西张八爷那里去。

关于唐松在镇上的事，她挂虑着，可是又不肯向旁人去问，托旁人去找。因为她知道唐松是跟自己负气才走开的，可是他大概是既没地方去，又舍不得远去，所以才在那镇上住着、腻着、等着请。雪卿就傲笑着，说：我才没那么大工夫去请他呢！倒看他几时自找台阶，自己回来。他若是不回来，我也会走，只要我的腿伤略好了之后，我就走；先去寻访我干娘秦夫人，然后我们再一同去找梁明月报仇。于是雪卿就耐着性儿在这里休养，每天每时，她都注意听着窗外的人的谈话，尤其注意那镇上的事。

原来白庙镇就在北边不远，那是个南北交通的大道，镇上约有百余户人家，十几家铺子，往来的客商多半在那里打尖歇足。那个地方当中一股平坦的道路，两旁都是庄稼，田禾弥野，在这时候就跟一片绿海似的。在西北十里之外便有一座高山，本地人呼那座山为"对头山"，因为山上有两峰相对，山下并有一块沙砾之地，不能耕种。那地方，在前几年常有强人出没，近几年倒是没有了，可是，凡有附近的土棍流氓，或是仇敌对手不愿经官的，便都约到那个地方去拼命。那地方常有无头尸身发现，是一个险恶的地方，因此也使得本地的人性情变得更为强悍。

毒剑客唐松现在是住在镇上的马家店里，他的马跟宝剑都放在这里。他是要跟雪卿赌一口气，因为他觉得雪卿太无情，并且轻视他。他料到叶底金蝉梁明月必不舍雪卿，必然向北来追，必要由此经过，所以他就在此等候；想待梁明月来之时，自己就拼命去与他再斗一场，若不将梁明月杀死在此地，给雪卿看看，自己就誓不为人！

他虽住在店里，可是整天不在店中。店中马棚里病着一个会耍枣木棍的大汉，他也知道，他早晨起来到院中时，有一次看见那马槽的旁边伸着两只很粗的，又脏又黑，光着两只脚的大腿；又有一次，看见那大汉在马槽后面坐起来了，但是露着一团乱蓬蓬的头发，那人的模样他却没有看见。他以为不过是个乞丐、穷汉罢了，便也不往心里放。

每天一清早他就携带着宝剑出店门，到附近的一家茶酒馆里一坐，把宝剑藏在桌子下边，要一壶茶，再来一碗酒，一盘肉，一盘盐水煮黄豆，他就吃吃喝喝。靠着窗子是一棵小柳树，树上不断地有蝉声唱着，并有虫子挂着一条丝由树叶上坠下来；树叶摇动，时时吹进来凉风，用不着扇扇子。而且无数南来北往的人，都必须从窗外经过，逃不开他的眼底，尤其是傍午的时分，过路人来此打尖了，那么这棵柳树就是拴马桩。附近各村中的，到镇上来籴粮卖柴、买油割肉，总也多半来这里跟酒馆里的那个麻子掌柜的，痨病鬼似的内掌柜的，谈几句，笑几声，许多喝几口茶，来一盅酒。而那棵小柳树下，只要没拴着马，就有人把马粪踢开，坐在树下抽烟、乘凉，谈闲话，附近的什么事唐松都知道了。

而张老二家里的那二儿子，跟村里几个邻居，几乎整天在镇上，隔着窗跟他笑着谈话："你怎么不回去呀？""太太一个人在那里，闷得慌呀！""她今天能下炕了，可是不能多走路，腿大概还有点疼。""你在这儿要等谁呀？"

张老二也亲自来此请过他一回，叫他回村里去，他却说："我因与一位好友约定在此地见面，你们那村子地方太偏僻，不容易找，我怕他走过去，所以才在此等着。"他藏在桌子底下的宝剑，也没有什么人注意，所以就都以为他在此等着的真是他的好友。

但到了第三天，傍晚的时候，忽然有一人骑着马自南而来，行过这窗子时，并未驻马，但唐松嚯然站起了身，冲外面高高叫了一声："梁明月！"

叶底金蝉梁明月本来都已经走过去了，听了身后这一声叫，他不禁勒住了马，扭头向后来看，就看见了酒铺的窗内，昂然站着毒剑客唐松。他的那张紫红脸上稍露出来惊讶之色，随着又一笑，便下了马，牵转了马走来。这时他穿着一身青洋绉的裤褂，十分的讲究；马是换了一匹紫骝马，浑身的毛儿全都生光，但他却没有携着七节鞭，鞍旁挂着护手钩一对，上罩皮套。

此时窗里的唐松已将剑暗摸在手里，可是看见了梁明月的这对钩，他不由又有些惊讶。因为在米家庄时曾听盖河南说过，叶底金蝉虽然十八般武艺件件皆通，但是他最拿手的还是那一对护手双钩，如今他把看家的家伙拿出来了，这确实更不好办了！

梁明月已来到窗前，倚着马一站，那棵小柳树垂下来的长丝，直拂在他的头上。他是满面春风，一点也没有愤怒的表现，问说："怎么？你是特地在这里等候着我吗？"唐松也故意做出镇定之态，傲然说："你既已猜出来了,那我就不必说啦!"

梁明月说:"咱们都是南方的豪杰,本来没有仇恨,何况我听半截塔说,你跟盖河南也是很有交情,说来咱们都是朋友。上次,你要是不多管闲事,我也不能跟你为难。我也知道你跟我作对不过是为跟我争那梅花女,但你错了!你又年轻,又漂亮,又不指着走江湖吃饭,谁不晓得你是个风流人物?你要想娶宰相的小姐都许办得到,何必跟我争那么一个江湖女子?老弟!我说的是不是?你想一想。不瞒你说,我梁明月向来是个铁罗汉,但如今我真叫那丫头给迷住了。生平没受过伤,可是前天左肩中了她一梅花剑,真不轻!我却不能把她舍掉;我料到她的腿也受了鞭伤,必定走不远,我便追了来。老弟!你知道她现在哪里,你指告我,只要成了我这件良缘,你是第一个大媒,我必有重谢!"

他才说到这里,唐松蓦然扬起剑来向窗外就砍。宝剑寒光闪闪向着叶底金蝉砍来,叶底金蝉疾忙牵马离开了柳下,唐松一跃上了窗台,高声骂道:"梁明月!你要是上马逃走,你就不是英雄!唐太爷在此已候你三日了,今天非跟你拼一拼不可!非杀死你在此不可!我能容你污蔑梅花女?站住!你小子别走!"他飞也似的跳下了窗台,赶过来挺剑就刺。

梁明月却也将双钩摘下,抽出套来,分左右手一持,左手的钩镗一声将剑架住。他哈哈大笑,说:"好!唐松,你倒不愧是洞庭湖派的门人,你的胆子倒还真不小!可是,看看!"此时街上和酒铺的人全都惊慌起来,北边来了几辆车也都被截住了。

梁明月就说:"这是南北往来的大道,咱们要是谁死了,尸首躺在街心,碍着人的路,那才真叫讨人嫌呢!这地方我倒很熟,往西北十多里地有一座山,名叫对头山,那个地方倒还僻静;你的剑,我的双钩,在那里也还能够施展得开。三年前我曾在那里与水里虎拼过命,那地方,我倒还想去看一看。"

唐松瞪眼说:"那么咱们就走!"

梁明月却说:"别忙!别忙!我由很远来到这里,也得歇一歇,喝两盅酒。同时我劝你也应当把酒喝足,因为我这钩伤了你,你不能够立时就死，喝足了酒，到时也可免去苦痛。"

唐松大怒，翻转剑势，又向梁明月来砍，梁明月却扬双钩去架。唐松又抽剑乘隙，转向梁明月的前胸刺来；梁明月却将脸一沉，以右手的钩铛的一声又将唐松的剑磕了，其力极猛，震得唐松的手麻。梁明月顺势又以钩压住唐松的剑，叫剑抬不起来；唐松却不得不向后退了两步，才将剑抽回，面色发紫，但胸头确实有些跳。身后有人叫说："唐恩人！你老快躲开吧！"这正是那张老二的二儿子。

梁明月忽又冷笑，向着唐松说："老兄弟，你先沉着点气！别急！待会咱们再往对头山，让你看看我二十年来所学的武艺。现在，来！进酒铺来，我先请你喝点酒！"

唐松这时真是非常的惊讶，想着叶底金蝉梁明月的武艺高、力气大而又是这么一个性情，实在是个怪人，实在令人不解。便拿眼瞪着他，心中却渐渐改了主意，便点点头，也冷笑着说："好！那么请到酒铺里，我请你，我还有些话要对你说。"梁明月说："你先进去吧！"他遂从容不迫地去到柳树下系马。

这时街上的人，胆大的还站在窗外远处看着，胆小的却早就走了。那张老二的二儿子要拉着唐松回去，唐松却摇头，那孩子就走了。唐松是先回到酒铺里，梁明月自后进来，他手中仍然提着明亮如银的双钩。唐松就叫酒保换酒，另拿菜。酒保的脸色都变了，手都有点儿哆哆嗦嗦的。旁边的别的吃酒用饭的人，都怕他们再在屋里打起来，早就付了钱或记上账，溜了。

这里毒剑客唐松将酒满满斟了一盅，先递给叶底金蝉，梁明月带着笑接到手里。唐松自己也斟了酒喝，他就先发话说："你刚才说的对！咱们两人本来无冤无仇，只是为一个梅花女徐雪卿。不瞒你说，她的父亲赤须龙徐三爷，已于今春将她许配给我了，因此我对她不得不保护，我还不许人说她的坏话！"

梁明月听了却一笑，问说："谁是大媒？"

唐松说："顺德府的镖头黑袍狼秦成，他是大媒。"

梁明月冷笑着，喝下了一口酒，摆着手说："得啦！老弟你何必跟我说这假话？你们在顺德府闹的事儿，难道我还不知道吗？你在米家庄盖河南的家里，养了些日伤，是谁伤的你？哈哈，也别瞒我！你不过跟我一样，全跟梅花女为仇做过敌，不过后来都被她的美色所迷，她又爱你年轻，嫌我年老，她才肯跟你一同逃到这里。如今，没有别的废话可讲，你交出来梅花女便罢！"

唐松大怒，蓦然又抢起剑来，隔着桌子向梁明月就砍，梁明月向旁一跳就躲开了；剑砍在桌上立刻成了一条深痕，酒盅被震落在地下，摔得粉碎。酒保大喊说："别在我们这儿打呀！"窗外那些看热闹的人又都纷乱起来。梁明月跳到一边，手持着双钩，依然冷笑，说："真要打吗？真要打咱们就走！到对头山！"唐松说："好！这就去！你等我取马去！"说着持剑跳出了窗户。

唐松回到了店中，直头往棚下去解马，却见那个患病的穷汉并没在这里，他解下了马，连鞍鞯也不备，就牵着出门。只见梁明月已经上了马，一只手拿着一对银钩，一只手提着马缰，高呼说："走啊！是好汉子就随着我来！"他的马就先驰出镇去了，唐松上了马紧紧跟追。

走出了这市镇，西北面田禾的中间便有一条小径，梁明月就催马往那边去了，还回首冷笑着点手，唐松就去追。双马一前一后，顺着小径去行，触得两旁的田禾都簌簌不住作响。梁明月时时回首，只是冷笑。而唐松却是面色发紫，心中计划着到时应使用的毒辣着数，并回头去看，见倒没有什么闲人跟来，因就想：平常要是有人在那里争斗，不定得有多少人去看呢。如今，那些人却连看也不敢了。

他们的两匹马很快，不多时就出了这片田地，望见了那座对头山。山并不太高，但怪石嶙峋，形势却极为险恶，山下的地下，尽是些碎石烂砖，坎坷不平。梁明月到了这里，就甩镫下了马，先将马牵到一边，然后双钩向左右一分，跳跃着逼来，说声："来吧！"

唐松由马上一跃而下，咬着牙，一句话也不答，宝剑如猛蛇，向梁明月的当心就刺；梁明月双钩如鹰的翅子，反舞以迎。两三合，唐松突转变剑势，剑作刀使，只连向梁明月的头上喀喀乱砍，梁明月以钩钩，以钩架，以钩挡，以钩磕，刃物相击，铛铛作响；雄躯往返，各不相让。忽然梁明月用一钩压住了唐松的剑，以身猛然向前，另一只钩却要来钩他的脖颈；唐松疾忙一伏身闪开了，同时抽剑，连砍带刺，二人越杀越紧。但又交战几合，唐松的力弱，却又不得不向后退。

在这时梁明月正在得意，突然有一道白光，自南飞来。梁明月手疾眼快，他早已看见南边飞驰来了一匹马，马上坐的正是梅花女徐雪卿，在十步以外，这口梅花剑飞来了；他疾忙就用钩迎磕，当时一声响亮，短剑就落于地下。唐松却急喊说："雪卿！你不要近前！"

徐雪卿一身浅红的绸子衣裤，鬓发齐整，脂粉轻涂，她是十分的娇艳，而怒容勃然，瞪着星眸，狠狠地说："凭什么我不管？"嗖的又一支剑飞来了。

梁明月却早已向后退了几步，将钩归于一手拿着，另一只手张开一抄，便把小小的梅花剑抄在他的手中，傲然笑着说："好！来吧！越多送给我梅花剑，才越能显得你多情呢！"

雪卿虽然下不了马，但马却向前直闯，宝剑抢起，向梁明月就剁，梁明月并不躲闪，只舞动了双钩迎杀，唐松又从步下舞剑逼来。当下两口寒光，又将对方的双钩敌住，梁明月却略无畏缩，双钩左右翻腾，上下翻飞，前遮后护。当时就见几道白光绕眼，马跃人腾，石飞土溅。

唐松恐怕雪卿有了闪失，直叫她："退后！退后！让我一人！"雪卿却说："你躲开吧！难道我还真敌不过他梁明月？"梁明月却是一边抢舞着双钩，一边哈哈大笑，嘴里且胡说乱道，气得雪卿跟唐松，两口剑越发的逼紧。

但他们无论怎样使尽了生平之力，展开了所有的剑法，但到底不能将梁明月杀退，更不能损伤了梁明月的丝毫。并且梁明月越杀越勇，他的双钩舞得直如同两个飞转的银色的车轮，车轮护着他的身。他又大笑，说："算了吧！毒剑客你可快些滚开，不然七爷可要下毒手了！梅花女你也赶紧扔下剑，给七爷点温存，不然……"

他往下的胡话还没说出来，忽然背后飞来了一块大石头，正砸在他的腰上。他的身子不禁向前一扑，徐雪卿趁势一剑，正砍在他的左臂上，他就把一只护手钩扔了；他虽然受了重伤，血水直流，可是他并没有哎哟一声。此时他不笑了,面色惨白,抢着一只钩就向马上的雪卿狠钩。

这时候,唐松却看见了,原来是从那山坡上跑下了一条大汉,浑身破烂的衣服,光着两只脚,一张大长脸上满是泥污,跟个乞丐……不,简直跟个恶鬼似的;但他手持着一根又长又粗的枣木棒,凶猛地跑了过来,蓦向梁明月的头上就一击。叶底金蝉这时可忍不住叫了起来,唐松又趁空一剑,梁明月就倒地身死,大汉也收住了棒。

第九回　情绝两面侠女潜踪
　　　　月照中庭师徒巧遇

　　马上的徐雪卿跟唐松却全都惊讶了,全都看出来了,原来此人正是顺德府的飞锤太保高文豹。唐松不由咬住了牙,直着眼发怔,因为他晓得这人就是徐雪卿的未婚夫。而徐雪卿也不由得呆了,她没想到近日所闻的那位落魄英雄竟是他!他虽然落魄,还是这样的勇;若没有他,今天,实在,连自己带唐松,还是一定败在梁明月的手中无疑。雪卿不由得又脸上发红,心中既惭愧,且是感激。

　　高文豹却像一座巨塔似的,手挂着枣木棒立在他们的眼前,望了望唐松,又望望雪卿,只说:"你们快走吧!死尸由我来收,出了官司由我打!"

　　唐松却拱拱手,说:"高兄,你这汉子我佩服!我实不知你竟一贫至此。那么,就请你先把这地下的尸身抬到山上扔了吧!然后你再回到镇上,等我将雪卿送往那边村里,我再去找你,我们再细谈;我们倒要深交一交,我还要资助你一些银两,给你找个地方安置你!"

　　他的话才说到这里,高文豹就抢棒向他打来,瞪眼怒骂说:"谁要你的银两?谁叫你安置?你姓唐的算是什么人?"唐松向后连退几步,脸色也变怒了,说:"姓高的!你不要不识抬举!"说时宝剑挽花要向高文豹的当胸去刺。

　　雪卿蓦然从马上跳下,说:"不可!"她的脚立不住,身子向后一歪,唐松赶紧上前去扶,她却翻脸喝声:"躲开!"唐松不禁愕然。雪卿却又流下泪来,说:"我不许你们打!"她弯曲着一条腿,一手扶着马,却又站起了身。

唐松与高文豹互相怒目望着,唐松手横着剑,高文豹也双手举着枣木棒。雪卿和她的马却横在中间,先向唐松摆手说:"你不要打!"眉目之间确实仍含有一种情意,然后她又转脸向高文豹说:"你是为什么到了这里来?你是为什么落成这般模样?"她问话的声音又有一些凄惨。

高文豹却将枣木棒垂下,脸色显出一种愁容,是益发的难看。他就长叹了一声,说:"我落成这般模样,谈起来话长。毒剑客是咱们的仇人,你不要忘了!今天我来打叶底金蝉,原是为帮助你!我在店内听说那小子要向这小子逼问你的下落,并说了你许多坏话,我就生气,我才扶病前来;打叶底金蝉原是给你出气,并不是要帮助这小子!"他依然发怒地指着唐松。

唐松却提剑冷笑着,又听高文豹慨然地对着雪卿说:"我到河南来,还是为找你!你不该出来,你虽武艺高强,蝴蝶镖、梅花剑的声名大,可是这江湖你不应当行走;你还是应当快些回去,看看三叔跟三婶!"

雪卿惊讶地问说:"莫非我爸爸跟我母亲他们叫你来找我?他们二位老人家想我了?病了?"问这话时,声音越发凄颤,泪都落下来了。

高文豹却摆手说:"没有!除了三婶,自你走后她就病了,听说现在她还没好。三叔是我临离开顺德府之时,见了他一面,我还是被他救出来的;他老人家倒还健康,他并且对我说,他不要你啦!"

那边的唐松听了,不由得面上又现了喜色,望着雪卿,见雪卿把宝剑扔在地下,以身子倚着马,掏出手绢来揾着眼睛,不胜悲泣、抽搐。

高文豹又说:"姑娘你也不必难过,我来找你也别无话说,只是劝你回去。你还放心,我是终身也不能再回顺德府了!"说到了这里,他又是慨然一声长叹,接着说:"我都知道,你为什么离家呢?你不过是因为不愿意嫁我,嫌我的貌丑、家寒,可是你不知,这些话你应当早向我说,我也就退了婚了！如今过去的事情全不必提，我是不能再回顺德府了，你到了那里也就晓得我是为什么出来的，为什么落成这般模样。徐三叔救我出来时也曾给了我几两银子，但都被我周济了贫乏；我又不会偷盗，不能去找人谋生，我就成了这样，我的老娘还在顺德。"

说到这里，他也流下来两行眼泪，又说："三叔应得我走后，照顾她老人家，我倒放心，不过怕我终生不能尽孝了！你，我们见了这一回面之后，我也就不再找你，可是我劝你赶紧回去；你若真进了门，三爷他老人家也不能把你打出来。我的婚礼早就算退了，你爱嫁谁便去嫁谁，我不管，可是，他……"又指着旁边的唐松说："他可不是好人！你若是真做了他的妻子，那可实在叫三叔生气了，那你就算把三叔的一生名头都丢尽了！我也就看不起你！"

那边唐松又愤然跃起，怒声说："高某，你可不要当面骂人！你去遍处打听打听，我唐松，是真正的堂堂好汉！"

雪卿却又摆手，一边拭着眼泪一边说："你们都不要说，听我说！我不愿再回顺德府，因为我也无颜。高文豹！我对不起你，可是，咳！不用说了！反正我知道你是个好人，但我不愿做你的妻！"高文豹默然点头。徐雪卿就又向唐松说："唐松！你也是一条好汉，谅你也不能没骨气；现在我把话说明，我是也不愿再与你相识，你也走！"

唐松向后退了一步，发怔了半天，然后就一跺脚，说声："好！"他去收剑上了马，依然顺着那条小径就走了。走了一段路，他又回首看看，见高文豹一手挂着枣木棒，一手拖着叶底金蝉的尸身，已经上山去了，而雪卿的人马影子却都已不见。他疾忙催马去走，想要先回到镇上，然后再往那村中去见雪卿。

他的马行得很快，并且心中十分痛快，因为第一是已经剪除了叶底金蝉梁明月，第二是他以为刚才雪卿说那些话是假的，她不过是为拿那话将高文豹骗走，而却在张老二的家中去等候着我了！于是唐松就紧紧地行。

不想到了那村中，还没见了张老二，那孩子——张老二的儿子就迎上他来，喊着说："唐恩人！你跟那个使双钩的小子打得怎么样了？谁输谁赢？你的太太刚才听见我给她报了信，不放心你，她就也骑着马去了，她没到对头山吗？你没见着她吗？"

唐松勒住了马，问说："她现在回来没有？"

这孩子说："她去了不多时就回来啦！她连马也没有下，在门前叫出我爸爸，给她进去拿上了包袱，她就走了！"

唐松吃了一惊，赶忙问说："走了？往哪边去啦？"这孩子说："往东边去啦！她不是又找你去了吗？你没见着她吗？"唐松连摇摇头也没有工夫摇，拨过马去就走，一直往东。

他的马行得更快，及至跑到大道之上，已然满头是汗了。他瞪着两眼，南瞧瞧，北望望，但却都没有雪卿的人跟马的影子，不禁十分着急，又想：雪卿她绝不会往南去走，南边还有叶底金蝉那些朋友，大概她一定是往北去了！于是唐松就又催马往北去走，

他沿途逢着人便问，但竟没有一个人看见有什么骑着马的女子由此地经过，于是又犹豫，收住了马暗想着：莫非她真是往南去了吗？不然何竟没有一个人看见她？她，真真是无情，我绝不能容她去远！便又折回马来，再往南去走。

一直追出了有六十多里路，依然不见雪卿的踪影，向路旁的人询问，依然是没有人看见她。唐松就不禁惊疑，暗暗的叹气，并且灰心了。忽然想起：她在江湖上失了意，必不能再在各处瞎撞了！听高文豹今天说，她的母亲是自她走后就得了病，她也许是顺着什么便路回顺德府去了。这样说我还得向北去追她！咳！当下唐松又将马头重拨向北，可是他已经意态颓然，马也没有刚才走得那么急了。

这天的天气十分炎热，白庙镇迤北的大道上滚荡着烟尘，可是那田野中间的曲曲折折的小径之上，却相当的清凉；因为吹来的风使得麦叶沙沙地摇曳，并送来阵阵的麦香。道之中间，有一匹马在缓缓地走着，马上一位姑娘，正是徐雪卿。她的芳容黯然，一点也没有往日的侠烈气概。她的心头是很沉重的，如今叶底金蝉虽已死了，但是干娘秦夫人避往何处，还是无法知道；母亲在自己走后便病了，如今也不知是痊愈了，还是更沉重了？爸爸的脾气又是那样的暴躁，再说自己既已出来

了,又有什么脸再回去？高文豹的为人,自己实在钦佩,可是他的容貌丑陋,自己又实在不喜欢；唐松是自己所爱的,但他的品性却又不好,而且我若与他在一起,将何以对得起高文豹呢？

她的心中实在是难过而且凄楚,腿处的伤,因为骑马,摩擦得又很是疼痛。包袱里虽然还有钱,可是她为免得被唐松或是高文豹追赶上,所走的尽是偏路小径,故此也找不着一家店铺可以供她饮食,她就忍饥耐渴地向下去走。

傍晚时,看见附近一个村落里腾起了炊烟,她才去寻觅了一户人家,求了饭吃,并投宿。这农家只是老夫妇,人都很好,对她倒尚为优待,她住在这里,到次日也没有走；她不仅是腿伤,好像还得了心病,怏怏的,不能够起来。在此一连住了七八天,她的腿伤就完全好了,可是芳心仍然忧抑。及至别了这农家,出村上马,茫然地又往下去走,她才渐渐决定了:现在只好回顺德府家中去,回家去悔过,或者爸爸也不能够不相容；以后就仍然在家安分地居住,待侍奉父母天年之后,那时,自己便找一座庙宇去削发为尼……想到这里,她不禁泪流。

再往下走,一连走了三四日,投村宿店,倒无事发生。这天她的马已由偏途而又登上了大道,看了看,方向倒没有大差,可是天色越来越阴沉。又往下走了几里路,竟落下大雨来了,路上起先还有急行的车马和乱跑的人,渐渐的雨越来越大,路上竟一个行人也没有了。雪卿的衣服尽湿,马背上的雨水也如泉水似的往下流,雨声响如乱鼓,田野间都浮了一层白烟,低的地方都变成了池沼。雪卿的眼睛都被雨水淹得模糊了,她低着头,紧紧地向前去走,半天才走入了一个市镇。

这市镇是很小的,统共不过十来户人家,只有两三家小铺。雪卿来到一家铺户的门前就下了马。门前有个插幌子的竿子,雪卿就将马系住了,把湿淋淋的包袱也解下,她就跑进了店铺里。一时她两眼难睁,竟看不出这是个什么铺子,只听柜里有人问说:"雨真大！大嫂你是从哪里来？"

雪卿先把湿手帕拧了拧,就拿着它擦了擦眼睛跟脸,然后才扬起头看了出来,原来这却是一间小药铺；两壁都是小抽斗,上面粘贴着白纸的条子,写着什么"陈皮""麦冬"等等,柜上还摆着许多的罐子跟葫芦,药味扑鼻。一个胖掌柜的隔着柜台又问她说:"大嫂,你要买什么药啊?"

雪卿把湿淋淋的辫子向后一掠,那掌柜子的两只眼便有一点发直,雪卿摇头说:"我不是买药,我是从此路过,因为遇见雨了,所以想在你这儿避一避。"

柜里的那胖掌柜的就显出不大高兴的样子,好像是一天也没开张,来了个女人只管白避雨,却不买药,这有多么不吉利呀!他就指着斜对过的一家铺子说:"那边不是店房吗?又卖饭,又住人,还有内掌柜的,你去了也方便,为什么不上那边避雨去呀?"

雪卿听了就走出了这铺子,站在屋檐下,隔着雨向那边望着,就见那边有一间土屋,前面还搭有席棚,有几条破桌子板凳在雨中淋着,确实是一家代卖饭的店房。她将要走过去,忽见那边的破窗子打开了,现出来一个半身穿着月白褂的妇人影子;虽然是隔着渐停的如织的潺潺细雨,但还能看得清楚,竟觉得十分面熟。

隔着一条泥泞的小街,那边的妇人把雪卿看了半天,也呆了;忽然她招点着手儿,笑着叫道:"来吧!来吧!这不是徐姑娘吗?嗳呀!这场雨可真好,把贵人给送来啦!我真想您!"雪卿惊疑着,此时才看出来,原来这妇人正是上次遇见的米家庄盖河南的逃妾赛嫦娥。

雪卿想着:上次就因遇见了她,她就帮助人要图财害命,就弄出了很大的事!如今又是下雨的天,自己且是个孤身,如若跟她一谈话,又许惹出什么麻烦来。因此便不理她,并且趁着这时雨住些了走。

但那妇人又开门出来,站在斜对面的屋檐下,向她点手,更笑着说:"徐姑娘您过来吧!这边没有别的人,来!我告诉您,方大爷就住在离这里不远!"

雪卿蓦然心里一动,因想起:那方廷玉原来他并没有死!他大概是遇救了,他就住在这附近,并且这妇人晓得他的下落,我怎可不去看看他?当下雪卿不由得就答应了一声,挪动了已经湿透了的两只鞋袜,就蹚着泥水,急匆匆地走了过去。

赛嫦娥就把她往屋里让，屋中果然没有什么饭客和宿客，只有一个很精壮的汉子，赤着脊背，正躺卧在一条大板凳上睡觉。赛嫦娥一面过去推那个人快醒，一面向雪卿说："这个人就是我的当家的，他是这店里的掌柜的，名叫龚呆子，他可一点也不呆。在卫辉府的时候，那时他在那儿帮着人做生意，就嫖过我，要娶我。可是我那时候昏着心，看他论人不如那黑二，论财势不如盖河南，我就跟了盖河南那瘸老头子，姘上了黑二，我才把他抛啦。直到那次遇着姑娘你……咳！那就不必详细说啦！多亏那位方大爷善心，人家受着伤，人家还催着我快些逃命，不然那盖河南能饶得过我？我简直是跟要饭的似的，过了黄河就跑到了这里来。我知道他是这里的人，只有他还可以容我投奔，我就来了，没想到他还真待我不错，我就成了这里的内掌柜的了。"

此时那个龚呆子已滚下了板凳，坐着揉着蒙眬的眼睛。这个人年有三十来岁，满脸的深大麻子，经他的老婆一引见，他就赶紧站立起来，向着雪卿作揖，样子是极为恭敬而且诚恳。赛嫦娥就指着他又向雪卿说："我的这个汉子，他待我可真好，没有那么好的！因此我也收了心啦。这个小买卖，虽说发不了财，可也饿不死，我就打算跟他一辈子啦！得这么个人，谁管他长得好不好，真不容易！"雪卿一听，不由心中忽有所感，觉得妇人的这几句话，竟似针对着自己而发，不免想起高文豹来了，一阵惭愧似的伤感之情袭上她的心头。

妇人又说："前些日有几个过路的客人，救来了一个人，原来就是方廷玉大爷；那时他的伤不但没好，且更重了，被我瞧见了。我就跟我男人一商量，我男人想：即是人家早先放过我逃命，那就是我的恩人。那几个客人虽都是好心，因为在路旁看见他趴在地下哼哼，才把他救起来；可是客人还都得上省里去做生意，不能净带着他，我们便出了个主意，把他留下啦！又因为这条街晴天的时候，也是来来往往的人很多，盖河南手下的那些东西时常从这里经过，连我，除了下雨的天，在这儿简直不敢出屋子，方大爷若在我们这儿住着更是不便。我男人有个本家的哥哥，在西边太玄观里当道士，庙里很清静，轻易也没有什么人去，我男人就把他送到那里了；倒还好，他在那儿休养了不多的日子,伤就全都好了。他本来是想南下再去找你,可是他又心灰意懒,前天他还到我们这里来呢,他说他要在那庙里出家当道士!"

雪卿一听,心中更是不胜感慨,就叹了口气,说:"我在这里等得雨住了,你把那太玄观所在的地方指点给我,我去看一看他。"妇人点头答应了,遂就请雪卿在一个凳儿上坐下,她就跟她丈夫一齐忙着,给雪卿烧水沏茶、下面。

窗外的雨簌簌地落着,可是越落越微。雪卿用毕了饭,又与这妇人对坐饮茶,谈了半天的闲话,外面的雨就渐渐地住了。乌云飘了过去,露出来晶碧的天空、金红的太阳。街上的泥泞之中,也有本镇上的人光着脚出来,可是仍然没有什么车马往来经过,因为路是太难走了。

雪卿穿着一身湿衣裳,在屋中待了这些时,已都快干了。妇人把她请到柜房内——是一间很窄小的屋子内,拿出衣服鞋袜来,要叫雪卿更换。可是雪卿见她的衣服只有三四件,都是嫁了那龚呆子之后新做的,虽然是布的,可是不是大紫,便是葱心绿,而且因为身材不同的关系,雪卿比了一比,不是太肥,就是太长;鞋更是,妇人的鞋都是缎子绣花的,瘦极小极,雪卿穿着也不合适。她只将包袱里半湿半干、昔日在颖水河边洗得很干净的衣裤鞋袜拿出一身,叫妇人在火的炉边烤干了,就换了。

此时因为外屋里来了几个客人用饭,并有人来投店,外面就乱哄哄的,很多人谈着话。雪卿因怕有人认识她,所以也不愿出屋子,就在这屋内的炕上躺卧着休息。直到天晚时,屋外的客人才全都走了;在这里投宿的两三个人,也都到了后院的小屋里去休息。外面静静的,雨声、雷声和人的谈话声全都没有了,雪卿这才叫妇人把那龚呆子请了进来,向他询问那往太玄观中去的路径。

龚呆子说:"很好找!出了这条街往北,走不远就能看见一条路。那条路也很宽很平,虽有泥,可是您骑着马不怕,今天又有大月亮,您走不一会儿也就到了。那庙中只有四位道士,我那本家的哥哥法名叫作永修,他虽不是方丈,可是在观里也很拿事的;您去了,就能见着那位方大爷了。"

雪卿含着笑将头点了点,就要自己出去备马,可是龚呆子赶紧出去,抢着把马匹备好。雪卿连宝剑带包着梅花剑的包袱,一齐拿了出去放在马上。雪卿才上了马,那妇人又追出来,问说:"姑娘你还回来吗?"雪卿点头说:"也许回来,但无论我走后多日,如有人来这里打听我的行踪,你们可千万不要说。"妇人笑着说:"不用你嘱咐我也知道呀!"雪卿又点点头,就鞭马走了。

此时东方是一轮明月,回首看看,就如一面银盘高挂在背后。出了这小镇,走不远果然看见往西有一条大道,道上泥水未干,被月光照得闪闪发亮,如同一道小溪似的。两旁有柳树,有田禾,有茅舍竹篱,隐隐的灯光,可是没有一个人,风景至为幽静,雪卿就催马款款的走,马蹄溅在泥水中喳喳地响。

走了多时,走出了约二十里地,便看见路旁有一座庙宇,月光照着那墙垣,朱色殷然;有几颗松树,郁郁的,把几团黑影子投于地下,庙中岑寂得如同一座古墓似的。雪卿料到这里必定是了,就下了马,脚踏在地下,觉得很是湿松,倒没有什么泥水。她将马系在松树上,将要向庙门去走,去叩门,却忽听门里隐隐约约的有两个人说话,雪卿只听出来一句,仿佛是问说:"外面有人!是谁?"

雪卿不由得退了一步,刚要等着里面的门开,却见门倒没开,那墙头却蹿上一个人来。雪卿一惊,仰面去看,问一声:"是方大哥吗?"墙上的黑影却很苗条,云鬓俨然,正似向下望着发怔。雪卿看出却是一位妇人,便觉出自己是认错了人,又后退一步,仰面定睛去看,墙上的人忽然跳了下来,说:"哎呀!原来是雪卿!真巧!我正在惦念你!"下来就把雪卿的胳膊拉住,并将她的身子抱住。

雪卿此时已经听出来这种相违已久而又厮熟的声音,仰着脸仔细去看,又辨出来对方这半老的妇人的清瘦容颜,不由得叫了声:"干娘!"她也抱住她的干娘即师父痛哭起来,秦夫人的泪也堕在她的脸上。此时方廷玉已开了庙门从内走出,她师徒两人哭得发出了声音,月光在她们的泪眼中也仿佛十分惨黯。

方廷玉劝了多时,她们才把悲痛略略地止了。秦夫人的身体好像很没有力气，就在旁边找了一块潮湿的石头坐下了，先问了雪卿今天怎会找到这里来。雪卿就说了，因为避雨，在那镇上遇见了那妇人，经那妇人诉说指明，才知道方廷玉现是住在这里。她说："我原来是为看方大哥来，却不料竟遇着了干娘，现在我是毫无准去处，只想找到了干娘便好了！"于是她就又向秦夫人询问，受的那叶底金蝉的伤好了没有。秦夫人只点了点头，说："已经好了！"她便不再细说她自己的事，只是向雪卿谆谆地询问她自与方廷玉分手以后之事。

雪卿擦了擦眼泪，先说到了颍桥镇住于吕芳姐之家，会着了那位赵老英雄。她本想不说出毒剑客唐松，但因为要据实的倾诉，她又不得不说出。所以她也把唐松相助，共斗叶底金蝉梁明月，而敌梁明月不过，以至于自己腿部受伤之事说了。

秦夫人听了，不禁点头浩叹，也说："叶底金蝉的武艺确实难惹！我虽吃了他的亏，但我仍佩服他的武艺，他的棍法、刀法、剑法、鞭法，以及接发暗器的准确，在今日江湖上实可称为第一，恐怕实在无人能将他制服了。"

雪卿却昂然说："干娘你老人家放心吧！叶底金蝉已经死了！"于是她又将日前在对头山，自己和唐松共同与叶底金蝉拼斗不胜，幸有自己在顺德府镖店中的镖头高文豹相助，她才用剑将叶底金蝉的性命结果了之事，慷慨地说了一遍。她没肯说出高文豹与她的婚姻之事，然而高文豹的英勇，她却一点没隐瞒。

秦夫人听过之后，不禁动容，立起了身来。她并不欣庆仇人叶底金蝉之已死，却惊佩地说："高文豹！哎呀，想不到竟有这样的英雄！此人现在哪里？我真得去见一见他！"

第十回　彩蝶梅锋情割今世
　　　龙门黄水月照侠踪

雪卿不由得有些惭愧和伤感，就悲声忸怩地说："他大概还在南边白庙镇里。他很穷，我走的时候很是仓促，也没有资助他！听他自己说，他是在顺德府被我父亲救出来的，可不晓得他在那里是闹了什么事。"

秦夫人又问："唐松现在哪里？我知道他那个人，确实是我们洞庭派里的，他生于江南仕宦之家，本不以走江湖为生。可是，他为什么要这样帮助你呢？他也是见了叶底金蝉凌辱你，他才义愤不平？他，我日后也想会一会他。"

雪卿的芳心里才被干娘提起来对高文豹的感愧之情，不禁凄然难过，如今干娘却又提起来唐松，使她想起来那虽有一点轻浮，但风度翩翩、江湖无二的英俊少年，而又惹起一种相思与惆怅。这种情绪触着她的心，她实在忍抑不住了，就又悲痛地哭了起来。坐于秦夫人的身畔，并一头扎在她的干娘怀中，就呜呜地哽咽着，把她心中原不想说之事——在顺德府由父命与高文豹缔婚，但自己不愿意，所以才逃走出来；又说了毒剑客唐松起先帮助黑袍狼及病金刚向自己的父亲寻隙相仇，后来他反倒跟自己好了，一路上他时时追随，屡次示爱，及自己的心情如何感觉困苦，实难取舍，才索性都把他们抛开，才凄然地茫然地走到了这里之事。

方廷玉在旁边听了，却说："毒剑客那个人名声很坏，行为不检，年少轻浮,姑娘你把他抛开了,正对!千万别再觉着那小子是好人!"

秦夫人却默默不语,先是有些微微地嗟叹,后来却又笑着安慰雪卿,说:"孩子!你先不要为难,容我去会会那两个人;看他们之中哪一个可以称得起真正的英雄,可以与我的女儿相配,我再替你决定主意。可是到时候,孩子,你可要千万听我的话!"

雪卿的挂着泪珠儿的双颊,在月光下却一阵绯红。她连连摇头说:"不必!干娘您千万不必去找他们了!"秦夫人也摇头,又沉思了一会儿,就说:"你就不用管了。"雪卿也说:"干娘也不用管这件事,这件事已经提不起来了,不过我是不能不跟您说,并不是我不识羞耻,如今,我既遇见了您,我就愿从今以后永远跟着您在一起,不回顺德府见我的父母,也不再见他们别的人!"

秦夫人却摇首,微笑着又说:"这如何能行?你小小的年纪,总还是寻一个如意的夫君,以图终身的幸福。像我……"说到了这里,她长长的叹气,就述说了她当年的身世流落,运命艰苦。与秦协镇结婚不久,秦协镇便为叶底金蝉梁明月所害,她怀仇十载,直至今年,才去到汝宁府找梁明月去报仇,不料竟为梁明月所伤。虽有陈彪公义助,使她在南阳府调养,但梁明月依然不甘心,派了他的朋友铁锤将吴保等人,打算将她害死,她——秦夫人幸已早料到有此一着,便忍着伤逃出了南阳,辗转北来。所幸她尚有昔年相识的好友,在这附近的县城内居住,她便去隐藏。直到有这里的道士往那里化缘,提说在这庙中住着一个姓方的,也是身受重伤,才将养好的;听年貌,她猜出来是方廷玉,才来到了这里与方廷玉见了。

秦夫人来此与方廷玉见面,谈说各人将来的去处及寻找雪卿的办法,如今已是第四次了,仍未有相当的解决办法。今天,月色朗洁,他们正在庙内庭中,对月生愁,感觉江湖坎坷,各人都愿意从此洗手,隐居山村,不再侈谈武艺,没想到雪卿就来到了。

他们三个人见了面,就都想:都是江湖上不可一世的侠女、英雄,而又都经过颠扑,受过伤,在别人的手里败过,所以都兴致颓然,都对江湖之事产生厌倦,不愿再与他人争强斗胜;正是宝剑失光,奇侠无色。尤其是秦夫人，如今特别的颓唐。而雪卿紧锁双眉，默然不语，她不仅是走江湖的锐气全都完了，傲性都减了，并且身伤虽愈，心头却蒙上了莫大的创痕。

秦夫人又闷坐了一会儿，便问雪卿说："你现住在哪里？就住在那店房里吗？"雪卿说："我白日在那里待了一天，但我在那里并没有行李，我想我也不必回去了。"秦夫人摇头说："这庙中不能容留女客，我现也是住在别处，离此尚有四十多里地，我也得当夜回去。"

雪卿说："我跟着干娘回去吧？"秦夫人摆手说："不可！我寄居的那个人家很穷，屋子很窄，容不下你住。再说那里的一位老太太，胆子是很小的，我在她那里寄居，她已经就很生疑，你若去了更不好。"雪卿又撒娇似地说："那么，干娘就骑着我这匹马回去吧！我倒离着还近，我可以走回镇去。"

秦夫人又摆手说："也不必，我生平不惯于骑马，不似你们生长在北方的人；所以我不愿再走江湖，也是此意。现在你先回去，在那店里歇一晚，明天清晨我便找你去，咱们再说。你须听我吩咐，还是先回顺德府见你的父母去。过些日，至多两三个月，那时我必然也到顺德；我要去拜访令尊，关于你的事，或是你随我回到河津县，或是我就久住在顺德，我们师徒再长在一起。"雪卿听到这里，不由又有些难过，就低着头不语。

秦夫人又向方廷玉说："方师爷，你也进庙里歇息去吧！"原来方廷玉早先在秦夫人之夫秦协镇的手下当过文案，那时众人就都呼他为方师爷，故今日秦夫人仍以此称呼他。

雪卿还有些不愿离开这里似的，不走也不说话。方廷玉倒走过来向着雪卿劝说："姑娘先回到镇上龚呆子的店里去吧！夫人既有话说，明天还可见面。以后夫人既说是要长住在顺德府，那就更好了，姑娘可以跟夫人如一家似的，朝夕相处，何在今日这小小的分别？"雪卿才去解她的马。秦夫人又拂手，令方廷玉进庙里去。

雪卿牵着马，秦夫人也随行着。此时月色愈朗，晚风清凉，路上更为清静，她师徒二人就迎着月色，且行且叙。往东走出了三四里地，看见偏北有一条支径，秦夫人才与雪卿分了手。雪卿回到那小镇上，仍然住在那店房里。赛嫦娥那妇人虽然旧习难改，说话不免有些风言风语，可是对待雪卿极为殷勤，真是报答恩人似的。

因为睡眠得迟，所以次日醒来，天色已经大明。街上有车辆咕噜噜地往来行走，外屋却没有人说话，赛嫦娥也没在屋中。雪卿又换了一件衣服，起来，心中像悬着什么事，总是很不安。她刚要取水盥洗，忽见赛嫦娥进屋来，笑着说："哎呀！您起来啦！方大爷早就来啦，在外边等了您半天啦！"

雪卿倒吃了一惊，不知是有什么事，便手里拿着木梳，一边梳着头一边走出屋子。就见方廷玉穿着一件灰布大褂，戴着个青纱的瓜皮小帽，跟个商人似的；一见了雪卿，他就站起身来，雪卿问说："有什么事吗？"方廷玉说："秦夫人已经走了。"雪卿吃了一惊，问说："往哪里去了？"

方廷玉说："今早天还未明之时，秦夫人就到庙中去找我，告诉我，她就要往南去找那高文豹跟唐松。"雪卿听了这话，面上不由又一阵发热。接着听方廷玉往下说："秦夫人并给我一封信，叫我将姑娘送回顺德府，把信面交给徐三太爷。"说时从怀中取出一封信来，叫雪卿看看，又说："她叫姑娘先回到顺德家中暂住，等候她，然后她再去到顺德见您，并嘱咐咱们当日就走才好。"

雪卿向窗外去看，见自己的那匹马之外，还另有一匹马在那里系着，就是方廷玉骑来的。她发呆地想了一想，遂就点点头，回到柜房里去盥洗整妆。妇人也欢欢喜喜地伺候着她，并给她整顿包袱。她取出银子酬谢妇人，妇人推辞了半天，方才收下。外屋的龚呆子已把早饭做好，雪卿跟方廷玉都用毕，龚呆子又出去给雪卿备好了马，于是方廷玉都与雪卿就一同走出。龚呆子跟那妇人都送出门去，依依不舍地说："再见呀！"雪卿上了马，又含笑点首致谢，当下两匹马就离了这小镇，踏着尚有泥泞的宿雨未干的街道，一直往北走去。

由这里往北去，走两天便过了黄河，一路上投店歇宿，时时谨慎，但却听南边来的人说了不少的新闻。叶底金蝉的死耗至今尚无人知道，不过人都知道他迷恋上了梅花女，因去追逐梅花女，已下落不明；至于他的那些朋友及他手下的人，自他失踪以后，便全已各自星散。方廷玉跟徐雪卿听了这些话，倒放了心。只是又听人谈说，在颍桥镇仗义打不平的那位赵老英雄，也被叶底金蝉用七节鞭打伤了，被他的亲戚送回南阳调养去了；雪卿对于那位老英雄，倒很是关心和感激，同时并想起来那位萍逢的至好的女伴吕芳姐。

行十余日，便到了顺德府，雪卿带着羞颜进了城，回到自己的故居。镖店是早就不开了，可是那管账的杨先生还在这里住着。她的母亲病容满面，可还不至于不能起床，见女儿回来了，就放声大哭。赤须龙徐三爷却还是那样的硬朗，见了雪卿不笑不怒，也不说一句话。

方廷玉以前辈之礼见过徐三爷，并呈上了秦夫人所托代达的书信。徐三爷就把杨先生叫了来，拆开信，朗读给他听。此时雪卿正在里屋，安慰着她母亲忍住了眼泪，就侧耳听外屋的杨先生念那封信，虽然全是文言的辞句，但她也听得懂。原来秦夫人写的这信很有层次，第一就是秦夫人先述说她自己的身世及经历；第二就是述说在河津县传授雪卿武艺的经过；第三是述说此次在中原与叶底金蝉梁明月仇杀的结果；第四是述说这次南下为雪卿找回来女婿，及强迫她依从允婚的目的。

雪卿听得都流下泪来了，徐三爷却在外屋哈哈大笑，说："我养了女儿一场，倒算给她养了！也好也好，等她来，我叫她把雪卿带走！可惜叶底金蝉已死，我也意懒心灰，不似早年那样的好强，不然我也再往中原走走，叫他们看看我赤须龙！"

说毕，对于方廷玉倒是很款待，叫杨先生出去代方廷玉找了店房；对于女儿，也微笑，也点头，但多一句话也不说。雪卿就在家中闲居，除了于家绣花作的女眷还与她来往，此外任何人也见不了她的面。

江湖上，梅花女的英名是没有什么人再提了，顺德府城中徐家镖店的蝴蝶镖也已成陈迹。徐三爷仍然每天清早提着鸟笼上茶馆，他的脾气与前大变，无论见了谁都非常的和蔼，即使见了他那旧日的冤家黑袍狼秦成，也常拍着肩膀称呼"老侄"。秦成对于徐三爷恭谨得简直如孝子贤孙一般，什么病金刚、毒剑客，他是绝不敢再提了，那倒像是他对不起徐三爷的一件大事似的，别人自然也都不再说。

只是杨先生有一天在院里悄悄告诉了雪卿，说："姑娘走后，高文豹就出了事！他在街上把秦成手下的伙计烂酸梨那小子给打死了，就收在监里。他的老娘很可怜，由咱这里的三爷时时照应着。可是后来，不知怎么着，听说高文豹跑啦！可不知是怎么跑的，也不知是他自己跑的，还是别人救的他。"

雪卿听了，心中明白，并且很难受。每天见了她的父亲，她总想提说提说高文豹之事，并且要自表忏悔；只要高文豹现时能够回来，自己就情愿做他的妻子，但是，话总说不出来。

光阴慢慢地过去，一个月之后，秦夫人方才来到了顺德府。她先与徐三爷见了面，徐三爷见她虽是一妇人，但是言谈豪爽，颇有侠风。谈了约半日，忽然徐三爷向杨先生宣布，他竟要偕带全家，回河津县故乡去过日子。

当下他就精神十分兴奋，收拾东西，摒挡私事，这里的房子都交绣花作于家照料。他的太太听说要回老家，也很喜欢，病势也好像减轻了。于是纷忙了三四天，这日上午，在许多人相送之下，两辆车一匹马，就载着徐三爷的全家离开了顺德府。出城不到十里，就会着了坐着车的秦夫人和骑着马的方廷玉，于是他们就真如至亲好友，一路相伴而行。

往北行了一天多，便过了元氏县，时天虽过午，但日影尤高。徐三爷跟雪卿这边的车马故意缓行，而让秦夫人跟方廷玉在前先走去了，雪卿的心里却知道，脸红红的，坐在车里低着头，跟个新娘子一般。

直至傍晚时才走到一个很大的镇市，地名叫作"窦妪"，街市繁华，夕霞铺满了绮天，好似为她贺喜。原来秦夫人跟方廷玉早就先来到这里，找好了一家店房。一共订下了四间屋，在一间屋内布置上了"天地桌"，烧起了成对的红烛；方廷玉还买来红纸，借了纸笔，写了几个双喜字，贴在屋门上跟屋中墙上。店家知道有过路的人要在这儿娶媳妇，这是喜事，他便也非常高兴，也叫出内掌柜子穿上新衣，来贺喜、帮忙。恰好店家是今年春天新娶的儿媳妇，什么红缎被褥、鸳鸯枕，都现成，都可以借用。

雪卿一来到，秦夫人便把此次由河南给她做的新衣，打的首饰，全都拿了出来，就给雪卿都装扮好了。到天黑时由附近一家店房里又请来了新郎，这位新郎于前三天就来到了，如今也穿戴得很整，大长脸上满布着笑容；他就与雪卿拜过了天地，拜过了岳父母徐三夫妇，拜过了干丈母秦夫人，也向方廷玉致了谢。交杯酒、子孙面，一切的礼仪都不简略，至晚二更时便入了洞房。

这时已是"金风送暑，玉露生凉"的秋天了，天上的牵牛星跟织女星已接近了；地下，这客房权作洞房之中，大马脸的飞锤太保高文豹，也跟千娇百媚的梅花女徐雪卿接近了，一夜就这么过去。

次日，雪卿身着红绿的新衣，云髻霞颊，已经成了一位温柔的年轻的新妇。但当日徐三爷开发了店钱，就带着众人依然往北转西，而且行得更急，两日便进了山西的娘子关。这是蝴蝶镖常走的地方，也是梅花女留下过不朽英名的地方，所以车上的新娘子不禁生出了感慨。

她此次与高文豹成了夫妻，虽然是高文豹的痴情、义勇感动了她，但也实在是从了秦夫人之劝。秦夫人一到了白庙镇就把高文豹找了来，并向雪卿说："一是父母之命不可违；二是高文豹实在是一条好汉，做你的丈夫并不屈辱你；三是唐松那人轻浮，他实在不及高文豹。"因此，雪卿才甘心作这面丑的人的新妇，但想起来毒剑客唐松——那个号为雨青的人，仍觉有点对不起。曾求秦夫人为她写了一张字帖，藏在身畔，预备将来有朝一日见着唐松，设法给他，以表歉意，以示情绝。

他们是三辆车，雪卿跟高文豹同坐在一辆车上；两匹马，徐三爷霜髯飘洒，方廷玉斯斯文文地跟随。进娘子关走过了阳泉县，行至一个道旁生有稀稀的白杨树的大路上，时才过午，秋热仍烈，便有一匹马从东边紧紧追着他们来了；马是全身的花斑，马上的人是一位二十来岁，风度翩翩的锦衣少年，但形色很急，尘烟随着马影紧紧追来。

方廷玉先回首看见了，说："怎么办？毒剑客唐松追下咱们来了！不知他这回来是揣着好意还是恶意？"言下，他的态度十分惊慌。而第一辆车中的秦夫人却镇定地说:"不理他!"吩咐车马快些走,不要叫他追上。徐三爷却将马勒住,大声说:"咱们又不欠他的账,跑什么?我迎上他,问问他是有什么话说吧!"方廷玉恐怕三爷跟唐松打起来,就急忙将他拦住。

那边唐松已追至相离一箭之远之处,他在马上扬鞭高呼道:"徐姑娘!站住吧!我特来给你贺喜!"高文豹在车上听见了大怒,要抽刀下车去与他拼杀,他的妻子徐雪卿却把他的手按住。雪卿此刻并不惊慌,只从包袱里抽出一物,这是她已经预备好了的;车尚向前行着,她就飘然跳下了车,红艳艳的窈窕身影子在道中一站,扬手嗖的一声将手中之物打去,只见一道白光连着一条红影,如同一个衔花燕子飞往那边。那边的毒剑客唐松吃了一惊,疾忙收住了他胯下的花马。

这里雪卿重又跳到车上,向着高文豹赧颜一笑,然后她也吩咐车辆快些向前去行;方廷玉劝着徐三爷也紧些往前去走,车声辚辚,马蹄嘚嘚,尘烟一团一团地逝向了天边,少时车马的影子全无,只有毒剑客仍勒着马发呆地站在那里。他见道旁的一株杨树上插着一口梅花剑,下连红绸结成的蝴蝶扣,结子上附带着一张信笺。他拨马过去,取到手中,展开一看,见是:"谢君有情,恨我无缘,今生已矣,来生再面,蝴蝶梅花,永相思念。"毒剑客怅然地发怔了半天,又叹息一声,就转过了马去,又向东走了。

雪卿等人先至太原府张八爷之处住了几天,随后便回到了河津县。斯时顺德府镖店里那位杨先生早遵守徐三爷之托,把高文豹的老娘也送到这里来了。徐三爷为高文豹在化龙庄内置了一处房屋,十来亩田地,就叫他们夫妇去住。而他老人家带着老婆儿,仍住旧日的房屋,把杨先生打发了回去,他就跟个老隐士似的很少出门。高文豹是成了农夫,天天与那秦得功在一起耕种。雪卿在化龙庄内荆钗布裙,在茅舍中侍奉婆母,到田地里给丈夫送饭,除了她的模样比别人娇艳些,其余都跟村中的媳妇们无别。

秦夫人的家中仍用着秦得功和丫鬟立梅。秦夫人前次离开这里时,也曾把立梅带走,可是这柔弱的小女子受不了风尘之苦,便从半路又把她打发了回来。如今她也长大了，勤俭地替秦夫人照料家务，她们主仆三人，也很舒适地度着安闲的岁月。立梅也是雪卿的好女伴，是教她处理家事、教她针黹刺绣的一位好老师。

过了两年，秦夫人才带着雪卿远行了一次，到了一趟河南。秦夫人是向南阳府的陈彪公去致谢，雪卿谢了谢那位赵老头儿。不过听赵老头儿说：这两年之内，因为毒剑客唐松夺了广兴镇杨二的花马，他们又成了仇敌。相隔了一年多，毒剑客的名声在河南闹得更大，最近走往南方去了。雪卿听了，并没表示什么。她又去到颍桥镇吕家村见了吕芳姐，芳姐也已嫁了，嫁后的姐妹们反倒觉得无话可谈。她便于秦夫人又回到了山西河津县，从此生活更安分，更平淡，连远游之想也不做了。

不过有一日，秋风正紧，明月正高，雪卿在家中服侍婆母睡了，高文豹在地里工作一天，也安眠了，她就跑到秦夫人的家中。此时秦夫人所住的屋里还有灯光，屋门却虚掩着，雪卿轻轻地将门拉开，她的纤躯就像一阵清风儿似的，进到了屋内。丫鬟立梅，年纪已跟雪卿差不多了，可还梳着辫子，此时她正旁边一个小凳上坐在做针黹，见了雪卿不由一惊，但见雪卿又向她摆手，她也不由得一笑。

其实，此时的秦夫人虽正在静坐着读一本佛经，但几上的小香炉旁，就有一面铜镜，背后的雪卿进来，都看得清清楚楚，就带笑问了一声："做什么鬼脸？至今你还没脱掉了孩子气吗？"雪卿也格格地笑了，上前来拉住了秦夫人的胳臂，说："干娘别再念经了！我忽然想起来一件事，这件事大概您早已忘了，您起来，跟着我走去看看吧！"秦夫人惊愕着问说："什么事？"雪卿笑着说："我带您到一个地方去，到时您自然也就想起来了！"秦夫人沉思了一会儿，忽然似已明白，又点头微笑。她取了一件夹衣披上，嘱咐立梅小心门户，就同着雪卿出了门。

走出了村，踏着茫茫的月色直往西去，少时看见那蒙着一层薄雾的巍然的龙门山，又听见了黄河哗哗的呜咽之声，那禹王庙就在眼前了。雪卿拉着秦夫人急急地走，就走进了庙，庙中依然空寂无人，只有两只蝙蝠在月光里扑扑的翻飞着，有如幽灵的影子。雪卿这才说："干娘，你还记得昔年我们在此分别时，您曾将一支梅花剑插在这间大殿的房梁上，说是将来您若仍在人世，剑必取去，否则剑就还在。如今您安然在这里，可是那支剑恐怕您还没有拿走吧？您也忘记了这件事了吧？现在我们到殿里去看看吧！"

秦夫人说："我觉得殿里太空得怕人，我不愿进去，你去给我取了来吧！只要你还能上得那么高。"

当下雪卿高高兴兴地走进禹王殿里去了，秦夫人就在这里独自望月。又微笑着待了半天，雪卿才出来，身上沾了许多尘埃和鸟粪，却两手空空，她面现惊疑的说："那支剑莫非您早就取了去啦？为什么我爬到梁上遍寻不着？"

秦夫人却笑了，说："这件事你可以问你爸爸去。"遂就将当日飞剑上梁之时，她便已察觉徐三爷是在暗中观听。她们走后，徐三爷就将那支剑取走，但于当夜秦夫人却又到了徐三爷的家里，由他的枕下将剑取了去。

如今秦夫人述说这件事之时，又不禁引起感慨，就想她的梅花剑堪称无敌，然而却斗不过叶底金蝉，而叶底金蝉却又死于高文豹之手。可见巧妙的暗器究竟不如真实的武艺，而真武艺却又胜不过真正的义胆侠肠，人间最可贵的还是侠义行为，并不在乎身手。雪卿听了，也默默不语，更觉得高文豹为人的可爱。

此时天边月色愈清，耳畔河流声愈壮，似表现这两位女侠的厌倦江湖之心，并似助着她们的叹息。

为《王度庐武侠言情小说集》而作

张赣生

　　我第一次读度庐先生的作品，是四十多年前刚上中学的时候，做梦也想不到今天为《王度庐武侠言情小说集》写序。

　　度庐先生是民国通俗小说史上的大作家，他的小说创作以武侠为主，兼及社会、言情，一生著作等身。最为人乐道的，自然首推以《鹤惊昆仑》《宝剑金钗》《剑气珠光》《卧虎藏龙》《铁骑银瓶》构成的系列言情武侠巨著，但他的一些篇幅较小的武侠小说，如《绣带银镖》《洛阳豪客》《紫电青霜》等，也各具诱人的艺术魅力，较之"鹤-铁五部"并不逊色。

　　度庐先生以描写武侠的爱情悲剧见长。在他之前，武侠小说中涉及婚姻恋爱问题的并不少见，但或作为局部的点缀，或思想陈腐、格调低下，或武侠与爱情两相游离缺少内在联系，均未能做到侠与情浑然一体的境地。度庐先生的贡献正在于他创造了侠情小说的完善形态，他写的武侠不是对武术与侠义的表面描绘，而是使武侠精神化为人物的血液和灵魂；他写的爱情悲剧也不是一般的两情相悦、恶人作梗的俗套，而是从人物的性格中挖掘出深刻的根源，往往是由于长期受武德与侠道熏陶的结果。这种在复杂的背景下，由性格导致的自我毁灭的武侠爱情悲剧，十分感人。其中包含着作者饱经忧患、洞达世情的深刻人生体验，若真若梦的刀光剑影、爱恨缠绵中，自有天道、人道在，常使人掩卷深思，品味不尽。

度庐先生是一位极富正义感的作家，这在他的社会言情小说中表现得格外鲜明。《风尘四杰》《香山侠女》中天桥艺人的血泪生活，《落絮飘香》《灵魂之锁》中纯真少女的落入陷阱，都是对黑暗社会的控诉，很能引起读者的共鸣。度庐先生自幼生活在北京，熟知当地风土民情，常常在小说中对古都风光作动情的描写，使他的作品更别具一种情趣。

度庐先生是经受过"五四"新文化运动洗礼的人，他内心深处所尊崇的实际上是新文艺小说，因而他本人或许更重视较贴近新文艺风格的言情小说和社会小说创作。但从中国文学史的全局来看，他的武侠言情小说大大超越了前人所达到的水平，而且对后起的港台武侠小说有极深远影响的，是他创造了武侠言情小说的完善形态，在这方面，他是开山立派的一代宗师。几十年来出版的中国现代文学史，无例外地排斥通俗小说，这种偏见不应再继续下去，现在是改写中国现代文学史的时候了。

已知王度庐小说目录

1926—1937

作品名称	始载时间	连载报刊/署名/备注
半瓶香水	1926.9之前	小小日报/王霄羽
黄色粉笔	1926.9之前	同上
红绫枕	1926.9	小小日报/王霄羽/同年报社出版单行本
残阳碎梦	1926.12	小小日报/王霄羽
侠义夫妻	1927.1	同上
琪花恨	1927.3	同上
孀母孤儿	1927.4	同上
飘泊花	1927.5	同上
红手腕	1927.8	同上
护花铃	1927.8	小小日报/霄羽
青衫剑客	1927.10	小小日报/王霄羽
蝶魂花骨	1928.3	同上
疑真疑假	1928.4	小小日报/葆祥
双凤随鸦录	1928.7	小小日报/王霄羽
战地情仇	1929.6	同上
自鸣钟	1930.4	同上
惊人秘柬	1930.4	同上
神獒捉鬼	1930.6	同上
空房怪事	1930.7	同上
绣帘垂	未详	同上
玉藕愁丝	1930.7	小小日报/香波馆主
烟霭纷纷	1930.7	同上
鳌汉海盗	1930.8	小小日报/霄羽
缠命丝	1931.8	小小日报/王霄羽
触目惊心	1931.8	同上
燕燕莺莺	1931.8	小小日报/香波馆主
黄河游侠传	1936.10	平报/霄羽
燕赵悲歌传	1937.4	同上
八侠夺珠记	1937.7	同上

作品名称	起止时间	连载报刊署名	出版时间、出版社/署名
河岳游侠传	1938.6–1938.11	青岛新民报 王度庐	
宝剑金钗记	1938.11–1939.7	青岛新民报 王度庐	1939年青岛新民报社，1948年上海励力出版社（改题《宝剑金钗》）/王度庐
落絮飘香	1939.4–1940.2	青岛新民报 霄羽	1948年上海励力出版社，分为四册：《落絮飘香》《琼楼春情》《朝露相思》《翠陌归人》/王度庐
剑气珠光录	1939.7–1940.4	青岛新民报 王度庐	1941年青岛新民报社，1947年上海励力出版社（改题《剑气珠光》）/王度庐
古城新月	1940.2–1941.4	青岛新民报 霄羽	1949–1950年上海励力出版社，分为四册：《朱门绮梦》《小巷娇梅》《碧海狂涛》《古城新月》/王度庐
舞鹤鸣鸾记	1940.4–1941.3	青岛新民报 王度庐	1941年（？）青岛新民报，1948年（？）上海励力出版社（改题《鹤惊昆仑》）/王度庐
风雨双龙剑	1940.8–1941.5	京报（南京）王度庐	1941年南京京报社/王度庐，1948年上海育才书局/王度庐
卧虎藏龙传	1941.3–1942.3	青岛新民报 王度庐	1948年上海励力出版社（改题《卧虎藏龙》）/王度庐
海上虹霞	1941.4–1941.8	青岛新民报 霄羽	1949年上海励力出版社，分为二册：《海上虹霞》《灵魂之锁》/王度庐
彩凤银蛇传	1941.5–1942.3	京报（南京）王度庐	
虞美人	1941.8–1943.10	青岛新民报 霄羽	1949年上海励力出版社，分为数册：《琴岛佳人》《少女飘零》《歌舞芳邻》等/王度庐
纤纤剑	1942.3–1942.10	京报（南京）王度庐	
铁骑银瓶传	1942.3–1944.?	青岛新民报 王度庐	1948年上海励力出版社，改题《铁骑银瓶》/王度庐
舞剑飞花录	1943.1–1944.1	京报（南京）王度庐	1949年上海励力出版社，改题《洛阳豪客》/王度庐
大漠双鸳谱	1944.1–1944.7	京报（南京）王度庐	

（接上表）

寒梅曲	1943.10- ?	青岛新民报 霄羽	1948年（？ ）上海励力出版社，分为数册：《暴雨惊鸳》等/王度庐
紫电青霜录	1944-1945	青岛新民报 王度庐	1948年上海励力出版社，改题《紫电青霜》/王度庐
春明小侠	1944.7-1945.4	京报（南京） 王度庐	
琼楼双剑记	1945.4-1945（？）	京报（南京） 王度庐	
锦绣豪雄传	1945.5- ?	民民民 王度庐	
紫凤镖	1946.12-1947.7	青岛时报 鲁云	1949年重庆千秋书局/王度庐
太平天国情侠传	1947.5- ?	民治报 鲁云	
清末侠客传	1947.4-1948.?	大中报 鲁云	1948年上海励力出版社，分为二册：《绣带银镖》《冷剑凄芳》/王度庐
晚香玉	1947.6-1948.1	青岛时报 绿芜	1948年上海励力出版社，分为二册：《绮市芳蒢》《寒波玉蕊》/王度庐
雍正与年羹尧	1947.7-1948.4	青岛时报 鲁云	1948年上海励力出版社，改题《新血滴子》/王度庐
粉墨婵娟	1948.2-1948.7	青岛时报 绿芜	1948年元昌印书馆，分为二册：《粉墨婵娟》《霞梦离魂》/王度庐
风尘四杰	1948.2- ?	岛声旬刊 佩侠	1949年上海励力出版社/王度庐
宝刀飞	1948.4-1948.9	青岛时报 鲁云	1948年上海励力出版社/王度庐
燕市侠伶	1948.7-1948.10	青岛时报 绿芜	1948年上海励力出版社/王度庐
金刚玉宝剑	1948.9-1949.2 1949.2- ?	青岛公报 联青晚报 王度庐	1949年上海励力出版社/王度庐
香山侠女			1949年上海励力出版社/王度庐
春秋戟			1949年上海励力出版社/王度庐
龙虎铁连环	1948.9-1948.10	军民晚报 王度庐	1949年上海励力出版社/王度庐
玉佩金刀记	1949.1-1949.?	民治报 王度庐	

附录三

王度庐年表

徐斯年 顾迎新

说明:

　　1.本表曾在《西南大学学报》刊出,此为补订本,包括增补史料及其说明、考证,并订正了个别疏误。

　　2.本表包含许多新发现的资料,特别是在辽宁省实验中学档案室发现的王度庐档案,从而补正了徐斯年《王度庐评传》的一些误判和部分欠缺。

　　3."度庐"实为1938年启用的笔名,为了统一,本表用为表主正名。

　　4.由于史料不全,历年行状、著述依然详略不一,有待继续挖掘、补充史料。

　　5.表中所记日期,阳历用阿拉伯数字,清、民国年份及旧历日期用汉字。

　　6.表中所系年龄均为虚岁。

　　7.由于旧报缺失严重,所以连载作品肯定不全。表中所录者,始载时间和结束时间多难确认,一般仅记月份,有线索可资考证者在按语中加以说明。

1909年(清宣统元年,己酉)　1岁

　　正月,清帝爱新觉罗·溥仪改元"宣统"。清廷决定消除"旗""民"界限,旗人不再享受"俸禄"。是年七月廿九日(9月13日),王度庐生于北京

"后门里"司礼监胡同四号一户下层旗人家庭，原名葆祥（后曾改为葆翔），字霄羽。父亲"在清宫管理车马的机构里当小职员"。家庭成员除父母外还有一位姐姐、一位未嫁的姑母和一位叔祖父。一家六口，全靠父亲薪金维持生计。

按：后门即地安门，后门里位于地安门内，属镶黄旗驻地。司礼监胡同，得名于明代位于该地之司礼太监署；后改称"吉安所左巷"，则得名于清代宫中嫔妃、宫女卒后停尸之"吉祥所"（后改"吉安所"）。毛泽东青年时代曾租寓于本胡同8号。

关于父亲职务的记述引自王度庐手写简历，其父任职机构当系内务府下属之"上驷院"。内务府为管理皇家事务的机构，成员均为满洲上三旗（镶黄、正黄、正白）"从龙包衣"。"包衣"，满语，意为"自家人"，一定语境下也指"奴仆""世仆"。据此，王氏当属编入满洲镶黄旗的"汉姓人"（不同于"汉人""汉军"），这一族群不仅属于"旗族"，而且也被承认为满族。

1912年（民国元年，壬子）　4岁

1月1日孙中山宣誓就任中华民国总统。2月2日，清宣统帝宣告退位。根据清室优待条件，宫内各执事人员照常留用，王度庐父亲依然可以领受部分薪金，家庭生计勉得维持。

1916年（民国五年，丙辰）　8岁

1月，王度庐父亲病故。2月，遗腹弟出生，名葆瑞，字探骊。家境日蹙，主要靠母亲为人缝补浆洗维持生计。

是年2月2日，王度庐夫人李丹荃生于陕西周至。

按：葆瑞出生时间据人民日报社1991年1月3日印发之《谭立同志生平》。葆瑞（即谭立）为遗腹子，由此可知其父当卒于1月份。周至，离西安甚近。

1918年（民国七年，戊午）　10岁

是年王度庐始入私塾读书。曾与姐、弟同染重症，母亲变卖家当为之治

疗，终得转危为安，而家庭经济更加贫困。

1919年（民国八年，己未）　11岁

五四运动爆发。王度庐仍在私塾就读，至1920年。

1921年（民国十年，辛酉）　13岁

是年王度庐入景山高等小学就读，至1924年。

1925年（民国十四年，乙丑）　17岁

是年1月，宋心灯在北京创办《小小》日报（后改《小小日报》），自任社长、主笔。王度庐从景山高等小学毕业，先在精精眼镜店当学徒，后在《平报》和电报局任见习生，可能已经开始向《小小》日报投稿。

按：宋心灯（？—1949），字信生，原籍河北大兴（析津）。新闻专科学校毕业，也是北京早期足球运动和羽毛球运动的发起者之一。《小小》日报即注重刊载体坛信息，后来发展为综合性小报。

又按：辽宁实验中学所存退休人员档案中的王度庐登记表，"文化程度"一栏填为"九年"，当系虚数。

1926年（民国十五年，丙寅）　18岁

是年《小小日报》先后刊载王度庐所撰侦探小说《半瓶香水》《黄色粉笔》和"实事小说"《红绫枕》，均署"王霄羽"。《小小日报》馆印行《红绫枕》单行本，标类改为"惨情小说"。12月，《小小日报》连载社会小说《残阳碎梦》，亦署"王霄羽"。12月24日，《小小日报》刊出宋信生所撰《本报改版宣言》，"将旧有之八小版易为四大版"。

按：由于存报缺失严重，《半瓶香水》《黄色粉笔》未见，不知确切发表时间。因《红绫枕》内文提及它们，故知连载于《红绫枕》之前。由此亦不排除其一已于上年开始见报的可能。又据李丹荃女士回忆，早期作品还有《绣帘垂》《浮白快》两种，均未见。《残阳碎梦》，现存第十次载于是年12月20日，由此推知当始载于12月1日；现存第三十三次载于次年1月21日，末注"（未完）"。

1927年（民国十六年，丁卯）　19岁

是年王度庐始在宽街夜授计民小学任职，先当会计，后任教员，直至1929年。同时继续卖稿和自学，包括到北京大学旁听，往三座门北京图书馆、鼓楼民众图书阅览室阅读。

1月，《小小日报》连载武侠小说《侠义夫妻》，署"王霄羽"。3月，《小小日报》始载社会小说《琪花恨》，署"王霄羽"。4月，《小小日报》连载社会小说《孀母孤儿》，署"王霄羽"。5月，《小小日报》连载社会小说《飘泊花》，署"王霄羽"。6月，《小小日报》连载侦探小说《红手腕》，署"王霄羽"。8月，《小小日报》连载侠情小说《护花铃》，署"霄羽"。10月，《小小日报》连载武侠小说《青衫剑客》，署"王霄羽"。

按：《侠义夫妻》，现存第八载于1月31日，当始载于《残阳碎梦》结束后；连载结束时间当在《琪花恨》始载之前。《孀母孤儿》仅存5月2日第十一次，由此推知始载时间在4月（《琪花梦》结束之后）。《飘泊花》，现存第六次载于5月30日。《红手腕》，现存第十一次载于7月9日，可知始载于6月末。《护花铃》仅存十四、十七次，载于9月2日、5日，是知始载于8月，标类"侠情小说"，写当时题材。《青衫剑客》，第四次载于10月9日，至11月9日犹未结束。

1928年（民国十七年，戊辰）　20岁

是年北京改称"北平"。3月，《小小日报》连载侦探小说《疑真疑假》，署"葆祥"。3月，《小小日报》连载社会小说《蝶魂花骨》，署"王霄羽"。5月，《小小日报》连载社会小说《揉碎桃花记》，署"王霄羽"。7月，《小小日报》连载"讽世小说"《双凤随鸦录》，署"王霄羽"。

按：《疑真疑假》，第四次载于3月12日，当始载于8日。《蝶魂花骨》，第三十四次载于4月11日，当始载于3月9日，与《疑真疑假》同时，故用两个笔名。《双凤随鸦录》，第四十二次载于8月21日。

本年存报缺失严重，当有不少连载作品至今未知。以下类似情况不再逐一说明。

1929年（民国十八年，己巳）　21岁

6月，《小小日报》连载社会小说《战地情仇》，署"王霄羽"。

按：《战地情仇》，仅存7月4日一次（序号未详）。本年几无存报。

1930年（民国十九年，庚午）　22岁

是年王度庐离开宽街夜授计民小学，改任家庭教师，不久认识李丹荃。

按：李丹荃在所遗手稿《王度庐小传》中说："我在北京读中学时，在一个同学家里认识了王度庐。那时，他正给我的同学的弟弟补习功课。记得他曾送过我两本书，一本是纳兰容若的《饮水词》，另一本是《浮生六记》。我不喜欢《浮生六记》，却很喜欢那本词，有些句子至今仍能记得，如'摇落尽，有发未全僧，风雨消磨生死别，似曾相识只孤灯；情在不能醒……''瘦狂那似肥痴好，任他肥痴好，笑他多病与长贫，不及衮衮诸公向风尘……'"（按文中所记纳兰词句与原作略有出入。）

3月，《小小日报》连载侦探小说《自鸣钟》，署"王霄羽"。

按：《自鸣钟》残存连载文本至三十一次告"全卷终"，次日接载《惊人秘束》第一次。故暂系于3月。

是年，王度庐始用笔名"柳今"在《小小日报》开辟个人专栏"谈天"，每日发表短文一篇，纵论国事、民生、世态、人情、风习、学术、艺文等。"柳今"在这些短文里经常述及"自己"的"经历"，多属杜撰；但是，这位论说者的心态、性格、气质又与当时的王度庐十分相符。

按：因存报缺失，"谈天"开栏、终结时间未详。所载杂文均署"柳今"，以下不作逐篇标注。

4月1日，《小小日报》"谈天"栏刊出杂文《世态》。4月4日，《小小日报》"谈天"栏刊出杂文《荒芜的青年》。

按：4月2日、3日报纸缺失，或漏杂文两篇。以下类似情况不再加注按语。

4月5日，《小小日报》"谈天"栏刊出杂文《中等人》。4月6日，《小小日报》"谈天"栏刊出杂文《架子》。4月7日，《小小日报》"谈天"栏刊出杂文《性的广告》。4月8日，《小小日报》"谈天"栏刊出杂文《笑》。4月9日、10日，《小小日

报》"谈天"栏连续刊出杂文《永垂不朽》（一）（二）。4月11日，《小小日报》"谈天"栏刊出杂文《女性的教育与生育》。4月12日，《小小日报》"谈天"栏刊出杂文《一位平民文学家》，赞赏满族鼓词作者韩小窗。文中说："世界本来是平民的世界，尤其是文学家，更要有一种平民化的精神，他才能够用文学的力量，来转移风化，陶冶民情；否则琢句雕章，自以为是，至多不过只能得到少数的文蠹的几遍诵读罢了。"韩小窗"这人确实是位有天才、有词藻、有思想的文学家。他能把他这种才学，不去作八股，不去批试帖，而能用来编大鼓，他的平民思想可见了，他的环境可见了，而他的清高也可见了。"

按：韩小窗（约1828—1890），辽宁开原人，满族，子弟书（即鼓词）作家。其代表作有《露泪缘》《宁武关》《长坂坡》《刺虎》《黛玉悲秋》《红梅阁》及影卷《谤可笑》《金石语》等。

4月13日，《小小日报》"谈天"栏刊出杂文《绝顶聪明》。4月14、15日，《小小日报》"谈天"栏连续刊出杂文《道德》（一）（二）。

4月17至23日，《小小日报》"谈天"栏连载杂文《伦理与中国》。全文分为五节：一、伦理的产生；二、伦理的优点；三、伦理被利用以后；四、伦理存亡与中国之存亡；五、伦理的蟊贼。

4月25日，《小小日报》"谈天"栏刊出杂文《小难》。4月26日，《小小日报》"谈天"栏刊出杂文《女招待》。4月27日，《小小日报》"谈天"栏刊出杂文《落子馆》。4月29日，《小小日报》"谈天"栏刊出杂文《麻醉剂》。4月30日，《小小日报》"谈天"栏刊出杂文《万寿寺》。

4月，《小小日报》连载侦探小说《惊人秘柬》，署"王霄羽"。

按：《自鸣钟》残存连载文本至三十一次告"全卷终"，次日接载《惊人秘柬》第一次，具体日期均难考定。

5月1日，《小小日报》"谈天"栏刊出杂文《赘泽品》。5月2日，《小小日报》"谈天"栏刊出杂文《童子军》。5月3日，《小小日报》"谈天"栏刊出杂文《女腿》。5月4日，《小小日报》"谈天"栏刊出杂文《颠倒雌雄》。5月5日，《小小日报》"谈天"栏刊出杂文《歌舞剧》。5月6日，《小小日报》"谈天"栏刊出杂文《招与待》。5月7日，《小小日报》"谈天"栏刊出杂文《恢复北京》。5月8日，《小小日报》"谈天"栏刊出杂文《野鸡》。5月9日，《小小日报》"谈天"栏刊出杂文《女招打》。5月13日，《小小日报》"谈天"栏刊出杂文《署名》。5月14日，《小小日报》"谈天"栏刊出杂文《迷》。5月15日，《小小日报》"谈天"栏刊出杂文《恶五月》。5月16日，《小小日报》"谈天"栏刊出杂文《送春》。5月17日，《小小日报》"谈天"栏刊出杂文《哭》。5月18日，《小小日报》"谈天"栏刊出杂文《雨天》。5月19日，《小小日报》"谈天"栏刊出杂文《名士派》。5月20日，《小小日报》"谈天"栏刊出杂文《小算盘》。5月21日，《小小日报》"谈天"栏刊出杂文《自行车》。5月22日，《小小日报》"谈天"栏刊出杂文《穷北京？》。5月23日，《小小日报》"谈天"栏刊出杂文《服从》。5月24日，《小小日报》"谈天"栏刊出杂文《奴隶性》。5月28日，《小小日报》"谈天"栏刊出杂文《澡堂里》。5月29日，《小小日报》"谈天"栏刊出杂文《安慰》。5月30日，《小小日报》"谈天"栏刊出杂文《中国剧》。5月31日，《小小日报》"谈天"栏刊出杂文《游民》。5月，《小小日报》连载侦探小说《触目惊心》，署"王霄羽"。

　　按：《触目惊心》未见，据《空房怪事》前言列入，连载时间在《神獒捉鬼》之前，故系入5月。

　　6月1日，《小小日报》"谈天"栏刊出杂文《端午节》。3日，《小小日报》"谈天"栏刊出杂文《打麻雀》。4日，《小小日报》"谈天"栏刊出杂文《谋事》。5日，《小小日报》"谈天"栏刊出杂文《无聊的北平》。6日，《小小日报》"谈天"栏刊出杂文《病》。同日开始连载侦探小说《神獒捉鬼》，署"王霄羽"。

　　按：《神獒捉鬼》共连载二十五次，当结束于6月30日（7月1日始载《空房怪事》，参见《空房怪事》引言）。

　　7日，《小小日报》"谈天"栏刊出杂文《造化儿子》。8日，《小小日报》"谈天"栏刊出杂文《疯人》。9日，《小小日报》"谈天"栏刊出杂文《阔事》。10日，《小小日报》"谈天"栏刊出杂文《骗术》。11日，《小小日报》"谈天"栏刊出杂文《财神　阎王》。12日，《小小日报》"谈天"栏刊出杂文《画中人》。13日，《小小日报》"谈天"栏刊出杂文《醉酒》。14日，《小小日报》"谈天"栏刊出杂文《夫妻间》。15日，《小小日报》"谈天"栏刊出杂文《不开壳》。16日，《小小日报》"谈天"栏刊出杂文《憔悴》。17日，《小小日报》"谈天"栏刊出杂文《伤心人》。18日，《小小日报》"谈天"栏刊出杂文《情书》。

19日，《小小日报》"谈天"栏刊出杂文《琴声里》。20日，《小小日报》"谈天"栏刊出杂文《☯》。21日，《小小日报》"谈天"栏刊出杂文《什刹海》。22日，《小小日报》"谈天"栏刊出杂文《凶杀案》。23日，《小小日报》"谈天"栏刊出杂文《关于裤子》。24日，《小小日报》"谈天"栏刊出杂文《三件痛快事》。25日，《小小日报》"谈天"栏刊出杂文《诗人》。26日、27日，《小小日报》"谈天"栏连续刊出杂文《贵族学校》（一）（二）。28日，《小小日报》"谈天"栏刊出杂文《穷　住》。29日，《小小日报》"谈天"栏刊出杂文《妙影》。30日，《小小日报》"谈天"栏刊出杂文《罪恶场中之未来者》。6月，《小小日报》连载社会小说《烟霭纷纷》，署"香波馆主"。

按：现存《烟霭纷纷》第三十六次连载文本复印件上有副刊"编余"一则，云"今天这版算作'七夕特刊'"。查1930年七夕为阳历8月30日，由此推知《烟霭纷纷》当始载于6月27日。

7月1日，《小小日报》"谈天"栏刊出杂文《吃饭问题》。5日，《小小日报》"谈天"栏刊出杂文《平民化》。6日，《小小日报》"谈天"栏刊出杂文《面子》。7日，《小小日报》"谈天"栏刊出杂文《醋　忌讳》。8日，《小小日报》"谈天"栏刊出杂文《文士与蚊士》。9日，《小小日报》"谈天"栏刊出杂文《人品与装饰》。12日，《小小日报》"谈天"栏刊出杂文《消夏》。13日，《小小日报》"谈天"栏刊出杂文《财神爷》。同日，《小小日报》始载惨情小说《玉藕愁丝》，署"香波馆主"。

按：《玉藕愁丝》始载日期据预告图片背面报头推知。

14日，《小小日报》"谈天"栏刊出杂文《妓女问题》。15日，《小小日报》"谈天"栏刊出杂文《杨耐梅　朱素云》。

按：杨耐梅，生于1904年，中国早期影星，曾出演《玉梨魂》《奇女子》《上海三女子》《空谷兰》等无声片。当时北平讹传她已"香消玉殒"，作者故撰此文悼念。实则杨在1960年卒于台湾。朱素云，京剧小生演员朱沄之艺名，生于1872年，卒于1930年。

16日，《小小日报》"谈天"栏刊出杂文《难民返国》。17日，《小小日报》"谈天"栏刊出杂文《灯下人》。18日，《小小日报》"谈天"栏刊出杂文《捧》。19日，《小小日报》"谈天"栏刊出杂文《快乐人多？》。20日，《小小日报》"谈天"栏刊出杂文《西游记》。21日,《小小日报》"谈天"栏刊出杂文《火警》。22日,《小小日报》"谈天"栏刊出杂文《人体美》。23日,《小小日报》"谈天"栏刊出杂文《穷　光　蛋》。24日,《小小日报》"谈天"栏刊出杂文《抵抗力》。25日,《小小日报》"谈天"栏刊出杂文《香艳文章》。26日,《小小日报》"谈天"栏刊出杂文《雨夜柝声》。27日,《小小日报》"谈天"栏刊出杂文《爱河》。28日,《小小日报》"谈天"栏刊出杂文《调戏》。29日,《小小日报》"谈天"栏刊出杂文《"嫁"的问题》。30日,《小小日报》"谈天"栏刊出杂文《阎罗王》。31日,《小小日报》"谈天"栏刊出杂文《知音》。7月,《小小日报》连载侦探小说《空房怪事》,署"王霄羽"。

按:《空房怪事》共连载二十九次,残存文本图片均无报头,难以确认具体时间。(第一次疑载于7月3日,见图片背面;结束于第二十九次,当为8月1日。)

8月2日,《小小日报》"谈天"栏刊出杂文《战》。

3日,《小小日报》"谈天"栏刊出杂文《时髦》。4日,《小小日报》"谈天"栏刊出杂文《人遊人》。5日,《小小日报》"谈天"栏刊出杂文《跳舞场里》。6日,《小小日报》"谈天"栏刊出杂文《奸杀案》。7日,《小小日报》"谈天"栏刊出杂文《阴阳电》。8日,《小小日报》"谈天"栏刊出杂文《办白事》。9日,《小小日报》"谈天"栏刊出杂文《眼光》。10日,《小小日报》"谈天"栏刊出杂文《无与偶　莫能容》。11日,《小小日报》"谈天"栏刊出杂文《喜新厌旧》。12日,《小小日报》"谈天"栏刊出杂文《洋化的话》。13日,《小小日报》"谈天"栏刊出杂文《发财学》。14日,《小小日报》"谈天"栏刊出杂文《儿童　成人》。15日,《小小日报》"谈天"栏刊出杂文《英雄难过美人关》。16日,《小小日报》"谈天"栏刊出杂文《交际》。17日,《小小日报》"谈天"栏刊出杂文《呻吟》。18日,《小小日报》"谈天"栏刊出杂文《枇杷巷里》。19日,《小小日报》"谈天"栏刊出杂文《捕蝇》。20日,《小小日报》"谈天"栏刊出杂文《殉情》。21日,《小小日报》"谈天"栏刊出杂文《人死不值钱》。22日,《小小日报》"谈天"栏刊出杂文《癞蛤蟆　天鹅肉》。23日,《小小日报》"谈天"栏刊出杂文《作时评》。25日,《小小日报》"谈天"栏刊出杂文《马路》。26日,《小小日报》"谈天"栏刊出杂文《女朋友》。27日,《小小日报》"谈天"栏刊出杂文《跳楼者》。28日，《小小日报》"谈天"栏刊出杂文《蟋蟀》。29日，《小小日报》"谈天"栏刊出杂文《古城返照》。30日，《小小日报》"谈天"栏刊出杂文《惹气》。31日，《小小日报》"谈天"栏刊出杂文《活得弗耐烦》。8月，《小小日报》始载武侠小说《鳌汊海盗》，署"霄羽"。

按：《鳌汊海盗》连载文本基本完整，但原件图片无报头，难以确认日期。共连载四十二次，当结束于9月间，时《烟霭纷纷》仍在连载。

9月1日，《小小日报》"谈天"栏刊出杂文《由线订书说起》。2日、3日，《小小日报》"谈天"栏连续刊出杂文《"娶"的问题》（一）（二）。4日，《小小日报》"谈天"栏刊出杂文《罂粟味》。5日，《小小日报》"谈天"栏刊出杂文《忏悔》。6日，《小小日报》"谈天"栏刊出杂文《想当然耳》。7日，《小小日报》"谈天"栏刊出杂文《标奇与仿效》。8日，《小小日报》"谈天"栏刊出杂文《复古》。9日，《小小日报》"谈天"栏刊出杂文《野草闲花》。同日同报又载影评《看了〈故都春梦〉》，署"柳今投"。10日，《小小日报》"谈天"栏刊出杂文《倡门》。12日，《小小日报》"谈天"栏刊出杂文《乞丐》。13日，《小小日报》"谈天"栏刊出杂文《心》。9月15日，《小小日报》"谈天"栏刊出杂文《短　小　经济》。9月16日，《小小日报》"谈天"栏刊出杂文《性的文章》。9月17日，《小小日报》"谈天"栏刊出杂文《逢场作戏》。9月18日，《小小日报》"谈天"栏刊出杂文《浮云变幻》。9月19日，《小小日报》"谈天"栏刊出杂文《敲钗小语》。20日，《小小日报》"谈天"栏刊出杂文《俗礼》。21日，《小小日报》"谈天"栏刊出杂文《何不当初》。22日，《小小日报》"谈天"栏刊出杂文《醋的考证》。23日，《小小日报》"谈天"栏刊出杂文《劲秋》。28日，《小小日报》"谈天"栏刊出杂文《柴　米　油　盐　酱　醋　茶》。30日，《小小日报》"谈天"栏刊出杂文《烛边思绪》，叙述阅读《朝鲜义士安重根传》的感受，抒发爱国情怀及对国内现实的愤懑。

10月1日，《小小日报》"谈天"栏刊出杂文《吵嘴》。29日，《小小日报》"哈哈镜"栏刊出杂文《团圞月照破碎国家》，署"柳今"。

1931年（民国二十年，辛未）　23岁

是年，王度庐应聘担任《小小日报》编辑员。5月，《小小日报》连载哀情

小说《缠命丝》，署"王霄羽"。同时连载社会小说《燕燕莺莺》，署"香波馆主"。9月18日，沈阳发生"九一八"事变，日本加紧侵华。

按：《缠命丝》仅存第九〇次，内文曰"全卷终"，图片有"31, 8, 1"标注，据此倒推，当始载于5月；《燕燕莺莺》仅存第六二次，未完，图片注"31, 8"。

又按：耿小的在《我与〈小小日报〉》中说，自己进入《小小日报》任编辑是在"1933年后"，"之前似乎赵苍海编过很短时期"，却未提及王霄羽。若其记忆无误，则王之去职，当在赵前。

1934年（民国二十三年，甲戌）　26岁

是年，李丹荃随父亲离北平去西安。不久王度庐亦往西安，任陕西省教育厅编审室办事员，《民意报》编辑员。

3月10日，陕西省教育厅在西安民众教育馆举办西安中小学讲演竞赛会；28日、29日，又在西安民乐园举办西安中小学第二届唱歌比赛，均派王霄羽任记录。

3月20日，西安《民意报》"戏剧与电影周刊"第一期刊载《中国戏剧生命之革新》第一节"九一八后的中国戏剧界"，署"柳今"。文中慨叹中国剧坛进步缓慢，以至"今日远东国际纠纷之病菌集于中国，而我国之戏剧仍然如沉睡，如枯死，反使他人——俄国——高呼曰：'怒吼吧中国！'"27日，"戏剧与电影周刊"第二期续载《中国戏剧生命之革新》第一节"九一八后的中国戏剧界"，署"柳今"。文中续论中国戏剧的觉醒与"推翻""旧剧势力"之关系。同期又载《电影是应合大众所需要　真不容易利用它》，署"潇雨"。文中说："艺术只要不是'自我'的而是'大众'的，那就当然要被利用成为一种工具。电影尤其要首先被人利用的，不过常常又见人们弄巧成拙，利用影片作某种宣传，结果倒被观众利用，"从而形成与国外影片亦步亦趋的种种题材热，当前已由伦理片、武侠侦探片演进为民生片。当局于"九一八"后号召影界多制作"关于唤起民族精神的片子"固然不错，但是"现在的民众，只是恐慌他们的经济穷困，生活惨淡，实在没有充分的力量去供给到民族上。或者，现在的电影也只走到了替穷人呼吁，次一步，才是民族精神"。

4月3日，西安《民意报》"戏剧与电影周刊"第三期未见，当续载《中国戏剧生命之革新》第二节"新旧戏剧之检讨"。10日，"戏剧与电影周刊"第四期续载《中国戏剧生命之革新》第二节"新旧戏剧之检讨"，署"柳今"。文中认为，"中国旧剧虽然不能追随时代，但确能利用科学，亦缘近代科学文明多供给于资产阶级之享乐，旧剧靡靡之音当愈适合于人之享乐。新剧□□□□，自难免在比较之下落后也"。（原件有四字无法辨认。）同期并载《伦敦公演〈彩楼配〉的问题》，署"潇雨"。文中认为，在伦敦由中国人与外国人用英语同演旧剧《彩楼配》，只能像《蝴蝶夫人》那样，迎合一部分外国人的扭曲了的东方观，"但是歪曲的东西在现代剧坛上实在没有它的地位，何况这《彩楼配》国际性质的公演"。

按：（1）王度庐档案中的履历表填："1934—1935年 西安民意报 编辑员"，"1935-1936年 陕西省教育厅 办事员"。而从文章刊出情况判断，任《民意报》编辑员应该在后（报馆编辑不可能受厅长派遣去任竞赛记录），或者同时兼任二职。

（2）西安《民意报》"戏剧与电影周刊"仅存一、二、四期，日期据打印稿说明（周刊第四期为4月10日）向前推算而得。4月3日报缺失，内容可据前后两期推知（不排除3日还有其他文章刊出）。4月10日以后报纸缺失，当有其他未知史料。

5月，《陕西教育月刊》第五期发表《陕西省教育厅举办西安中小学讲演竞赛会经过》和《陕西省教育厅举办西安中小学第二届唱歌比赛会经过》记录，均署"王霄羽"。

10月，《陕西教育旬刊》第二卷第廿九、卅、卅一期合刊"论著"栏刊出《民间歌谣之研究》，署"王霄羽"。全文五章：第一章"歌谣之史的发展"；第二章"歌谣的分类法"；第三章"歌谣价值的面面观"；第四章"歌谣技巧的研究"；第五章"结论"。文中有这样的论述："贵族化的文学在'五四'时就已被人打倒，现在一般人都提倡大众文学。真正的'大众文学'在哪里？我们离开了歌谣，恐怕再没有地方寻找了罢？"

1935年（民国二十四年，乙亥）　27岁

是年，王度庐与李丹荃在西安结婚。婚后李父卒于三原，王度庐前往料理丧事，曾遭歹徒劫持。

按：王度庐后来在《〈宝剑金钗〉序》中写及"频年饥驱远游，秦楚燕赵之间，跋涉殆遍"当有所夸张，实则未离陕西。

1936年（民国二十五年，丙子）　28岁

是年王度庐夫妇返回北平。10月13日，《平报》刊载《献于〈平报〉——十五周年》，署"王霄羽"。同日，《平报》开始连载武侠小说《黄河游侠传》，署"霄羽"。12月12日，发生"西安事变"。

按：李丹荃在遗稿中回忆返京前后的生活说："我有晕眩症，那时常犯，昏迷中常听到王叨念：'谢家有女偏怜小，自嫁黔娄万事乖……'后来我知道了这是元稹的悼亡诗。我就说：'你老叨念什么，我又没有死呀！'现在回想当时情景，如在目前。"

1937年（民国二十六年，丁丑）　29岁

是年春，王度庐夫妇应李丹荃二伯父伊筱农召，同赴青岛。4月17日，《平报》连载《黄河游侠传》结束。18日，《平报》开始连载武侠小说《燕赵悲歌传》，署"霄羽"。4月末，王度庐回北平料理"文债"，于端午节后返青岛。不久，弟探骊与北平进步青年同来青岛，王度庐夫妇送他们取道上海奔赴陕北参加革命。

按：李丹荃在所遗手稿中说："弟弟到了青岛，我们大家分析了当时的形势，都赞成他去内地找出路。他们兄弟一向感情很好，分手时不无留恋。最后王度庐慨然说：'你就放心走吧，我们以后会团聚的，母亲的生活，家里的一切，有我呢。'他把自己的怀表给了弟弟。"

7月7日，卢沟桥事变爆发。9日，《平报》连载《燕赵悲歌传》结束。10日，《平报》开始连载武侠小说《八侠夺珠记》，署"霄羽"。30日，北平、天津失守。

12月底，青岛守军撤离。

按：伊筱农（1870—1946?），广东法政及警察速成学校毕业。1912年

来青岛,创办《青岛白话报》(后改名《中国青岛报》),在当地颇有影响。"伊"为满族所冠汉姓,可知李丹荃家族亦有满族血统。

《八侠夺珠记》殆未载完。

1938年(民国二十七年,戊寅) 30岁

1月10日,日寇全面占领青岛。伊筱农博平路宅第被日军作为"敌产"没收,王度庐夫妇与伯父同往宁波路4号租屋居住。生计陷入极度困难之时,王度庐偶遇在《青岛新民报》任副刊编辑的北平熟人关松海,应约向该报投稿。

5月30日、31日,《青岛新民报》发布《本报增刊武侠小说预告》,称"已征得名小说家王度庐先生之精心杰作长篇武侠小说《河岳游侠传》",即将刊出。是为"度庐"笔名首次见报。

按:《青岛新民报》和后来的《青岛大新民报》在刊出王度庐作品之前都先发布预告,下不一一列载。

6月1日,《青岛新民报》开始连载武侠小说《河岳游侠传》,署"王度庐"。2日,《青岛新民报》刊载散文《海滨忆写》,署"度庐"。

11月15日,《河岳游侠传》连载结束。共20回,未见单行本。16日,《青岛新民报》开始连载武侠悲情小说《宝剑金钗记》,署"王度庐"。配图:刘镜海。

按:刘镜海,时在海泊路23号开设"镜海美术社",除为王氏作品配插图外,在生活上与王度庐夫妇也经常互相照顾。

1939年(民国二十八年,己卯) 31岁

是年春,王度庐长子生于青岛。4月24日,《青岛新民报》开始连载社会言情小说《落絮飘香》,署"霄羽"。配图:许清(刘镜海笔名)。7月29日,《宝剑金钗记》在《青岛新民报》载毕。30日,《青岛新民报》开始连载武侠悲情小说《剑气珠光录》。

是年,青岛新民报社印行《宝剑金钗记》单行本,前有王度庐自序,谓

"频年饥驱远游，秦楚燕赵之间跋涉殆遍，屡经坎坷，备尝世味，益感人间侠士之不可无。兼以情场爱迹，所见亦多，大都财色相欺，优柔自误。因是，又拟以任侠与爱情相并言之，庶使英雄肝胆亦有旖旎之思，儿女痴情不尽娇柔之态。此《宝剑金钗》之所由作也"。

按：《宝剑金钗记》自序仅见于青岛新民报版单行本，也是至今所见王度庐为自己著作所写申述创作意图的唯一自序（其他著作连载时虽或亦加引言，均系说明性文字，出版单行本时皆被删除）。

1940年（民国二十九年，庚辰）　32岁

2月2日，《落絮飘香》在《青岛新民报》载毕。3日，《青岛新民报》开始连载社会言情小说《古城新月》，署"霄羽"，配图：许清。22日，《青岛新民报》刊载《〈落絮飘香〉读后》，作者傅琍琳系关松海之夫人。文中介绍霄羽"曩在北京主编《小小日报》时，以著侦探小说知名"，并且透露"霄羽""度庐"实为一人。

4月5日，《剑气珠光录》载毕，随后亦由报社印行单行本。7日，《青岛新民报》开始连载《舞鹤鸣鸾记》，署"王度庐"，配图：刘镜海。此日所载为该书"序言"，出单行本时被删却，全文如下："内家武当派之开山祖张三丰，本宋时武当山道士，曾以单身杀敌百余，因之威名大振。武当派讲的是强筋骨、运气功、静以制动、犯则立仆，比少林的打法为毒狠，所以有人说'学得内家一二，即足以胜少林。'此派自张三丰累传至王咸来，咸来弟子黄百家，又将秘传歌诀，加以注解，所以内家拳便渐渐学术化了。可是后因日久年深，歌诀虽在，真功夫反不得传。自清初至近代，武当派中的侠士实寥寥无几，有的，只是甘凤池、鹰爪王、江南鹤等。甘凤池系以剑术称，鹰爪王专长于点穴，惟有江南鹤，其拳剑及点穴不但高出于甘、王二人之上，且晚年行踪极为诡异，简直有如剑仙，在《宝剑金钗记》与《剑气珠光录》二书中，这位老侠只是个飘渺的人物，如神龙一般。而本书却是要以此人为主，详述他一生的事迹。又本书除江南鹤之外，尚有李慕白之父李凤杰，及其师纪广杰。所以若论起时代，则本书所述之事，当在李慕白出世之前数十年了。"

8月16日，南京《京报》开始连载《风雨双龙剑》，署"王度庐"。配图：

刘镜海。

按：南京《京报》为汪伪时期出版的四开小报，原系三日刊，1940年8月16日改为日报，终刊于1945年8月16日。该报约得王度庐文稿，当亦出诸关松海之介绍。

介绍王度庐去市立女中代课的是潘思祖，字颖舒，河北邢台人，1930年毕业于河北大学国文系，时在青岛市立女中任教。李丹荃在回忆手稿中说："潘先生常来我家，一坐就是半天。他善谈吐，知道的事情多，打开话匣子什么都说。""潘先生是王度庐那时唯一可以谈得来的人，只有和潘先生在一起，王度庐才肯毫无顾忌地说话。在有些言情小说里，故事情节也是取自潘先生的谈话资料。"王子久则在《王度庐和他的小说》（载于1988年1月9日《青岛日报》）中说，"下课后学生常常把他包围起来"，要求他别把《落絮飘香》《古城新月》里女主人公的下场写得太惨。

1941年（民国三十年，辛巳）　33岁

是年王度庐任青岛圣功女中教员。3月15日，《舞鹤鸣鸾记》在《青岛新民报》载毕，随后亦由报社印行单行本。16日，《青岛新民报》开始连载《卧虎藏龙传》，配图：刘镜海。4月10日，《古城新月》在《青岛新民报》载毕。11日，《青岛新民报》开始连载《海上虹霞》，署"霄羽"。配图：许清。5月9日，《风雨双龙剑》在南京《京报》载毕，共17回。随后即由报社印行单行本。10日，南京《京报》开始连载《彩凤银蛇传》，署"度庐"。配图：刘镜海。8月27日，《海上虹霞》在《青岛新民报》载毕。28日，《青岛新民报》开始连载社会小说《虞美人》，署"霄羽"。配图：许清。

按：《风雨双龙剑》连载本与后来的上海育才书局重印本相比，在回目、内文上都略有差别，后者当经作者修订。

1942年（民国三十一年，壬午）　34岁

是年王度庐曾任青岛市立女中代课教员一个多月。

按：青岛王铎先生之母当年为市立女中教员，他听母亲说，王度庐担任的是培训社会人员的课程，上课地点在市立女中附小（即位于朝城路5

号的今朝城路小学）。

3月1日，《彩凤银蛇传》在南京《京报》载毕，共13回。2日，南京《京报》开始连载《纤纤剑》，署"王度庐"。配图：刘镜海。3日，南京《京报》刊载读者傅佑民来信《关于〈彩凤银蛇传〉鲁彩娥之死》，对《彩凤银蛇传》女主人公因伤重死于中途而未见到自幼失散之生母的结局提出异议。该报副刊编辑在《编者谨按》中说："王先生写鲁彩娥之死，才正是脱去中国武侠小说的旧套……给读者一种'此恨绵绵无绝期'的尾巴……这才是全书的力量。""读者越是这样着急，气愤，越是著者的成功，越见王先生文笔感人之深。6日，《卧虎藏龙传》在《青岛新民报》载毕。同日，南京《京报》又载读者陈中来信，再次对《彩凤银蛇传》写鲁海娥之死提出商榷，以为固然"不必'大团圆'或带'回令'"，而"'见娘'似为必要"。信中还提及"某日路过平江府街，闻一擦皮鞋者与一少年，亦在津津然预测鲁海娥之未来"，可见读者关心之一斑。7日，《青岛新民报》开始连载《铁骑银瓶传》，署"王度庐"。配图：刘镜海。17日，南京《京报》再载读者王德孚来信，认为虽然鲁海娥之死写得好，但是还应加上一些交代后事、劝导爱人走正路的临终遗言。24日，南京《京报》刊出王度庐《关于鲁海娥之死》一文，回答读者批评，说明"在写该书的第一回之前，我就预备着末了是一幕悲剧。""向来'大团圆'的玩意儿总没有'缺陷美'令人留恋，而且人生本来是一杯苦酒，哪里来的那么些'完美'的事情？'福慧双修'的女子本来就很少，尤其是历史或小说里的'美人'。古人云：'自古美人如名将，不许人间见白头。'西施为千古美人，原因是她后来没有下落，林黛玉是读过了《红楼梦》的人一定惋惜的，原因也是她早死。近代的赛金花就不够'绝代佳人'的条件，她是不该后来又以老旦的扮相儿再登台。'好花不常开，好景不常在'，美与缺陷原是一个东西。本此种种理由，于是我更得叫我们的'粉鳞小蛟龙'死了。""因为这样的女人决不可叫她去与人'花好月圆'，度那庸俗的日子；尤其不能叫她跟十三妹一样去二妻一夫的给男子开心。"

10月31日，《纤纤剑》在南京《京报》载毕，共10回。

是年，《青岛新民报》与《大青岛报》合并，更名《青岛大新民报》。

1943年（民国三十二年，癸未）　35岁

是年王度庐曾任《治平月刊》编辑员一个多月。1月23日，南京《京报》开始连载《舞剑飞花录》，署"王度庐"。配图：刘镜海。

10月5日，《青岛大新民报》刊出《寒梅曲》广告，其中说："名小说家王霄羽先生自为本报撰《落絮飘香》《古城新月》《海上虹霞》《虞美人》等数篇之后，篇篇脍炙人口，远近交誉，百万读者每日争先竞读，投来赞誉之函件无数。盖王君文学湛深，复精研心理学，对于社会人情，观察最深；国内足迹又广，生活经验极为丰富；并以其妙笔，参合新旧写法，清俊流畅，细腻转宛；描写之人物，皆跃跃如生，令人留下深深印象。其所选之故事，又皆可悲可喜，新颖而近情合理，章法结构，亦极严谨，无懈可击。即以现刊之《虞美人》言，连刊二年余，若换他人之著作，恐早已令人生倦，然王君之文，日日有新的描写，故事有新的发展变幻，令人如食橄榄，越嚼其味越长；如观大海，久望而其波澜无尽。是以每日每人争相阅读，并常有向本社函电相询者。此均系事实，凡读者皆能信而不疑者也。故虽饱学之士，极富人生阅历之人，对王君之著作亦莫不称誉，谓之为当代第一流之小说家。今《虞美人》即将终篇，新作已由王君开始动笔，名曰《寒梅曲》。系由民国初年北京极繁华之时写起，先述女伶之生活，但与一般的俗流写法迥异；次叙一好学上进的女子，于艰苦环境之中不泯其志气，不失其天真。渐展为一段恋爱，男主角为一音乐家，于是《寒梅曲》遂写入本题矣。其后则此女主角遭境改变，如寒梅之遇风雪，花片纷落，然不失其皓洁。中间穿插许多新奇而合理之故事，出现许多面貌不同、心情各异之人物，但人物虽多而不杂乱，每个人又都是在前几篇中未见过的，可也就许是读者眼前常见的。写至中段，则情节极为紧张，能不下泪、不感动者恐少；斯时又写一洁身自爱、有为之少年人，排万难立其身，颇富伦理知识，且有教育意味。至篇末结束之时，写得尤为高超，读者到时自然赞佩。并且此书与前几篇不同，王君之作风稍加改变，简洁流丽，不作繁冗之藻饰，不用生涩的字句，更以悲哀与滑稽相衬而写，非但令人回肠荡气，有时亦令人喷饭。总之，王君之作品早已成熟，已至炉火纯青之候，已有挥洒自如之才力，此《寒梅曲》尤最，不待多加介绍也。"6日，《虞美人》在《青岛大新民报》载毕。7日，《青

岛大新民报》开始连载《寒梅曲》，署"霄羽"。配图：许清。

　　按：因存报缺失，《寒梅曲》连载结束时间未详。

1944年（民国三十三年，甲申）　36岁

　　是年《铁骑银瓶传》在《青岛大新民报》载毕（具体月、日未详）。1月18日，《舞剑飞花录》在南京《京报》载毕，共19章。19日，南京《京报》开始连载《大漠双鸳谱》，标"侠情小说"，署"王度庐"。配图：镜海。7月3日《大漠双鸳谱》载毕，共6章。4日，南京《京报》开始连载《春明小侠》，标"侠情小说"，署"王度庐"。

　　按：《舞剑飞花录》后由上海励力出版社印行单行本，改题《洛阳豪客》，被压缩为16章。连载本之章题与单行本完全不同，文字出入也较大。

　　又，本年上海《戏世界》报曾刊出武侠小说《铁剑红绡记》，署"王度庐"，现仅存4030、4031、4032、4033、4034、4035、4036、4038、4039、4040十期（即十段连载文本，分别属于第一、二章，时间为3月20日至30日）。待辨真伪。

1945年（民国三十四年，乙酉）　37岁

　　2月18日，王度庐之女生于青岛。25日，《春明小侠》载至第20章。5月1日，南京《京报》连载《琼楼双剑记》第二章，署"王度庐"。同日，青岛《民民民》月刊连载《锦绣豪雄传》，署"王度庐"。是年夏秋之际，《青岛大新民报》停刊。8月15日，日本正式宣布投降。10月25日，青岛举行日军受降典礼。《青岛时报》等老报复刊，《民治报》《民众日报》等新报创刊。

　　按：《春明小侠》于本年2月25日载至第二十章，改标"武侠小说"，以下报纸缺失，连载结束时间当在4月末。《琼楼双剑记》亦因报纸缺失而不知始载时间；至5月27日，所载内容仍为第二章，以后殆未续载。《锦绣豪雄传》亦未载完。

1946年（民国三十五年，丙戌）　38岁

　　是年王度庐为维持生计，曾任赛马场办事员，于周日售马票。12月2日，

《青岛时报》开始连载王度庐所著武侠小说《紫凤镖》，署名"鲁云"。

1947年（民国三十六年，丁亥）　39岁

　　5月1日，青岛《民治报》开始连载王度庐所撰武侠小说《太平天国情侠传》，署"鲁云"。19日，青岛《大中报》开始连载王度庐所撰武侠小说《清末侠客传》，署"鲁云"。6月11日，《青岛时报》开始连载王度庐所撰社会言情小说《晚香玉》，署"绿芜"。7月18日，《紫凤镖》在《青岛时报》载毕。19日，《青岛时报》开始连载王度庐所撰武侠小说《雍正与年羹尧》，署"鲁云"。是年王度庐收到弟弟来信，得知中共即将获得全面胜利。

　　按：《太平天国情侠传》仅见一节，未知是否载毕。《雍正与年羹尧》《清末侠客传》当于次年载毕。

　　李丹荃在回忆文中说："1947年，我们忽然收到分离多年的弟弟的信，那信是经过几个人辗转捎来的。信中大意是：我在外买卖很好，我们不久即可团聚，望你们放心。信虽很短，但却是莫大喜讯。信中真实的含义，我们是明白的，知道多年的战争是将结束了。只是这时他们在北平的母亲已故去，没有来得及知道，是终身遗憾。"

1948年（民国三十七年，戊子）　40岁

　　是年王度庐曾任青岛摊商工会文牍。1月31日，《晚香玉》在《青岛时报》载毕。2月1日，《青岛时报》开始连载《粉墨婵娟》，署"绿芜"。4月29日，《青岛时报》开始连载武侠小说《宝刀飞》，署"鲁云"。6月，上海育才书局出版增订本《风雨双龙剑》。7月10日，《粉墨婵娟》在《青岛时报》载毕。15日，《青岛时报》开始连载侠情小说《燕市侠伶》，署"绿芜"。9月17日，《宝刀飞》在《青岛时报》载毕。9月20日，《青岛公报》开始连载武侠小说《金刚玉宝剑》，署"王度庐"。

　　按：《金刚玉宝剑》之"玉"字当系"王"字之误，参见丁福保主编之《佛学大辞典》：【金刚王宝剑】（譬喻）临济四喝之一，谓临济有时一喝，为切断一切情解葛藤之利剑也。《临济录》曰："师问僧：有时一喝如金刚王宝剑，有时一喝如踞地金毛狮子，有时一喝如探竿影草，有时一喝不

作一喝用,汝作么生会?僧拟议,师便喝。"《人天眼目》曰:"金刚王宝剑者,一刀挥断一切情解。"又:【金刚】(术语)梵语曰缚罗。……译言金刚,金中之精者,世所言之金刚石是也。…… 又(天名)持金刚杵之力士,谓之金刚。……【金刚王】(杂语)金刚中之最胜者,犹言牛中之最胜者为牛王也。……

　　9月24日,青岛《军民晚报》开始连载武侠小说《龙虎铁连环》,署"王度庐"。10月,上海励力出版社将《清末侠客传》分为两册印行,分别改题《绣带银镖》《冷剑凄芳》。11月,上海励力出版社出版《宝刀飞》。同年,上海励力出版社还出版或再版了王度庐的以下作品:《鹤惊昆仑》(即《舞鹤鸣鸾记》),《宝剑金钗》(即《宝剑金钗记》),《剑气珠光》(即《剑气珠光录》),《卧虎藏龙》(即《卧虎藏龙传》),《铁骑银瓶》(即《铁骑银瓶传》),《紫电青霜》,《新血滴子》(即《雍正与年羹尧》),《燕市侠伶》,《落絮飘香》《琼楼春情》《朝露相思》《翠陌归人》(此为《落絮飘香》连载本的四个分册),《暴雨惊鸳》(此为《寒梅曲》连载本的第一分册,以下分册未见),《绮市芳葩》《寒波玉蕊》(此为《晚香玉》连载本的两个分册),《粉墨婵娟》《霞梦离魂》(此为《粉墨婵娟》连载本的两个分册)。

　　按:《燕市侠伶》之后集为《梅花香手帕》。后集未见连载,励力版《燕市侠伶》亦未见,该版当不包括后集。

1949年(己丑)　41岁

　　是年,王度庐之弟谭立(即王探骊)出任中共大连市委副书记。1月1日,青岛《民治报》开始连载《玉佩金刀记》,署"王度庐"。未完。2月,《金刚玉宝剑》改由《联青晚报》连载。4月,上海励力出版社出版《金刚玉宝剑》,共三册。6月29日,王度庐幼子生于青岛。

　　是年秋,王度庐夫妇携长子、女儿同由青岛迁往大连(幼子暂留青岛)。王度庐任旅大行政公署教育厅编审委员。李丹荃先在市教育局初教科任科员,后任教于英华坊小学和大同坊小学。

　　本年,重庆千秋书局出版《紫凤镖》。上海励力出版社还出版了王度庐的下列作品:《朱门绮梦》《小巷娇梅》《碧海狂涛》《古城新月》(此为《古城新月》连载本的三个分册），《海上虹霞》《灵魂之锁》（此为《海上虹霞》连载本的两个分册），《琴岛佳人》《少女飘零》《歌舞芳邻》（此为《虞美人》连载本的前四个分册，以下分册未见），《洛阳豪客》（即《舞剑飞花录》），《风尘四杰》，《香山侠女》，《春秋戟》，《龙虎铁连环》等。

1950年（庚寅） 42岁

王度庐在旅大行政公署教育厅任编审委员。

1951年（辛卯） 43岁

王度庐调入旅大师范专科学校任教员。

1953年（癸巳） 45岁

是年夏，王度庐调入沈阳东北实验学校（现辽宁省实验中学）任语文教员，李丹荃任该校舍务处职员。

1955年（乙未） 47岁

5月，《人民日报》公布《关于胡风反革命集团的材料》。在清查"胡风分子"时，王度庐曾经受到无端怀疑。

1956年（丙申） 48岁

1月13日，文化部发出《关于续发处理反动、淫秽、荒诞图书参考目录的通知（56）（文陈出密字第9号）》，其第二条称："有一些人专门编写反动、淫秽、荒诞的图书，如徐訏、无名氏、仇章专门编写政治上反动的、描写特务间谍的小说，张竞生、王小逸（捉刀人）、蓝白黑、笑生、待燕楼主、冷如雁、田舍郎、桑旦华专门编写含有反动政治内容或淫秽、色情成分的'言情小说'，朱贞木、郑证因、李寿民（还珠楼主）、王度庐、宫白羽、徐春羽专门编写含有反动政治内容或淫秽、色情成分的神怪、荒诞的'武侠小说'。为了肃清反动、淫秽、荒诞的图书，请各省市文化局在审读图书时，对于徐訏……徐春羽等二十一人编写的图书特别加以注意。但决定是否处理和如何处理，仍应按书籍内容而定。"（见中国出版科学研究所、中央档案馆编：《中华人民共和国出版史料》第8辑，中国书籍出版社，2002。）

同年，王度庐加入中国民主促进会，并任该会沈阳市第五届市委委员；又曾被选为皇姑区政协委员和沈阳市第六届人民代表大会代表。

按：以上政治身份据辽宁省实验中学所存退休人员登记表及李丹荃回忆文。加入民进当在本年，其他事项或在其后，因无法查实年份，姑均暂系于本年。

1957年（丁酉）　49岁

实验中学也掀起"反右"运动，王度庐没有受到大冲击。

1966年（丙午）　58岁

"文化大革命"爆发。王度庐受到冲击，被贬入"有问题的人学习班"，接受"清队"审查。

1968年（戊申）　60岁

王度庐仍处于"逍遥"状态。

1969年（己酉）　61岁

王度庐当在是年被结束"审查"，获得"解放"，即被宣布没有查出问题，恢复原来的政治身份。

按：依照"文革"程序，"有问题的人"被"解放"之前，仍需召开一次表示"结案"的批判会。李丹荃在回忆文中写道："……开了一个小型批判会。也不知从什么地方找来一本《小巷娇梅》，批判者念一段，批判一番……当批判者念到生动有趣处，听者笑了，王度庐也忍不住笑了，当然要招来申斥：'你还笑？你要端正态度！'批判者们又从我们家拿走了我们的一本相册，里面有两张全家照片。一张中有我抱着1949年初生的幼子；另一张是我穿着在旅大行政公署发的女干部服装，王度庐穿着他兄弟给他的呢子干部服装。批判者举着照片说：'你们穿得这么好，可见你们过去生活多么优越！你爱人还穿着裙子！'……对他的批判只是一种虚张声势的形式。那些老师并未认真对待。"

1970年（庚戌）　62岁

是年春，王度庐以退休人员身份，随李丹荃下放到辽宁省昌图县泉头公社大苇子大队，不久转到泉头大队。

按：王度庐幼子在一封信里这样回忆父母被"下放"的情景："……我在农村'接受再教育'，得知后立即赶回家。前往农村时，年迈的父母坐在卡车顶上，一路颠簸。爸爸当时身体就很不好，加上这一折腾，半路解手时，站了半天也解不出来。妈妈晕车，走一路吐一路。那情景我现在回忆起来都止不住要流泪。"

其女则曾在一封信里回忆到昌图看望父母的情景："听说他们下乡了，我很急，不久就请假找去了。他们一辈子住在城里，父亲更是年老体弱，手无缚鸡之力，忽然到了农村，借住在人家的半间小屋里，怎么生活？""我还没走到家，就远远地看见父亲坐在一棵繁茂的大树下（很像一幅中国山水画），我的心顿时平静下来了。他永远是那么心平气和，不知是怎么修炼的。""我女儿小时候跟我父母在农村住过。有一次闹觉（困了，不睡，哭闹），我很烦，可我父亲说：'世界多美好啊，她是舍不得去睡觉啊。'""有时，父亲用手比成一个取景框，东照一下，西照一下，对我的小孩说：'快来看，这边是一个景，那边也是一个景。'（父亲原本喜欢摄影，在小说《海上虹霞》中曾写到购买'莱卡'照相机，就颇内行。）他还常让母亲下地干活回来时带些野花野草。那时父亲走路已不太方便了。"

1972年（壬子）　64岁

王度庐在昌图。其幼子考入迁至铁岭的沈阳农学院农学系。

1974年（甲寅）　66岁

1月14日，长子突然亡故，王度庐夫妇不胜哀痛。

同年，幼子毕业于迁至铁岭的沈阳农学院农学系，留校任教。李丹荃于下放人员"落实政策"时也被安排退休。

1975年（乙卯）　67岁

王度庐夫妇迁往铁岭与幼子同住。

1977年（丁巳）　69岁

2月12日，王度庐因病卒于铁岭。

按：李丹荃在回忆手稿中这样记述丈夫逝世的情景："儿子工作的学校已放了寒假，这天正是旧历年末。晚上儿子去办公室值夜，女儿远在几千里外工作。我们住在一间很小的宿舍里，暖气不热，电灯不亮，风吹得屋外树枝簌簌地响，偶然能听得到远处一声声犬吠。他病已重危，该说的话早已说完，他静静地合上双眼去了。我不愿惊动他，也不想叫别人，坐在床前陪伴着他，送他安静地走完了人生最后的旅程，时年六十八（周）岁……我遵从他的遗嘱，没有通知很多人，没有举行一切世俗的仪式，没有哀乐，没有纸花，悄然地由他的儿子和几位热情的青年同事用担架（把他）抬到离我家很近的火葬场。"

（承张元卿博士协助查阅南京《京报》并发现、提供有关陕西教育月刊、旬刊资料，特此致谢！）

2016年1月修订

《王度庐作品大系》书目一览表

武侠卷第一辑（2015年7月已出版）

1.鹤惊昆仑（上、下） 2.宝剑金钗（上、下） 3.剑气珠光（上、下） 4.卧虎藏龙（上、下） 5.铁骑银瓶（上、中、下）

武侠卷第二辑（待出版）

1.风雨双龙剑 2.彩凤银蛇传 3.纤纤剑 4.洛阳豪客 5.大漠双鸳谱 6.紫电青霜 7.紫凤镖 8.绣带银镖 9.雍正与年羹尧 10.宝刀飞 11.金刚玉宝剑

社会言情卷（待出版）

1.落絮飘香 2.古城新月 3.海上虹霞 4.虞美人 5.晚香玉 6.粉墨婵娟 7.风尘四杰 8.香山侠女

早期小说与杂文卷（待出版）

1.杂文 2.早期小说：红绫枕 鳌汉海盗 黄河游侠传 3.散佚作品精选集：燕市侠伶 虞美人 春明小侠 春秋戟 寒梅曲